新潮文庫

婦系図

泉鏡花著

版

0500

目次

前篇

後篇

婦《おんな》系《けい》図《ず》

前篇

鯛《たい》、比《ひ》目《ら》魚《め》

一

素顔に口紅で美いから、その色に紛《まが》うけれども、可愛《かわい》い音《ね》は、唇が鳴るのではない。お蔦《つた》は、皓歯《しらは》に酸漿《ほおずき》を含んで居る。……

「早瀬の細君《レコ》は丁《ちょう》ど（二十《はたち》）と見えるが三だとサ、その年紀《とし》で酸漿を鳴らすんだもの、大概素性も知れたもんだ、」と四辺《あたり》近所は官員《つとめにん》の多い屋敷町の夫人連《おくさまれん》が風説《うわさ》をする。

既に昨夜《ゆうべ》も、神楽坂《かぐらざか》の縁日に、桜草を買った次手《ついで》に、可《い》いのを撰《よ》って、昼夜帯《ちゅうやおび》の間に挟んで帰った酸漿を、隣家《となり》の娘――女学生に、一ツ上げましょう、と言って、そんな野蛮なものは要らないわ！　と刎《は》ねられて、利《き》いた風な、と口惜《くや》しがった。

面当《つらあ》てと云《い》うでもあるまい。恰《あたか》もその隣家《となり》の娘の居間と、垣一ツ隔てたこの台所、腰障子の際《きわ》に、懐手《ふところで》で佇《たたず》んで、何だか所在なさそうに、頻《しきり》に酸漿を鳴らして居たが、不図《ふと》銀杏返《いちょうがえ》しのほつれた鬢《びん》を傾けて、目をぱっちりと開けて何かを聞澄ますようにした。

コロコロコロコロ、クウクウコロコロと声がする。唇の鳴るのに連れて。

一寸吹留《ちょっとふきや》むと、今は寂寞《しん》として、その声が止まって、ぼッと腰障子へ暖う春の日は当るが、軒を伝う猫も居らず、雀《すずめ》の影もささぬ。

鼠《ねずみ》かと思ったそうで、斜に棚の上を見遣《みや》ったが、鍋《なべ》も重箱もかたりとも云わず、古新聞が又がさりともせぬ。

四辺《あたり》を見ながら、うっかり酸漿に歯が触る。とその幽《かすか》な音《ね》にも直ちに応じて、コロコロ。少し心着《こころづ》いて、続けざまに吹いて見れば、透かさずクウクウ、調子を合わせる。

聞き定めて、

「おや。」と云って、一段下流《しもながし》の板敷へ下りると、お源《げん》と云う女中が、今しがた此処《ここ》から駈《か》け出して、玄関の来客を取次いだ草履が一ツ。ぞんざいに黒い裏を見せて引くり返って居るのを、白い指で一寸直《ちょいとなお》し、素足に引懸《はす》け、がたり腰障子を左へ開けると、十時過ぎの太陽《ひ》が、向うの井戸端の、柳の上から斜っかけに、遍《あまね》く射込《さしこ》んで、俎《まないた》の上に揃《そろ》えた、菠薐草《ほうれんそう》の根を、紅《くれない》に照らしたばかり。

多分はそれだろう、口真似《くちまね》をするのは、と当りをつけた御用聞きの酒屋の小僧は、何《ど》処《こ》にも隠れて居るのではなかった。

眉《まゆ》を顰《ひそ》めながら、その癖恍惚《うっとり》した、迫らない顔色《かおつき》で、今度は口ずさむと言うよりも故《わざ》と試みにククと舌の尖《さき》で音《ね》を入れる。響に応じて、コロコロと行ったが、稍《や》、此方《こっち》は一吹きで控えたのに、先方《さき》は発奮《はず》んだと見えて、コロコロコロ。

これを聞いて、屈《かが》んで、板へ敷く半纏《はんてん》の裾《すそ》を搔取《かいど》り、膝《ひざ》に挟んだ下交《したがい》の褄《つま》を内端《うちは》に、障子腰から肩を乗出すようにして、つい目の前《さき》の、下水の溜《たま》りに目を着けた。

もとより、溝板《どぶいた》の蓋《ふた》があるから、ものの形は見えぬけれども、優《やさし》い連弾《つれびき》は正しくその中《なか》。

笑《えみ》を含んで、クウクウと吹き鳴らすと、コロコロコロと拍子を揃えて、近づいただけ音《ね》を高く、調子が冴《さ》えてカタカタカタ！

「蛙だね。」

と莞爾《にっこり》した、その唇の紅《べに》を染めたように、酸漿を指に取って、衣紋《えもん》を軽《かろ》く拊《う》ちながら、

「憎らしい、お源や………」

来て御覧、と呼ぼうとして、声が出たのを、圧《おさ》えて酸漿を又吸った。

ククと吹く、カタカタ、ククと吹く、カタカタ、蝶々《ちょうちょう》の羽で三味線《さみせん》の胴をうつかと思われつつ、静かに長《た》くる春の日や、お蔦の袖《そで》に二三寸。

「おう、」と突込んで長く引いた、遠くから威勢の可《い》い声。

来たのは江戸前の魚屋で。

二

此処へ、台所と居間の隔てを開け、茶菓子を運んで、二階から下りたお源という、小柄の可《い》い島田の女中が、逆上《のぼ》せたような顔色《かおつき》で、

「奥様、魚屋が参りました。」

「大きな声をおしでないよ。」

とお蔦は振向いて低声《こごえ》で嗜《たしな》め、お源が背後《うしろ》から通るように、身を開きながら、

「聞こえるじゃないか。」

目配せをすると、お源は莞爾《にっこり》して俯向《うつむ》いたが、ほんのり紅《あか》くした顔を勝手口から外へ出して路地の中《うち》を目迎《めむか》える。

「奥様《おくさん》は？」

とその顔へ、打着《ぶつ》けるように声を懸けた。又これがその（おう。）の調子で響いたので、お源が気を揉《も》んで、手を振って圧えた処《ところ》へ、盤台《はんだい》を肩にぬいと立った魚屋は、渾名《あだな》を（め・組《ぐみ》）と称《とな》える、名代《なだい》の芝ッ児《こ》。

半纏は薄汚れ、腹掛の色が褪《あ》せ、三尺が捻《ね》じくれて、股引《ももひき》は縮んだ、が、盤台は美い。いつもの向顱巻《むこうはちまき》が、四五日陽気がほかほかするので、ひしゃげ帽子を蓮《はす》の葉かぶり、

些《ちっ》とも涼しそうには見えぬ。例によって飲《き》こしめした、朝から赤ら顔の、とろんとした目で、お蔦が其処《そこ》に居るのを見て、

「おいでなさい、奥様《おくさん》、へへへへ。」

「お止《よ》しってば、気障《きざ》じゃないか。お源もまた、」

と指の尖で、鬢を一寸《ちょいと》掻きながら、袖を女中の肩に当てて、

「お前も矢張《やっぱり》言うんだもの、半纏着た奥様《おくさん》が、江戸に在るものかね。」

「だって、ねえ、めのさん。」

とお源は袖を擦抜けて、俎板の前へ蹲《しゃが》む。

「それじゃ御新造《ごしんぞ》かね。」

「そんなお銭《あし》はありゃしないわ。」

「じゃ、おかみさん。」

「あいよ。」

「ヘッ、」

と一ツ胸でしゃくって笑いながら、盤台を下ろして、天秤《てんびん》を立掛ける時、菠薐草を揃えて居る、お源の背《せな》を上から見て、

「相かわらず大《おおき》な尻《しり》だぜ、台所充満《だいどこいっぱい》だ。串戯《じょうだん》じゃねえ。目量《めかた》にしたら、凡《およ》そどのくれえ掛るだろう。」

「お前さんの圧《おし》ぐらい掛ります。」

「ああ云う口だ。ははは、奥さんのお仕込みだろう。」

「め の字、」

「ええ、」

「二階にお客さまが居るじゃないか、奥様《おくさん》はおよしと言うのにね。」

「おっと、そうか、」

ぺろぺろと舌を吸って、

「何だって、日蔭《ひかげ》ものにして置くだろう、こんな実《じつ》のある、気前の可《い》い……」

「値切らない、」

「真個《ほん》によ、所帯持の可《い》い姉さんを。分らない旦《だん》じゃねえか。」

「可いよ。私が承知して居るんだから、」

と眦《まなじり》の切れたのを伏目になって、お蔦は襟に頤《おとがい》をつけたが、慎《つつ》ましく、しおらしく、且《か》つ湿《しめ》やかに見えたので、め 組もおとなしく頷《うなず》いた。

お源が横向きに口を出して、

「何があるの。」

「へ、野暮な事を聞くもんだ。相変らず旨《うめ》えものを食《くわ》して遣るのよ。黙って入物を出しねえな。」

「はい、はい、どうせ無代価《ただ》で頂戴《ちょうだい》いたしますものでございます。めのさんのお魚は、現金にも月末《つきずえ》にも、ついぞ、お代をお取り遊ばしたことはございません。」

「皮肉を言うぜ。何てったって、お前はどうせ無代価《ただ》で頂くもんじゃねえか。」

「大きに、お世話、御主人様から頂きます。」

「あれ、見や、島田を揺《ゆす》ぶって居《て》ら。」

「一寸《ちょいと》、番毎《ばんごと》いがみあって居ないでさ。お源や、お客様に御飯が出そうかい。」

「如何《いかが》でございますか、婦人《おんな》の方《かた》ですから、そんなに、お手間は取れますまい。」

三

「だってお前、急に帰りそうもないじゃないか。」

と云って、め組の蓋を払った盤台を差覗《さしのぞ》くと、鯛の濡色《ぬれいろ》輝いて、広重《ひろしげ》の絵を見る風情《ふぜい》、柳の影は映らぬが、河岸《かし》の朝の月影は、未《ま》だその鱗《うろこ》に消えないのである。

俎板をポンと渡すと、目の下一尺の鮮紅《からくれない》、反《そり》を打って飜然《ひらり》と乗る。

とろんこの目には似ず、キラリと出刃《でば》を真名箸《まなばし》の構《かまえ》に取って、

「刺身かい。」

「そうね、」

とお蔦は、半纏の袖を合わせて、一寸傾く。

「焼きねえ、昨日も刺身だったから……」

と腰を入れると腕の冴《さえ》、颯《さっ》と吹いて、鱗がぱらぱら。

「次手《ついで》に少々お焼きなさいますなぞも又、へへへへ、お宜《よろ》しゅうございましょう。御婦人のお客で、お二階じゃ大層お話が持てますそうでございますから。」

「憚様《はばかりさま》。お客は旦那《だんな》様のお友達の母様《おっかさん》でございます。」

めの字が鯛をおろす形は、何時《いつ》見ても染々《しみじみ》可い、と評判の手つきに見惚《みと》れながら、お源が引取って口を入れる。

えらを一突き、ぐいと放して、

「凹《へこ》んだな。何時《いっか》の新《しん》ぎれじゃねえけれど、めの公《こう》塩が廻り過ぎたい。」

「そういや、めの字、」

とお蔦は片手を懐《ふところ》に、するりと辷《すべ》る黒繻子《くろじゅす》の襟を引いて、

「過日《このあいだ》頼んだ、河野さん許《とこ》へ、その後《のち》廻って呉れないかッて言うじゃないか、どうしたの？」

「むむ、河野ッて。何かい、あの南町のお邸《やしき》かい。」

「ああ、何故《なぜ》か、魚屋が来ないッて、昨日も内へ来て、旦那にそう言って居なすったよ。行かないの、」

「行かねえ。」

「真個《ほんとう》に、」

「行きませんとも！」

「なぜさ、」

「何故ッて、お前《めえ》、あん獣《けだもの》ア、」

お源が慌《あわただ》しく、

「めのさん、」

「何だ。」

「めのさんや。お前さん一寸《ちよいと》、お二階に来ていらっしゃるのはその河野さんの母様《おっかさん》じゃないか、気をお着けな。」

帽子をすっぽり亀の子竦《すく》みで、

「ホイ阿陀仏《おだぶつ》、へい、彼処《あすこ》にゃ隠居ばかりだと思ったら……」

「否《いいえ》ね、つい一昨日《おととい》あたり故郷《おくに》の静岡からおいでなすったんですとさ。私がお取次に出たら河野の母でございます、とおっしゃったわ。」

「だから、母様《おっかさん》が見えたのに、おいしいものが無いッて、河野さんが言って居なすったのさ、お前、」

「おいしいものが聞いて呆《あき》れら。へい、而《そ》して静岡だってね。」

「ああ、」

「と御維新以来《このかた》、江戸児《えどッこ》の親分の、慶喜様《けいきさま》が行って居た処だ。第一恁《か》く申すめの公も、江戸城を明渡しの、落人《おちうど》を極めた時分、二年越居《ごし》た事がありますぜ。馬鹿にしねえ、大親分が居て、それから私《わっし》が居た土地だ。大概《てえげい》江戸ッ児になってそうなもんだに、又どうして、あんな獣が居るんだろう。聞きねえ。

過日《こないだ》もね、お前《めえ》、真個《まったく》はお前《めえ》、一軒かけ離れて、彼処《あすこ》へ行くのは荷なんだけれども、些《ち》とポカと来たし、佳《い》い魚がなくッて困るッて言いなさる、廻ってお上げ、とお前さんが口を利《き》くから、チョッ蔦ちゃんの言うこッた。何じゃねえか、一度お前、おう、先公《せんこう》、居るかいッて、脛《すね》を達引《たてひ》け、と二三度行ったわ。景気に呼んだと思いねえ。」

お蔦は莞爾《にっこり》して、

「せんこうッて誰のこったね。」

「内《うち》の、お友達よ。河野さんは、学士だとか、学者だとか、先生だとか言うこッたから、一ツ奉《たてまつ》って呼んだのよ。」

と鰭《ひれ》をばっさり。

四

「可《い》いじゃねえか、お前《めえ》、先公だから先公よ。何も野郎とも兄弟《きようでえ》とも言ったわけじゃねえ。」

と庖丁《ほうちよう》の尖《さき》を危く辷らして、鼻の下を引擦《ひつこす》って、

「すると何だ。肥満《ふとつちよ》のお三どんが、ぶっちょう面《づら》をしやあがって、旦那様とか、先生とかお言いなさい、御近所へ聞えます、と吐《ぬか》しただろうじゃねえか。ええ、そんなに奉られたけりゃ三太夫でも抱えれば可《い》い。口に税を出すくらいなら、憚《はばか》んながら私《わつし》あ酒も喰《くら》わなけりゃ魚も売らねえ。お源ちゃんの前《めえ》だけれども。おっとこうした処は、お尻の方だ。」

「そんなに、お邪魔なら退《ど》けますよ。」

お源が俎板《まないた》を直して向直る。と面《おもて》を合わせて、

「はははは、今日《こんち》あ、」

「何かい、それで腹を立って行かないのかい。」

「其処はお前さんに免じて肝の虫を圧《おさ》えつけた。翌日《あくるひ》も廻ったがね、今度は言種《いいぐさ》が尚《な》お気に食わねえ。

今日はもうお菜《かず》が出来たから要らないよサ。合点なるめえじゃねえか。私《わっし》が商う魚だって、品に因《よ》っちゃ好嫌《すききれ》えは当然《あたりめえ》だ。ものを見てよ、その上で欲しくなきゃ止すが可《い》い。喰いたくもねえものを勿体《もってえ》ねえ、お附合いに買うにゃ当りゃせん、食もたれの噯《おくび》なんぞで、せせり箸《ばし》をされた日にゃ、第一魚が可哀相《かわいそう》だ。

此方《こっち》はお前《めえ》、河岸《かし》で一番首を討取る気組みで、佳《い》いものを仕入れてよ、一ッおいしく食わせて遣《や》ろうと、汗みずくで駈附《かけつ》けるんだ。醜女《すべた》が情人《いろ》を探しはしめえし、もう出来たよで断られちゃ、間尺《ましゃく》に合うもんじゃねえ。ね、蔦ちゃんの前だけれど、」

「今度は私が背後《うしろ》を向こうか。」

とお蔦は、下に居る女中の上から、向うの棚へ手を伸ばして、摺鉢《すりばち》に伏せた目笊《めざる》を取る。

「そらよ、此方《こっち》が旦《だん》の分《ぶん》。こりゃお源坊のだ。奥様《おくさん》はあらが可《い》い、煮るとも潮《うしお》にするともして、天窓《あたま》を噛《かじ》りの、目球《めだま》をつるりだ。」

「私は天窓を噛るのかい。」

お蔦は莞爾《にっこり》して、め組にその笊を持たせながら、指の尖で、涼しい鯛の目を一寸《ちょいと》当る。

「ワンワンに言うようだわ、何だねえ、失礼な。」

とお源は柄杓《ひしゃく》で、がたりと手桶《ておけ》の底を汲《く》む。

「田舎ものめ、河野の邸へ鞍替《くらがえ》しろ、朝飯に牛《ぎゅう》はあっても、鯛《てえ》の目を食った犬は昔から江戸にゃ無えんだ。」

「はい、はい、」

手桶を引立《ひった》てて、お源は腰を切って、出て、溝板《どぶいた》を下駄《げた》で鳴らす。

「あれ、邪険にお踏みでない、私の情人《いろ》が居るんだから。」

「情人がね。」

「へい、」

と言ったばかり、此方《こっち》が忙がしい顔色《かおつき》で、女中は聞棄《ききす》てにして、井戸端へかたかた行く。

「溝の中に、はてな。」

印半纏《しるしばんてん》の腰を落して、溝板を見当に指《ゆび》さしながら、ひしゃげた帽子をくるりと廻わして、

「変ってますね。」

「見せようか。」

「是非お目に懸りてえね。」

「お待ちよ、」

と目笊は流《ながし》へ。お蔦は立直って腰障子へ手をかけたが、溝の上に背伸をして、今度は気構えて勿体らしく酸漿《ほおずき》をクウと鳴らすと、言合せたようにコロコロコロ。

「ね、可愛《かわい》いだろう。」

カタカタカタ！

「蛙《けえろ》だ、蛙だ。ははは、此奴《こいつ》ア可《い》い。成程蔦ちゃんの情人《いろ》かも知れねえ。」

「朧月夜《おぼろづきよ》の色なんだよ。」

得意らしく済ました顔は、柳に対して花やかである。

「畜生め、拝んで遣れ。」

と好事《ものずき》に蹲込《しやがみこ》んで、溝板を取ろうとする、め組は手品の玉手箱の蓋《ふた》を開ける手つきなり。

「お止しよ、遁《に》げるから、」

と言う処へ、しとやかに、階子段《はしごだん》を下りる音。トタンに井戸端で、ざあと鳴ったは、柳の枝に風ならず、長閑《のどか》に釣瓶《つるべ》を覆《かえ》したのである。

見《み》知《しり》越《ごし》

五

続いてドンドン粗略《ぞんざい》に下りたのは、名を主税《ちから》という、当家、早瀬の主人で、直《す》ぐに玄関に声が聞える。

「失礼、河野さんに……又……お遊びに。さようなら。……」

格子戸《こうしど》の音がしたのは、客が外へ出たのである。爾時《そのとき》、お蔦の留めるのも聞かないで、溝《どぶ》なる連弾《つれびき》を見届けようと、矢庭にその蓋を払ったため組は、蛙の形も認めない先に、お蔦がすっと身を退《ひ》いて、腰障子の蔭《かげ》へ立隠れをしたので、ああ、落人《おちうど》でもないに気の毒だ、と思って、客は那様《どんな》人間だろうと、格子から今出た処《ところ》を透かして見る。と其処《そこ》で一つ腰を屈《かが》めて、立直った束髪《そくはつ》は、前刻《さっき》から風説《うわさ》のあった、河野の母親と云う女性《にょしょう》。

黒の紋羽二重の紋着《もんつき》羽織、些《ち》と丈《たけ》の長いのを襟を詰めた後姿。忰《せがれ》が学士だ先生だと言うのでも、大略《あらまし》知れた年紀《とし》は争われず、髪は薄いが、櫛《くし》に照々《てらてら》と艶《つや》が見えた。

背は高いが、小肥《こぶとり》に肥った肩の稍怒《ややいか》ったのは、妙齢《としごろ》には御難だけれども、この位な年配で、服装《みなり》が可いと威が備わる。それに焦茶《こげちゃ》の肩掛《ショオル》をしたのは、今日あたりの陽気には聊《いささ》かお荷物だろうと思われるが、これも近頃は身躾《みだしなみ》の一ツで、貴婦人方《あなたがた》は、菖蒲《あやめ》が過ぎても遊ばさるる。

直ぐに御歩行《おはこび》かと思うと、まだそれから両手へ手袋を嵌《は》めたが、念入りに片手ずつ手首へぐっと扱《しご》いた時、襦袢《じゅばん》の裏の紅《あか》いのがチラリと翻《かえ》る。

年紀《とし》のほどを心づもりに知っため組は、そのちらちらを一目見ると、や、火の粉が飛んだように、ヘッと頸《うなじ》を窘《すく》めた処へ、

「まだ、花道かい？」

とお蔦が低声《こごえ》。

「附際々々《つけぎわつけぎわ》、」

ともう一息め組の首を縮《すく》める時、先方《さき》は格子戸に立かけた蝙蝠傘《こうもり》を手に取って、又候《またぞろ》会釈《えしゃく》がある。

「思入《おもいい》れ沢山だ。いよう！」

おっとその口を塞《ふさ》いだ。声は固《もと》より聞えまいが、此方《こなた》に人の居るは知れたろう。振返って、額の広い、鼻筋の通った顔で、屹《きっ》と見越した、目が光って、そのまま悠々《ゆうゆう》と路地を町へ。——勿論勝手口は通らぬのである。め組はつかつかと二足《ふたあし》三足《み あし》、

「おやおやおや、」

調子はずれな声を放って、手を拡《ひろ》げて茫乎《ぼう》となる。

「どうしたの。」

「可訝《おか》しいぜ。」

と急に威勢よく引返して、

「彼《あれ》が、今のが、その、河野ッてえのの母親《おふくろ》かね、静岡だって、故郷《くに》あ。」

「ああ。」

「家《うち》は医師《いしゃ》じゃねえか知らん。はてな。」

「どうした、め組。」

とむぞうさに台所へ現われた、二十七八の小薩張《こざっぱり》したのは主税である。

「へへへへ、」

満面に笑《えみ》を含んだ、め組は蓮葉帽子《はすつぱ》の中から、夕映《ゆうやけ》のような顔色《がんしょく》。

「お早うござい。」

「何が早いものか。もう午飯《おひる》だろう、何だ御馳走は、」

と覗込《のぞきこ》んで、

「ははあ、鯛《てえ》だな。」

「鯛《たい》とおっしゃいよ、見ッともない。」

とお蔦が笑う。

「他《ほか》の魚屋の商うのは鯛《たい》さ、め組のに限っちゃ鯛《てえ》よ、なあ、めい公。」

「違《ちげ》えねえ。」

「だって、貴郎《あなた》は柄にないわ、主公様《だんなさま》は大人しく鯛魚《たいとと》とおっしゃるもんです、ねえ、めのさん。」

「違えねえ。」

主税は色気のない大息《おおいき》ついて、

「何にしろ、ああ腹が空いたぜ。」

「そうでしょうッて、寝坊をするから、まだ朝御飯を食《あが》らないもの。」

「違えねえ、確《たしか》にアリャ、」

と、め組は路地口へ伸上る。

六

「大分御執心のようだが、どうした。」

と、め組のその素振に目を着けて、主税は空腹《すきはら》だと云うのに。……

「後姿に惚《ほ》れたのかい。おい、もう可《い》い加減なお婆《ばあ》さんだぜ。」

「だって貴郎《あなた》にゃお婆さんでも、め組には似合いな年紀《とし》ごろだわ。ねえ、一寸《ちょいと》。」

「へへへ、違えねえ。」

「よく、(違えねえ。)を云う人さ。」

「だから、確だろうと思うんでさ。」

と呟《つぶや》いて独《ひとり》で飲込み、仰向いて天秤棒《てんびん》を取りながら、

「旦那、」

「己《お》ら御免だ。」と主税は懐手《ふところで》で一ツ肩を揺《ゆす》る。

「え、何を。」

「文《ふみ》でも届けてくれじゃないか。」

「御串戯《ごじょうだん》。否《いえ》さ、串戯は止《よ》して今のお客は直ぐに南町の家へ帰りそうな様子でしたかね。」

「むむ、ずッと帰ると言ったっけ。」

「難有《ありがて》え、」

額をびっしゃり。

「後を慕って、おおそうだ、と遣れ。」

「行くのかい、河野さんへ。」

「一寸《ちょっぴり》ね、」

「じゃ可いけれど。貴郎《あなた》、」

と主税を見て莞爾《にっこり》して、

「めい公がね、又我儘《わがまま》を云って困ったんですよ。お邸風《やしきかぜ》を吹かしたり、お惣菜並《なみ》に扱うから、河野さんへはもう行かないッて。折角お頼まれなすったものを、貴郎が困るだろ

うと思って、これから意見をしてやろうと思った処だったのよ。」

「そうか。」

と何故《なぜ》か、主税は気の無い返事をする。

「御覧なさい。そうすると急にあの通り。真個《ほんとう》に気が変るっちゃありゃしない。まるで猫の目ね。」

「違えねえ、猫の目の犬の子だ。どっこい忙がしい、」

と荷を上げそうにするのを見て、

「待て、待て、」

「沢山よ。貴郎の分は三切《みきれ》あるわ。まだ昨日のも残ってるじゃありませんか。めのさん、可《い》いんだよ。この人にね、お前の盤台を覗《のぞ》かせると、皆欲《みんなほし》がるンだから……」

「これ、」

旦那様苦い顔で、

「端近《はしぢか》で何の事《こつ》たい、野良猫に扱いやあがる。」

「だっ……て、」

「め組も黙って笑ってる事はない、何か言え、営業の妨害《さまたげ》をする婦《おんな》だ。」

「肯《き》かないよ、めの字、沢山なんだから、」

「まあ、お前、」

「否《いいえ》、沢山、大事な所帯だわ。」

「驚きますな。」

「私、もう障子を閉めてよ。」

「め組、この体《てい》だ。」

「へへへ、此奴《こいつ》ばかりゃ犬も食わねえ、いや、四寸《しすん》ずつ食《あが》りまし。」

「おい、待てと云うに。」

「さっさとおいでよ、魚屋のようでもない。」

「いや、遣瀬《やるせ》がねえ。」

と天秤棒を心《しん》にして、め組は一ツくるりと廻る。

「お菜《かず》のあとねだりをするんじゃ、ないと云うに。」

と笑いながらお蔦を睨《にら》んで、

「なあ、め組。」

「ええ、」

「これから河野へ行くんだろう。」

「三枚並《なみ》で駈附けまさ。」

「それに就いてだ、一寸《ちょいと》、此処《ここ》に話が出来た。」

七

「その、河野へ行くに就いてだが、」

と主税は何か、言淀《いいよど》んで、

「何は、」

お蔦に目配せ、

「茶はないのか。」

「お茶ッて？　有りますわ。ほほほほ、まあ、人に叱言《こごと》を云う癖に、貴郎《あなた》こそ端近《はしぢか》で見ッともないじゃありませんか―ありますわ―さあ、彼方《あっち》へ行らっしゃい。」

と上ろうとする台所に、主税が立塞《たちふさ》がって居るので、袖の端《はし》を一寸《ちょいと》突いて、

「さあ、」

め組は威勢よく、

「へい、跡は明晩……じゃねえ、翌《あした》の朝だ。」

「待《まち》なッてば、」

「可《い》いよ、めのさん。」

「はて、どうしたら、」と首を振る。

「お前たちは、」

と主税は呆《あき》れた顔で呵々《からから》と笑って、

「相応に気が利《き》かないのに、早飲込《はやのみこみ》だからこんがらがって仕様がない。め組も又、さんざ油を売った癖に、急にそわそわせずともだ。まあ、待て、己《おれ》が話があると言えば。

其処《そこ》でだ……お茶と申すは、冷たい……」

と口へつけて、指で飲む真似《まね》。

「と行《や》る一件だ。」

「め組に……」

「沢山だ、沢山だ、私《わっし》なら、」

と声ばかり沢山で、俄然《がぜん》として蜂《はち》の腰、龍の口、させ、飲もうの構《かまえ》になる。

「不可《いけ》ません、もう飲んでるんだもの。この上煽《あお》らして御覧なさい。また過日《いっか》のように、一寸盤台《ちょいと》を預っとくんねえ、か何かで、」

お蔦は半纏《はんてん》の袖《そで》を投げて、婀娜《あだ》に酔ッぱらいを、拳固《げんこ》で見せて、

「それッ切《きり》、五日の間行方知れずになっ了《ちま》う。」

「旦那、こうなると頂きてえね、人間は依怙地《いこじ》なもんだ。」

「可《い》いから、己が承知だから、」

「じゃ、め組に附合って、これから遊びにでも何でもおいでなさい。お腹《なか》が空いたって

私、知らないから。さあ、其処を退《ど》いて頂戴《ちょうだい》よ、通れやしないわね。」

「ああ、もしもし、」

主税は身を躱《かわ》して通しながら、

「御立腹の処《ところ》を重々恐縮でございますが、お次手《ついで》に、手前にも一杯、同じく冷いのを、」

「知りませんよ。」

とつっと入る。

「旦《だん》も、ゆすり方は素人《しろうと》じゃねえ。なかなか馴《な》れてら、」

もう飲みかけたようなもの言いで、腰障子から首を突込み、

「今度八丁堀《はっちょうぼり》の私《わっし》の内へ遊びに来ておくんなせえ。一番《ひとつ》私《わっし》がね、嚊々左衛門《かかあざえもん》に酒を強請《ねだ》る呼吸と云うのをお目にかけまさ。」

「女房《かみさん》が寄せつけやしまい、第一吃驚《びっくり》するだろう、己《おれ》なんぞが飛込んじゃ、山の手から猪《いのしし》ぐらいに。所かわれば品かわるだ、なあ、め組。」

と下流《したながし》へかけて板の間へ、主税は腰を掛け込んで、

「ところで、些《ち》と中かねるが、今の河野の一件だ。」

「何です、旦。」

と吃驚するほど真顔。

「お前《めえ》さんや、奥様《おくさん》で、私《わっし》に言い憎いって事はありゃしねえ、又私が承って困るって事

もねえじゃねえか。

嬶々《かかあ》を貸せとも言いなさりゃしめえ、早い話が。何又御使い道がありゃ御用立て申します。」

「打附《ぶッつ》けた話がこうだ。南町は些《ち》と君には遠廻りの処を、是非廻って貰《もら》いたいと云うもんだから、家内《うち》で口を利いて行くようになったんだから、此処が些と言い憎いのだが、今云った、それ、膚合《はだあい》の合わない処だ。

今来た、あの母親《おふくろ》も、何のかのって云って居るからな、もう彼家《あすこ》へは行かない方が可いぜ。心持を悪くしてくれちゃ困るよ。又何だ、その内に一杯奢《おご》るから。」

とまめやかに言う。

八

皆まで聞かず、め組は力んで、

「誰が、誰があんな許《とこ》へ、私《わっし》ア今も、だからそう云ってたんで、頼まれたッて行きやしねえ。」

「ところが、又何か気が変って、三枚並《なみ》で駈附《かけつ》けるなぞと云うからよ。」

「そりゃ、何でさ、ええ、一寸《ちょいと》その気になりゃ成ッたがね、商いになんか行くもんか。

あの母親《おふくろ》ッて奴を冷かしに出かける肚《はら》でさ。」

「そう云う料簡《りょうけん》だから、お前、南町御構いになるんだわ。」

と盆の上に茶呑茶碗《ちゃのみぢゃわん》……不心服な二人分……焼海苔《やきのり》にはりはりは心意気ながら、極めて恭《うやうや》しからず押附《おッつけ》ものに粗雑《ぞんざい》に持って、お蔦が台所へ顕《あらわ》れて、

「お客様は、め組の事を、何か文句を言ったんですか。」

「文句は此方《こっち》にあるんだけれど、言分《いいぶん》は先方《さき》にあったのよ。」

と盆を受取って押出して、

「さあ、茶を一ッ飲み給《たま》え。時に、お茶菓子にも言分があるね、もう些《ちっ》とどうか腹に溜《たま》りそうなものはないかい。」

「貴郎《あなた》のように意地汚《きたな》ではありません。め組は何にも食べやしないのよ。」

「食べやしねえばかりじゃありませんや、時々、この所為《せい》で食べられなくなる騒ぎだ。へへへ、」

と帽子を上へ抜上《ぬきあ》げると、元気に額の皺《しわ》を伸ばして、がぶりと一口《ひとくち》。鶺鴒《せきれい》の尾の如《ごと》く、左の人指《ひとさし》をひょいと刎《は》ね、ぐいと首を据えて、ぺろぺろと舌舐《したなめず》る。

主税はむしゃりと海苔を頬張り、

「め組は可いが己の方さ、何とも以《もっ》て大空腹の所だから。」

「ですから御飯になさいなね、種々《いろん》な事を言《いっ》て、お握飯《むすび》を拵《こしら》えろって言いかねやしない

んだわ。」

「実は……」と莞爾々々《にこにこ》、

「その気なきにしもあらずだよ。」

「可《い》い加減になさいまし、め組は商売がありますよ。疾《はや》くお話しなさいなね。」

「そう、そう。いや、可《い》い気なもんです。」

と糸底を一つ撫《な》でて、

「その言分《いいぶん》と云うのは、こうだ。どうも、あの魚屋も可《い》いが、門の外から（おう）と怒鳴り込んで、（先公《せんこう》居るか。）は困る。この間も御隠居をつかまえて、此奴《こいつ》あ婆《ばあ》さんに食わして遣れは、如何《いか》にも余《あんま》りです。内じゃがえんに知己《ちかづき》があるようで、真《まこと》に近所へ極《きまり》が悪い。それに、聞けば芸者屋待合なんぞへ、主に出入《ではい》りをするんだそうだから、娘たちの為にもならず、第一家庭の乱れです。また風説《うわさ》によると、あの魚屋の出入《でいり》をする家《うち》は、何処《どこ》でも工面が悪いって事《こつ》たから、かたがた折角、お世話を願ったそうだけれど、宜しいように、貴下《あなた》から……と先《ま》ず雑《ざっ》とこうよ。」

め組より、お蔦が呆れた顔をして、

「わざわざその断りに来なすったの。」

「そうばかりじゃなかったが、まあ、それも一ツはあった。」

「仰山だわねえ。」

「些《ち》と仰山なようだけれど、お邸《やしき》つき合いのお勝手口へ、この男が飛込んだんじゃ、小火《ぼや》ぐらいには吃驚《びっくり》したろう。馴れない内は時々火事かと思うような声で怒鳴り込むからな。こりゃ世話をしたのが無理だった。め組怒っちゃ不可《いけな》い。」

「分った……」

と唐突《だしぬけ》に膝《ひざ》を叩《たた》いて、

「旦那、的切《てっきり》そうだ、だから、私《わっし》ア違《ちげ》えねえッて云ったんだ。彼奴《あいつ》、兇状持《きょうじょうもち》だ。」

「ええ――」

何としたか、主税、茶碗酒をふらりと持った手が、キチント極《きま》る。

「兇状持え？」とお蔦も袖を抱いたのである。

め組は、何処か当《あて》なしに睨むように目を据えて、

「それを、私《わっし》ア、私アそれをね、ウイ、丁《ちゃん》と知ってるんだ。知ってるもんだから、だもんだから。……」

九

「ウイ、だから私《わっし》が出入《ではい》っちゃ、どんな事で暴露《ばれ》ようも知れねえと云う肚だ。此方《こっち》あ台所《でえどこ》までだから、些《ちっ》とも気がつかなかったが、先方《さき》じゃ奥から見懸けたもんだね。一昨日《おととい》

頃静岡から出て来たって、今も蔦ちゃんの話だっけ。状《ざま》あ見やがれ、もっと先から来て居たんだ。家風に合わねえも、近所の外聞もあるもんか、笑かしやあがら。」

と大きに気勢《きお》う。

「何だ、何だ、兇状とは。」

「あの、河野さんの母様《おっかさん》がかい。」

とお蔦も真顔で訝《いぶか》った。

「彼《あれ》でなくって、兇状持は、誰なもんかね、」

「ほほほ、貴郎《あなた》、真面目《まじめ》で聞くことはないんだわ。め組の云う兇状持なら、あの令夫人《おくさん》があゝ見えて、内々《ないない》大福餅《もち》がお好きだぐらいなもんです。お彼岸にお萩《はぎ》餅を拵えたって、自分の女房《かみさん》を敵《かたき》のように云う人だもの。ねえ、そうだろう。めの字、何か甘いものが好なんだろう。」

「いずれ、何か隠喰《かくしぐい》さ、盗人上戸《どろぼうじょうご》なら味方同士だ。」

「へへ、その通り、隠喰いにゃ隠喰いだが、喰ったものがね、」

「何だ、」

「馬でさ。」

「馬だと……」

「旅俳優《たびやくしゃ》かい。」

「否《いんや》、馬丁《べっとう》……貞造《ていぞう》って……馬丁でね。私《わっし》が静岡に落ちてた時分の飲友達《のみともだち》、旦那が戦争に行った留守に、ちょろりと嘗《な》めたが、病着《やみつき》で、噯《おくび》の出るほど食ったんだ。」

主税は思わず乗出して、酒もあったが元気よく、

「真個《ほんとう》か、め組、真個かい。」

と事を好んだ聞きようをする。

「嘘《うそ》よ。貴郎《あなた》、あの方たちが、那様《そんな》ことがあって可いもんですか、めの字、滅多なことは云うもんじゃありません、他《ほか》の事と違うよ、お前。」

「あれ、串戯《じょうだん》じゃねえ。これが嘘なら、私《わっし》の鯛《てえ》は場違《ばちげえ》だ。ええ、旦那、河野の本家は静岡で、医者だろうね。そら、御覧《ごろう》じろ、河野ッてえから気がつかなかった。門に大《おおき》な榎《えのき》があって、榎邸と云や、お前《めえ》、興津江尻《おきつえじり》まで聞えたもんだね。

今見りゃ、此処《ここ》を出た客てえのは、榎邸の奥様《おくさん》で、その馬丁《べっとう》の情婦《いろおんな》だ。だから私《わっし》ア、冷かしに行って遣《や》ろうと思ったんだ。嘘にも真個《ほんとう》にも、児《こ》があらあ、児が。ああ、」

又一口がぶりと遣って、はりはりを噛《か》んだ歯をすすって、

「ねえ、大勢小児《こども》がありましょう。」

「南町の学士先生もその一人《にん》、何でも兄弟は大勢ある。八九人かも知れないよ、いや、

真個なら驚いたな。」

「おお、待ちねえ、その先生は幾歳《いくつ》だね。」

「六か、七だ。」

「二十《はたち》とだね、するとその上か、それとも下かね。どっち道その人じゃねえ。何でも馬丁の因果のたねは婦人《おんな》なんだ。いずれ縁附いちゃ居るだろうが、これほど確《たしか》な事はねえ。私《わっし》ア特別で心得てるんで、誰も知っちゃ居ますめえよ。知らぬは亭主ばかりなんじゃねえんだから、御存じは魚屋惣助《そうすけ》（本名）ばかりなりだ。

ははははは、下郎は口のさがねえもんだ。」

ぐいと唇を撫でた手で、ポカリと茶碗の蓋《ふた》をした。

「危え、危え、冷かしに行く処じゃねえ。鰒汁《てっぽう》と此奴《こいつ》だけは、命がけでも留《や》められねえんだから、あの人のお酌でも頂き兼ねねえ。軍医の奥さんにお手のもので、毒薬装《いっぷくも》られちゃ大変だ。だが、何だ、旦那も知らねえ顔で居ておくんねえ、兎角《とかく》町内に事なかれだからね。」

「ああ、お前ももうおいででない。」

「行くもんか、行けったってお断りだ。お断り、へへへ、お断り、」

と茶碗を捻《ひね》くる。

「厭《いや》な人だよ。仕様がないね、さあ、茶碗をお出しなね。」

「おお、」

と何か考え込んだ、主税が急に顔を上げて、

「もう些《ちつ》と精《くわ》しくその話を聞かせないか。」

井戸端から、婦人《おんな》の凧《たこ》が切れて来たかと、お源が一文字に飛込んだ。

「旦、旦那様、あの、何が、あの、あのあの、」

矢車草

十

お源のその慌《あわただ》しさ、駈《か》けて来た呼吸《いき》づかいと、早口の急込《せきこみ》に真赤になりながら、直《す》ぐに台所から居間を突切って、取次ぎに出る手廻しの、襷《たすき》を外すのが膚《はだ》を脱ぐような身悶《みもだ》えで、

「真砂町《まさごちょう》の、」

「や、先生か。」

真砂町と聞いただけで、主税は素直《まっすぐ》に突立ち上る。お蔦はさそくに身を躱《かわ》して、ひらりと壁に附着《くっつ》いた。

「否《いえ》、お嬢様でございます。」

「嬢的《じょうてき》、お妙《たえ》さんか。」

と謂《い》うと斉《ひと》しく、まだ酒のある茶碗《ちゃわん》を置いた塗盆を、飛上る足で蹴覆《けかえ》して、羽織の紐《ひも》を引摑《ひッつか》んで、横飛びに台所を消えようとして、

「赤いか、」

お蔦を見向いて面《おもて》を撫でると、涼い瞳《ひとみ》で、それ見たかと云う目色《めっき》で、

「誰が見ても……」と、ぐっと落着く。

「弱った。」と頭《つむり》を圧《おさ》える。

「朝湯々々、」と莞爾《にっこり》笑う。

「軍師なるかな、諸葛孔明《しょかつこうめい》。」といい棄《す》てに、ばたばたどんと出て行ったは、玄関に迎えるのである。

ふらふらとした目を据えて、未《ま》だ未練にも茶碗を放さなかった、め組の惣助、満面の笑《えみ》に崩れた、とろんこの相格《そうごう》で、

「いよう、天人。」と向うを覗《のぞ》く。

「不可《いけな》いよ、」

と強《きつ》く云う、お蔦の声が屹《きっ》としたので、きょとんとして立つ処《ところ》を、横合からお源の手が、ちょろりとその執心の茶碗を掻攫《かっさら》って、

「失礼だわ。」

と極めつける。天下大変、吃驚《びっくり》して、黙って天秤《てんびん》の下へ潜ると、ひょいと盤台の真中へ。向うの板塀に肩を寄せたは、遠くから路《みち》を開く心得、するするとこれも出て行く。もう、玄関の、格子が開《あ》きそうなものだと思うと、音もしなければ、声もせぬので、お蔦が、

「御覧、」と目配《めくば》せする。

覗くは失礼と控えたのが、遁腰《にげごし》で水口《みずぐち》から目ばかり出したと思うと、反返《そりかえ》るように引込んで、

「大変でございます。お台所口へ入らっしゃいます。」

「ええ、此方《こちら》へ、」

と裾《すそ》を捌《さば》くと、何と思ったか空を望み、破風《はふ》から出そうにきりりと手繰《たぐ》って、引窓をカタリと閉めた。

「あれ、奥様。」

「お前、そのお盆なんぞ、早くよ。」と釣鐘にでも隠れたそうに、肩から居間へ飜然《ひらり》と飛込む。

驚いたのはお源坊、懵乎《ぼう》となって、唯《ただ》くるくると働く目に、一目輝くと見たばかりで、意気地なくぺたぺたと坐《すわ》って、偏《ひとえ》に恐入ってお辞儀をする。

「御免なさいよ。」

と優い声、はッと花降る留南奇《とめき》の薫《かおり》に、お源は恍惚《うっとり》として顔を上げると、帯も、袂《たもと》も、衣紋《えもん》も、扱帯《しごき》も、花いろいろの立姿。まあ！　紫と、水浅黄と、白と紅《くれない》咲き重なった、矢車草を片袖《かたそで》に、月夜に孔雀《くじゃく》を見るような。

め組が刎返《はねかえ》した流汁《ながしじる》の溝溜《どぶたまり》もこれがために水澄んで、霞《かすみ》をかけたる蒼空《あおぞら》が、底美しく映るばかり。先祖が乙姫に恋歌して、懸《かか》る処に流された、蛙《かえる》の児よ、いでや、柳の袂に似た、君の袖に縋《すが》れかし。

妙子は、有名な独逸《ドイツ》文学者、なにがし大学の教授、文学士酒井俊蔵《さかいしゅんぞう》の愛娘《まなむすめ》である。父様《とうさん》は、この家の主人、早瀬主税には、先生で大恩人、且《か》つ御主《おしゅう》に当る。さればこそ、嬢様《じょうさん》と聞くと斉しく、朝から台所で冷酒のぐい煽《あお》り、魚屋と茶碗を合わせた、その挙動《ふるまい》魔の如《ごと》きが、立処《たちどころ》に影を潜めた。

未《ま》だそれよりも内証《ないしょ》なのは、引窓を閉めたため、勝手の暗い……その……誰だか。

十一

妙子の手は、矢車の花の色に際立《きわだ》って、温柔《しなやか》な葉の中に、枝を一寸《ちょいと》持替えながら、

「こんなものを持って居ますから、此方《こちら》から、」

と間誤《まご》つくお源に気の毒そう。ふっくりと優しく微笑《ほほえ》み、

「お邪魔をしてね。」

「どういたしまして、もう台なしでございまして、」と雑巾《ぞうきん》を引摑《ひッつか》んで、

「あれ、お召ものが、」

と云う内に、吾妻下駄《あずまげた》が可愛《かわい》く並んで、白足袋薄く、藤色《ふじいろ》の裾を捌いて、濃いお納戸《なんど》地に、浅黄と赤で、撫子《なでしこ》と水の繻珍《しゅちん》の帯腰《おびごし》、向う屈《かが》みに水瓶《みずがめ》へ、花菫《はなすみれ》の簪《かんざし》と、リボンの色が、蝶々《ちょうちょう》の翼薄黄色に、ちらちらと先《ま》ず映って、矢車を挿込《さしこ》むと、五彩の露は一入《ひとしお》である。

「此処《ここ》に置かして頂戴《ちょうだい》よ。まあ、お酒の香がしてねえ、」と手を放すと、揺々《ゆらゆら》となる矢車草より、薫ばかりも玉に染《し》む、顔酔《かんばせえ》いて桃に似たり。

「御覧なさい、矢車が酔ってふらふらするわ。」と罪もなく莞爾《にっこり》する。

お源はどぎまぎ、

「ええ、酒屋の小僧が、ぞんざいだものでございますから。」

「一寸《ちょいと》、溢《こぼ》したの。矢張《やっぱり》悪戯《いたずら》な小僧さん？　犬にばっかり弄《からか》って居るんでしょう、私《わたし》ン許《とこ》のも同一《おんなじ》よ。」

一廉《いっかど》社会観のような口ぶり、説くが如《ごと》く言いながら、上に上《あが》って、片手にそれまで持って居た、紫の風《ふ》呂《ろ》敷《しき》包、真四角なのを差置いた。

「お裾が汚れます、お嬢様。」

「否《いいえ》、可《いい》のよ、」

と褄《つま》は上げても、袖は板の間に敷くのであった。

「あの、お惣菜になすって下さい。」

「どうも恐れ入ります。」

「旨《おいし》くはありませんよ、どうせ、お手製なんですから。」

少し途切れて、

「お内《うち》ですか。」

「はい、」

「主税さんは……あの旦那様は、」

と言いかけて、急に気が着いたか、

「まあ、どうしたの、暗いのねえ。」

成程、其処《そこ》までは水口《みずぐち》の明《あかり》が取れたが、奥へ行く道は暗かった。

「も、仕様がないのでございますよ、真個《ほんとう》に、あら、どうしましょう。」

とお源は飛上って、慌てて引窓《ひきまど》を、くるり、かたり。颯《さっ》と明るく虹《にじ》の幻、娘の肩から矢車草に。

爾時《そのとき》台所へ落着いて顔を出した、主人《あるじ》の主税と、妙子は面《おもて》を見合わせた。

「驚《おど》かして上げましょうと思ったんだけれども。」と、笑って串戯《じょうだん》を言いながら、瓶《かめ》なる花と対丈《ついたけ》に、其処に娘が跪居《ついい》るので、渠《かれ》は謹んで板に片手を支《つ》いたのである。

「驚かしちゃ、私厭《いや》ですよ。」

「じゃ、何故《なぜ》那様《そんな》水口からなんぞお入んなさいます。丁《ちゃん》と玄関へお出迎いをして居るじゃありませんか。」

「それでもね、」

と愛々《あいあい》しく打傾き、

「お惣菜なんか持込むのに、お玄関からじゃ大業《おおぎょう》ですもの。それに、あの、花にも水を遣《や》りたかったの。」

「綺麗《きれい》ですな、まあ、お源、どうだ、綺麗じゃないか。」

「真個《ほんとう》にお綺麗でございますこと。」と、これは妙子に見惚《みと》れて居る。

「同じく頂戴が出来ますんで？」

「どうしようか知ら。お茶を食《あが》るんなら可《い》いけれど、お酒を飲《のむ》んじゃ、可哀相《かわいそう》だわ。」

「ええ、酒なんぞ。」

「厭な、おほほ、主税さん、飲んでるのね。」

「はは、はは、さ、まあ、二階へ。」

と遁出《にげだ》すような。後へするする衣《きぬ》の音。階子段《はしごだん》の下あたりで、主税が思出したように、

「成程、今日は日曜ですな。」

「どうせ、そうよ、(日曜)が遊びに来たのよ。」

十二

二階の六畳の書斎へ入ると、机の向うへ引附けるは失礼らしいと思ったそうで、火鉢を座中《ざなか》へ持って出て、床《とこ》の間の前に坐り蒲団《ぶとん》。

「どうぞ、お敷きなさいまし。」

主税は更《あらたま》って、慇懃《いんぎん》に手を支《つ》いて、

「まあ、よく入らっしゃいました。」

「はい、」とばかり。長年内《うち》に居た書生の事、随分、我儘《わがまま》も言ったり、甘えたり、勉強

の邪魔もしたり、悪口も言ったり、喧嘩《けんか》もしたり。帽子と花簪の中であった。が、さてこうなると、心は同一《おなじ》でも兵子帯《へこおび》と扱帯《しごき》ほど隔てが出来る。主税もその扱《あつかい》にすれば、お嬢さんも晴がましく、顔の色とおなじような、手巾《ハンケチ》を便《たより》にして、姿と一緒にひらひらと動かすと、畳に陽炎《かげろう》が燃えるようなり。

「御無沙汰《ごぶさた》を致しまして済みません。奥様《おくさん》もお変りがございませんで、結構でございます。先生は相変らず……飲酒《めしあが》りますか。」

「誰か、と同一《おんなじ》ように……矢張《やっぱ》り……」と莞爾《にっこり》。落着かない坐りようをして居るから、火鉢の角へ、力を入れて手を掛けながら、床《とこ》の掛物に目を反らす。

主税は額に手を当てて、

「いや、恐縮。ですが今日のは、こりゃ逆上《のぼ》せますんですよ。前刻《さっき》朝湯に参りました。」

「父様《とうさん》もね、矢張り朝湯に酔うんですすよ。不思議だわね。」

主税は胸を据えた体《てい》に、両膝《りょうひざ》にぴたりと手を置き、

「平《ひら》に、奥様《おくさん》には御内分。貴女《あなた》又、早瀬が朝湯に酔って居たなぞと、お話をなすっては不可《いけ》ませんよ。」

「真個《ほんとう》に貴郎《あなた》の半分でも、父様《とうさん》が母様《かあさん》の言うことを肯《き》くと可《い》いんだけれど、学校でも皆《みんな》が評判をするんですもの、人が悪いのはね、私の事を（お酌さん。）なんて冷評《ひやか》すわ。」

「結構じゃありませんか。」

「厭《いや》だわ、私は。」

「だって、貴女、先生がお嬢さんのお酌で快く御酒を召食《めしあが》れば、それに越した事はありません。後《いま》にその筋から御褒美《ごほうび》が出ます。養老の滝でも何でも、昔から孝行な人物の親は、大概酒を飲みますものです。貴女を（お酌さん。）などと云う奴は、親のために焼芋を調え、牡丹餅《おはぎ》を買い……お茶番の孝女だ。」

と大《おおい》に擽《くすぐ》って笑うと、妙子は怨《うら》めしそうな目で、可愛らしく見たばかり。

「私は、もう帰ります。」

「御串戯《ごじょうだん》をおっしゃっては不可ません。これからその焼芋だの、牡丹餅だの。」

「ええ、私はお茶番の孝女ですから。」

「先《ま》あ、御褒美を差上げましょう。」

と主税が引寄せる茶道具の、其処等《そこら》を視《なが》めて、

「お客様があったのね。お邪魔をしたのじゃありませんか。」

「否《いいえ》、もう帰った後です。」

「厭な人ね？」

と唐突《だしぬけ》に澄まして云う。

「見たんですか。」

「見やしませんけれど、御覧なさいな。お茶台に茶碗《ちゃわん》が伏《ふさ》って居るじゃありませんか、

お茶台に茶碗を伏せる人は、貴下《あなた》嫌《きらい》だもの、父様《とうさん》も。」

「天晴《あっぱ》れ御鑑定、本阿弥《ほんあみ》で入らっしゃる。」と急須子《きびしょ》をあける。

「誰方《どなた》なの？」

「御存じのない者です。河野と云う私の友達……来て居たのはその母親ですよ。」

「河野ね？　主税さん。」と妙子はふっくりした前髪で打傾き、

「学士の方《かた》じゃなくって、」

「知っていらっしゃるか。」と茶筒にかけた手を留めた。

「その母様《おっかさん》というのは、四十余りの、あの、若造りで、一寸《ちょいと》お化粧なんぞして、細面《ほそおもて》の、鼻筋の通った、何だか権式の高い、違って？」

「真個《まったく》。どうして貴女、」

「私の学校へ、参観に。」

新学士

十三

「昨日《きのう》は母様《かあさん》が来て御厄介でした。」

と、今夜主税の机の際《わき》に、河野英吉が、未《ま》だ洋服の膝も崩さぬ前《さき》から、

「君、困ったろう、母様《かあさん》は僕と違って、威儀堂々と云う風で厳粛だから、ははは、」

と肩を揺《ゆす》って、無邪気と云えば無邪気、余り底の無さ過ぎるような笑方《わらいかた》。文学士と肩書の名刺と共に、新《あたらし》いだけに美しい若々しい髯《ひげ》を押揉《おしも》んだ。些《ち》と目立つばかり口が大いのに、似合わず声の優しい男で。気焔《きえん》を吐くのが愚痴のように聞きなされる事がある。

尤《もっと》も、何を為《す》るにも、福、徳とだけ襟を数えれば済む身分。貧乏は知らないと云っても可《い》いから、愚痴になるわけはないが、自分の親を、その年紀《とし》で、友達の前で、呼ぶに母《かあ》様《さん》を以《もっ》てするのでも大略解《あらかたわか》る。酒に酔わずにアルコオルに中毒《あた》るような人物で。年紀《とし》は二十七。従五位勲三等、前の軍医監、同姓英臣《ひでおみ》の長男、七人の同胞《きょうだい》の中に英吉ばかりが男子で、姉が一人、妹が五人、その中縁附いたのが三人で。姉は静岡の本宅に、然《さ》る医学士を婿《むこ》にして、現に病院を開いて居る。

南町の邸は、祖母《おばあ》さんが監督に附いて、英吉が主人《あるじ》で、三人の妹が、それぞれ学校に通って居るので、既に縁組みした令嬢たちも、皆其処《そこ》から通学した。別家《べっけ》のようで且《か》つ

学問所、家厳はこれに桐楊塾《とうようじゆく》と題したのである。漢詩の嗜《たしなみ》がある軍医だから、何等か桐楊の出処《でどころ》があろう、但《ただ》しその義《ぎ》審《つまびらか》ならず。

英吉に問うと、素湯《さゆ》を飲むような事を云う。枝も栄えて、葉も繁《しげ》ると云うのだろう、松柏《しょうはく》も古いから、其処で桐楊だと。

説を為《な》すものあり、曰《いわ》く、桐楊の桐《きり》は男児に較《くら》べ、楊《やなぎ》は令嬢《むすめ》たちに擬《なぞら》えたのであろう。漢皇重色思傾国《かんこういろをおもんじてけいこくをおもう》……楊家女有《ようかにじょあり》、と同一字《おんなじ》だ。道理こそ皆美人であると、それ或は然《しか》らん。が男の方は、桐に鳳凰《ほうおう》、とばかりで出処が怪しく、花骨牌《はなふだ》から出たようであるから、遂《つい》に孰方《どちら》も信《あて》にはならぬ。

休題《さておき》、南町の桐楊塾は、監督が祖母さんで、同窓が嬢《むすめ》たちで、更に憚《はばか》る処がないから、天下泰平、家内安全、鳳凰は舞い次第、英吉は遊び放題。在学中も、雨桐《あめきり》はじめ烏金《からすがね》の絶倍で、屢々《しばしば》かいがんに及んだのみか、卒業も二年ばかり後《おく》れたけれども、首尾よく学位を得たと聞いて、親たちは先《ま》ず占めた、びきで、あおたんの摑《つか》みだと思うと、手八《てはち》の蒔直《まきなお》しで夜泊《よどまり》の、昼流連《ひるながし》。祖母さんの命《めい》を承《う》けて、妹連から注進櫛《くし》の歯を挽《ひ》くが如《ごと》し。で、意見かたがた然《しか》るべき嫁もあらばの気構えで、この度《たび》母親が上京したので、妙子が通う女学校を参観したと云うにつけても、意のある処が解せられる。

「どうだい、君、窮屈な思いをしたろう。」

親が参って、さぞ御迷惑、と悪気は無い挨拶《あいさつ》も、母様《かあさん》で、威儀で、厳粛で、窮屈な思いを、と云うから、何と豪《えら》いか、恐入ったろう、と極めつけるが如くに聞える。

例《いつも》の調子と知って居るから、主税は別に気にも留めず、勿論《もちろん》、恐入る必要も無いので、

「姑《しゅうと》に持とうと云うんじゃなし、些《ちっ》とも窮屈な事はありません。」

机の前に鉄拐《てっか》胡坐《あぐら》で、悠然《ゆうぜん》と煙草《たばこ》を輪に吹く。

「しかし、君、その自《おのず》から、何だろう。」

とその何だか、火箸《ひばし》で灰を引掻《ひっか》いて、

「僕は窮屈で困る。母様《かあさん》がああだから、自から襟を正すと云ったような工合でね。……直《じき》の妹なんざ、随分脱兎《ずっと》の如しだけれど、母様《かあさん》の前じゃ殆《ほとん》ど処女だね。」

と髯を捻《ひね》る。

十四

「で、何かね、母様《かあさん》は、」

と主税は笑いながら、故《わざ》と同一《おんなじ》ように母様と云って、煙管《きせる》を敲《はた》き、

「しばらく御滞在なんですかい。」

「一月《ひとつき》ぐらい居るかもしれない、ああ、」と火鉢に凭掛《よりかか》る。

「じゃ当分謹慎だね。今夜なぞも、これから真直にお帰りだろう、何処《どこ》へも廻りゃしま

すまいな。」

「うふふ、考えてるんだ。」と又灰に棒を引く。

「相変らず辛抱が出来ないか。」

「うむ、何、そうでも無い。母様《かあさん》が可愛《かわい》がってくれるから、来て居る間は内も愉快だよ。賑《にぎやか》じゃあるし、料理が上手だからお菜《かず》も旨《うま》いし、君、昨夜《ゆうべ》は妹たちと一所に西洋料理を奢《おご》って貰《もら》った、僕は七皿《ななさら》喰った。ははは、」

と火箸《ひばし》をポンと灰に投て、仰向いて、頬杖《ほおづえ》ついて、片足を鳶《とんび》になる。

「御馳走《ごちそう》と云えば内へ来るめ組だが、」

皆まで聞かず、英吉は突放したように、

「ありゃ君、もう来なくッても可《い》いよ。余り失礼な奴だと、母様《かあさん》が大変感情を害したからね、君から断ってくれ給《たま》え。」

と真面目《まじめ》で云って、衣兜《かくし》から手巾《ハンケチ》をそそくさ引張出し、口を拭《ふ》いて、

「どうせ東京の魚だもの、誰のを買ったって新鮮《あたらし》いのは無い。偶《たま》に盤台の中で刎《は》ねてると思や、蛆《うじ》で蠢《うご》くか、そうでなければ比目魚《ひらめ》の下に、手品の鰌《どじょう》が泳いでるんだと、母様《かあさん》がそう云ったっけ。」

め組が聞いたら、立処《たちどころ》に汝《なんじ》の一命覚束《いちめいおぼつか》ない、事を云って、けろりとして、

「静岡は口の奢った、旨いものを食う処さ。汽車の弁当でも試《み》給《たま》え、東海道一番だよ。」

主税は何処までも髯のある坊ちゃんにして、逆らわない気で、

「いや、何か、手前どもで、め組のものを召食《めしあが》って、大層御意に叶《かな》ったから、是非寄越してくれと誰かが仰有《おつしや》るもんだから取あえず差立てたんだ。御家風を存じないでもなかったけれども、承知の上で、君が断《た》ってと云ったから。」

「僕は構わん。僕は構わんが、あの調子だもの、祖母《おばあ》さんや妹たちは固《もと》よりだ。故郷《くに》から連れて来て居る下女さえ吃驚《びつくり》したよ。母様《かあさん》は、僕を呼びつけて談じたです。あんなものに朋輩呼《ほうばい》ばわりをされるような悪い事をしたか。其処等《そこいら》の芸妓《げいしや》にゃ、魚屋だの、蒲鉾《かまぼこ》屋の職人、蕎麦《そば》屋の出前持の客が有ると云うから、お前、何処ぞで一座でもおしだろう、とね、叱《しか》られたです。

僕は何、彼《あれ》は通りもんです。早瀬の許《とこ》へ行っても、同一《おなじ》く、今日は旨《うめ》えものを食わせて遣ろう。居るか、と云った調子です、と云ったら、母様《かあさん》が云うにゃ、当前《あたりまえ》だ、早瀬じゃ、細君……」

と云いかけて、ぐっと支《つか》えたが、ニヤリとして、

「君、僕は饒舌《しやべ》りゃしないよ。僕は決して饒舌らんさ。秘密で居ることを知ってるから、君の不利益になるような事は云わないがね、妹たちが知ってるんだ。何処かで聞いて来てたもんだから、ついね、」

と気の毒そう。

「まあ、可《い》い、そんな事は構わないが、僕と懇意にしてくれるんなら、もう些《ちっ》と君、遊蕩《あそび》を控えて貰いたいね。

昨日も君の母様《かあさん》が来て、つくづく若様の不始末を愚痴るのが、何だか僕が取巻きでもして、わッと浮かせるようじゃないか。

高利《アイス》を世話をして、口銭《こうせん》を取る。酒を飲ませてお流《ながれ》頂戴。切々《せっせつ》内へ呼び出しちゃ、安保箭《あほのや》花骨牌《はなふだ》でも撒《ま》きそうに思ってるんだ。何の事はない、美少年録のソレ何だっけ、五郎直行《ごろうなおゆき》さ。甚しきは美人局《つつもたせ》でも遣《や》りかねないほど軽蔑《けいべつ》して居ら。母様《かあさん》の口ぶりが、」

と稍《やや》その調子が強くなったが、急に事も無げな串戯口《じょうだんぐち》、

「ええ、隊長、些《ち》と謹んでくれないか。」

「母様《かあさん》の来て居る内は謹慎さ。」

と灰を搔《か》きまわして、

「その代り、西洋料理七皿だ。」と火箸をバタリ。

十五

「じゃあ色気より食気の方だ、何だか自棄《やけ》に食うようじゃないか。しかし、まあそれで済みゃ結構さ。」

「済みゃしないよ、七皿のあとが、一銚子《ひとちょうし》、玉子に海苔《のり》と来て、おひけと成ると可いんだけれど、矢張《やっぱ》り一人で寝るんだから、大きに足が突張るです。それに母様《かあさん》が来たから、些《ちっ》とは小遣があるし、二三時間駈出して行って来ようかと思う。どうだろう、君、迷惑をするだろうか。」

と甘えるような身体《からだ》つき、座蒲団《ざぶとん》にぐったりして、横合から覗《のぞ》いて云う。

「何が迷惑さ。君の身体で、御自分お出かけなさるに、些《ちっ》とも迷惑な事はない。迷惑な事はないが……」

「否《いや》、ところが今夜は、君の内へ来たことを、母様《かあさん》が知ってるからね。今のような話じゃ、又君が引張《ひっぱり》出したように、母様《かあさん》に思われようかと、心配をするだろうと云うんだ。」

「お疑いなさるは御勝手さ。癪《しゃく》に障《さわ》ればったって、恐い事、何あるものか、君の母親《おふくろ》が何だ？」

と云いかけて、語気をかえ、

「そう云っ了《ちま》えば、実も蓋《ふた》もない。痛くない腹を探られるのは、僕だって厭《いや》だ。それにしても早瀬へ遊びに行くと云う君に、よく故障を入れなかったね。」

「うむ、そりゃ彼《あれ》です、君に逢わない内は疑って居ないでもなかったがね、」

敢て臆面《おくめん》は無い容子《ようす》で、

「昨日逢ってから、そうした人じゃないようだ、と頷《うなず》いて居た。母様《かあさん》はね、君、目が高いんだ、所謂《いわゆる》士を知る明《めい》ありだよ。」

「じゃ、何か、士を知る明があって、それで、何か、そうした人じゃないようだ、(よ、うだ。)と未《ま》だ疑《うたが》いがあるのか。」

「だって唯《ただ》一面識だものね、三四度交際《つきあ》って見給え。丁《ちゃん》と分るよ、五度とは言わない。」

「何も母様《かあさん》に交際うには当らんじゃないか。せめて年増《としま》でもあればだが、もう婆《ばあ》さまだ。」

と横を向いて、微笑《ほほえ》んで、机の上の本を見た。何の書だか酒井蔵書の印が見える。真《ま》砂町《さごちょう》から借用のものであろう。

英吉は、火鉢越に覗きながら、その段は見るでもなく、

「年紀《とし》は取ってるけれど、未だ見た処は若いよ。君、婦人会なんぞじゃ、後姿《うしろすがた》を時々姉と見違えられるさ。

で、何だ、そうやって人を見る明が有るもんだから、婿《むこ》の選択は残らず母様《かあさん》に任せてあるんだ。取当《とりあ》てるよ。君、内の姉の婿にした医学士なんざ大当りだ。病院の立派になった事を見給えな。」

「僕なんざ御選択に預れまいか。」

と気を、その書物に取られたか、木に竹を接《つ》いだような事を云うと、以っての外《ほか》真面目に受けて、

「君か、君は何だ、学位は持っちゃ居らんけれど、独逸《ドイツ》のいけるのは僕が知ってるからね。母様《かあさん》の信用さえ得てくれりゃ、何だ。ええ君、妹たちには、固《もと》より評判が可《い》いんだからね、色男、ははは、」

と他愛《たわい》なく身体中で笑い、

「だって、どうする。階下《した》に居るのを、」

背後《うしろ》を見返り、

「湯かい。見えなかったようだっけ。」

主税は堪《こら》えず失笑《ふきだ》したが、向直って話に乗るように、

「まあ、可《い》い加減にして、疾《はや》く一人貰っちゃどうだ。人の事より御自分が。そうすりゃ遊蕩《あそび》も留《や》みます。安保箭五郎悪い事は言わないが、どうだ。」

「むむ、その事だがね。」

とぐったりして居た胸を起して、又手巾で口を拭いて、何為《なぜ》か、縞《しま》のズボンを揃えて、丁《ちゃん》と畏《かしこ》まって、

「実はその事なんだ。」

「何がその事だ。」

「矢張《やっぱり》その事だ。」

「いずれその事だろう。」

「ええ、知ってるのか。」

「些《ちつ》とも知らない、」

と煙管を取って、

「いや、真面目に真面目に、何か、心当りでも出来たかね。」

縁談

十六

時に河野がその事と言えば、孰《いず》れ婦《おんな》に違いないが、早瀬は何時《いつ》もこの人から、その収《しゆう》紅拾紫《こうしゆうし》、鶯《うぐいす》を鳴かしたり、蝶《ちよう》を弄《もてあそ》んだりの件に就《つい》て、いや、ああ云ったがこれは何と、こう申したがそれは如何《いかに》。無心をされたがどうしたものか、成るべくは断りたい。断ったら嫌われようか、嫌われては甚だ不好《まず》い。一体恋《スイート》でありながら金子《かね》をくれろは変な工合だ、妙だよ。その意志のある処《ところ》を知るに苦む、などと、候べく候《そろべくそろ》紅をさして、蚯蚓《みみず》までも突附けて、意見？　を問われるには恐れて居る。

誇るに西洋料理七皿を以《もっ》てする、式《かた》の如《ごと》き若様であるから、冷評《ひやか》せば真《ま》に受ける、打《う》棄《ちゃ》って置けば悄《しょ》げる、はぐらかしても乗出す。勢い可《い》い加減にでも返事をすれば、即《すなわ》ち期せずして遊蕩《あそび》の顧問になる。尠《すくな》からず悩まされて、自分にお蔦と云う弱点《よわみ》があるだけ、人知れず冷汗が習《ならい》であったから、その事ならもう聞くまい、と手強《てごわ》く念を入れると、今夜はズボンの膝《ひざ》を畏《かしこま》っただけに大真面目。尤《もっと》も馴染《なじみ》の相談も串戯ではないのだけれども。特に更《あらたま》って、ついにない事、もじもじして、

「実はね、母様《かあさん》も云ったんだ、君に相談をして見ろと……」

「縁談だね、真面目な。」

珍らしそうに顔を見て、

「母様《かあさん》から御声懸《おこえがか》りで、僕に相談と云う縁談の口は、当時心当りが無いが。ああ、」

と軽く膝を叩《たた》いた。

「隣家《となり》のかい。むむ、彼《あれ》は別嬪《べっぴん》だ。一寸《ちょいと》高慢じゃあるが、そのかわり学校はなかなか出来るそうだ。」

英吉は小児《こども》のように頭《かぶり》を振って、

「ううむ、違うよ。」

「違う。じゃ誰だい。」

と落着いて訊《たず》ねると、慌《あわ》てて衣兜《かくし》へ手を突込み、肩を高うして、一つ揺《ゆす》って、

「真砂町の、」

「真砂町!?」

と聞くや否《いな》や、鸚鵡《おうむ》返《がえ》しに力が入った。床の間にしっとりと露を被《かつ》いだ矢車の花は、燈《ひ》の明《あかり》を余所《よそ》に、暖か過ぎて障子を透《すか》した、富士見町あたりの大空の星の光を宿して、美しく活《いか》って居る。

見よ、河野が座を、斜に避けた処には、昨日の袖《そで》の香《か》を留めた、友染の花も、綾《あや》の霞《かすみ》も、畳の上を消えないのである。

真砂町、と聞返すと斉《ひと》しく、屹《きっ》とその座に目を注いだが、驚破《すわ》と謂《い》わば身を以て、影をも守らん意気組であった。

英吉は又火箸《ひばし》を突支棒《つっかいぼう》のようにして、押立尻《おったてじり》をしながら、火鉢の上へ乗掛《のっかか》って、

「あの、酒井ね、君の先生の。彼処《あすこ》に娘があるんだね。」

「あるさ、」と云ったが、余り取っても着けないようで、我ながら冷《ひやや》かに聞えたから、

「知らなかったかな、君は。随分その方へかけちゃ、脱落《ぬかり》はあるまいに。」

「洋燈《ランプ》台下暗《した》しで、(と大に洒《しゃ》落れて)薩張気《さつぱりき》が付かなかった。君ン許《とこ》へも一寸々々《ちょいちょい》遊びに来るんだろう。」

「お成りがあるさ。僕には御主人だ。」

「じゃ一度ぐらい逢いそうなものだった。」

何か残惜《のこりおし》く、かごとがましく、不平そうに謂ったのが、何故《なぜ》見せなかった、と詰《なじ》るように聞えたので、早瀬は石を突流す如く、

「縁が無かったんだろうよ。」

「ところがあります、ははは、」と、ここで又相好《そうごう》とともに足を崩して、ぐたりと横坐りになって、

「思うに逢わずして思わざるに……じゃない。向うも来れば僕も来るのに、此家《ここ》で逢いそうなものだったが、そうでなくって君、学校で見たよ。ああ、あの人の行く学校で、妙子さんの行く学校で。」

と、何だか話しに乗らないから、畳かけて云った。妙子、と早や名のこの男に知られたのを、早瀬はその人のために恥辱《ちじょく》のように思って、不快な色が眉《まゆ》の根に浮んだ。

「どうして、学校で、」

とこの際故《わざ》と尋ねたのである。母子《おやこ》で参観したことは、もう心得て居たのに。

十七

「どうもこうも無いさ。母様《かあさん》と二人で参観に出掛けたんだ。教頭は僕と同窓だからね。先《せん》にから来て見い、来て見い、と云うけれど、顔の方じゃ大した評判の無い学校だから、馬鹿《ばか》にして居たが驚いたね。勿論《もちろん》五年級にゃ佳《い》いのが居ると云ったっけが、」

「じゃあその教頭、媒酌人《なこうど》も遣《や》るんだな。」

と舌尖《したさき》三分で切附けたが、一向に感じないで、

「遣るさ。そのかわり待合や、何かじゃ、僕の方が媒酌人だよ。」

「怪《け》しからん。黒と白との、待て？　海老茶《えびちゃ》と緋縮緬《ひぢりめん》の交換だな。いや、可《い》い面《つら》の皮だ。ずらりと並べて選取《よりど》りにお目に掛けます、小格子《こごうし》の風だ。」

「可《い》いじゃないか、学校の目的は、良妻賢母を造るんだもの、生理の講義も聞かせりゃ、媒酌《なこうど》もしようじゃあないか。」

とこの人にして大警句。早瀬は恐入った体《てい》で、

「成程、」

「勿論人を見て為《す》るこッた、いくら媒酌人をすればッて、人毎《ごと》に許しやしない。其処《そこ》は地位もあり、財産もあり、学位も有るもんなら、」

と自若として、自分で云って、意気頗《すこぶ》る昂然焉《こうぜんたり》で、

「講堂で良妻賢母を拵《こしら》えて、丁《ちゃん》と父兄に渡す方が、双方の利益だもの。教頭だって、其処は考えて居るよ。」

「で何かね、」

早瀬は、斜めに開き直って、

「其処で僕の、僕の先生の娘を見たんだな。」

「ああ、然《しか》も首席よ。出来るんだね。而《そ》うして見た処、優美《しとやか》で、品《ひん》が良くって、愛嬌《あいきょう》がある。沢山ない、滅多にないんだ。高級三百顔色《がんしょく》なし。照陽殿裏第一人《しょうようでんりだいいちにん》だよ。恰《あたか》も可《よし》、学校も照陽女学校さ。」

と冷えた茶をがぶりと一口。浮かれの体《てい》でおいでなすって、

「はは、僕ばかりじゃない、第一母様《かあさん》が気に入ったさ。彼《あれ》なら河野家の嫁にしても、まあまあ……恥かしくない、と云って、教頭に尋ねたら、酒井妙子と云うんだ。一寸《ちょっと》、教員室で立話しをしたんだから、委《くわ》しいことは追てとして、その日は帰った。すると昨日、母様《かあさん》が此処《ここ》へ訪ねて来たろう。帰りがけに、飯田町から見附を出ようとする処で、腕車《くるま》を飛ばして来た、母衣《ほろ》の中のがそれだッたって、矢車の花を。」

と言いかけて、床の間を凝《じっ》と見て、

「ああ、これだこれだ。」

ひょいと腰を擡《もた》げて、這身《はいみ》にぬいと手を伸ばした様子が、一本引抜《ひともとひんぬ》きそうに見えたので、

「河野！」

「ええ、」

「それから。おい、肝心な処だ。フム、」

「あの砂埃《すなほこり》の中を水際《みずぎわ》立って、駈け抜けるように、そりゃ綺麗《きれい》だったと云うのだ。立留って見送ると、この内の角《かど》へ車を下ろしたろう。徐々《そろそろ》引返したんです、母様《かあさん》がね。休んで居た車夫に、今のお嬢さんは真中《まんなか》の家へですか。へい、さようで、と云うのを聞いて帰ったのさね。」

乗って出たのに引込まれて、ト居直って、

と早口に饒舌《しゃべ》って、

「美人だねえ。君、」とゆったり顔を見る。

「ト遣った工合は、僕が美人のようだ、厭《いや》だ。結婚なんぞ中込んじゃ、」と笑いながら、大《おお》に諷《ふう》するかの如くに云って、丁《とん》と肩を突いて、

「浮気ものめ。」

「浮気じゃない、今度ばかしゃ大真面目《まじめ》だからね、君、どうかなるまいか。」

又甘えるように、顔を正的《まとも》に差出して、頤《おとがい》を支えた指で、頻《しきり》に忙《せわし》く髯《ひげ》を捻《ひね》る。

早瀬はしばらく黙ったが、思わず拱《こまぬ》いて居た腕を解くと、背後《うしろ》ざまに机に肱《ひじ》、片手を緊《しか》乎と膝に支《つ》いて、

「貰《もら》うさ。」

「え。」

「お貰いなさい。」

「くれようか。」

「話によっちゃ、くれましょう。」

「後継者《あととり》じゃないんだね。」

「勿論後継者じゃあない。」

「じゃ、まあ、話は出来るとして、」と、澄まして云って、今度は心ありげに早瀬の顔を。

「だが、何だよ、私《わっし》ア」と云った調子が変って、

「媒介人《なこうど》は断るぜ、照陽女学校の教頭じゃないんだから。」

十八

そうすると英吉が、予《かね》て心得たりの態度で、媒酌人は勿論、然るべき人をと云ったの

が、その許如《もと》きに勤まるものかと、軽んじ賤《いや》しめたように聞えて、

「そりゃ、いざとなりゃ、教育界に名望のある道学者先生の叔父もあるし、又父様《とうさん》の幕《ばっ》下《か》で、現下その筋の顕職にある人物も居るんだから、立派に遣ってくれるんだけれど、その君、媒酌人を立てるまでに、」

と手を揃《そろ》えて、火鉢の上へ突出して、じりりと進み、

「先方《さき》の身分も確めねばならず、妙子、(ともう呼棄《よびす》てにして) の品行の点もあり、まあ、学校は優等としてだね。酒井は飲酒家《さけのみ》だと云うから、遺伝性の懸念《けねん》もありだ。それは大丈夫としてからが、ああ云う美しいのには有り勝だから、肺病の憂《うれい》があってはならず、酒井の親属関係、妙子の交友の如何《いかん》、其処《そこ》等を一ツ委《くわ》しく聞かして貰いたいんだがね。」

主税は堪りかねて、ばりばりと烏府《すみとり》の中を突崩した。この暖いのに、河野が両手を翳《かざ》すほど、火鉢の火は消えかかったので、彼は炭を継ごうとして横向になって居たから、背けた顔に稲妻の如く閃《ひらめ》いた額の筋は見えなかったが、

「もう一度聞こう、何だっけな。先方《さき》の身分?」

「うむ、先方の身分さ。」

「独逸文学者よ、文学士だ……大学教授よ。知ってるだろう、私の先生だ。」

「むむ、そりゃ分ってるがね、妙子の品行の点もあり、」

「それから、」

「遺伝さ、」

「肺病かね、」

「親族関係、交友の如何《いかん》さ。何、友達の事なんぞ、大した条件では無いよ。結婚をすれば、処女時代の交際は自然に疎《うと》くなるです。それに母様《かあさん》が厳しく躾《しつけ》れば、その方は心配はないが、むむ、未《ま》だ要点は財産だ。が、酒井は困って居やしないだろうか。誰も知った俠客風《きようかく》の人間だから、人の世話をすりゃ、つい物費《ものいり》も少くない。其上《それ》にゃ、評判の飲酒家《さけのみ》だし、遊ぶ方も盛《さかん》だと云うし、借金はどうだろう。」

主税は黙って、茶を注《つ》いだが、強いて落着いた容子に見えた。

「何かね、持参金でも望みなのかね。」

「馬鹿を謂《い》い給え。妹たちを縁附けるに、此方《こちら》から持参はさせるが、僕が結婚するに、苟《いやしく》も河野の世子《せいし》が持参金などを望むものか。

君、僕の家じゃ、何だ、女の児《こ》が一人生れると、七夜から直《す》ぐに積立金をするよ。それ立派に支度が出来るだろう。結婚してからは、その利息が化粧料、小遣と成ろうと云うんだ。自然嫁入先でも幅が利《き》きます。尤《もっと》もその金を、婿《むこ》の名に書き替るわけじゃないが、河野家に於《お》てさ、一人一人の名にして保管してあるんだから、例えば婿が多日《しばらく》月給に離れるような事があっても、忽《たちま》ち破綻《はたん》を生ずる如《ごと》き不面目は無い。

と云う円満な家庭になって居るんだ。で先方《さき》の財産は望《のぞみ》じゃないが、余り困って居るようだと、親族の関係から、つい迷惑をする事に成っちゃ困る。娘の縁で、一時借用なぞと云うのは有がちだから。」

「酒井先生は江戸児《えどッこ》だ！」

と唐突《だしぬけ》に一喝して、

「神田の祭礼《まつり》に叩《たた》き売っても、娘の縁で借りるもんかい。河野！」

と屹《きっ》と見た目の鋭さ。眉を昂《あ》げて、

「髯があったり、本を読んだり、お互の交際は窮屈だ。撲倒《はりたお》すのを野蛮と云うんだ。」

お蔦は湯から帰って来た。艶《つや》やかな濡髪《ぬれがみ》に、梅花の匂馥郁《においふくいく》として、繻子《しゅす》の襟の烏羽玉《うばたま》にも、香やは隠るる路地の宵《よい》。格子戸を憚《はばか》って、台所の暗がりへ入ると、二階は常ならぬ声高《こわだか》で、お源の出迎える気勢《けはい》もない。石鹼《シャボン》を巻いた手拭《てぬぐい》を持ったままで、窃《そっ》と階子段《はしごだん》の下へ行くと、お源は扉《ひらき》に附着《くッつ》いて、一心に聞いて居た。

十九

「先生が酒を飲もうと飲むまいと、借金が有ろうと無かろうと、大きなお世話だ。遺伝が、肺病が、品行が何だ。当方《こちら》からお給事《みやづかえ》をしようと云うんじゃなし、第一欲しいと仰有《おっしゃ》ったって、差上げるやら、平《ひら》に御免を被《こうむ》るやら、その辺も分らないのに、人の大切な令嬢を、裸体《はだか》にして検査するような事を聞くのは、無礼じゃないか。私《わっし》あ第一、河野。世間の宗教家と称《とな》うる奴が、吾々を捕《つかま》えて、罪の児だの、救って遣るのと、商売柄好《ず》きな事を云う。薬屋の広告は構わんが、しらきちょうめんな人間に向って罪の子とは何んだい。本人は兎《と》も角《かく》も、その親たちに対して怪しからん言種《いいぐさ》だと思ってるんです。

今君が尋問に及んだ、先生の令嬢の身許検《しら》べの条件が、唯《ただ》の一ケ条でもだ。河野英吉氏の意志から出たのなら、私《わっし》はもう学者や紳士の交際は御免蒙《こうむ》る。そのかわりだ、半纏《はんてん》着《ぎ》の附合いになって撲倒《はりたお》すよ。はははは、えい、おい、」

と調子が砕けて、

「母様《かあさん》の指揮《さしず》だろう、一々。私はこうして懇意にして居るからは、君の性質は知ってるんだ。君は惚《ほ》れたんだろう、一も二もなく妙ちゃんを見染《みそめ》たんだ。」

「うう、まあ……」と対手《あいて》の血相もあり、もじもじする。

「惚れてよ、可愛《かわい》い、可憐《いとし》いものなら、何故《なぜ》命がけになって貰わない。結婚をしたあとで、不具《かたわ》になろうが、肺病になろうが、またその肺病がうつって、それがために共々倒れようが、そんな事を構うもんか。

まあ、何は措《お》いて、嫁の内《うち》の財産を云々《うんぬん》するなんざ、不埒《ふらち》の到《いたり》だ。万々一、実家《さと》の親が困窮して、都合に依《よ》って無心合力《むしんごうりょく》でもしたとする。可愛い女房の親じゃないか。自分にも親なんだぜ、余裕があったら勿論《もちろん》貢《みつ》ぐんだ。無ければ断る。が、人情なら三杯食う飯《めし》を一杯ずつ分るんだ。着物は下着から脱いで遣るのよ。」

と思い入った体《てい》で、煙草《たばこ》を持った手の尖《さき》がぶるぶると震えると、対手《あいて》の河野は一向気にも留めない様子で、唯上《うわ》の空で聞いて首《こうべ》だけ垂れて居たが、却《かえっ》て襖《ふすま》の外で、思わずはらはらと落涙したのはお蔦である。

何の話？　と声の励《はげ》しいのを憂慮《きづか》って、階子段の下で窃《そっ》と聞くと、縁談でございますよ、とお源の答えに、ええ、旦那の、と湯上りの颯《さっ》と上気した顔の色を変えたが、否《いいえ》、河野様が御自分の、と聞いて、まあ、と呆《あき》れたように莞爾《にっこり》して、忍んで段を上って、上り口の次の室《ま》の三畳へ、欄干《てすり》を擦って抜足で、両方へ開けた襖の蔭《かげ》へ入ったのを、両人《ふたり》には気が付かずに居るのである。

と河野は自分には勢《いきおい》のない、聞くものには張合のない口吻《くちぶり》で、

「だが、母さんが、」

「母様《かあさん》が何だ。母様が娶《もら》うんじゃあるまい、君が女房にするんじゃないか。例《いつ》でもその遣方だから、いや、縁談にかかったの、見合をしたの、と屢々《しばしば》聞かされるのが一々勘定はせんけれども、雑《ざっ》と三十ぐらいあった。その内、君が、自分で断ったのは一ツもある

まい。皆母さんがこう云った。叔父さんが、ああだ、父さんが、それだ、と難癖を附けちゃ破談だ。

君の一家《いつけ》は、凡《およ》そどのくらいな御門閥かは知らん。河野から縁談を申懸けられる天下の婦人は、いずれも恥辱を蒙るようで、予て不快に堪えんのだ。昔の国守大名が絵姿で捜せば知らず、そんな御註文に応ずるのが、ええ、河野、何処《どこ》にだってあるものか。」

と果《はて》は歎息《たんそく》して云うのであった。河野は急に景気づいて、

「何、無いことはありゃしない。そりゃ有るよ。君、僕ン許《とこ》の妹たちは、誰でもその註文に応ずるように仕立ててあるんだ。揃って容色《きりよう》も好《よ》し、又不思議に皆別嬪《べつぴん》だ。知ってるだろう。生れたての嬰児《あかんぼ》の時は、随分、おかしな、色の黒いのもあるけれど、母《かあ》さんが手しおに掛けて、妙齢《としごろ》にするまでには、兎《と》も角《かく》も十人並以上になるんだ、ね、そうじゃないか。」

主税は返す言《ことば》もなく、これには否応《いやおう》なく頷《うなず》かされたのである。蓋《けだ》し事実であるから。

一《いっ》家《け》一《いち》門《もん》

二十

「それから、財産は先刻《さっき》も謂《い》った通り、一人一人に用意がしてある。病気なり、何なりは、父様《とうさん》も兄も本職だから注意が届くよ。その他は万事母様《かあさん》が預かって躾けるんだ。好嫌《すききらい》は別として、此方《こちら》で他に求める条件だけは、丁《ちゃん》と此方《こちら》にも整えてあるんだから、強《あなが》ち身勝手ばかり謂うんじゃない。

けれども、品行の点は、疑えば疑えると云うだろう。其処はね、性理上も斟酌《しんしゃく》をして、徐々《そろそろ》色気が、と思う時分には、妹たちが、未だ未だ自分で、男をどうのこうのと云う悪《わる》智慧《ぢえ》の出ない先に、親の鑑定《めがね》で、婿《むこ》を見附けて授けるんです。

否《いや》も応も有りゃしない。衣服《きもの》の柄ほども文句を謂わんさ。謂わない筈《はず》だ、何にも知らないで授けられるんだから。しかし間違いはない、其処は母さんの目が高いもの。」

「すると何かね、婿を選ぶにも、凡《およ》その条件が満足に解決されないと不可《いか》んのだね。」

「勿論さ、だから、皆円満に遣《や》っとるよ。第一の姉が医学士さね、直《じき》の妹の縁附いて居るのが、理学士。その次のが工学士。皆食いはぐれはないさ。……今又話しのある四番目のも医学士さ。」

「妙に選取《えりど》って揃えたもんだな。」

「応《うむ》、それは父様《とうさん》の主義で、兄弟一家一門を揃えて、天下に一階級を形造ろうと云うんだ。成るべくは、銘々それぞれの収入も、一番の姉が三百円なら、次が二百五十円、次が二百円、次が百五十円、末が百円と云った工合に長幼の等差を整然《きちん》と附けたいと云うわけだ。

先ず行われて居る、今の処《ところ》じゃ。而《そう》してその子、その孫、と次第にこの社会に於ける地位を向上しようと云うのが理想なんです。例えば、今の世が学士なら、その次が博士さ、大博士さね。君。

謂って見れば、貴族院も、一家族で一党を立てることが出来る。内閣も一門で組織し得るようにと云う遠大の理想があるんだ。又幸に、父様《とうさん》にゃ孫が八九人出来た。姪《めい》を引取って教育して居るのも三四人ある。着々として歩を進めて居る。何でも妹たちが人才を引着けるんだ。」

人事《ひとごと》ながら、主税は白面に紅《こう》を潮《ちょう》して、

「じゃ、君の妹たちは、皆学士を釣る餌《えさ》だ。」

「餌でも可《い》い、構わんね。藤原氏の為だもの。一人や二人犠牲が出来ても可いが、そりゃ大丈夫心配なしだ。親たちの目は曇りゃしない。次第々々に地位を高めようとするんだから、奇才俊才、傑物は不可《いか》ん。そう云うのは時々失敗を遣る。望む処は凡才で間違いの無いのが可いのだ。正々堂々の陣さ、信玄《しんげん》流です。小豆《あずき》長光を翳《かざ》して旗下《はたもと》へ切込むようなのは、快は快なりだが、永久持重の策にあらず……

その理想に於ける河野家の僕が中心なんだろう。その中心に据《すわ》ろうと云う妻なんだから、大《おおい》に慎重の態度を取らんけりゃ成らんじゃないか。詰り一家の女王《クイイン》なんだから、」

河野は、渠《かれ》が所謂《いわゆる》正々堂々として説くこと一条。その理想に於ける根ざしの深さは、この男の口から言っても、例の愚痴のように聞えるのや、その落着かない腰には似ない、殆《ほとん》ど動かすべからざる、確乎《かっこ》としたものであった。

「いや、能《よ》く解った、成程その主義じゃ、人の娘の体格検査をせざあなるまい。然《しか》し私は厭《いや》だ！　私の娘なら断るよ、例い御試験には及第を致しましても、」

と冷かに笑うと、河野は人物に肖《に》ず、これには傲然《ごうぜん》として、信ずる処ある如く、合点《のみこ》んだ笑い方をして、

「でも条件さえ通過すれば、僕は娶《もら》うよ。ははは、屹《きっ》と貰うね、おい、一本貰って行くぜ。」

と脱兎《だっと》の如く、予《かね》て計って居たように、この時ひょいと立つと、肩を斜めに、衣兜《かくし》に片手を突込んだまま、急々《つかつか》と床の間に立向うて、早や手が掛った、花の矢車。

片膝《かたひざ》立てて、颯《さっ》と色をかえて、

「不可《いけな》いよ。」

「何故《なぜ》かい？」

と済まして見返る。主税は、稍々《やや》あせった気味で、

「何故と云って、」

「ははは、其処《そこ》が、肝心な処だ、と母様《かあさん》が云ったんだ。」

と突立ったまま、ニヤリとして、

「早瀬、君がどうかして居るんじゃないか、ええ、おい、妙子を。」

二十一

冷《れい》か、熱か、匕首《ひしゅ》、寸鉄にして、英吉のその舌の根を留めようと急《あせ》ったが、咄嗟《とっさ》に針を吐く能《あた》わずして、主税は黙って拳《こぶし》を握る。

英吉は、此処《ここ》ぞ、と土俵に仕切った形で、片手に花の茎《じく》を引摑《ひッつか》み、片手で髯《ひげ》を捻《ひね》りながら、目をぎろぎろと……但冴《ただき》えない光で、

「だろう、君、筒井筒《つついづつ》振分髪《ふりわけがみ》と云うんだろう。それならそう云い給え、僕の方にも又手加減があるんだ、どうだね。」

信玄流の敵が、却《かえ》ってこの奇兵を用いたにも係らず、主税の答えは車懸《くるまがか》りでも何でもない、極めて平凡なものであった。

「怪しからん事を云うな、串戯《じょうだん》とは違う、大切なお嬢さんだ。」

「その大切のお嬢さんをどうかして居るんじゃないか、それとも心で思ってるんか。」

「怪しからん事を云うなと云うのに。」

「じゃ確かい。」

「御念《ごねん》には及びません。」

「それなら何も、そう我が河野家の理想に反対して、人が折角聞こうとする、妙子の容《よう》子《す》を秘《かく》さんでも可《い》いじゃないか。話が纏《まと》まりゃ、その人にも幸福だよ、河野一党の女王《クイイン》になるんだ。」

「幸か、不幸か、そりゃ知らん。が、私は厭だ。一門の繁栄を望むために、娘を餌にするの、嫁の体格検査をするの、と云うのは真平《まっぴら》御免だ、惚《ほ》れたからは、癩《なり》でも肺病でも構わんのでなくっちゃ、妙ちゃんの相談は決してせん。勿論お嬢は瑕《きず》のない玉だけれど、

露出《むきだ》しにして河野家に御覧に入れるのは、平相国清盛《へいそうこくきよもり》に招かれて月が顔を出すようなものよ。」と聊《いささ》か云い得て濃い煙草を吻《ほっ》と吐いたは、正に恁《かく》の如く、山の端《は》の朧気《おぼろげ》ならん趣であった。

「なら可《い》い、君に聞かんでも余処《わき》で聞くよ。」

と案外また英吉は廉立《かどだ》った様子もなく、争《あらそい》や勝てりの態度で、

「しかし縁起だ、こりゃ一本貰って行くよ。妙子が御持参の花だから、」

「…………」

「君がどうと云う事も無いのなら、一本二本惜むにゃ当るまい、こんなに沢山あるもの

を、」

「…………」

「失敬、」

あわや抜き出そうとする。と床しい人香《ひとか》が、はっと襲って、

「不可《いけ》ませんよ。」と半纏《はんてん》の襟を扱《しご》きながら、お蔦が襖《ふすま》から、すっと出て、英吉の肩へ手を載せると、蹌踉《よろ》けるように振向く処を、入違いに床の間を背負《しょ》って、花を庇《かば》って膝をついて、

「厭ですよ、私が活《い》けたのが台なしになります。」

と嫣然《えんぜん》として一笑する。

「だって、だって君、突込んであるんじゃないか、池の坊も遠州もありゃしない。些《ちっ》とぐらい抜いたって、敢《あえ》てお手前が崩れると云うでもないよ。」

とさすがに手を控えて、例の衣兜《かくし》へ突込んだが、お蔦の目前《めさき》を、(子を捉《と》ろ、子捉《と》ろ。)の体《てい》で、靴足袋で、どたばた、どたばた。

「はい、これは柳橋《やなぎばし》流と云うんです。柳のように房々活けてありましょう、ちゃんと流儀があるじゃありませんか。」

「嘘《うそ》を吐《つ》き給え、まあ可《い》いから、僕が惚込んだ花だから。」

主税は火鉢をぐっと手許《てもと》へ。お蔦はすらりと立って、

「だってもう主《ぬし》のある花ですもの。」

「主がある！」と目を睜《みは》る。

「ええ、ありますとも、主税と云ってね。」

「それ見ろ、早瀬、」

「何だ、お前、」

「否《いいえ》、貴下《あなた》、この花を引張るのは、私を口説くのと同一《おんなじ》訳よ。主《ぬし》があるんですもの。さあ、引張って御覧なさい。」

と寄ると、英吉は一足引く。

「さあ、口説いて頂戴、」

と寄ると、英吉は一足引く。微笑《ほほえ》みながら擦り寄るたびに、たじたじと退《すさ》って、やがて次の間へ、もそりと出る。

道学先生

二十二

月の十二日は本郷の薬師様の縁日で、電車が通るように成っても相かわらず賑《にぎや》かな。書肆文求堂《ほんやのぶんきゅうどう》をもう些《ちっ》と富坂寄《より》の大道《だいどう》へ出した露店《ほしみせ》の、如何《いかが》わしい道具に交ぜて、ばらばら古本がある中の、表紙の除《と》れた、けばの立った、端摺《はしずれ》の甚《ひど》い、三世《さんぜ》相《そう》を開けて、燻《くす》ぼったカンテラの燈《あかり》で見て居る男は、これは、早瀬主税である。

何の事ぞ、酒井先生の薫陶《くんとう》で、少くとも外国語を以《もっ》て家を為《な》し、自腹で朝酒を呷《あお》る者が、今更如何《いか》なる必要があって、前世の鸚鵡《おうむ》たり、猩々《しょうじょう》たるを懸念《けねん》する？

尤《もっと》も学者だと云って、天気の好い日に浅草をぶらついて、奥山を見ないとも限らぬ。爾時《そのとき》如何なる必要があって、玉乗《たまのり》の看板を観《み》ると云う、奇問を発するものがあれば、その者愚ならずんば狂に近い。鰻《うなぎ》屋の前を通って、好い匂《におい》がしたと云っても、直ぐに隣の茶漬屋へ駈込《かけこ》みの、箸《はし》を持ちながら嗅《か》ぐ事をしない以上は、速断して、伊勢屋だとは言《い》い憎《にく》い。

主税とても、唯《ただ》通りがかりに、露店《ほしみせ》の古本の中にあった三世相が目を遮《さえぎ》ったから、見たばかりだ、と言えばそれまでである。けれども、渠《かれ》は目下誰かの縁談に就いて、配慮しつつあるのではないか。然も開けて見て居る処が――夫婦相性の事――は棄置《すてお》かれぬ。且《か》つその顔色《かおつき》が、紋附の羽織で、袘《ふき》の厚い内君《マダム》と、水兵服の坊やを連れて、別に一人抱いて、鮨《すし》にしようか、汁粉にしようか、と歩行《てく》って居る紳士のような、平和な、楽しげなものではなく、主税は何か、思い屈した、沈んだ、憂《うれ》わしげな色が見える。

好男子世に処して、屈託そうな面色《おももち》で、露店《ほしみせ》の三世相を繰《く》るとなると、柳の下に掌《てのひら》を見せる、八卦《はっけ》の亡者《もうじゃ》と大差はない、迷いは寧《むし》ろそれ以上である。

所以《ゆえ》あるかな、主税のその面上の雲は、河野英吉と床の間の矢車草……お妙の花を争った時から、早やその影が懸ったのであった。爾時《そのとき》はお蔦の機知《きそく》で、柔能《よ》く強《ごう》を制することを得たのだから、例《いつも》なら、いや、女房は持つべきものだ、と差対《さしむか》いで祝杯を挙げかねないのが、冴えない顔をしながら、湯は込んで居たか、と聞いて、フイと出掛けた様子も、その縁談を聞いた耳を、水道の水で洗わんと欲する趣があった。

本来だと、朋友《ともだち》が先生の令嬢を娶《めと》りたいに就いて、下聴《したぎき》に来たものを、聞かせない、人と云うも依怙地《いこじ》なり、料簡《りようけん》の狭い話。二才らしく又何も、娘がくれた花だと云って、人に惜むにも当らない。この筆法を以てすれば、情婦《いろ》から来た文殻《ふみがら》が紛込《まぎれこ》んだと云うので、紙屑買《かみくずかい》を追懸《おつか》けて、慌《あわ》てて盗賊《どろぼう》と怒鳴り兼ねまい。此方《こち》の人措《お》いて下さんせ、と洒落《しやれ》にも嗜《たしな》めて然るべき者までが、その折から、一寸留女《ちよいとどめおんな》の格で早瀬に花を持せたのでも、河野一家《いつけ》に対しては、お蔦さえ、如何《いかん》の感情を持つかが明かに解る。

それは英吉と、内の人の結婚に対する意見の衝突の次第を、襖の蔭《かげ》で聴取った所為《せい》もあろう。

そうでなくっても、惚れそうな芸妓《げいしや》はないか。新学士に是非と云って、達引《たてひ》きそうな朋輩はないか、と煩《うるさ》く尋ねるような英吉に、厭なこった、良人《うちの》が手を支《つ》いてものを言う大切なお嬢さんを、とお蔦は唯それだけでさえ引退《ひつさが》る。処《ところ》へ、幾条《いくすじ》も幾条も家中《うちじゆう》の縁の糸は両親で元緊《もとじめ》をして、颯《さつ》さらりと鵜縄《うなわ》に捌《さば》いて、娘たちに浮世の波を潜《くぐ》らせて、爰《ここ》を先途と鮎《あゆ》を呑《の》ませて、ぐッと手許へ引手繰《ひつたぐ》っては、咽喉《のど》をギュウの、獲物を占め、一門《いちもん》一家《いつけ》の繁昌《はんじよう》を企《たく》むような、ソンな勘作《かんさく》の許《とこ》へお嬢さんを嫁《や》られるもんか。

否《いいえ》、私が肯《き》かないわ、とお源をつかまえて談ずる処へ、熱《い》い湯だった、と幾干《いくら》か気色《きしよく》を直して、がたひし、と帰って来た主税に、一寸《ちよいと》お前さん、大丈夫なんですか、とお蔦の方が念を入れたほどの勢《いきおい》。

何が大丈夫だか、主税には唐突《だしぬけ》で、即座には合点しかねるばかり、お蔦の方の意気込が凄《すさま》じい。

二十三

まだ、取留めた話ではなし、唯学校で見初めた、と厭らしく云う。それも、恋には丸木橋を渡って落ちてこそ然るべきを、石の橋を叩《たた》いて、杖《ステッキ》を支《つ》いて渡ろうとする縁談だから、其処等《そこいら》聴合《ききあ》わせて歩行《ある》く中《うち》に、誰かの口で水を注《さ》せば、直ぐに川留めの洪水ほどに目を廻わしてお流れになるだろう。

雖然《けれども》、何為《なぜ》か、母子《おやこ》連《づれ》で学校へ観に行った、と聞いただけで、お妙さんを観世物《みせもの》にし、又為《さ》れたようで癪《しゃく》に障《さわ》った。然し物にはなるまいよ、と主税が落着くと、否《いいえ》、私は心配です。何処《どこ》をどう聞き廻ったって、あのお嬢さんに難癖を着けるものはありません。いずれ真砂町様《まさごちょうさん》へ言入れるに違いますまい。それに河野と云う人が、他《ほか》に取柄《とりえ》は無いけれど、唯頼もしいのが押の強いことなんですから、一押二《いちおしに》押《おし》で、悪くすると出来ますよ。出来るような気がしてならない。私は何だかもうお妙さんが、ぺろぺろと嘗《な》められる夢を見て、今夜にも寝て居て魘《うな》されそうで、お可哀相《かわいそう》でなりません。貴郎《あなた》油断をしちゃ厭ですよ、と云った――お蔦の方が、その晩毛虫に附着《くッ》かれた夢を見た。何時《いつ》も河野のその眉《まゆ》が似て居ると思ったから。――

尤も河野は、綺麗《きれい》に細眉《ほそまゆ》にして居たが、剃《そ》りづけませぬよう、と父様《とうさま》の命令で、近頃太くして居るので、毛虫ではない、臥蚕《がさん》である。然るにこの不生産的の美人は、蚕の世を利するを知らずして、毛虫の厭《いと》うべきを恐れて居た、不心得と言わねばならぬ。で、お蔦は、例《たと》い貴郎が、その癖、内々《ないない》お妙さんに岡惚をして居るのでも可《い》い。河野に添わせるくらいなら、貴郎の令夫人《おくさん》にして私が追出《おんだ》される方が一層増《いっそまし》だ、とまで極端に排斥する。

この異体同心の無二の味方を得て、主税も何となく頼母《たのも》しかったが、さて風は何処を吹いて居たか、半月ばかりは、英吉も例《いつも》になく顔を見せなかった。

と一日《あるひ》、

(早瀬氏は居《お》らるるかね。)

応柄《おうへい》のような、そうかと云って間違いの無いような訪ずれ方をして、お源に名刺を取次がせた者がある。

主税は、しかかって居た飜訳の筆《ペン》を留めて、請取《うけと》って見ると、一寸心当りが無かったが、どんな人だ、と聞くと、あの、痘痕《あばた》のおあんなさいます、と一番疾《はや》く目についた人相を言ったので、直ぐ分った。

本名坂田礼之進、通り名をアバ大人《たいじん》、誰か早口な男がタの字を落した。ゆっくり言えばアバタ大人、孰方《どちら》でも能く通る。通りが可《よ》ければと言って、渾名《あだな》を名刺に書くものはない。手札は立派に、坂田礼之進……傍《かたわら》へ羅馬《ロオマ》字で、L.Sakata.即《すなわ》ち歴々の道学者先生である。

渠《かれ》の道学は、宗教的ではない、倫理的、寧《むし》ろ男女交際的である。ともに、その痘痕と、細君が若うして且つ美であるのを以て、処々の講堂に於ても、演説会に於ても、音に聞えた君子である。

謂《い》うまでもなく道徳円満、但《ただし》その細君は三度目で、前《さき》の二人とも若死をして、目下《いま》のが又顔色が近来、蒼《あお》い。

と云って敢《あえ》て君子の徳を傷《きずつ》けるのではない、が、要のないお饒舌《しゃべり》をするわけではない。大人は、自分にも二度まで夫人を殺しただけ、盞《さかずき》の数の三々九度、三度の松風、ささんざの二十七度で、婚姻の事には馴《な》れてござる。

処へ、名にし負う道学者と来て、天下この位信用すべき媒妁人《なこうど》は少いから、呉《ご》も越《えつ》も隔てなく口を利《き》いて巧《うま》く纏《まと》める。従うて諸家の閨門《けいもん》に出入すること頻繁《ひんぱん》にして、時々厭らしい！ と云う風説《うわさ》を聞く。その袖《そで》を曳《ひ》いたり、手を握ったりするのが、所謂《いわゆる》男女交際的で、この男の余徳《ほまち》であろう。尤も出来た験《ためし》はない。蓋《けだ》し為《せ》ざるにあらず能《あた》わざるなりでも何でも、道徳は堅固で通る。於爰乎《ここにおいてか》、品行方正、御媒妁人《おなこうど》でも食って行かれる……

二十四

道学先生の、その坂田礼之進であるから、少くともめ組が出入りをするような家庭？へ顔出しをする筈《はず》がない。と一度《ひとたび》は怪《あやし》んだが、偶然《ふと》河野の叔父に、同一《おなじ》道学者何某《なにがし》の有るのに心付いて、主税は思わず眉を寄せた。

諸家お出入りの媒妁人、或意味に於ける地者稼《じものかせぎ》の冠たる大家、さては、と早やお妙の事が胸に応《こた》えて、先《ま》ず兎《と》も角《かく》も二階へ通すと、年配は五十ばかり。推しものの痘痕《あばた》は一目見て気の毒な程で、然《しか》も黒い。字義を以て論ずると月下氷人でない、竈下炭焼《かまのしたすみやき》であるが、身躾《みだしなみ》よく、カラアが白く、磨込《みがきこ》んだ顔が照々《てらてら》と光る。地の透《す》く髪を一筋梳《ひとすじすき》に整然《きちん》と櫛《くし》を入れて、髯《ひげ》の尖《さき》から小鼻へかけて、ぎらぎらと油ぎった処、如何《いか》にも内君《ないくん》が病身らしい。

さて、お初にお目に懸《かか》りまする、如何《いかが》でごわりまするか、益々《ますます》御飜訳で、とさぞ食うに困って切々《せつせつ》稼ぐだろう、と謂《い》わないばかりな言《こと》を、けろりとして世辞に云って、衣兜《かくし》から御殿持《ごてんもち》の煙草入《たばこいれ》、薄色の鉄の派手な塩瀬《しおぜ》に、鉄扇かずらの浮織のある、近頃行わる洋服持。何処のか媒妁人《なこうど》した御縁女の贈物らしく、貰《もら》った時の移香《うつりが》を、今恁《か》く中古《ちゅうぶる》に草臥《くたび》れても同一香《おなじにおい》の香水で、追《お》っかけ追かけ香《にお》わせてある持物を取出して、気になるほど爪《つめ》の伸びた、湯が嫌《きら》いらしい手に短い延《のべ》の銀煙管《ぎせる》、何か目出度い薄っぺらな彫のあるのを控えながら、先ず一ツ奥歯をスッと吸って、寛悠《ゆっくり》と構えた処は、生命保険の勧誘も出来そうに見えた。

甚だ突然でごわりまするが、酒井俊蔵氏令嬢の儀で……ごわりまして、と又スッと歯せせりをする。

それ、えへん！　と云えば灰吹《はいふき》と、諸礼躾方《しつけかた》第一義に有るけれども、何にも御馳走をしない人に、仮《たと》い噯《おくび》が葱臭《ねぎくさ》かろうが、干鱈《ひだら》の繊維が挟《はさま》って居そうであろうが、お楊枝《ようじ》を、と云うは無礼に当る。

其処で、止《や》むことを得ず、むずむずする口を堪《こら》える下から、直ぐに、スッと又候風《またぞろ》を入れて、でごわりまするに就いて、恁《か》ような事は、余り正面から申入れまするよりと、考えることでごわりまする……と掻《かい》つまんで謂えば、自分は未《ま》だ一面識もないから、門生の主税から紹介をして貰いたいと言うのである。

南無三、橋は渡った、何時《いつ》の間にか、お妙は試験済の合格になった。

今は表向《おもてむき》に縁談を申込むばかりに為《し》たらしい。それに、自分に紹介を求めるのは、英吉に反対した廉《かど》もあり、主税は面当《つらあて》をされるように擽《くすぐつ》たく思ったばかりか、少からず敵の機敏に、不意打を食ったのである。

否《いや》、お断り申しましょう、英吉君に難癖のある訳ではないが、河野家の理想と言うものが根も葉も挙げて気に入らない。余所《よそ》で紹介をお求めなさるなり、又酒井先生は紹介の有り無しで、客の分隔《わけへだて》をするような人ではないから――直接《じか》にお話しなすって、御縁があれば纏る分。心に潔《いさぎよ》しとしない事に、名刺一枚御荷担は申兼ぬる、と若武者だけに逸《はや》ってかかると、その分は百も合点《がってん》で、戦場往来の古兵《ふるつわもの》。

取りあえず、スースーと歯をすって、ニヤニヤと笑いかけて、何か令嬢お身の上に就いて、下聴《したぎき》をするのが、御賛成なかったとか申すことでごわりましたな。御説に因《よ》れば、好いた女なら娼妓《じょろう》でも(と少しおまけをして、)構わん、死なば諸共《もろとも》にと云う。いや、人生意気を重んず、(ト歯をすって)で、ごわりまするが、世間もあり親もあり……

とこれから道学者の面目を発揮して、河野のためにその理想の、道義上完美にして非難すべき点の無いのを説くこと数千言。約半日にして一先ず日暮前に立帰った。雑《ざっ》と半日居たけれども、飯時《めしどき》を避けるなぞは、さすがに馴れたものである。

二十五

客が来れば姿を隠すお蔦が内に居るほどで、道学先生と太刀打して、議論に勝てよう道理が無い。主税の意気ずくで言うことは、唯《ただ》礼之進の歯ですすられるのみであったが、厭なものは厭だ、と城を枕《まくら》に討死をする態度で、少々自棄《やけ》気味の、酒井先生へ紹介は断然、お断り。

其処を一つお考え直されて、と言《ことば》を残して帰った後で、アバ大人が媒妁《なこうど》では猶《なお》の事。とお妙の顔が蒼くなって殺されでもするように、酒も飲まないで屈託をする、とお蔦はお蔦で、かくまってあった姫君を、鐘を合図に首討って渡せ、と懸合《かけあ》われたほどの驚き加減。可愛《かわい》い夫が可惜《いとおし》がる大切なお主《しゅう》の娘、成らば身替りにも、と云う逆上《のぼ》せ方。凡《すべ》てが浄瑠璃《じょうるり》の三《さん》の切《きり》を手本だが、憎くはない。

さあ、貴郎《あなた》、そうしていらっしゃる処ではありません、早く真砂町へおいでなすって、先生が何なら奥様《おくさん》まで、あんな許《とこ》へは御相談なさいませんように、お頼みなさらなくッちゃ不可《いけ》ません。一寸《ちょいと》、羽織を着換えて、と簞笥《たんす》をがたりと引いて、アア、しばらく御無沙汰なすった、明日め組が参りますから、何ぞお土産をお持ちなさいまし、先生は薩《さっ》張《ぱり》したものがお好きだ、と云うし、彼奴《あいつ》が片思いになるように鮑《あわび》が丁《ちょう》ど可い、と他愛《たわい》もない。

馬鹿《ばか》を云え、縁談の前《さき》へ立って、讒口《なかぐち》なんぞ利こうものなら、己の方が勘当だ、そんな先生でないのだから、と一言《いちごん》にして刎《は》ねられた、柳橋の策不被用焉《さくもちいられず》。

又考えて見れば、道学者の説を待たずとも、河野家に不都合はない。英吉とても、唯些《ち》とだらしの無いばかり、それに結婚すれば自然治まる、と自分も云えば、然《さ》もあろう。人の前で、母様《かあさん》と云おうが、父様《とうさま》と云おうが、道義上敢て差支はない、却《かえ》って結構なくらいである。

そのこれを難ずる所以《ゆえん》は……曰《いわ》く……言い難しだから、表向きは何処へも通らぬ。

困ったな、と腕を組めば、困りましたねえ、とお蔦も鬱《ふさ》ぐ。

此処《ここ》へ大いなる福音を齎《もた》らし来《きた》ったのはお源で。

手廻りの使いに遣《や》ったのに、大分後《おく》れたにもかかわらず、水口《みずぐち》の戸を、がたひし勢よく、唯今帰りました、あの、御新造《ごしんぞ》様《さん》、大丈夫でございます。

明後日《あさって》出来るのかい、とお蔦がきりもりで、夏の掻巻《かいまき》に、と思って古浴衣《ゆかた》の染《そめ》を抜いて形《かた》を置かせに遣ってある、紺屋《こうや》へ催促の返事か、と思うと、そうでない。

この忠義ものは、二人の憂《うれい》を憂として、紺屋から帰りがけに、千栽《せんざい》ものの、風呂敷包を持ったまま、内《うち》の前を一度通り越して、見付《みつけ》へ出て、土手際《ぎわ》の売卜者《うらない》に占《み》て貰った、と云うのであった。

対手《あいて》は学士の方《かた》ですって、それまで申して占《み》て貰いましたら、迚《とて》も縁は無い断念《あきら》めるのだ、と謂いましたから、私は嬉《うれ》しくって、三銭の見料《けんりょう》へ白銅一つ発奮《はず》みました。可《い》い気味でございますと、独りで喜んでアハア笑う。

まあ、嬉しいじゃないか、よく、お前、お嬢さんの年なんか知って居たね、と云うと、勿怪《もっけ》な顔をして、否《いいえ》、誰方《どなた》のお年も存じません。お蔦は腑《ふ》に落ちない容子《ようす》をして、売卜者《うらないしゃ》は、年紀《とし》を聞きゃしないかい。ええ聞きましたから私の年を謂って遣りました。当前《あたりまえ》よ、対手が学士でお前じゃ、と堪《たま》りかねて主税が云うのを聞いて、目を睜《みは》って、しばらくして、ええ！　口惜《くやし》いと、台所へ逃込んで、売卜屋《うらないや》の畜生め、どたどたどた。

二人は顔を見合せて、漸々《ようよう》に笑が出た。

すぐにお蔦が、新しい半襟を一掛《ひとかけ》礼に遣って、その晩は市が栄えたが。

二三日経《た》って、兎も角、それとなく、お妙がお持たせの重箱を返しかたがた、土産ものを持って、主税が真砂町へ出向くと、生憎《あいにく》、先生はお留守、令夫人《おくがた》は御墓参、お妙は学校のひけが遅かった。

二十六

仮にその日、先生なり奥方なりに逢《あ》った処で、縁談の事に就いて、兎角《とこ》う謂うつもりでなく、又言われる筋でもなかったが、久闊振《ひさしぶり》ではあり、誰方《どなた》も留守と云うのに気抜けがする。今度来た玄関の書生は馴染《なじみ》が薄いから、巻莨《まきたばこ》の吸殻沢山な火鉢を頻《しきり》に突着けられても、輿に乗る話も出ず。しかしこの一両日に、坂田と云う道学者が先生を訪問はしませんか、と尋ねて、来ない、と聞いただけを取柄《とりえ》。土産ものを包んで行った風呂敷を畳みもしないで突込んで、見ッともないほど袂《たもと》を膨らませて、茫乎《ぼんやり》して帰りがけ、その横町の中程まで来ると、早瀬さん御機嫌宜《よろ》しゅう、と頓興《とんきよう》に馴々しく声を懸けた者がある。

玄関に居た頃から馴染の車屋で、見ると障子を横にして眩《まばゆ》い日当りを遮《さえぎ》った帳場から、ぬい、と顔を出したのは、酒井へお出入りのその車夫《わかいしゅ》。

応と立停まって一言二言交す次手《ついで》に、主税は不図《ふと》心付いて、もしやこの頃、先生の事だの、お嬢さんの事を聞きに来たものはないか、と聞くと、月はじめにモオニングを着た、痘痕《あばた》のある立派な旦那《だんな》が。

来たか！ へい、お目出たい話なんだから些《ちつ》とばかり様子を聞かせな、とおっしゃいましてね。終《しまい》にゃ、き様《さま》、お伴をするだろう、懸りつけの医師《いしゃ》は何処《どこ》だ、とお尋ねなさいましたっけ。

台所から、筒袖を着た女房が、ひょっこり出て来て、おやまあ早瀬さん、と笑いかけて、否《いいえ》、やどでも此処が御奉公と存じましてね、もうもう賞《ほ》めて賞めて賞め抜いてお聞かせ申しましてございますよ。お嬢様も近々御縁が極《きま》りますそうで、おめでとう存じます、えへへ、と燥《はしや》いだ。

余計な事を、と不興な顔をして、不愛想に分れたが、何も車屋へ捜《さぐ》りを入れずともの事だ、又それにしても、モオニング着用は何事だと、苦々しさ一方《ひとかた》ならず。

曲角《まがりかど》の漬物屋、此処等《ここいら》へも探偵《いぬ》が入ったろうと思うと、筋向いのハイカラ造りの煙草屋がある。この亭主もベラベラお饒舌《しゃべり》をする男だが、同じく申上げたろう、と通りがかりに睨《にら》むと、腰かけ込んだ学生を対手《あいて》に、その又金歯の目立つ事。

内へ帰ると、お蔦はお蔦で、その晩出直して、今度は自分が売卜《うらない》の前へ立つと、この縁は屹《きっ》と結ばる、と易が出たので、大きに鬱《ふさ》ぐ。

尤《もっと》も売卜者も如才はない。お源が行ったのに較《くら》べれば、容子を見ただけでも、お蔦の方が結ばるに違いないから。

一日措《お》いて、主税が自分嘱《たの》まれの然《さ》る学校の授業を済まして帰って来ると、門口《かどぐち》にのそりと立って、頤《あご》を撫《な》でながら、じろじろ門札《かどふだ》を視《なが》めて居たのが、坂田礼之進。

早や此処から歯をスーと吸って、先刻《さっき》からお待ち申して……は些《ち》と変だ。

さては誰も物申《ものもう》に応《こた》うるものが無かったのであろう。女中《おんな》は外出《そとで》で？　お蔦は隠れた。

……

無人《ぶにん》で失礼。さあ、どうぞ、と先方《さき》は編上靴で手間が取れる。主税は気早に靴を脱いで、癇癪紛《かんしゃくまぎれ》に、突然二階へ懸上《かけあが》る。段の下の扉《ひらき》の蔭《かげ》から、そりゃこそ旦那様。と、にょっと出た、お源を見ると、取次に出ないも道理、勝手働きの玉襷《たまだすき》、長刀小脇《なぎなたこわき》に掻込《かいこ》んだりな。高箒《たかぼうき》に手拭《てぬぐい》を被《かぶ》せたのを、柄長《えなが》に構えて、逆上《のぼ》せた顔色《がんしょく》。

馬鹿め、と噴出《ふきだ》して飛上る後《あと》から、稍《やや》あって、道学先生、のそりのそり。

二階の論判《ろっぱん》一時《ひととき》に余りけるほどに、雷様の時の用心の線香を芬《ふん》とさせ、居間から顕《あら》われたのはお蔦で、艾《もぐさ》はないが、禁厭《まじない》は心ゆかし、片手に煙草を一撮《ひとつまみ》。抜足で玄関へ出て、礼之進の靴の中へ。この燃草《もえぐさ》は利《きき》が可《よ》かった。𤏋《ぱっ》と煙が、むらむらと立つ狼煙《のろし》を合図に、二階から降りる気勢《けはい》。飜然《ひらり》路地へお蔦が遁込《にげこ》むと、未《ま》だその煙は消えないので、雑水《ぞうみず》を撒《ま》きかけてこの一芸に見惚《みと》れたお源が、さしったりと、手でしゃくって、ざぶりと掛けると、おかしな皮の臭《におい》がして、其処等《そこいら》中水だらけ。

二十七

それ熟々《つらつら》、史を按《あん》ずるに、城なり、陣所、戦場なり、軍《いくさ》は婦《おんな》の出る方が大概敗《ま》ける。この日、道学先生に対する語学者は勝利でなく、礼之進の靴は名誉の負傷で、揚々と引挙げた。

所以《ゆえ》如何《いかん》となれば、お厭《いや》とあれば最早紹介は求めますまい、そのかわりには、当方から酒井家へ中入れまする、この縁談に就きまして、貴方《あなた》から先生に向って、河野に対する御非難をなされぬよう。御意見は御意見、感情問題は別として、これだけはお願い申したいでごわりまするが、と婉曲《えんきょく》に言いは言ったが、露骨に遣ったら、邪魔をする勿《なかれ》であるから、御懸念《けねん》無用と、男らしく判然《はっきり》答えたは可《い》いけれども、要するに釘《くぎ》を刺されたのであった。

礼之進の方でも、酒井へ出入りの車夫《くるまや》まで捜《さぐり》を入れた程だから、その分は随分手が廻って、従って、先生が主税に対する信用の点も、情愛のほども、子の如《ごと》く、弟の如きものであることさえ分ったので、先んずれば人を制すで、ぴたりとその口を圧《おさ》えたのであろう。

讒口《なかぐち》は決して利かない、と早瀬は自分も言ったが、又この門生の口一ッで、見事、纏《まとま》る縁も破ることは出来たのだったに。

此処で賽《さい》は河野の手に在矣《ありい》。兎も角もソレ勝負、丁か半かは酒井家の意志の存する処に因《よ》るのみとぞ成んぬる。

先生が不承知を言えばだけれども、諾《だく》、とあればそれまで。お妙は河野英吉の妻になるのである。河野英吉の妻にお妙がなるのであるか。

お蔦さえ、憂慮《きづか》うより寧《むし》ろ口惜《くやし》がって、ヤイヤイ騒ぐから、主税の、とつおいつは一通りではない。何は措ても、余所《よそ》ながら真砂町の様子を、と思うと、元来お蔦あるために、何となく疵持足《きずもつあし》、思いなしで敷居が高い。

で何となく遠のいて、漸々《ようよう》二日前に、久しぶりで御機嫌窺《うかが》いに出た処、悪くすると、もう礼之進が出向いて、縁談が始まって居そうな中《なか》へ、急に足近くは我ながら気が咎《とが》める。

愚図々々すれば、貴郎《あなた》例《いつも》に似合わない、きりきりなさいなね……とお蔦が歯痒《はがゆ》がる。

勇を鼓して出掛けた日が、先生は来客があって、お話中。玄関の書生が取次ぐ、と（この次、来い。）は、ぎょっとした。さりとて曲《きょく》がない。内証のお蔦の事、露顕にでも及んだかと、まさかとは思うが気怯《きおく》れがして、奥方《おくがた》にも一寸挨拶《ちょいとあいさつ》をしたばかり。その挨拶を受けらるる時の奥方が、端然として針仕事の、気高い、奥床しい、懐《なつか》しい姿を見るにつけても、お蔦に思較《おもいくら》べて、愈々後暗《いよいようしろめた》さに、あとねだりを被成《なさ》らないなら、久しぶりですから一銚子、と莞爾《にっこり》して仰《おお》せある、優しい顔が、眩《まぶし》いように後退《しりごみ》して、いずれ又、と逃出すが如く帰りしなに、お客は誰？……と窃《そっ》と玄関の書生に当って見ると、坂田礼之進、噫《ああ》、止《やん》ぬるかな。

しばらくは早瀬の家内、火の消えたる如しで、憂慮《きづかわ》しさの余り、思切って、更に真砂町へ伺ったのが、即《すなわ》ち薬師の縁日であったのである。

些《ち》と、恐怖《おずおず》の形で、先《ま》ず玄関を覗《のぞ》いて、書生が燈下に読書するのを見て、又お邪魔に、と頭から遠慮をして、さて、先生は、と尋ねると、前刻《せんこく》御外出。奥様《おくさん》は、と云うと、女中《おんな》が、唯今すこ少々御風邪の気味。それでは、お見舞に、と奥に入ろうとする縁側で、女中が、唯今すやすやと御寐《おやすみ》になっていらっしゃいます、と云う。

悄々《すごすご》玄関へ戻って、お嬢さんは、と取って置きの頼みの綱を引いて見ると、これは、以前奉公して居た女中《おんな》で、四ツ谷の方へ縁附《かたづ》いたのが、一年ぶりで無沙汰見舞に来て、一晩御厄介になる筈《はず》で、お夜食が済むと、奥方の仰《おおせ》に因り、お嬢さんのお伴をして、薬師の縁日へ出たのであった。

それでは私も通《とおり》の方を、いずれ後刻《のちほど》、とこれを機《しお》に。出しなに又念のために、その後、坂田と云うのは来ませんか、と聞くと、アバ大人ですか、と書生は早や渾名《あだな》を覚えた。ははは、来ましたよ。今日の午後《ひるすぎ》。

男《おとこ》金《かね》女《おんな》土《つち》

二十八

主税は、礼之進が早くも一度の魁《かけ》を働いたのに、少なからず機先を制せられたのと――搗《かて》て加えてお蔦の一件が暴露《ばれ》たために、先生が太く感情を損《そこ》ねられて、故《わざ》とにもそう為《さ》れるか、と思われないでもない――玄関の畳が冷く堅いような心持とに、屈託の腕を拱《こまぬ》いて、其処ともなく横町から通りへ出て、件《くだん》の漬物屋の前を通ると、向う側が唯《と》ある大構《おおがまえ》の邸《やしき》の黒板塀で、この間しばらく、三方から縁日の空が取囲んで押揺《おしゆる》がす如く、きらきらと星がきらめいて、それから富坂をかけて小石川の樹立《こだち》の梢《こずえ》へ暗くなる、一寸《ちょっと》足の途絶え処《どころ》。

東へ、西へ、と置場処の間数《けんすう》を示した標杙《くい》が仄白《ほのじろ》く立って、車は一台も無かった。真黒な溝の縁《ふち》に、野を焚《や》いた跡の湿ったかと見える破《やぶれ》風呂敷を開いて、式《かた》の如き小燈《こともし》が、夏になってもこればかりは虫も寄るまい、明《あかり》の果敢《はかな》さ。三《み》束《たば》五束《いつたば》附木《つけぎ》を並べたのを前に置いて、手を支《つ》いて、縺《もつ》れ髪の頸《うなじ》清らかに、襟脚白く、女房がお辞儀をした、仰向けになって、踏反《ふんぞ》って、泣寝入りに寐入《ねい》ったらしい嬰児《あかんぼ》が懐《ふところ》に、膝《ひざ》に縋《すが》って六歳《むッつ》ばかりの男の子が、指を銜《くわ》えながら往来をきょろきょろと視《なが》める背後《うしろ》に、母親のその背《せな》に凭《もた》れかかって、四歳《よッつ》ぐらいなのがもう一人。

一陣《ひとしきり》風が吹くと、姿も店も吹き消されそうで哀《あわれ》な光景《ありさま》。浮世の影絵が鬼の手の機関《からくり》で、月なき辻《つじ》へ映るのである。

然《さ》りながら、縁日の神仏は、賽銭《さいせん》の降る中《なか》ならず、恁《かか》る処にこそ、影向《ようごう》して、露にな濡《ぬ》れそ、夜風に堪えよ、と母子《おやこ》の上に袖笠《そでがさ》して、遠音《とおね》に観世《みせ》ものの囃子《はやし》の声を打聞かせ給《たま》うらんよ。

健在《すこやか》なれ、御身等、今若、牛若、生立《おいた》てよ、と窃《ひそか》に河野の一門を呪《のろ》って、主税は袂《たもと》から戞然《かちり》と音する松の葉を投げて、足疾《と》くその前を通り過ぎた。

不図《ふと》例の煙草屋《たばこや》の金歯の亭主が、箱火鉢を前に、胸を反らせて、煙管《きせる》を逆に吹口でぴたり戸外《おもて》を指して、ニヤリと笑ったのが目に附くと同時に、四五人店前《みせさき》を塞《ふさ》いだ書生が、此方《こなた》を見向いて、八の字が崩れ、九の字が分れたかと一同に立騒いで、よう、と声を懸ける、万歳、と云う、叱《しっ》、と圧《おさ》えた者がある。

向うの真砂町の原は、真中あたり、火定《かじょう》の済んだ跡のように、寂しく中空《なかぞら》へ立つ火気を包んで、黒く輪になって人集《ひとだか》り。寂寞《ひっそり》したその原のへりを、この時通りかかった女が二人。

主税は一目見て、胸が騒いだ。右の方のが、お妙である。

リボンも顔も単《ひとえ》に白く、かすりの羽織が夜の艶《つや》に、ちらちらと蝶《ちょう》が行交う歩行《ある》きぶり、紅《くれない》ちらめく袖は長いが、不断着《ふだんぎ》の姿は、年も二ツ三ツ長《た》けて大人びて、愛らしいよりも艶麗《あでやか》であった。

風呂敷包を左手《ゆんで》に載せて、左の方へ附いたのは、大一番の円髷《まるまげ》だけれども、花簪《はなかんざし》の下になって、脊が低い。渾名を鮹《たこ》と云って、ちょんぼりと目の丸い、額に見上げ皺《しわ》の夥多《おびただ》しい婦《おんな》で、主税が玄関に居た頃勤めた女中《おさん》どん。

心懸けの好い、実体《じってい》もので、身が定まってからも、こうした御機嫌うかがいに出る志。お主《しゅう》の娘に引添《ひっそ》うて、身を固めて行く態《ふり》の、その円髷の大いのも、恁《かか》る折から頼もしい。

煙草屋の店でくるくるぱちぱち、一打《ダアス》ばかりの眼球《めのたま》の中を、仕切て、我身でお妙を遮るように、主税は真中へ立ったから、余り人目に立つので、此方《こなた》から進んで出て、声を掛けるのは憚《はばか》って差控えた。

而《そう》してお妙が気が付かないで、すらすらと行過ぎたのが、主税は何となく心寂しかった。つい前《さき》の年までは、自分が、ああして附いて出たに。

とリボンが靡《なび》いて、お妙は立停《たちど》まった。

肩が離れて、大《おお》きな白足袋の色新しく、附木《つけぎ》を売る女房のあわれな燈《ともしび》に近《ちかづ》いたのは円髷で。実直ものの丁寧に、屈《かが》み腰になって手を出したは、志を恵んだらしい。親子が揃《そろ》って額《ぬか》ずいた時、お妙の手の巾着《きんちゃく》が、羽織の紐《ひも》の下へ入って、姿は辻の暗がりへ。

書生たちは、ぞろぞろと煙草屋の軒を出て、斉《ひとし》く星を仰いだのである。

二十九

○男金女土《おとこかねおんなつち》大《おお》いに吉《よし》、子五人か九人あり衣食満ち富貴《ふつき》にして――

　男金女土こそ大吉よ

　衣食みちみち……

と歌の方も衣食みちみちのあとは、虫蝕《むしくい》と、雨染《あまじ》みと、摺剝《すりむ》けたので分らぬが、上に、業平《なりひら》と小町のようなのが対向《さしむか》いで、前に土器《かわらけ》を控えると、万歳烏帽子《えぼし》が五人ばかり、ずらりと拝伏した処が描いてある。如何様《いかさま》にも大吉に相違ない。

主税は、お妙の背後姿《うしろ》を見送って、風が染みるような懐手で、俯向《うつむ》き勝ちに薬師堂の方へ歩行《ある》いて来て、爰《ここ》に露店の中に、三世相《さんぜそう》がひっくりかえって、これ見よ、と言わないばかりなのに目が留まって、漫《そぞ》に手に取って、相性の処を開けたのであった。

その英吉が、金《かね》の性、お妙が、土《つち》性であることは、予《あらかじ》めお蔦が美い指の節から、寅卯《とらう》戌亥《いぬい》と繰出したものである。

半吉ででもある事か、大《おおい》に吉《よし》は、主税に取って、一向に芽出度《めでたく》ない。勿論《もちろん》、如何に迷えば、と云って、三世相を気にするような男ではないけれども、自分は兎《と》に角《かく》、先生は言うに及ばずながら、奥方はどうかすると、一白九紫を口にされる。同じ相性でも、始《はじめ》わるし、中程宜《よろ》しからず、末覚束《すえおぼつか》なしと云う縁なら、幾干《いくら》か破談の方に頼みはあるが……衣食満ち満ち富貴……は弱った。

のみならず、子五人か、九人あるべしで、平家の一門、藤原一族、愈《いよい》よ天下に蔓《はびこ》らんずる根ざしが見えて容易でない。

既に過日《いっか》も、現に今日の午後《ひるすぎ》にも、礼之進が推参に及んだ、と云うきっさきなり、何となく、この縁、纏まりそうで、一方《ひとかた》ならず気に懸る。

ああ、先生には言われぬ事、奥方には遠慮をすべき事にしても、今しも原の前で、お妙さんを見懸けた時、声を懸けて呼び留めて、もし河野の話が出たら、私は厭《いや》、とおっしゃいよ、と一言いえば可《よ》かったものを。

大道で話をするのが可訝《おかし》ければ、その辺の西洋料理へ、と云っても構わず、鳥居の中には藪蕎麦《やぶそば》もある。さしむかいに云うではなし、円髷も附添った、その女中《おんな》とても、長年の、犬鷹朋輩《ほうばい》の間柄、何の遠慮も仔細《しさい》も無かった。

お妙さんが又、あの目で笑って、お小遣いはあるの？　とは冷評《ひやか》しても、何処《どこ》かへ連れられるのを厭味らしく考えるような間《なか》ではないに、ぬかったことをしたよ。

なぞと取留めもなく思い乱れて、凝《じっ》とその大吉を瞻《みつ》めて居ると、次第次第に挿画《さしえ》の殿上人に髯《ひげ》が生えて、忽《たちま》ち尻尾《しっぽ》のように足を投げ出したと思うと、横倒れに、小町の膝へ凭れかかって、でれでれと溶《とろ》けた顔が、河野英吉に、寸分違わぬ。

「旦那如何《いかが》でございます。えへへ。」と、かんてらの燈の蔭《かげ》から、気味の悪い唐突《だしぬけ》の笑声は、当露店の亭主で、目を細うして、額で睨《にら》んで、

「大分御意に召しましたようで、えへへ。」

とぎょっとした主税は、空《くう》で値を聞いて見た。

「幾干《いくら》だい。」

「そうでげすな。」

と古帽子の庇《ひさし》から透かして、撓《た》めつつ、

「二十銭にいたして置きます。」と天窓《あたま》から十倍に吹懸《ふっか》ける。

爾時《そのとき》かんてらが煽《あお》る。

主税は思わず三世相を落して、

「高価《たか》い！」

「お品が少うげして、へへへ、当節の九星早合点《きゅうせいはやがてん》、陶宮手引草《とうきゅうてびきぐさ》などと云う活版本とは違いますで、」

「何だか知らんが、散々《さんざ》汚れて引断《ひっち》ぎれて居るじゃないか。」

「でげすがな、絵が整然《ちゃん》として居りますでな、挿絵は秀蘭斎貞秀《しゅうらんさいさだひで》で、こりゃ三世相かきの名人でげす。」

と出放題な事を云う。相性さえ悪かったら、主税は二十銭のその二倍でも敢《あえ》て惜くはなかったろう。

「余り高価《たか》いよ。」と立ちかける。

「お幾干《いくら》で？　ええ、旦那。」

と引据《ひっす》えるように圧えて云った。

「半分か。」

「へい。」

「それだってやすくはない。」

三十

亭主は膝を抱いて反身《そりみ》になり、禅の問答持って来い、と云う高慢な顔色《がんしょく》で。

「半価値《はんねだん》は酷《ひど》うげす。植木屋だと、じゃあ鉢は要りませんか、と云って手を打つんでげすがな。画だけ引剝《ひっぺが》して差上げる訳にも参りませんで。どうぞ一番《ひとつ》御奮発を願いてえんで。五銭や十銭、旦那方《だんながた》にゃ何だけの御散財でもありゃしません。へへへへ、」

「一体高過ぎる、無法だよ。」

と主税はその言い種《ぐさ》が憎いから、益々買う気は出なくなる。

「でげすがな、これから切通《きりどお》しの坂を一ツお下りになりゃ、五両と十両は飛ぶんでげしょう。其処《そこ》で以《もっ》て、へへへ、相性は聞きたし年紀《とし》は秘《かく》したしなんて寸法だ。ええ、旦那、三世相は御祝儀にお求め下さいな。」

愈々《いよいよ》むっとして、

「要らない。」と、又立とうとする。

「じゃもう五銭、五百、たった五銭。」

片手を開いて、肱《ひじ》で肩癖《けんぺき》の手つきになり、ばらばらと主税の目前《めさき》へ揉《も》み立てる。

憤然として衝《つッ》と立った。主税の肩越しにきらりと飛んで、かんてらの燻《くすぶ》った明《あかり》を切って玉の如《ごと》く、古本の上に異彩を放った銀貨があった。

同時に、

「要るものなら買って置け。」

と鏽《さび》のある、凜《りん》とした声がかかった。

主税は思わず身を窘《すく》めた。帽子を払って、は、と手を下げて、

「先生。」

露店《ほしみせ》の亭主は這出《はいだ》して、慌《あわ》てて古道具の中へ手を支《つ》いて、片手で銀貨を圧えながら、きょとんと見上げる。

茶の中折帽《なかおれ》を無造作に、黒地に茶の千筋《せんすじ》、平《ひら》お召の一枚小袖。黒斜子《くろななこ》に丁子巴《ちょうじどもえ》の三つ紋の羽織、紺の無地《むじ》献上博多《けんじょうはかた》の帯腰《おびごし》すっきりと、片手を懐に、裄短《ゆきみじか》な袖を投げた風采《ふうさい》は、丈高く痩《や》せぎすな肌に粋《いなせ》である。然《しか》も上品に衣紋《えもん》正しく、黒八丈《くろはちじょう》の襟を合わせて、色の浅黒い、鼻筋の通った、目に恐ろしく威のある、品のある、眉《まゆ》の秀《ひい》でた、但《ただ》その口許《くちもと》はお妙に肖《に》て、嬰児《みどりご》も懐《なつ》くべく無量の愛の含まるる。

一寸見《ちょっとみ》には、彼の令嬢にして、その父ぞとは思われぬ。令夫人《おくがた》は許嫁《いいなずけ》で、お妙は先生が未《ま》だ金鈕《きんぼたん》であった頃の若木の花。夫婦《ふたり》の色香を分けたのである、とも云うが……

酒井は何処か小酌《しょうしゃく》の帰途《かえり》と覚しく、玉樹一人《ぎょくじゅひとり》縁日の四辺《あたり》を払って彳《たたず》んだ。又何時《いつ》か、人足《ひとあし》も稍《やや》この辺《あたり》に疎《まばら》になって、薬師の御堂の境内のみ、その中空《なかぞら》も汗するばかり、油煙

が低く、露店の大傘《おおがらかさ》を圧して居る。

会釈《えしやく》をして纔《わずか》に擡《もた》げた、主税の顔を、その威のある目で屹《きっ》と見て、

「少《わか》いものが何だ、端銭《はした》をかれこれ人中《ひとなか》で云って居る奴があるかい、見っともない。」

と言い棄《す》てて、直《す》ぐに歩を移して、少し肩の昂《あが》ったのも、霜に堪え、雪を忍んだ、梅の樹振《きぶり》は潔《いさぎよ》い。

呆気《あっけ》に取られた顔をして、亭主が、ずッと乗出しながら、

「へい。」

とばかり怯《おび》えるように差出した三世相を、ものをも言わず引掴《ひッつか》んで、追縋《おいすが》って跡に附くと、早や五六間前途《むこう》へ離れた。

「どうも恐入ります。ええ、何、別に入用なのじゃないのでございますから、はい、」

と最初の一喝に怯気々々《びくびく》もので、申訳らしく独言《ひとりごと》のように言う。

酒井は、すらりと懐手《ふところで》のまま、斜めに見返って、

「用《い》らないものを、何だって価《ね》を聞くんだ。素見《ひやか》すのかい、お前は、」

「…………」

「素見すのかよ。」

「ええ、別に、」と俯向《うつむ》いて怨《うら》めしそうに、三世相を揉み、且《か》つ捻《ひね》くる。

少時《しばらく》して、酒井は不図《ふと》歩《あゆみ》を停めて、

「早瀬。」

「はい、」

とこの返事は嬉《うれ》しそうに聞えたのである。

三十一

名を呼ばれるさえ嬉しいほど、久闊懸違《しばらくかけちが》って居たので、いそいそ懐かしそうに擦寄《すりよ》ったが、続いて云った酒井の言《ことば》は、太《いた》く主税の胸を刺した。

「何処へ行くんだ。」

これで突放されたようになって、思わず後退《あとじさ》りすること三尺半。

この前《さき》の、原一つ越した横町が、先生の住居《すまい》である。其方《そなた》に向って行くのに、従って歩行《ある》くものを、（何処へ行く。）は情ない。散々の不首尾に、云う事も、しどろになって、

「散歩でございます。」

「故々《わざわざ》、此処《ここ》の縁日へ出て来たのか。」

「否《いいえ》、実は……」

と聊《いささ》か取附くことが出来た……

「先刻、御宅へ伺いましたのですが、御留守でございましたから、後程に又参りましょ

うと存じまして、その間《あいだ》この辺にぶらついて居りました。先生は、」

酒井がずッと歩行《ある》き出したので、たじたじと後を慕うて、

「何方《どちら》へ？」

「俺か。」

「ずッと御帰宅《おかえり》でございますか。」

知れ切ったような事を、つなぎだけに尋ねると、この答えが又案外なものであった。

「俺は、何だ、これからお前の処《ところ》へ出掛けるんだ。」

「ええ！」と云ったが、何は措《お》いても夜が明けたように勇み立って、

「じゃ、あの此方《こちら》から……角の電車へ、」と自分は一足《ひとあし》引返したが、慌てて又先へ出て、

「お車を申しましょうか。」

とそわそわする。

「水道橋まで歩行《ある》くが可《い》い。ああ、酔醒《えいざ》めだ。」と、衣紋を揺《ゆす》って、ぐっと袖口《そでぐち》へ突込んだ、引緊めた腕組になったと思うと、林檎《りんご》の綺麗な、芭蕉実《バナナ》の芬《ふん》と薫《かお》る、燈《あかり》の真蒼《まつさお》な、明《あかる》い水菓子屋の角を曲って、猶予《ためら》わず衝《つ》と横町の暗がりへ入った。

下宿屋の瓦斯《ガス》は遠し、顔が見えないから幾干《いくら》か物が云いよくなって、

「奥さんが、お風邪《かぜ》気でいらっしゃいますそうで、不可《いけ》ませんでございます。」

「逢《あ》ったか。」

「否《いえ》、すやすやお寐《やす》みだと承りましたから、御遠慮申しました。」

「妙は居たかい。」

「四谷へ縁附《かたづ》いて居ります、先《せん》のお光《みつ》をお連れなさいまして、縁日へ。」

「そうか、娘《こども》が出《で》歩《ある》行くようじゃ、大した御容態でも無しさ。」

と少し言《ことば》が和らいで来たので、主税は吻《ほっ》と呼吸《いき》を吐《つ》いて、はじめて持扱《もてあつか》った三世相を懐中《ふところ》へ始末をすると、壱岐《いき》殿坂《どのざか》の下口で、急な不意打。

「お前の許《とこ》でも皆健康《みんなたっしゃ》か。」

又冷りとした。内には女中と……自分ばかり、（皆健康か。）は尋常事《ただごと》でない。雖然《けれども》、よもや、と思うから、その（皆）を僻耳《ひがみみ》であろう、と自分でも疑って、

「はい。」

と、聞直したつもりを、酒井がそのまま聞流して了《しま》ったので（さようでございます。）と云う意味になる。

で、安からぬ心地がする。突当りの砲兵工廠《ぞうへい》の夜の光景は、楽天的に視《なが》ると、向島の花盛《はなざかり》を幻燈で中空《なかぞら》へ顕《あら》わしたようで、轟々《ごうごう》と轟《とどろ》く響が、吾妻橋《あずまばし》を渡る車かと聞為《ききな》さるるが、悲観すると、煙が黄に、炎が黒い。

通りかかる時、蒸気が真白な滝のように横ざまに漲《みなぎ》って路を塞《ふさ》いだ。

やがて、水道橋の袂《たもと》に着く——酒井はその雲に駕《が》して、悠々《ゆうゆう》として、早瀬は霧に包ま

れて、ふらふらして。

無言の間、吹かして居た、香《か》の高い巻莨《まきたばこ》を、煙の絡《から》んだまま、ハタと其処で酒井が棄てると、蒸気は、ここで露になって、ジューと火が消える。

萌黄《もえぎ》の光が、ぱらぱらと暗《やみ》に散ると、炬《きょ》の如く輝く星が、人を乗せて衝《つ》と外濠《そとぼり》を流れて来た。

電　車

三十二

河野から酒井へ申込んだ、その縁談の事の為では無いが、同じこの十二日の夜、道学者坂田礼之進は、渠《かれ》が、主なる発企者で且つ幹事である処の、男女交際会――又の名、家族懇話会――委《くわ》しく註するまでもない、その向《むき》の夫婦が幾組か、一処《ひとところ》に相会して、飲んだり、食ったり、饒舌《しゃべ》ったり……と云うと尾籠《びろう》になる。紳士貴婦人が互に相親睦《あいしんぼく》する集会で、談《だん》政治に渉《わた》ることは少ないが、宗教、文学、美術、演劇、音楽の品定めが其処で成立つ。現代に於ける思潮の淵源《えんげん》、天堂と食堂を兼備えて、薔薇薫《しょうびくん》じ星の輝く美的の会合、とあって、おしめと襷《たすき》を念頭に置かない催しであるから、留守では、芋が焦《こ》げて、小児《こども》が泣く。町内迷惑な……その、男女交際会の軍用金。諸処から取集めた百有余円を、馴染《なじみ》の会席へ支払いの用があって、夜、モオニングを着て、さて電燈の明い電車に乗った。

（アバ大人ですか、ハハハ今日の午後《ひるすぎ》。）と酒井先生方の書生が主税に告げたのと、案ずるに同日であるから、その編上靴は、一日に市中の何のくらいに足跡を印するか料《はか》られぬ。御苦労千万と謂《い》わねばならぬ。

先哲曰《いわ》く、時は黄金である。そんな隙潰《ひまつぶ》しをしないでも、交際会の会費なら、その場で請取《うけと》って直ぐに払いを済したら好さそうなものだが、一先《ひとま》ず手許へ引取って、更《あらた》めて夫子《ふうし》自身《みずから》を労するのは？　知らずや、この勘定の時は、席料なしに、其家《そこ》の何とか云う姉さんに、茶の給仕をさせて無銭《ただ》で手を握るのだ、と云ったものがある。世には演劇《しばい》の見物の幹事をして、それを縁に、俳優《やくしゃ》と接吻《キス》する貴婦人もあると云うから。

尤《もっと》もこれは、嘘《うそ》であろう。が、会費を衣兜《かくし》にして、電車に乗ったのは事実である。

「ええ、込合いますから御注意を願います。」

礼之進は提革《さげかわ》に摑《つかま》りながら、人と、車の動揺の都度、成るべく操りのポンチたらざる態度を保って、而して、乗合の、肩、頬、耳などの透間《すきま》から、痘痕《あばた》を散らして、目を配って、鬢《びんずら》、簪《かんざし》、庇《ひさし》、目つきの色々を、膳《ぜん》の上の箸休《はしやす》めの気で、ちびりちびりと独酌の格。ああ、江戸児《えどッこ》はこの味を知るまい、と乗合の婦《おんな》の移香《うつりが》を、楽みそうに、歯をスーと遣《や》って、片手で頤《あご》を撫《な》でて居たが、車掌のその御注意に、それと心付くと、俄然《がぜん》として、慄然《りつぜん》として、膚寒《はだざむ》うして、腰が軽い。

途端に引込めた、年紀《とし》の若い半纏着《はんてんぎ》の手ッ首を、即座の冷汗と取って置きの膏汗《あぶらあせ》で、ぬらめいた手で、夢中に確乎《しっか》と引摑《ひッつか》んだ。

道学先生の徳孤ならず、隣りに掏摸《すり》が居たそうな。

「…………」

と、わななないて、気が上《うわ》ずッて、唯睨《ただにら》む。

対手《あいて》は手拭《てぬぐい》も被《かぶ》らない職人体《てい》のが、ギックリ、髪の揺れるほど、頭《ず》を下げて、

「御免なすって。」と盗むように哀憐《あわれみ》を乞《こ》う目づかいをする。

「出《だ》、出しおろう、」

と震え声で、

「馬鹿！」と一つ極《き》めつけた。

「どうぞ、御免なすって、真平《まっぴら》、へい……」

と革に縋ったまま、ぐったりと成って、悄気《しよげ》返った職人の状《さま》は、消えも入りたいとよりは、宛然《さながら》罪を恥じて、自分で縊《くびく》ったようである。

「コリャ」と又怒鳴って、満面の痘痕を蠢《うごめ》かして、堪《こら》えず、握拳《にぎりこぶし》を挙げてその横頬《よこづら》を、ハタと撲《ぶ》った。

「あ、痛《いた》、」

と横に身を反らして、泣声になって、

「酷《ひ》、酷《ひど》うござんすね……旦那、ア痛々《たた》、」

も一つ拳で、勝誇って、

「酷いも何も要《い》ったものか。」

哄《どっ》と立上る多人数《たにんず》の影で、月の前を黒雲が走るような電車の中。大事に革鞄《かばん》を抱きながら、車掌が甲走《かんばし》った早口で、

「御免なさい、何ですか、何ですか。」

三十三

カラアの純白《まっしろ》な、髪をきちんと分けた紳士が、職人体の半纏着を引捉《ひっとら》えて、出せ、出せ、と喚《わめ》いて居るからには、その間《かん》の消息一目して瞭然《りょうぜん》たりで、車掌も些《ちっ》とも猶予《ためら》わず、

無手《むず》と曲者《くせもの》の肩を握《とりしば》った。

「降りろ――さあ、」

と一ツしゃくり附けると、革を離して、蹌踉《よろよろ》と凭《もた》れかかる。半纏着に又凭れ懸かるようになって、三人揉重《もみかさ》なって、車掌台へ圧《お》されて出ると、先《せん》から、がらりと扉を開けて、把手《ハンドル》に手を置きながら、中を覗込《のぞきこ》んで居た運転手が、チリン無しに丁《ちょう》ど其処《そこ》の停留所に車を留めた。

御嶽山《おんたけさん》を少し進んだ一ツ橋通《どおり》を右に見る辺りで、この街鉄は、これから御承知の如《ごと》く東明館前《とうめいかんまえ》を通って両国へ行くのである。

「少々お待ちを……」

と車掌も大事件の肩を掴まえて居るから、息急《いきせ》いで、四五人押込もうとする待合わせの乗組を制しながら、後退《あとじさ》りに身を反らせて、曲者を釣身に出ると、両手を突張って礼之進も続いて、どたり。

後からぞろぞろと七八人、我勝ちに見物に飛出たのがある。事ありと見て、乗ろうとしたのもそのまま足を留めて、押取《おっとり》巻いた。二人ばかり婦《おんな》も交って。

外へ、その人数を吐出《はきだ》したので、風が透いて、すっきり透明になって、行儀よく乗合の膝《ひざ》だけは揃《そろ》いながら、思い思いに捻向《ねじむ》いて、硝子戸《ガラスど》から覗く中に、片足膝の上へ投げて、丁子巴《ちょうじどもえ》の羽織の袖を組合わせて、茶のその中折を額深《ひたいぶか》く、ふらふら坐眠《いねむ》りをして居たらしい人物は、酒井俊蔵であった。

けれども、礼之進が今、外へ出たと見ると同時に、明かにその両眼を睜《みひら》いた瞳には、一点も睡《ねむ》そうな曇が無い。

惟《おも》うに、乗合いの蔭《かげ》ではあったが、礼之進に目を着けられて、例の（益々御鄙訳で。）を前置きに、（就きましては御縁女儀《ごえんじよぎ》）を場処柄も介《かま》わず弁じられよう恐《おそれ》があるため、計略ここに出たのであろう。但《ただし》その縁談を嫌ったと云う形跡《けいせき》は聊《いささか》も見当らぬが。

「攫《や》られたのかい。」

「はい、」

唯《と》見ると、酒井の向い合わせ、正面を右へ離れて、丁度その曲者の立った袖下《そでした》の処に主税が居て、恁《か》く答えた。

「何でございますか、騒ぎです。」

先生の前で、立騒いでは、と控えたが、門生が澄まし込んで冷淡に膝に手を置いて居るにも係わらず、酒井はずッと立って、脊高《せだか》く車掌台へ出かけて、此処《ここ》にも立淀《たちよど》む一《ひと》団《かたまり》の、弥次の上から、大路《おおじ》へ顔を出した……時であった。

主客顚倒《しゆかくてんどう》、曲者の手がポカリと飛んで、礼之進の痘痕は砕けた、火の出るよう。

「猿唐人《さるとうじん》め。」

あろう事か、あっと頬げたを圧えて退《すさ》る、道学者の襟飾《ネクタイ》へ、斜《はすっ》かいに肩を突懸けて、

横押にぐいと押して、

「何だ、何だ、何だ、何だと？　掏摸《すり》だ、盗賊《どろぼう》だと……クソを啖《くら》え。ナニその、胡麻和《ごまあえ》のような汝《てめえ》が面《つら》を甜《な》めろい！　さあ、何処に私《わっし》が汝《てめえ》の紙入を掏《す》ったんだ。此方《こっち》あ又、串戯《じょうだん》じゃあねえ。込合《こみあ》ってる中だから、汝《てめえ》の足でも踏んだんだろう、と思ってよ。足ぐれえ踏んだにしちゃ、怒りようが御大層だが、面《つら》が見や、踵《かかと》と大した違《ちげ》えは無《ね》えから、ははは。」

と夜の大路へ笑《わらい》が響いて、

「汝《てめえ》の方じゃ、面《つら》を踏まれた分にして、怒りやがるんだ、と断念《あきら》めてよ。難有《ありがた》く思え、日傭取《ひようとり》のお職人様が月給取に謝罪《あやま》ったんだ。

何時《いつ》出来た規則だか知らねえが、股《もも》ッたア出すなッてえ、肥満《ふと》った乳母《おんば》どんが焦《じれ》ッたがりゃしめえし、厭味《いやみ》ッたらしい言分だが、其奴《そいっ》も承知で乗ってるからにゃ、他様《ほかさま》の足を踏みゃ、引摺下《ひきずりおろ》される御法だ、と往生してよ。」

と、車掌にひょこと頭を下げて、

「へいこら、と下りて遣りゃ、何だ、掏摸だ。掏摸たア何でえ。」

又礼之進に突懸《つッかか》る。

三十四

「掏られた、盗《と》られたッて、幾干《いくら》ばかり台所の小遣《いりよう》をごまかして来やあがったか知らねえけれど、汝《てめえ》がその面《つら》で、どうせなけなしの小遣《こづかい》だろう、落しっこはねえ。へん、鈍漢《のろま》。どの道、掏られたにゃ違《ちげ》えはねえが、汝《てめえ》がその間抜けな風で、内から此処まで蟇口《がまぐち》が有るもんかい、疾《と》くの昔にちょろまかされて居やあがったんだ。さあ、お目通りで、着物を引掉《ひっぷる》って神田児《かんだっこ》の膚合《はだあい》を見せて遣らあ、汝《てめえ》が口説く婦《おんな》じゃねえから、見たって目の潰《つぶ》れる憂慮《きづけえ》はねえ、安心して切立《きったて》の褌《ふんどし》を拝みやあがれ。ええこう、念晴《ねんばら》しを澄ました上じゃ、汝《うぬ》、どうするか見ろ。」

「やあ、風が変った、風が変った。」

と酒井は快活に云って、原《もと》の席に帰った。

車掌台からどやどやと客が引込む、直ぐ後《あと》へ――見張員に事情を通じて、事件を引渡したと思われる――車掌が勢《いきおい》なく戻って、がちゃりと提革鞄《さげかばん》を一つ揺《ゆす》って、チチンと遣ったが、まだ残惜《のこりおし》そうに大路に半身を乗出して人だかりの混々《ごたごた》揉むのを、通り過ぎ状《ざま》に見て進む。

と錦帯橋《きんたいばし》の月の景色を、長谷川が大道具で見せたように、ずらりと繋《つな》って停留して居た幾つとない電車は、大通りを廻り舞台。事の起った車内では、風説《うわさ》とりどり。

あれは掏摸の術《て》でございます。はじめに恐入って居た様子じゃ、確《たしか》に業《わざ》をしたに違いませんが、もう電車を下りますまでには同類の袂《たもと》へすっこかしにして、証拠が無いから逆捻《さかね》じを遣《や》るでございます、と小《こ》商人風《あきんどふう》の一《ひと》分別ありそうなのがその同伴《つれ》らしい前垂掛《まえだれかけ》に云うと、此方《こちら》では法然天窓《ほうねんあたま》の隠居様が、七度《ななたび》捜して人を疑えじゃ、滅多な事は謂《い》われんもので、のう。

そうおっしゃれば、あの掏られた、と言いなさる洋服《ふく》を着た方《かた》も、おかしな御仁でござりますよ。此娘《これ》の貴下《あなた》、(と隣に腰かけた、孫らしい、豊肌《ぼってり》した娘の膝を叩《たた》いて、)簪へ、貴下、立って居て一寸々々《ちょいちょい》手をお触りなさるでございます。御仁体《ごじんてい》が、御仁体なり、この娘《こ》が恥かしがって、お止《よ》しよ、お止しよ、と申しますから、何をなさる、と口まで出ましたのを堪《こら》えて居たのでござりますよ、お止しよ、お祖母さんと、その娘は又同じことを爰《ここ》で云って、ぼうと紅《あか》くなる。

法然天窓《ほうねんあたま》は苦笑いをして……後からせせるやら、前からは毛の生えた、大な足を突出すやら……など、浄瑠璃《じょうるり》にもあって、のう、昔、この登り下りの乗合船では女子《おなご》衆《しゅ》が怪《け》しからず迷惑をしたものじゃが、電車の中でも遣りますか、のう、結句、掏摸よりは困りものじゃて。

駄目でさ、だってお前さん、いきなり引摺り下ろして了《しま》ったんだから、それ、ばらばら一緒に大勢が飛出しましたね、よしんばですね、同類が居た処で、疾《とつく》の前《さき》、何処かへ、すっ飛んで居るんですから手係りはありゃしません。そうで無くって、一人も乗客《のりて》が散らずに居りゃ、私達《わっしたち》だって関合《かかりあ》いは抜けませんや。巡査《おまわり》が来て、一応検《しら》べるなんぞッて事に成りかねません。ええ、後はどうなるッて、お前さん、掏摸は現行犯ですからね、証拠が無くって、知らないと云や、それまでです。又真個《ほんとう》に掏られたんだか何だか知れたもんじゃありません、どうせ間抜けた奴なんでさあね、と折革鞄《おりかばん》を抱え込んだ、何処かの中小僧《ちゅうこぞう》らしいのが、隣合った田舎の親仁《おやじ》に、尻上《しりあが》りに弁じたのである。

孰《いず》れ道学先生のために、祝すべき事ではない。

敢《あえ》て人の憂《うれい》を見て喜ぶような男では無いが、さりとて差当りああした中《なか》の礼之進のために、その憂を憂として悲むほどの君子でも無かろう。悪くすると、(状《ざま》を見ろ。)ぐらいは云うらしい主税が、風向きの悪い大人《たいじん》の風説《うわさ》を、耳を澄まして聞き取りながら、太《いた》く憂わしげな面色《おももち》で。

実際鬱込《ふさぎこ》んで居るのは何為《なぜ》か。

忘れてはならぬ、差向いに酒井先生が、何となく、主税を睨《にら》むが如くにして居ることを。

三十五

鬱《ふさ》ぐも道理《ことわり》、そうして電車の動くままに身を任せては居るものの、主税は果して何処へ連れらるるのか、雲に乗せられたような心持がするのである。

尤《もっと》も、薬師の縁日で一所になって、水道橋から外濠線《そとぼり》に乗った時は、仰《おお》せに因《よ》って飯田町なる、自分の住居へ供をして行ったのであるが、元来その夜は、露店の一喝と言い、途中の容子《ようす》と言い、酒井の調子が凜《りん》として厳しくって、予《かね》て恩威並び行わるる師の君の、その恩に預かれそうではなく、罰利生《ばちりしよう》ある親分の、その罰の方が行われそうな形勢は、言わずともの事であったから、電車でも片隅へ蹙《すく》んで、僥倖《さいわい》其処でも乗客《のりて》が込んだ、人蔭に成って、眩い大目玉の光から、顔を躱わして免れて居たは可いが、さて、神楽坂《かぐらざか》で下りて、見附《みつけ》の橋を、今夜に限って、高い処のように、危っかしく渡ると、件《くだん》の売卜者《うらない》の行燈《あんどう》が、真黒な石垣の根に、狐火《きつねび》かと見えて、急に土手の松風を聞く辺《あたり》から、徐々足《そろそろあし》許《もと》が覚束《おぼつか》なくなって、心も暗く、吐《と》胸《むね》を支《つ》いたのは、お蔦の儀。

偏《ひとえ》に御目玉の可恐《おそろし》いのも、何を秘《かく》そう繻子《しゅす》の帯に極《きわま》ったのであるから、これより門口《かどぐち》へかかる……敢《あえ》て、のろけるにしもあらずだけれども、自分の跫音《あしおと》は、聞覚えて居る。その跫音が、他の跫音と共に、澄まして音信《おとず》れれば、（お帰んなさい。）で、出て来るは定《じょう》のもの。分けて、お妙の事を、やきもき気を揉んで居る処《ところ》。それが為にこうして出向いた、真砂町《まさごちょう》の様子を聞きたさに、特に、似たもの夫婦の譬《たとえ》、信玄流の沈勇の方では無いから、随分飜然《ひらり》と露《あらわ》れ兼ねない。

いざ、露れた場合には……と主税は冷汗になって、胸が躍る。

生憎例《あいにくいつも》のように話しもしないで、ずかずか酒井が歩行《ある》いたので、兎角《とこ》う云う間《ひま》もなかった、早や我家の路地が。

堪《たま》りかねて、先生と、呼んで、女中《おんな》が寝て居ますと失礼ですから、一足《ひとあし》！　と云うが疾《はや》いか、(お先へ、)は身体《からだ》で出て、横ッ飛びに駈け抜ける内も、ああ、我ながら拙《つたな》い言分。

(待て！　待て！)

それ、声が掛った。

酒井は其処で足を留めた。

屹《きっ》と立って、

(宵《よい》から寐《ね》るような内へ、邪魔をするは気の毒だ。他《わき》へ行こう、一緒に来な。)

で路《みち》が変って、先生の為《す》るまま、鷲《わし》に攫《さら》われたような思いで乗ったのが、この両国行――

なかなか道学者の風説《うわさ》に就いて、善悪ともに、自から思慮を回《めぐ》らすような余裕とては無いのである。電車が万世橋《めがね》の交叉《こうさ》点《てん》を素直《まっす》ぐに貫いても、鷲は翼を納めぬので、さてはこのまま隅田川《おおかわ》へ流罪《ながし》ものか、軽くて本所から東京の外へ追放に成ろうも知れぬ。

と観念の眼を閉じて首垂《うなだ》れた。

「早瀬、」

「は、」

「降りるんだ。」

一場《いちじょう》展開した広小路《ひろこうじ》は、二階の燈《ひ》と、三階の燈と、店の燈と、街路の燈と、蒼《あお》に、萌黄《もえぎ》に、紅《くれない》に、寸隙《すきま》なく鏤《ちりば》められた、綾《あや》の幕ぞと見る程に、八重に往来《ゆきか》う人影に、忽《たちま》ち寸々《ずたずた》と引分けられ、さらさらと風に連れて、鈴を入れた幾千の輝く鞠《まり》と成って、八方に投げ交わさるるかと思われる。

ここに一際《ひときわ》夜の雲の濃《こま》やかに緑の色を重ねたのは、隅田へ潮がさすのであろう、水の影か、星が閃《きらめ》く。

我が酒井と主税の姿は、この広小路の二点となって、浅草橋を渡果《わたりは》てると、富貴竈《ふうきかまど》が巨人の如《ごと》く、仁丹《じんたん》が城の如く、相対して角を仕切った、横町へ、斜めに入って、磨硝子《すりガラス》の軒の燈籠《とうろう》の、媚《なまめ》かしく寂寞《ひっそり》して、ちらちらと雪の降るような数ある中を、蓑《みの》を着た状《さま》して、忍びやかに行くのであった。

柏家

三十六

やがて、貸切と書いた紙の白い、その門の柱の暗い、敷石の燦《ぱっ》と明《あかる》い、静粛《しん》としながら幽《かすか》なように、三味線の音が、チラチラ水の上を流れて聞える、一軒大構《おおがまえ》の料理店の前を通って、三つ四つ軒燈籠の影に送られ、御神燈の燈に迎えられつつ、地《つち》の濡《ぬ》れた、軒に艶《つや》ある、その横町の中程《なかほど》へ行くと、一条朧《ひとすじおぼろ》な露路がある。

芸妓家《げいしゃや》二軒の廂合《ひあわい》で、透かすと、奥に薄墨《うすずみ》で描いたような、竹垣が見えて、涼しい若葉の梅が一木《ひとき》、月はなけれど、風情《ふぜい》を知らせ顔にすっきりと彳《たたず》むと、向い合った板塀越に、青柳の忍び姿が、おくれ毛を銜《くわ》えた態《てい》で、すらすらと靡《なび》いて居る。

梅と柳の間を潜《くぐ》って、酒井はその竹垣について曲ると、処がら何となく羽織の背の婀《あ》娜《だ》めくのを、隣家《となり》の背戸の、低い石燈籠がト踞《しゃが》んだ形で差覗《さしのぞ》く。

主税は四辺《あたり》を見て立ったのである。

先生がその肩の聳《そび》えた、懐手《ふところで》のまま、片手で不精らしく丁々《とんとん》と枝折戸《しおりど》を叩くと、ばたばたと跫音聞えて、縁の雨戸が細目に開いた。

と派手な友染の模様が透いて、真円《まんまる》な顔を出したが、燈《あかり》なしでも、その切下げた前髪の下の、くるッとした目は届く。隔ては一重で、つい目の前の、丁子巴《ちょうじどもえ》の紋を見ると、莞爾々々《にこにこ》と笑いかけて、黙って引込むと、又ばたばたばた。

程もあらせず、何処《どこ》かでねじを圧《お》したと見える、その小座敷へ、電燈が颯《さっ》と点《つ》くのを合図に、中脊で瘦《やせ》ぎすな、二十《はたち》ばかりの細面《ほそおもて》、薄化粧して眉の鮮明《あざやか》な、口許の引緊《ひきしま》った芸妓《げいこ》島田《しまだ》が、故《わざ》とらしい堅気づくり。袷《あわせ》をしゃんと、前垂がけ、褄《つま》を取るのは知らない風に、庭下駄を引掛けて、二ツ三ツ飛石を伝うて、カチリと外すと、戸を押してずッと入る先生の背中を一ツ、黙言《だんまり》で、はたと打った。これは、この柏屋の姐《ねえ》さんの、小芳《こよし》と云うものの妹分で、綱次《つなじ》と聞えた流行妓《はやりっこ》である。

「大層な要害だな。」

「物騒ですもの。」

「些《ちっ》とは貯蓄《たま》ったか。」

と粗雑《ぞんざい》に廊下へ上《あが》る。先生に従うて、浮かぬ顔の主税と入違《いれちが》いに、綱次は、あとの戸

を閉めながら、

「お珍らしいこと。」

「………」

「蔦吉姉さんはお達者？」と小さな声。

主税はヒヤリとして、ついに無い、ものをも言わず、恐れた顔をして、一寸《ちょっと》睨んで、窃《そっ》と上って、開けた障子へ身体は入れたが、敷居際へ畏《かしこ》まる。

酒井先生、座敷の真中へぬいと突立ったままで――その時茶がかった庭を、雨戸で消して入《い》り来る網次に、

「どうだ、色男が羅出《せりだ》したように見えるか。」

とずッと胸を張って見せる。

「私には解りません、姉さんにお見せなさいまし、今に帰りますから、」

「そう目前《めさき》が利かないから、お茶を挽《ひ》くのよ。当節は女学生でも、今頃は内には居ない。些《ちっ》と日比谷へでも出かけるが可《い》い。」

「憚様《はばかりさま》、お座敷は宵の口だけですよ。」

と姿見の前から座蒲団《ざぶとん》をするりと引いて、床の間の横へ直した。

「さあ、早瀬さん。」と、もう一枚。

主税は膝の傍《わき》へ置いたまま也《なり》。

友染の羽織を着たのが、店から火鉢を抱えて来て、膝と一所に、お大事のもののように据えると、先生は引跨《ひんまた》ぐ体《てい》に胡坐《あぐら》の膝へ挟んで、口の辺《あたり》を一ッ撫《な》でて、

「敷きな、敷きな。」

と主税を見向いた。

「はい、」

とばかりで、その目玉に射られるようで堅くなって何処も見ず、面《おもて》を背けると端《はし》なく、重箪笥《かさねだんす》の前なる姿見。此処《ここ》で梳《くしけず》る柳の髪は長かろう、その姿見の丈が高い。

三十七

「お敷きなさいなね、貴下《あなた》。此家《ここ》へ入らっしゃりゃ、先生も何もありはしません、御遠慮をなさらなくっても可《い》いんですよ。」

と意気、文学士を呑《の》む。この女は、主税が整然《きちん》として居るのを、気の毒がるより、寧《むし》ろ自分の方が、為《ため》に窮屈を感ずるので。

その癖、先生には、却《かえ》って、遠慮の無い様子で、肩を並べるようにして文膝《つきひざ》で坐りながら、火鉢の灰をならして、手でその縁《ふち》をスッと扱《しご》く。

「茶を一ッ、熱いのを。」

と酒井は今のを聞かない振《ふり》で、

「それから酒だ。」

綱次は入口の低い襖《ふすま》を振返って、ト拝む風に、雪のような手を敲《たた》く。

「自分で起《た》て。少《わか》いものが、不精《ぶしよう》を極《き》めるな。」

「厭《いや》ですよ。ちゃんと番をして居なくっては。姉さんに言いつかって居るんだから。」

と言いながら、人懐《ひとなつ》かしげに莞爾《にっこり》して、

「ねえ、早瀬さん。」

「で、ございますかな。」と漸々《ようよう》膝去《いざ》り出して、遠くから、背を円くして伸上って、腕を出して、巻莨《まきたばこ》に火を点けたが、お蔦が物指《ものさし》を当てた襦袢《じゆばん》の袖《そで》が見えたので、気にして、慌《あわ》てて、引込める。

「些《ちつ》と透かさないか、籠《こも》るようだ。」

「縁側ですか。」

「ううむ、」

と頭《かぶり》を掉《ふ》ったので、すっと立って、背後《うしろ》の肱掛窓《ひじかけまど》を開けると、辛《かろ》うじて、雨落《あまおち》だけの隙《すき》を残して、厳《いかめ》しい、忍返《しのびがえ》しのある、然《しか》も真新《まあたらし》い黒板塀が見える。

「見霽《みはら》しでも御覧なさいよ。」

と主税を振向いて又笑う。

酒井が凝《じっ》と、その塀を視《なが》めて、

「一面の杉の立樹《たちき》だ、森々《しんしん》としたものさ。」

と擽《くすぐ》って、独《ひとり》で笑った。

「しかし山焼《やまやけ》の跡だと見えて、真黒は酷《ひど》いな。俺もゆくゆくは此家《こちら》へ引取られようと思ったが、裏が建って、川が見えなくなったから分別を変えたよ。」

其処《そこ》へ友染がちらちら来る。

「お出花《でばな》を、早く、」

「はあ、」

「熱くするんだよ。」

「これ、小児《こども》ばっかり使わないで、些《ちっ》と立って食うものの心配でもしろ。民《たみ》はどうした、彼《あれ》は可い。小老実《こまめ》に働くから。今に帰ったら是非酌をさせよう。あの、愛嬌《あいきょう》のある処で。」

「そんなに、若いのが好《すき》なら、御内《おうち》のお嬢さんが可《い》いんだわ。ねえ早瀬さん。」

これには早瀬も答えなかったが、先生も苦笑した。

「妙も近頃は不可《いけな》くなったよ。奥方と目配《めくばせ》を為合《しあ》って、兎角《とかく》銚子をこぎって不可《いか》ん。第一酌をしないね。学校で、(お酌さん。)と云うそうだ。小児《こども》どもの癖に、相応に皮肉なことをいうもんだ。」

「貴郎《あなた》には小児でも、もうお嫁入盛《ざかり》じゃありませんか。どうかすると、此地《こっち》へも入らっしゃる、学校出の方にゃ、酒井さんの天女《エンゼル》が、何のと云っちゃ、あの、騒いでおいでなさるのがありますわ。」

「あの、嬰児《あかんぼ》をか、何処の坊やだ。」

「あら、あんなことを云って。此方《こちら》の早瀬さんなんかでも、丁《ちょう》ど似合いの年紀頃《としごろ》じゃありませんか。」

と何でものう云って退《の》けたが、主税は懐中《ふところ》の三世相とともに胸に支《つか》えて俯向《うつむ》いた。

「その癖、当人は嫁入と云や鼠《ねずみ》の絵だと思って居るよ。」

と云いかけて莞爾《かんじ》として、

「むむ、これは、猫の前で危い話だ。」

と横顔へ煙を吹くと、

「引掻《ひっか》いてよ。」と手を挙げたが、思い出したように座を立って、

「どうしたんだろうねえ、電話は、」と呟《つぶや》いて出ようとする。

「おい、阿婆《おっかあ》は？」

「もう寐《ね》ました。」

「いや、老人《としより》はそう有りたい。」

座の白ける間は措《お》かず、綱次はすぐに引返して、

「姉さんは、もう先方《むこう》は出たそうですわ。」

云う間程なく、矢を射るような腕車《くるま》一台、からからと門に着いたと思うと、

「唯今！」と車夫の声。

三十八

「そうかい。」

と……意味のある優しい声を、一寸《ちよいと》誰かに懸けながら、一枚の襖音なく、すらりと開いて入ったのは、座敷帰りの小芳《こよし》である。

瓜核顔《うりざねがお》の、鼻の準縄《じんじよう》な、目の柔和《やさし》い、心ばかり面窶《おもやつれ》がして、黒髪の多いのも、世帯を知ったようで奥床しい。眉の稍《やや》濃い、生際《はえぎわ》の可《い》い、洗い髪を引詰《ひッつ》めた総髪の銀杏返《いちようがえ》しに、すっきりと櫛《くし》の歯が通って、柳の雨の艶《つや》の涼しさ。撫肩《なでがた》の衣紋《えもん》つき、少し高目なお太鼓の帯の後姿が、恰《あたか》も姿見に映ったれば、水のように透通る細長い月の中から抜出したようで気高いくらい。成程この婦《おんな》の母親なら、芸者家の阿婆《おつかあ》でも、早寝を為《し》よう、と頷《うなず》かれる。

「まあ、よく入らしってねえ。」

と主税の方へ挨拶《あいさつ》して、微笑《ほほえ》みながら、濃い茶に鶴の羽小紋《はこもん》の紋着《もんつき》二枚袷《にまいあわせ》、藍気鼠《あいけねずみ》の

半襟、白茶地に翁格子《おきなごうし》の博多の丸帯、古代模様空色縮緬《ちりめん》の長襦袢、慎ましやかに、酒井に引添《ひっそ》うた風采《とりなり》は、左支《さしつか》えなく頭《つむり》が下るが、分けてその夜の首尾であるから、主税は丁寧に手を下げて、

「御機嫌宜《よ》う、」と会釈《えしゃく》をする。

爾時《そのとき》、先生憮然《ぶぜん》として、

「芸者に挨拶を為《す》る奴があるか。」

これに一言句《ひともんく》あるべき処を、姉さんは柔順《おとなし》いから、

「お出花《でばな》が冷くなって、」

と酒井の呑《のみ》さしを取って、いそいそ立って、開けてある肱掛窓から、暗い雨落《あまおち》へ、ざぶりと覆《かえ》すと、斜めに見返って、

「大《おおき》な湯覆《ゆこぼ》しだな、お前ン許《とこ》のは。」

「あんな事ばかり云って、」

と、主税を見て莞爾《にっこり》して、白歯《しらは》を染めても似合う年紀《とし》、少しも浮いた様子は見えぬ。

それから、小芳は伏目《ふしめ》になって、二人の男へ茶を注いだが、此処に居ればその役目の、綱次は車が着いた時、さあお帰りだ、と云うとともに、はらはら座敷を出たのと知るべし。

酒井は軽く襟を扱《しご》いて、

「其処で、御馳走は、」

「綱次さんが承知をしてます。」

「また寄鍋《よせなべ》だろう、白滝沢山《しらたきだくさん》と云う。」

「どうですか。」

と横目で見て、嬉《うれ》しそうに笑を含む。

「いずれ不漁《しけ》さ。」

と打棄《うっちゃ》るように云ったが、向直って、

「早瀬、」と呼んだ声が更《あらた》まった。

「ええ。」

「先刻《さっき》の三世相を見せろ。」

一仔細《ひとしさい》なくては成らぬ様子があるので、ぎょっとしながら、辞《いな》むべき数《すう》ではない。

……柏家は天井裏を掃除しても、こんなものは出ないと思われる、薄汚れたのを、電燈の下《もと》に、先生の手に、もじもじと奉《たてまつ》る。引取《ひっと》って、ぐいと開けた、気が入って膝を立てた、顔の色が厳しくなった。と見て胆《きも》を冷したのは主税で、小芳は何の気も着かないから、晴々しい面色《おももち》で、覗込《のぞきこ》んで、

「心当りでも出来たんですか。」

不答《こたえず》。煙草《たばこ》の喫《すい》さしを灰の中へ邪険に突込み、

「何は、どうした。」

と唐突《だしぬけ》に聞かれたので、小芳は恍惚《うっとり》したように、酒井の顔を視《なが》めると……

「彼《あれ》よ、一寸《ちょいと》意気な、清元の旨《うま》い、景気の可《よ》い、」

いいいい本を引返して、

「扱帯《しごき》で、鏡に向った処は、絵のようだと云う評判の……」

と凝《じっ》と見られて、小芳は引入れられたように、

「蔦吉さん。」

と云って、喫いかけた煙管《きせる》を忘れる。

主税は天窓《あたま》から悚然《ぞっ》とした。

「彼《あれ》はどうした。」

「え、」

「俺は薩張《さっぱり》山手《のて》になって容子を知らんが、相変らず繁昌《はんじょう》か。」

三十九

小芳は我知らず、（ああ、どうしよう。）と云う瞳《ひとみ》が、主税の方へ流るるのを、無理に堪《こら》えて、酒井を瞻《みまも》った顔が震えて、

「蔦吉さんはもう落籍《ひき》ましたそうです。」

と言わせも果てずに、

「(そうです。)は可怪《おかし》い。近所に居ながら、知らん奴があるか、判然《はっきり》謂《い》え、落籍《ひい》たのか！」

「はい、」と伏目になったトタンに、優しげな睫毛《まつげ》が、(どうかなさいよ。)と、主税の顔へ目配せする。

酒井は、主税を見向きもしないで、悠々《ゆうゆう》とした調子に成り、

「そりゃ可《い》い事をした、泥水稼業《かぎょう》を留《や》めたのは芽出度い。で、何処に居る、当時は……よ？」

「私よく存じませんので……あの、何処か深川に居るんですって。」

「深川？ 深川と云う人に落籍《ひか》されたのか、川向うの深川かい。」

「…………」

「どうだよ、おい、知らない奴があるか。お前、仲が好くって、姉妹《きょうだい》のようだと云ったじゃないか、姉妹分が落籍《ひい》たのに、その行先が分らない、べら棒があるもんかい。姉さんとか、小芳さんとか云って、先方《さき》でも落籍《ひき》祝《いわ》いに、赤飯ぐらい配ったろう、お前食ったろう、其奴《そいつ》を。蒸立《むしたて》だとか、好《い》い色だとか云って、喜んでよ。此方《こっち》からも、イ《にんべん》の切手の五十銭ぐらい

祝ったろう。小遣帳に記《つ》いているだろう。その婦《おんな》の行先が知れない奴があるものか。

知らなきゃ馬鹿だ。尤《もっと》も、己《おれ》のような素《す》一歩《いちぶ》と腐合《くされあ》おうと云う料簡方《りょうけんかた》だから、はじめから悧怜《りこう》でないのは知れてるんだ。馬鹿は構わん、どうせ、芸者だ、世間並じゃない。芸者の馬鹿は構わんが、薄情は不可《いか》んな！　薄情は。薄情な奴は俺《おい》ら真平《まっぴら》だ。」

「何時《いつ》、私が、薄情な、」

と口惜《くや》しく屹《きっ》となる処を、酒井の剣幕が烈《はげし》いので、悄《しお》れて声が霑《うる》んだのである。

「薄情でない！　薄情さ。懇意な婦《おんな》の、居処《いどころ》を知らなけりゃ薄情じゃないか。」

「だって、貴郎《あなた》。だって、先方《さき》でも、つい音信《たより》をしないもんですから、」

「先方が音信《たより》をしなくっても、お前の薄情は帳消《ちょうけし》は出来ん。何故此方《なぜこっち》から尋ねんのだ。こんな稼業だから、暇が無い。行通《ゆきかよい》はしないでも、居処が分らんじゃ、近火はどうする！　火事見舞に町内の頭《かしら》も遣《や》らん、そんな仲よしがあるものか、薄情だよ、水臭いよ。」

姉さんの震えるのを見て、身から出た主税は堪《たま》りかねて、

「先生、」

と呼んだが、心ばかりで、この声は口へは出なかった。

酒井は耳にも掛けないで、

「済まん事さ、俺も他人でないお前を、薄情者には為《し》たくないから、居処を教えて遣ろ

う。

堀の内へでも参詣《まい》る時は道順だ。煎餅《せんべい》の袋でも持って尋ねて遣れ。おい、蔦吉は、当時飯田町五丁目の早瀬主税の処に居るよ。」

真蒼《まっさお》になって、

「先生、」

「早瀬！」

と一声屹《きっ》となって、膝を向けると、疾風一陣、黒雲を捲《ま》いて、三世相を飛ばし来って、主税の前へ磕《はた》と落した。

眼《まなこ》の光射るが如く、

「見ろ！　野郎は、素袷《すあわせ》のすッとこ被《かぶり》よ。婦《おんな》は編笠《あみがさ》を着て三味線を持った、その門附《かどづけ》の絵のある処が、お前たちの相性だ。はじめから承知だろう。今更本郷くんだりの俺の縄張内《うち》を胡乱《うろ》ついて、三世相の盗人覗《ぬすっとのぞ》きをするにゃ当るまい。

その間抜けさ加減だから、露店《ほしみせ》の亭主に馬鹿にされるんだ。立派な土百姓に成りやあがったな、田舎漢《いなかもの》め！」

四十

主税は漸々《ようよう》、それも唾《つば》が乾くか、かすれた声で、

「三世相を見て居りましたのは、何も、そんな、そんな訳じゃございません……」とだけで後が続かぬ。

「繇訳でも頼まれたか、前世は牛だとか、午《うま》だとか。」

と串戯《じょうだん》のような警抜な詰問《きつもん》が出たので、聊《いささ》か言《ことば》が引立って、

「否《いいえ》、実はその何でございまして。その、この間中から、お嬢さんの御縁談がはじまって居ります、と聞きましたもんですから、」

小芳は窃《そっ》と酒井を見た。この間《なか》でも初《はつ》に聞いた、お妙の縁談と云うのを珍らしそうに。

「ははあ、じゃ何か、妙と、河野英吉との相性を検《しら》べたのかい。」

果せるかな、礼之進が運動で、先生は早や平家の公達《きんだち》を御存じ、と主税は、折柄も、我身も忘れて、

「はい、」と云って、思わず先生の顔を見ると、瞼《まぶた》が颯《さつ》と暗く成るまで、眉《まゆ》の根がじりりと寄って、

「大きに、お世話だ、酒井俊蔵と云う父親と、歴然《れっき》とした、謹《きん》（夫人の名。）と云う母

親が附いて居る妙の縁談を、門附風情《ふぜい》が何を知って、周章《あわて》なさんな。

僭上《せんじょう》だよ、無礼だよ、罰当り！

お前が、男世帯をして、いや、菜が不味《まず》いとか、女中《おんな》が焼豆腐ばかり食わせるとか愚痴った、と云って、可《い》いか、この間持って行った重詰なんざ、妙が独活《うど》を切って、奥さんが煮たんだ。お前達ア道具の無い内だから、勿体《もったい》ない、一度先生が目を通して、綺麗《きれい》に装《も》ってあるのを、重箱のまま、売婦《ばいた》とせせり箸《ばし》なんぞしやあがって、弁松《べんまつ》にゃ叶《かな》わないとか、何とか、薄生意気な事を言ったろう。

よく、その慈姑《くわい》が咽喉《のど》に詰って、頓死《とんし》をしなかったよ。

無礼千万な、未《ま》だその上に、妙の縁談の邪魔をすると云うは何事だ。」

と大喝した。

主税は思わず居直って、

「邪魔を……私《わ》、私《わたくし》が、邪魔なんぞいたしますものでございますか。」

「邪魔をしない！　邪魔をせんものが、縁談の事に付いて、坂田が己に紹介を頼んだ時、お前何故それを断ったんだ。」

「…………」

「何故断った？」

「あんな、道学者、」

「道学者がどうした、結構さ。道学者はお前のような犬でない、畜生じゃないよ。何か、お前は先方《さき》の河野一家の理想とか、主義とかに就いて、不服だ、不賛成だ、と云ったそうだ。不服も不賛成もあったものか。人間並の事を云うな、畜生の分際《ぶんざい》で、出過ぎた奴だ。

第一、汝《きさま》のような間違った料簡で、先生の心が解るのかよ！　お前は不賛成でも己は賛成だか、お前は不服でも己は心服だか——知れるかい。

何のかのと、故障を云って、（御門生は、令嬢に思召《おぼしめ》しがあるのでごわりましょう。）と坂田が歯を吸って、合点《のみこ》んで居たが、どうだ。」

「ええ！　あの、痘痕《あばた》が、」

と色をかえて戦《わなな》いた。主税は而《しか》も点々《たらたら》と汗を流して、

「他《ほか》の事とは違います、聞棄《ききす》てに成りません。私は、私は、これは、改めて、坂田に談じなければ成りません。」

「何だ、坂田に談じる？　坂田に談じるまでもない。己がそう思ったらどうするんだ、先生が、そう思ったら何とするよ。」

「誰が、先生、そんな事。」

「否《いいや》、内の玄関の書生も云った、坂田が己の許《とこ》へ来たと云うと、お前の目の色が違うそうだ。車夫も云った、車夫の女房も云ったよ。（誰か妙の事を聞きに来たものはない

か。」と云って、お前、車屋でまで聞くんだそうだな。恥しくは思わんか、大きな態《なり》をしやあがって、薄髯《うすひげ》の生えた面《つら》を、何処まで曝《さら》して歩行《ある》いて居るんだ。」

と火鉢をぐいぐいと揺《ゆすぶ》って。

四十一

「彼方《あっち》へ蹌々《ひょろひょろ》、此方《こっち》へ踉々《よろよろ》、狐の憑《つ》いたように、俺の近所を、葛西《かさい》街道にして、肥料桶《こえたご》の臭《におい》を為《さ》せるのは何処の奴だ。

何か、聞きゃ、河野の方で、妙の身体に探捜《さぐり》を入れるのが、不都合だとか、不意気だかと言うそうだが、」

噫《ああ》、礼之進が皆饒舌《しゃべ》った。

「意気も不意気も土百姓の知った事かい。これ、河野はお前のような狐憑《きつねつき》じゃないのだぜ。

学位のある、立派な男が、大切な嫁を娶《と》るのだ。念を入れんでどうするものか。検べるのは当前《あたりまえ》だ。芸者を媽々《かかあ》にするんじゃない。

また己の方じゃ、探捜《さぐり》を入れて貰いたいのよ。さあ、何処でも非難を為《し》て見ろ、と裸体《はだか》で見せて差支《さしつか》えの無いように、己と、謹《きん》とで育てたんだ。

何が可恐《おそろし》い？　何が不平だ？　何が苦しい？　己は、渠等《かれら》の検べるのより、お前が其処《そこい》等《ら》をまごつく方がどのくらい迷惑か知れんのだ。

仮令《よしん》ば、奴等に、身元検べを為《さ》れるのが迷惑とする、癪《しゃく》に障《さわ》るとなりゃ、己が丁《ちゃん》と心得てる。この指一本、妙の身体を秘《かく》した日にゃ、按摩《あんま》の勢揃《せいぞろい》ほど道学者輩が杖《つえ》を突張って押寄せて、垣覗《かきのぞ》きを遣ったって、黒子《ほくろ》一点《ひとつ》も見せやしない、誰だと思う、おい、己だ。」

　と又屹《きつ》と見て、

「何為《なぜ》、泰然と落着払って、いや、それはお芽出度い、と云って、頼まれた時、紹介をせん。癪に障る、野暮だ、と云う道学者に、ぐっと首根ッ子を圧《おさ》えられて、（早瀬氏はこれがために、些《ち》と手負猪《ておいじし》でごわりましてな。）なんて、歯をすらせるんだ。

　馬鹿野郎！　俺《おい》ら弟子は幾干《いくら》でもある、が小児《こども》の内から手許に置いて、飴《あめ》ン棒までねぶらせて、妙と同一内《ひとつうち》で育てたのは、汝《きさま》ばかりだ。その子分が、道学者に冷かされるような事を、何為するよ。

（世間に在るやつでごわります。飼犬に手を噛《か》まれると申して。以来あの御門生には、令嬢お気を着けなさらんと相成りませんで。）坂田が云ったを知ってるか。

　馬鹿野郎、これ、」

　と迫った調子に、慈愛が籠《こも》って、

「然《さ》ほどの鈍的《とんちき》でも無かったが、天罰よ。先生の目を眩《くら》まして、売婦《ばいた》なんぞ引摺込《ひきずりこ》む罰が当って、魔が魅《さ》したんだ。

嫁入前の大事な娘だ、そんな狐の憑いた口で、向後妙《こうご》の名も言うな。

生意気に道学者に難癖なんぞ着けやあがって、汝《てめえ》の面当《つらあて》にも、娘は河野英吉にたたッ呉れるからそう思え。」

「貴郎《あなた》、」

と小芳が顔を上げて、

「早瀬さんに、どんな仕損いが、お有んなすったか存じませんが、決して、お内や、お嬢さんの……（と声が曇って）お為悪《ため》かれ、と思ってなすったんじゃござんすまいから、」

「何だ、為悪かれ、と思わん奴が、何故芸者を引摺込んで、師匠に対して申訳のないような不埒《ふらち》を働く。第一お前も、」

稲妻が西へ飛んで、

「同類だ、共謀《ぐる》だ、同罪だよ。おい、芸者を何だと思って居る。藪入《やぶいり》に新橋を見た素丁《すでっ》稚《ち》のように難有《ありがた》いものだと思って居るのか。馬鹿だから、己が不便《ふびん》を掛けて置きゃ、増長して、酒井は芸者の情婦《いろ》を難有《ありがた》がってると思うんだろう。高慢に口なんぞ突出しやがって。俯向《うつむ》いて居れ。」

はっと首垂《うなだ》れたが、目に涙一杯。

「そんな、貴郎、難有がってるなんのッて、」

「難有くないものを、何故俺の大事な弟子に蔦吉を取持ったんだい！」

主税は手を支《つ》いて摺《ず》って出た。

「先《せ》、先生、姉さんは、何にも御存じゃございません、それは、お目違いでございまして、」

と大呼吸《おおいき》を胸で吐《つ》くと、

「黙れ！　生れてから、俺《おいら》、目違いをしたのは、お前達二人ばかりだ。」

四十二

「お言葉を反《かえ》しますようでございますが、」

主税は小芳の自分に対する情が仇《あだ》になりそうなので、あるにもあられず据身《すえみ》になって、

「誰がそう云うことをお耳に入れましたか存じませんが、芸者が内に居りますなんて飛《とん》だ事でございます。矢張、あの坂田の奴が、怪しかりません事を。私《わたくし》は覚悟がございます、彼奴《あいつ》に対しましては、」と目の血走るまで意気込んだが、後暗《うしろぐら》い身の明《あかり》は、些《ちっ》とも立つのでは無かった。

「覚悟がある、何の覚悟だ。己に申訳が無くって、首を縊《くく》る覚悟か。」

「否《いえ》、坂田の畜生、根もない事を、」

「馬鹿！」

と叱《しっ》して、調子を弛《ゆる》めて、

「も休み休み言え。失礼な、他人の壁訴訟を聞いて、根も無い事を疑うような酒井だと思って居るか。お前がその盲目《めくら》だから悪い事を働いて、一端《いっぱし》己の目を盗んだ気で洒亜々々《しゃあしゃあ》として居るんだ。

先刻《さっき》どうした、牛込見附でどうしたよ。慌《あわ》てやあがって、言種《いいぐさ》もあろうに、（女中が寝て居ますと失礼ですから。）と駈出《かけだ》した、彼《あれ》は何の状《ざま》だ。婆《ばばあ》が高利貸をして居やしまい、主人《あるじ》の留守に十時前から寝込む奴が何処に在る。

又寝て居れば無礼だ、と誰が云ったい。これ、お前たちに掛けちゃ、己の目は暗《やみ》でも光るよ。飯田町の子分の内には、玄関の揚板《あげいた》の下に、どんな生意気な、婦《おんな》の下駄が潜んでるか、鼻緒《おお》の色まで心得てるんだ。べらぼうめ、内証でする事は客の靴へ灸《きゅう》を据えるのさえ秘《かく》し了されないで、（恐るべき家庭でごわります。）と道学者に言われるような、薄っぺらな奴等が、先生の目を抜こうなぞと、天下を望むような叛逆《はんぎゃく》を企てるな。

悪事を為《す》るならするように、もっと手際《てぎわ》よく立派に遣《や》れ。見事に己を間抜けにして見ろ。同じ叱言《こごと》を云うんでも、その点だけは恐入ったと、鼻毛を算《よ》まして讃《ほ》めて遣るんだ。

三下《さんした》め、先生の目を盗んでも、お前なんぞのは、たかだか駈出しの（タッシェン、ディープ）だ。」

これは、（攫徒《すり》）と云う事だそうである。主税は折れるように手をハッと支《つ》いた。

「恐入ったか、どうだ。」

「ですが、全く、その、そんな事は……」

「無い？」

「………」

「芸者は内に居ないと云うのか。」

「はい。」

霹靂《へきれき》の如く、

「帰れ！」

小芳が思わず肩を窘《すく》める。

「早瀬さん、私、私じゃ、」

と声が消えて、小芳は紋着《もんつき》の袖《そで》そのまま、眉《まゆ》も残さず面《おもて》を蔽《おお》う。

「いや、愛想の尽きた蛆虫《うじむし》め、往生際の悪い丁稚だ。そんな、しみったれた奴は泥賊《どろぼう》だって風上にも置きやしない、酒井の前は恐れ多いよ、帰れ！

これ、姦通《まおとこ》にも事情はある、親不孝でも理窟《りくつ》を云う。前座のような情実《わけ》でもあって、一旦《いつたん》内へ入れたものなら、猫の児《こ》の始末をするにも、鰹節《かつおぶし》はつきものだ。談《はなし》を附けて、手を切らして、綺麗に捌《さば》いて遣ろうと思って、お前の許《とこ》へ行くつもりで、百と、二百は、懐中《ふところ》に心得て出て来たんだ。

この段に成っても、未だ、ああ、心得違いをいたしました。先生よしなに、とは言い得ないで、秘し隠しをする料簡《りようけん》じゃ、汝《うぬ》が家を野天《のでん》にして、婦《おんな》とさかって居たいのだろう。それで身が立つなら立って見ろ。口惜しくば、おい、こうやって馴染《なじみ》の芸者を傍に置いて、弟子に剣突《けんつく》をくわせられる、己のような者に成って出直して来い。

さあ、帰れ、帰れ、帰れ！　汚《けが》わしい。帰らんか。この座敷は己の座敷だ。己の座敷から追出すんだ。帰らんか、野郎、帰れと云うに、其処を起たんと蹴殺《けころ》すぞ！」

「あれ、お謝罪《わび》をなさいまし。」と小芳が楯《たて》に、おろおろする。

「小芳さん、お取なしを願います。」と熟《じつ》と瞻《みつ》めて色が変った。

主税は、砕けよ、と身を揉《も》んで、

「奥さんに、奥さんに、お願いなさいよ、」

四十三

「何を、奥さんに頼めだい、黙れ。謹《きん》が芸者の取持《とりもち》なんぞ為ると思うか。先刻《さつき》も云う通り、芳、お前も同類だ。同類は同罪だよ。早瀬を叩出した後じゃ己が追出《おんで》る、お前ともこれ切《きり》だから、そう思え。」

と言わるるままに、忍び音が、声に出て、肩の震えが、袖を揺《ゆす》った。小芳は幼《いとけな》いものの如く、あわれに頭《かぶり》を掉《ふ》って、厭々《いやいや》をするのであった。

「姉さん、」

と思込んだ頭を擡《もた》げた、主税は瞼《まぶた》を引擦《ひっこす》って、元気附いたような……調子ばかりで、一向取留《いっこうとりとめ》の無い様子、しどろに成って、

「貴女《あなた》は、貴女は御心配下さいませんように……先生、」

と更《あらた》めて、両手を支《つ》いて、息を切って、

「申訳がございません。飛だ連累《まきぞえ》でお在んなさいます。どうぞ、姉さんには、こんな事をおっしゃいません様に、私を御存分になさいまして。」

「存分にすれば蹴殺すばかりよ。」

と吐出すように云って、はじめて、豊かに煙を吸った。

「じゃ恐入ったんだな。

内に蔦吉が居るんだな。

もう陳じないな。」

「心得違いをいたしまして……何とも申しようございません。」

と吻《ほっ》と息を吐《つ》いたと思うと、声が霑《うる》む。

最早罪に伏したので、今までは執成《とりな》すことも出来なかった小芳が、此処《ここ》ぞ、と見計《みはから》って、初心にも、袂《たもと》の先を爪《つま》さぐりながら、

「大目に見てお上なすって下さいまし。蔦吉さんも仇《あだ》な気じゃありません。決《け》して早瀬さんのお世帯の不為《ふため》に成るような事はしませんですよ。一生懸命だったんですから。あんな派手な妓《こ》が落籍祝《ひきいわい》どころじゃありません、貴郎《あなた》、着換も無くしてまで、借金の方《かた》をつけて、夜遁《よに》げをするようにして落籍《ひい》たんですもの。

堅気に世帯が持てさえすれば、その内には、世間でも、商売したのは忘れましょうから、早瀬さんの御身分に障るようなこともございますまい。もうこの節じゃ、洗濯ものも出来るし、単衣《ひとえもの》ぐらい縫えますって、この間も夜晩《おそ》く私に逢《あ》いに来たんですがね。」

と婀娜《あだ》な涙声に成って、

「羽織が無いから日中は出られない、と拗《す》ねたように云うのがねえ、どんなに嬉《うれ》しそうだったでしょう。それに土地馴《とこな》れないのに、臆病な妓《こ》ですから、早瀬さんがこうやって留守にして居なさいます、今頃は、どんなに心細がって、戸に附着《くっつ》いて、土間に立って、帰りを待って居るか知れません、私あそれを思うと……」

と空色の、瞼を染めて、浅く圧えた襦袢《じゅばん》の袖口。月に露添う顔を見て、主税もはらはらと落涙する。

「世迷言《よまいごと》を言うなよ。」

と膠《にべ》もなく、虞氏《ぐし》が涙を斥《しりぞ》けて、

「早瀬どうだ、分れるか。」

「行処《ゆきどこ》もございません、仕様が無いんでございますから、先生さえ、お見免《みのが》し下さいますれば、私の外聞や、そんな事は。世間体なんぞ。」と半《なかば》云って唾《つ》が乾く。

「否《いや》、不可《いか》ん、許しや為《し》ないよ。」

「そう仰有《おっしゃ》って下さいますのも、世間を思って下さいますからでございます。もう、私は、自分だけでは、決心をいたしまして、世間には、随分一人前の腕を持って居ながら、財産を当に婿《むこ》養子に成りましたり、汝《てまえ》が勝手に嫁にすると申して、人の娘の体格検査を望みましたり、」

と赫《かっ》となって、この時やや血の色が眉宇《びう》に浮んだ。

「女学校の教師をして、媒妁《なこうど》をいたしましたり……それよりか、拾人《ひろいて》の無い、社会の遺失物《おとしもの》を内へ入れます方が、同じ不都合でも、罪は浅かろうと存じまして。それも決して女房になんぞ、為ますわけではございません。一生日《ひ》蔭《かげ》ものの下女同様に、唯《ただ》内証で置いて遣りますだけのことでございますから。」

「血迷うな。腕があって婿養子に成る、女学校で見合をする、そりゃ勝手だ、己の弟子じゃないんだから。そのかわり芸者を内へ入れる奴も弟子じゃないのだ、分らんか。」

四十四

折から食卓を持って現れた、友染のその愛々しいのは、座の恰《あたか》も吹荒《ふきすさ》んだ風の跡のような趣に対して、散り残った帰花《かえりばな》の風情《ふぜい》に見えた。輝く電燈の光さえ、凩《こがらし》の対手《あいて》や空に月一つ、で光景が凄《すさま》じい。

一言《ひとこと》も物いわぬ三人の口は、一度にバアと云って驚かそうと、我がために、また爾《しか》く閉されて居るように思って、友染は簪《かんざし》の花とともに、堅く成って膳《ぜん》を据えて、浮上るように立って、小刻《こきざみ》に襖《ふすま》の際《きわ》。

川千鳥が其処《そこ》まで通って、チリチリ、と音《ね》が留まった。杯洗《はいせん》、鉢肴《はちざかな》などを、ちょこちょこ運んで小ぢんまりと綺麗に並べる中《うち》も、姉さんは、唯火鉢を些《ちっ》とずらしたばかり、悄《しお》れて俯向《うつむ》いて、成らば直ぐに、頭《つむり》が打つのを圧えたそうに、火箸《ひばし》に置く手の白々と、白けた容子を、立際《たちきわ》に打傾《うちかし》いで、熟《じっ》と見て出ようとする時、

「食うものはこれだけか。」

と酒井は笑みを含んだが、この際、天窓《あたま》から塩で食うと、大口を開けられたように感じたそうで、襖の蔭で慄然《ぞっ》と萎《すく》んで壁の暗さに消えて行く。

慌てて、あとを閉めないで行ったから、小芳が心付いて立とうとすると、するすると

裾《すそ》を捌《さば》いて、慌《あわただ》しげに来たのは綱次。

唯今の注進に、ソレと急いで、銅壺《どうこ》の燗《かん》を引抜いて、長火鉢の前を衝《つ》と立ち状《ざま》に来た。前垂掛《まえだれが》けとはがらりと変って、鉄お納戸地《なんどじ》に、白の角通《かくどお》しの縮緬《ちりめん》、かわり色の裳《もすそ》を払って、上下対《うえしたつい》の袷《あわせ》の襲《かさね》、黒繻珍《くろしゅちん》に金茶で菖蒲《あやめ》を織出した丸帯、緋綸子《ひりんず》の長襦袢、冷く絡《から》んだ雪の腕《かいな》で、猶予《ため》らう色なく、持って来た銚子を向けつつ、

「お酌、」

冴《さ》えた音《ね》を入れると、鶯《うぐいす》のほうと立つ、膳の上の陽炎《かげろう》に、電気の光が和いで、朧々《おぼろおぼろ》と春に返る。

「未《ま》だ宵《よい》の口かい。」

「柏家だけではね。」と莞爾《にっこり》する。

「遠慮なく出懸けるが可い、然《しか》し猥褻《わいせつ》だな。」

「あら、何故《なぜ》？」

「十一時過ぎてからの座敷じゃないか。」

「御免なさいよ、苦界《くがい》だわ。ねえ、早瀬さん、さあ、めしあがれよ、ぐうと、」

「否《いいえ》、もう、」

主税は猪口《ちょく》を視《なが》むるのみ。

「お察しなさいよ。」

と先生にお酌をして、

「御贔屓《ひいき》の民子《たみこ》ちゃんが、大江山に捕まえられて居ますから、助出しに行くんだわ。渡辺の綱次なのよ。」

「道理こそ、鎖帷子《くさりかたびら》の扮装《いでたち》だ。」

「錣《しころ》のように、根が出過ぎてはしなくって。姉さん、」

と髱《たぼ》に手を触る。

「否《いいえ》、」

と云って、言《ことば》の内に、（そんな心配をおしでない。）の意味が籠《こも》る。綱次は、（安心）の体《てい》に、胸を一寸《ちょいと》軽く撫《な》でて、

「おいしいものが、直ぐにあとから、」

「綱次姉さん、また電話よ。」

と廊下から雛妓《こども》の声。

「あい、あい、彼方《あちら》でも御用とおっしゃる。では、直《じ》き行って来ますから、貴下《あなた》帰っちゃ、厭ですよ、民ちゃんを連れて来て、一所《いっしょ》に又お汁粉をね。」

酒井は黙って頷《うなず》いた。

「早瀬さん、御緩《ごゆっく》り。」

と行く春や、主税はそれさえ心細そうに見送って、先生の目から面《おもて》を背ける。

酒井は、杯《さかずき》を、つっと献《さ》し、

「早瀬、近う寄れ、もっと、」

と進ませ、肩を聳《そびや》かして屹《きっ》と見て、

「さあ、一ッ遣ろう。どうだ、別離《わかれ》の杯にするか。」

「…………」

「それとも婦《おんな》を思切るか。芳、酌《つ》いで遣れ、おい、どうだ、早瀬。これ、酌いでやれ、酌がないかよ。」

銚子を挙げて、猪口を取って、二人は顔を合せたのである。

四十五

爾時《そのとき》、眼光稲妻の如《ごと》く左右を射て、

「何を愚図々々して居るんだ。」

「私がお願いでござんすから、」と小芳は胸の躍るのを、片手で密《そっ》と圧《おさ》えながら、

「兎《と》も角《かく》も今夜の処《ところ》は、早瀬さんを帰して上げて下さいまし。而《そう》して能《よ》く考えさして、更《あらた》めてお返事をお聞きなすって下さいましな、後生ですわ、貴郎《あなた》。ねえ、早瀬さん、そうなさいよ。先生も、こんなに仰有るんですから、貴下《あなた》も能く御

分別をなさいまし、此処は私が身にかえてお預り申しますから。よ……」

と促がされても立ちかねる、主税は後を憂慮《きづか》うのである。

「蔦吉さんが、どんなに何したって、私が知らない顔をして居れば可《よ》かったのですけれど、思う事は誰も同一《おなじ》だと、私、」

と襟に頤《おとがい》深く、迫った呼吸《いき》の早口に、

「身につまされたもんだから、遂々《とうとう》こんな事にして了《しま》って、元はと云えば……」

「そんな、貴女が悪いなんて、そんな事があるもんですか。」

と酒井の前を庇《かば》う気で、肩に力味《りきみ》を入れて云ったが、続いて言おうとする、(貴女がお世話なさいませんでも……)の以下は、怪しからず、と心着いて、ハッと又小さくなった。

「否《いいえ》、私が悪いんです。ですから、後《あと》で叱《しか》られますから、貴下、兎も角もお帰んなすって……」

「成らん！　この場に及んで分別も糸瓜《へちま》もあるかい。こんな馬鹿は、助けて返すと、婦《おんな》を連れて駈落《かけおち》を為《し》かねない。短兵急《たんぺいきゅう》に首を圧えて叩っ斬《き》って了うのだ。早瀬。」

と苛々《いらいら》した音調で、

「是も非も無い。さあ、たとえ俺が無理でも構わん、無情でも差支《さしつか》えん、婦《おんな》が怨《うら》んでも、泣いても可《い》い。憧《こが》れ死《じに》に死んでも可《い》い。先生の命令《いいつけ》だ、切れっ了《ちま》え。

俺を棄てるか、婦を棄てるか。

むむ、この他《ほか》に文句《もんく》はないのよ。」

(どうだ。)と頤《あご》で言わせて、悠然《ゆうぜん》と天井を仰いで、くるりと背を見せて、ドンと食卓に肱《ひじ》をついた。

「婦《おんな》を棄てます。先生。」

と判然《はっきり》云った。其処《そこ》を、酌した小芳の手の銚子と、主税の猪口《ちょく》と相触れて、カチリと鳴った。

「幾久《いくひさ》しく、お杯《さかずき》を。」と、ぐっと飲んで目を塞《ふさ》いだのである。

物をも言わず、背向《うしろむ》きに成ったまま、世帯話をするように、先生は小芳に向って、

「其方《そっち》の、其方の熱い方を。もう一杯《ひとつ》、もう一ツ。」

と立続けに、五ツ六ツ。ほっと酒が色に出ると、懐中物を懐《ふところ》へ、羽織の紐《ひも》を引懸けて、ずッと立った。

「早瀬は涙を乾かしてから外へ出ろ。」

小芳はひたと、酒井の肩に、前髪の附くばかり、後に引添《ひっそ》うて縋《すが》り状《ざま》に、

「お帰んなさるの。」

「謹が病気よ。」

　と自分で雨戸を。

「それは不可《いけ》ませんこと。」と縁側に、水際立ってはらりと取った、隅田の春の空色の褄《つま》。力なき小芳の足は、カラリと庭下駄に音を立てたが、枝折戸《しおりど》の未《ま》だ開《あ》かぬほど、主税は座をずらして、障子の陰に成って、忙《せわし》く巻莨《まきたばこ》を吸うのであった。

　二時《ふたとき》ばかり過ぎてから、主税が柏家の枝折戸を出たのは、やがて一時に近かったろう。爾時《そのとき》は姉さんはじめ、綱次ともう一人のその民子と云う、牡丹《ぼたん》の花のような若いのも、一所に三人で路地の角まで。

「お互に辛抱するのよう。」と酒気《さかけ》のある派手な声で、主税を送ったのは綱次であった、ト同時に渠《かれ》は姉さんと、手を緊乎《しっかり》と取り合った。

　時に、寂《ひっそ》りした横町の、唯《と》ある軒燈籠《のきどうろう》の白い明《あかり》と、板塀の黒い蔭とに挟《はさま》って、平《ひらた》くなって居た、頬被《ほおかむり》をした伝坊《でんぼう》が、一人、後先《あとさき》を眗《みまわ》して、密《そっ》と出て、五六歩行過ぎた、早瀬の背後《うしろ》へ、……抜足で急々《つかつか》。

「もし、」

「…………」

「先刻《さっき》アどうも。よく助けて下すったねえ。」

　と頬かむりを取った顔は……礼之進に捕まった、電車の中の、その半纏着《はんてんぎ》。

誰《た》が引く袖《そで》

四十六

土曜日は正午《ひる》までで授業が済む――教室を出る娘たちで、照陽女学校は一斉に温室の花を緑の空に開いたよう、潑《ぱっ》と麗《うららか》な日を浴びた色香は、百合《ゆり》よりも芳《かんば》しく、杜若《かきつばた》よりも紫である。

年上の五年級が、最後に静々と出払って、もうこれで忘れた花の一枝もない。四五人がちらほらと、式台へ出懸る中に、妙子が居た。

阿嬢《おじよう》は、就中《なかんずく》活潑に、大形《おおがた》の紅入《べにいり》友染の袂《たもと》の端《はし》を、藤色《ふじいろ》の八ツ口から飜然《ひらり》と掉《ふ》って、何を急いだか飛下りるように、靴の尖《さき》を揃《そろ》えて、トンと土間へ出た処《ところ》へ、小使が一人ばたばたと草履穿《ぞうりばき》で急いで来て、

「ああ酒井様。」

と云う。優等生で、この容色《きりよう》であるから、寄宿舎へ出入りの諸商人《しよあきんど》も知らぬ者は無いのに、別けて馴染《なじみ》の翁様《じいさま》ゆえ、いずれ菖蒲《あやめ》と引き煩《わず》らわずに名を呼んだ。

「ははい。」

と振向くと、小使は小腰を屈《かが》めて、

「教頭様が少し御用がござります。」

「私に、」

「一寸《ちよつと》お出《い》で下さりまし。」

「あら、何でしょう。」

と友達も、吃驚《びつくり》したような顔で眴《みまわ》すと、出口に一人、駒下駄《こまげた》を揃えて一人、一人は日傘を開け掛けて、その辺の辻《つじ》まで一所に帰る、お定まりの道連《みちづれ》が、斉《ひと》しく三方からお妙の顔を瞻《みまも》って黙った。

この段は、予《あらかじ》め教頭が心得さしたか、翁様《じいさま》が又、其処等の口が姦《かしま》しいと察した気転か。

「何か、お父様へ御託《おこと》づけものがござりますで。」

「まあ、そう、」

と莞爾《につこり》して、

「待ってて下さって？」と三人へ、一度に黒目勝なのを働して見せると、言合せた様に、二人まで、胸を撫で下して、ホホホと笑った——お腹《なか》が空《す》いた——と云う事だそうである。

お妙はずんずん小使について廊下を引返しながら、怒ったような顔をして、振向いて同じように胸の許《もと》を擦《さす》って見せた。

「応接室《ま》でございますわ。」

教員室の前を通ると、背後《うしろ》むきで、丁寧に、風呂敷の皺《しわ》を伸して、何か包みかけて居たのは習字の教師。向うに仰様《のけざま》に寝て、両肱を空に、後脳を引摑《ひっつか》むようにして椅子《いす》にかかって居たのは、数学の先生で。看護婦のような服装で、ちょうど声高《こわだか》に笑った婦《おんな》は、言わずとも、体操の師匠である。

行きがかりに目についた、お妙は直ぐに俯目《ふしめ》になって、コトコト跫音《あしおと》が早くなった。

階子段《はしごだん》の裏を抜けると、次の次の、応接室の扉《ドア》は、半開きに成って、ペンキ塗の硝子戸《ガラスど》入《いり》の、大書棚の前に、卓子《テイブル》に向って二三種新聞は見えたが、それではなしに、背文字の金の燦爛《さんらん》たる、新い《あたらし》洋書《ブック》の中ほどを開けて読む、天窓《あたま》の、照々《てらてら》光るのは、当女学校の教頭、倫理と英文学受持ちの学士、宮畑閑耕《みやばたかんこう》。同じ文学士河野英吉の親友で、待合では世話に成り、学校では世話をする（蝦茶《えびちゃ》と緋《ひ》縮緬《ぢりめん》の交換だ。）と主税が憤《いきどお》った一人である。

この編の記者は、教頭氏、君に因って、男性を形容するに、留南奇《とめき》の薫馥郁《かおりふくいく》としてと云う、創作的文字を爰《ここ》に挟《さしはさ》み得ることを感謝しよう。勿論《もちろん》、その香《におい》の、二十世紀であるのは言うまでもない。

お妙は、扉《ドア》に半身を隠して留まる。小使はそのまま向うへ行過ぎる。

閑耕は、キラリ目金《めがね》を向けて、じろりと見ると、目を細うして、髯《ひげ》の尖《さき》をピンと立てた、頤が円い。

「此方《こちら》へ、」

と鷹揚《おうよう》に云って、再び済まして書見に及ぶ。

お妙は扉《ドア》に附着《くッつ》いたなりで、入口を左へ立って、本の包みを抱いたまま、しとやかに会釈《えしやく》をしたが、敢《あえ》てそれよりは進まなかった。

「此方《こちら》へ。」と無造作なように、今度は書見のまま声をかけたが、落着かれず、又ひょいと目を上げると、その発奮《はずみ》で目金が躍る。

頬桁《ほおげた》へ両手をぴったり、慌てて目金の柄《え》を、鼻筋へ揉込《もみこ》むと、睫毛《まつげ》を圧え込んで、驚いて、指の尖を潜《くぐ》らして、瞼《まぶた》を擦《こす》って、

「は、は、」と無意味な笑方をしたが、向直って真面目《まじめ》な顔で、

「どうですな。」

四十七

もう傍へ来そうなものと、閑耕教頭が再び、じろりと見ると、お妙は身動きもしないで、熟《じっ》と立って、朧《ろう》たけた眉《まゆ》が、雲の生際《はえぎわ》に浮いて見えるように俯向《うつむ》いて居るから、威勢に怖《お》じて、頭《かしら》も得上《えあ》げぬのであろう、いや、然《さ》もあらん、と思うと……そうでない。

酒井先生の令嬢は、笑を含んで居るのである。

それは、それは愛々しい、仇気《あどけ》ない微笑《ほほえみ》であったけれども、この時の教頭には、素直に言う事を肯《き》いて、御前へ侍《そう》らわぬだけに、人の悪い、与《くみ》し易《やす》からざるものがあるように思われた。で、苦い顔をして、

「酒井さん、此処《ここ》へ来なくちゃ不可《いか》んですよ。」

時に教頭胸を反らして、卓子《テイブル》をドンと拳《こぶし》で鳴らすと、妙子はつっと勇ましく進んで、差向いに面《おもて》を合わせて、そのふっくりした二重瞼《ふたかわめ》を、臆《おく》する色なく、円く睜《みは》って、

「御用ですか。」

と云った風采《ふうさい》、云い知らぬ品威が籠《こも》って、閑耕は思いかけず、はっと照らされて俯向いた。

教場でこそあれ、二人だけで口を利《き》くのは、抑々《そもそも》生れて以来最初《はじめて》である。が、これは

教場以外では如何《いか》なる場合にても、こうであろうも計られぬ。

はて、教頭ほどの者が、こんな訳ではない筈《はず》だが、と更《あらた》めて疑《うたがい》の目を挙げると、脊もすらりとして椅子に居る我を仰ぐよ、酒井の嬢《むすめ》は依然として気高いのである。

「酒井さん……」

声の出処《でどころ》が、倫理を講ずるようには行かぬ。

咽喉《のど》が狂って震えがあるので、えへん！　と咳《しわぶ》いて、手巾《ハンケチ》で擦って、四辺《あたり》を眴《みまわ》したが、湯も水も有るのでない、其処で、

「小《こ》ウ使《づかい》い、」と怒鳴った。

「へ——い」

と謹んだ返事が響く。教頭はこれに困って、大《おおい》にその威厳を恢復《かいふく》し得て、勢《いきおい》に乗じて、

「貴娘《あなた》に聞く事があるのですが、」

「はい。」

「参謀本部の飜訳を為《し》て、未《ま》だ学校なども独逸《ドイツ》語を持って居ますな——早瀬主税——と云う、彼《あれ》は、貴娘の父様《とうさん》の弟子ですな。」

「ええ、そう……」

「で、貴娘の御宅に置いて、修業おさせなすったそうだが、一体彼《あれ》の幾歳ぐらいの時からですか。」

「知りません。」

と素気《そつけ》なく云った。

「知らない？」

と妙な顔をして、額でお妙を見上げて、

「知らないですか。」

「ええ、前《ぜん》にからですもの。内《うち》の人と同一《おんなじ》ですから、何時《いつ》頃からだか分りませんの。」

「貴娘は幾歳《いくつ》ぐらいから、交際をしたのですか。」

「…………」

と黙って教頭を見て、然《しか》も不思議そうに、

「交際って、私、厭《いや》ねえ。早瀬さんは内の人なんですもの。」と打微笑む。

「内の人。」

「ええ、」と猶予《ためら》わず頷《うなず》いた。

「貴娘、そう云う事を言っては不可《いけ》ますまい。彼《あれ》を（内の人）だなんと云うと、御両親をはじめ、貴娘の名誉に関わるでしょうが、ああ、」

とロを開《あ》いてニヤリとする。

お妙はツンとして横を向いた、眦《まなじり》に優《やさし》い怒《いかり》が籠ったのである。

閑耕は、その背けた顔を覗込《のぞきこ》むようにして、胸を曲げ、膝《ひざ》を叩《たた》きながら、鼻の尖《さき》に、

へへん、と笑って、

「あんな者と、貴娘《あなた》交際するなんて。芸者を細君にして居ると云うじゃありませんか。汚《けが》らわしい。怪しからん不行跡です。実に学者の体面を汚すものです。そう云う者の許《とこ》へ貴娘出入りをしては成りません。知らない事はないのでしょう。」

妙子は何にも言わなかったが、はじめて眩《まぶ》しそうに瞬《まばた》きした。

小使が来て、低頭して命《めい》を聞くと、教頭は頤《あご》で教えて、

「何を、茶をくれい。」

「へい。」

「其処《そこ》を閉めて行け、寄宿生が覗くようだ。」

四十八

扉《と》が閉ると、教頭身構《みがまえ》を崩して、仰向けに笑い懸けて、

「まあ、お掛なさい、其処へ。貴娘《あなた》の為に成らんから、云うのだよ。」

故々《わざわざ》立って突着けた、椅子の縁《へり》は、袂《たもと》に触れて、その片袖を動かしたけれども、お妙は規則正しいお答礼《じぎ》をしただけで、元の横向きに立って居る。

「早瀬の事はまだまだ、それ処じゃないですが、」と直ぐに又眉を顰《ひそ》めて、談じつける

ような調子に変って、

「酒井さん、早瀬は、ありゃ罪人だね、我々はその名を口にするさえ憚《はばか》るべき悪漢ですね。」

とのッそり手を伸ばして、卓子《テイブル》の上に散《ちら》ばった新聞を撫《な》でながら、

「貴娘、今日のA……新聞を見んのですか。」

一言聞くと、颯《さつ》と瞼を紅《くれない》にして、お妙は友染の襦袢《じゅばん》ぐるみ袂の端《はし》を堅く握った。

「見ませんか、」

と問返した時、教頭は傲然《ごうぜん》として、卓子に頤杖《あごづえ》を支《つ》く。

「ええ、」とばかりで、お妙は俯向いて、瞬きしつつ、流眄《しりめづかい》をするのであった。

「別に、一大事に関して早瀬は父様《とうさん》の許《とこ》へ、頃日《このごろ》に参った事はないですかね。或は何か貴娘、聞いた事はありませんか。」

小さな声だったが判然《はっきり》と、

「否《いいえ》。」と云って、袖に抱いた風呂敷包みの紫を、皓歯《しらは》で噛《か》んだ。この時、この色は、瞼のその朱《あけ》を奪うて、寂《さみ》しく白く見えたのである。

「行かん筈はないでしょうが、貴娘、知って居て、未《ま》だ私の前に、秘《かく》すのじゃないかね。」

「存じませんの。」

と頭《つむり》を掉《ふ》ったが、いたいけに、拗《す》ねたようで、且《か》つくどいのを煩《うる》さそう。

「じゃ、まあ、知らないと為《し》て。それから、お話するですがね。早瀬は、彼《あれ》は、攫徒《すり》の手伝いをする、巾着切《きんちゃくきり》の片割のような男ですぞ！」

簪《かんざし》の花が凛《りん》として色が冴《さ》えたか気が籠って、屹《きっ》と、教頭を見向いたが、その目の遣《やり》場《ば》が無さそうに、向うの壁に充満《いっぱい》の、偉《おお》なる全世界の地図の、サハラの沙漠《さばく》の有るあたりを、清《すず》しい瞳《ひとみ》がうろうろする。

「勿論《もちろん》早瀬は、それがために、分けて規律の正しい、参謀本部の方は、この新聞が出ない先に辞職、免官に、成ったたです。これはその攫徒《すり》に遭った、当人の、御存じゃろうね、坂田礼之進氏、あの方《かた》の耳に第一に入ったたです。

で、見ないんなら御覧なさい。他《ほか》の二三の新聞にも記《か》いてあるですが。このA……が一番悉《くわ》しい。」

と落着いて向うへ開いて、三の面《めん》を指で教えて、

「此処にありますが、お読みなさい。」

「帰って、私、内で聞きます。」と云った、唇の花が戦《そよ》いだ。

「は、は、貴娘《あなた》、(内の人)だなんと云ったから、極りが悪いかね。何、知らないんなら宜《よろ》しいです。私は貴娘の名誉を思って、注意のために云うんだから、能《よ》くお聞きなさい。帰って聞いたって駄目さね。」

と太《いた》く侮《あなど》った語気を帯びて、

「父様《とうさん》は、自分の門生だから、十に八九は秘《かく》すですもの。何で真相が解りますか。」

コツコツ廊下から剝啄《ノック》をした者がある。と、教頭は、ぎろりと目金《めがね》を光らしたが、反身に伸びて、

「カム、イン、」と猶予《ためら》わずに答えた。

この剝啄《ノック》と、カム、インは、余りに呼吸が合過ぎて、恰《あたか》も予《かね》て言合せてあったもののようである。

則《すなわ》ち扉《ドア》を細目に、先《ま》ず七分《しちぶ》立《だち》の写真の如《ごと》く、顔から半身を突入れて中を覗いたのは河野英吉。白地に星模様の竪《たて》ネクタイ、金剛石《ダイアモンド》の針留《ピンどめ》の光っただけでも、天窓《あたま》から爪尖《つまさき》まで、その日の扮装想《いでたちおも》うべしで、髪から油が溶《とろ》けそう。

早や得も言われぬ悦喜の面で、

「やあ、」と声を懸けると、入違《いれちが》いに、後をドーン。扉《ドア》の響きは、ぶるぶると、お妙の細い靴の尖に伝わって、揺らめく胸に、地図の大西洋の波が煽《あお》る。

四十九

「失敬、失敬。」

と些《ち》と持上げて、浮かせ気味に物馴《ものな》れた風で、河野は教頭と握手に及んで、

「やあ、失敬、」と云いながら、お妙の背後《うしろ》から、横顔をじろりと見る。

河野の調子の発奮《はず》んだほど、教頭は冷やかな位に落着いた態度で、

「何処の帰りか。」

「大学（と力を入れて）の図書館に検《しら》べものをして、それから精養軒で午飯《ひるめし》を食うて来た。これから又H博士の許《とこ》へ行かねばならん。」

と忙《せわ》しそうに肩を掉《ふ》って、

「君（と故《わざ》と低声《こごえ》で呼んで）この方《かた》は……」

「生徒――」と見下げたように云う。

「はあ、」

「ミス酒井と云う、」と横を向いて忍び笑《わらい》を遣る。

「うむ、真砂町《まさごちょう》の酒井氏の、」

と首を伸ばして、分ったような、分らぬような、見知越《みしりごし》のような、で、無いような、その辺あやふやなお妙の顔の見方をしたが、

「君、紹介して呉れ給え。」

「学校で、紹介は可訝《おかし》かろう。」

「だっても教場じゃないじゃないか。」

「それでは、」と真《まこと》に余儀なさそうに、さて、厳格に、

「酒井さん、過般《いつか》も参観に見えられた、これは文学士河野英吉君。」

同じ文字を露《あらわ》した大形の名刺の芬《ぷん》と薫《かお》るのを、疾《と》く用意をして居たらしい、ひょいと抓《つま》んで、蚤《はや》いこと、お妙の袖摺《そです》れに出そうとするのを、拙《まず》い！ と目で留め、教頭は髯《ひげ》で制して、小鼻へ掛けて揉《も》み上げ揉上げ揉んだりける。

英吉は眼を睜《みは》って、急いでその名刺と共に、両手を衣兜《かくし》へ突込んだが、斜めに腰を掉るよと見れば、ちょこちょこ歩行《ある》きに、ぐるりと地図を背負《しょ》って、お妙の真正面へ立って、最《も》一つ肩を揉んで、手の汗を、ずぼんの横へ擦《こす》りつけて、清めた気で、くの字形《なり》に腕を出したは、短兵急に握手の積《つもり》か、唯《と》見ると、揺がぬ黒髪に自然《おのず》と四辺《あたり》を払《はらわ》れて、

「やあ、ははは、失敬。」

と英吉大照れに成って、後《うしろ》ざまに退《さが》って（おお、神よ。）と云いそうな態《たい》に成り、

「お遊びに入らっしゃい、妹たちが、学校は違いますが、皆《みんな》貴女を知って居るのですよ。はあ……」

と独《ひとり》で頷いて、大廻りに卓子《テイブル》の端を廻って、どたりと、腹這《はらんば》いになるまでに、拡《ひろ》げた新聞の上へ乗懸《のりかか》って、

「何を話して居たのだい。」

教頭を一寸《ちょいと》見れば、閑耕は額で睨《ね》めつけ、苦き顔して、その行過《やりすごし》を躾《たしな》めながら、

「実は、今、酒井さんに忠告をして居る処だ。」

お妙は色を又染めた。

「ああ、早瀬か、」

「そうだとも！　ええ、酒井さん……」

黙って居るから、

「酒井さん！」

「はい、」と声がふるえて聞える。

「貴娘《あなた》知らんのならお聞きなさい。頃日《このごろ》の事ですが、今も云った、坂田礼之進氏が、両国行の電車で、百円ばかり攫徒《すり》に掏《や》られたです。取られたと思うと、気が着いて、直《ただち》に其奴《そいつ》を引摑《ひッつか》えて、車掌とで引摺下ろしたまでは、恐入って冷却して居たその攫徒がだね、忽《たちま》ち烈火の如くに猛《たけ》り出して、坂田氏をなぐった騒ぎだ。」

「撲《なぐ》られたってなあ、大人《たいじん》、気の毒だったよ。」

「災難とも。で、何です。巡査が来たけれども、何の証拠も挙らんもんで、その場はそれッ切《きり》で、坂田氏は何の事はない、打《ぶ》たれ損の形だったんだね。お聞きなさい――貴娘。

証拠は無かったが、怪むべき風体の奴だから、その筋の係が、其奴《そいつ》を附廻《つけまわ》して、同じ夜の午前二時頃に、浅草橋辺で、フトした星が附いて取抑えると、今度は袱紗《ふくさ》に包んだ

紙入ぐるみ、手も着けないで、坂田氏の盗《と》られた金子《かね》を持って居たんだ。ねえ、貴娘。拘引して厳重に検べたんだね。何処《どこ》へそれまで隠して置いたか。先刻《さっき》は無かった紙入を、と云う事になる……とです。」

飽《あく》まで慎重に教頭が云うと、英吉が軽忽《そそつか》しく、

「妙だ、妙だよ。妙さなあ。」

五十

「攫徒《すり》の名も新聞に出て居るがね、何とか小僧万太《まんた》と云うんだ。其奴《そいつ》の白状した処では、電車の中で掏った時、大不出来《おおふでか》しに打攫《ぶんづか》まって、往生をしたんだが、対手《あいて》が面《つら》を撲ったから、癪《しゃく》に障《さわ》って堪《たま》らないので、丁度袖の下に俯向《うつむ》いて居た男の袖口から、早業でその紙入をずらかし込んで、もう占めた、と其処《そこ》で逆捻《さかねじ》に捻じたと云うんだね。

ところで、まん直しの仕事でもしたいものだと、柳橋辺を、晩《おそ》く成ってから胡乱《うろ》ついて居ると、うっかり出合ったのが、先刻《さっき》、紙入を辷《すべ》らかした男だから、金子《かね》はどう成ったろうと思って、捕まったらそれ迄《まで》だ、と悪度胸で当って見ると、道理で袖が重い、と云って、はじめて、気が着いて、袂《たもと》を探してその紙入を出して呉れて、しかし、一旦《いったん》此方《こっち》の手へ渡ったもんだから、よく攫徒《すり》仲間が遣ると云う、小包みにでもして、その筋へ出

さなくっちゃ不可《いか》んぞ、と念を入れて渡してくれた。一所に交番へ来い！　とも云わずに、すっきりしたその人へ義理が有るから、手も附けないで突出すつもりで、一先ず木賃宿へ帰ろうとする処を、御用に成りました。唯《たっ》た一時《ひととき》でも善人に成って懵《ぼう》とした処だったから摑《つか》まったんで、盗人心《ぬすっとごころ》を持った時なら、浅草橋の欄干《てすり》を蹈《ふ》んで、富貴竈《ふうきかまど》の屋根へ飛んでも、旦那方の手に合うんじゃないと、太平楽を並べた。太い奴は太い奴として。

酒井さん。その攫徒の、袖の下に成って、坂田氏の紙入を預ったと云う男は、誰だと思いますか、ねえ、これが早瀬なんだ。」

と教頭は椅子《いす》をずらして、卓子《テイブル》を軽く打って、

「どうです。貴娘《あなた》が聞いても変だろうが。

その筋じゃ、直《じ》きその関係者にも当りがついて、早瀬も確か一二度警察へ呼ばれた筈《はず》だ。しかしその中立てが、攫徒の言《ことば》に符合するし、早瀬も些《ちっ》とは人に知られた、然《しか》るべき身分だし、何は措《お》いても、名の響いた貴娘の父様《とうさん》の門下だ、と云うので、何の仔細《しさい》も無く済むにゃ済んだ。

真砂町の御宅へも、この事に附いて、刑事が出向いたそうだが、そりゃ憚《はばか》って新聞にも書かず、御両親も貴娘には聞かせんだろう。

で、飛《とん》だ災難で、早瀬は参謀本部の訳官も辞した、と新聞には体裁よく出してあるが、

考えて御覧なさい。

同じ電車に乗って居て、坂田氏が掏られた事をその騒ぎで知らん筈がない。知って居てだね、紙入が自分の袂に入って居る事を……まあ、仮に攫徒に聞かれるまで気がつかなんだにしてからがだ、愈々《いよいよ》分った時、面識の有る坂田氏へ返そうとはしないで、ですね、」

河野にも言《ことば》を分けて、

「直接《じか》に攫徒に渡して遣るも如何《いかが》なもんだよ。何よりもだね、そんな盗賊《どろぼう》とひそひそ話をして……公然とは出来んさ、いずれ密々話《ひそひそばなし》さ。」

誰も否《いな》とは云わんのに、独りで嵩《かさ》にかかって、

「紙入を手から手へ譲渡《ゆずりわたし》を為《す》るなんて、そんな、不都合な、後暗い。」

「だがね、」

と一寸々々《ちょいちょい》、新聞を見るようにしては、お妙の顔を伺い伺い、嬢があらぬ方を向いて、今は流眄《しりめづかい》もしなくなったので、果は遠慮なく視《なが》めて居たのが、なえた様な声を出して、

「坂田が疑うように、攫徒の同類だという、そんな事は無いよ。君、」

「どうとも云えん。酒井氏の内に居たと云うだけで、誰の子だか素性も知れないんだと云うじゃないか。」

「父上《とうさん》に……聞いて……頂戴。」

とお妙は口惜《くや》しそうに、あわれや、うるみ声して云った。

二人密《そっ》と目を合せて、苦々しげに教頭が、

「敢《あえ》てそう云う探索をする必要は無いですがね、よしんば何事も措いて問わんとして、少くとも攫徒に同情したに違いない、そうだろう。」

「そりゃあの男の主義かも知れんよ。」

「主義、危険極まる主義だ。で、要するにです、酒井さん。ああ云う者と交際をなさると云うと、先ず貴嬢《あなた》の名誉、続いてはこの学校の名誉に係りますから、以来、口なんぞ利《き》いては成りません。宜《よろ》しいかね。危険だから近寄らんようになさい、何をするか分らんから、あんな奴は。」

お妙は気を張《はり》つめんと勤むる如く、熟《じっ》と瞻《みまも》る地図を的《まと》に、目を睜って、先刻《さっき》からどんなに堪《こら》えたろう。得《え》忍ばず涙ぐむと、もうはらはらと露になって、紫の包にこぼれた。

あわれ主税をして見せしめば、ために命も惜むまじ。

五十一

いや、学士二人驚いた事。

「貴娘《あなた》、どうしたんだ。」

と教頭が椅子から突立った時は、お妙は始から確乎《しっかり》握った袂をそのまま、白羽二重の肌襦袢《はだじゅばん》の筒袖の肱《ひじ》を円《まろ》く、本の包に袖を重ねて、肩をせめて揉込《もみこ》むばかり顔を伏せて、声は立てずに泣くのであった。

「ええ、どうして泣くです。」

靴音高く傍へ寄ると、河野も慌《あわただ》しく立って来て、

「泣いちゃ不可《いけ》ませんなあ、何も悲《かなし》い事は無いですよ。」

「私は貴娘を叱《しか》ったんじゃない。」

「けれども、君の話振《はなしぶり》が些《ち》と穏《おだやか》でなかったよ。だから誤解をされたんだ。貴娘泣く事はありません、」

と密《そっ》と肩に手を掛けたが、お妙の振払いもしなかったのは、泣入って、知らなかった所為《せい》であったに……

河野英吉嬉《うれ》しそうな顔をして、

「さあ、機嫌を直してお話しなさい。」と云う時、きょときょと目で、お妙の俯向いた玉の頸《うなじ》へ、横から徐々《そろそろ》と頬を寄せて、リボンの花結びに一寸触れて、じたじたと総身を戦《わなな》かしたが、教頭は見て見ぬ振の、謂《おも》えらく、今夜の会計は河野持《もち》だ。

途端にお妙が身動《みうごき》をしたので、刎飛《はねと》ばされたように、がたりと退《すさ》る。

「もう帰っても可《い》いんですか。」

と顔を隠したままお妙が云った。これには返す言《ことば》もあるまい。

「可いですとも！」

と教頭が言いも果てぬに、身を捻《ひね》ったなりで、礼もしないで、つかつかと出そうにすると、がたがたと靴を鳴らして、教頭は及腰《およびごし》に追っかけて、

「貴娘内へ帰って、父様《とうさん》にこんな事を話しては不可《いか》んですよ。貴娘の名誉を重んじて忠告をしただけですから、ね、宜《よ》いですかね、ね。」

急《せ》いた声で賺《すか》すが如《ごと》く、顔を附着《くッつ》けて云うのを聞いて、お妙は立留まって、おとなしく頷《うなず》いたが、（許す。）の態度で、然も優しかった。

「ああ。」と、安堵《あんど》と溜息《ためいき》を一所にして、教頭は室《へや》の真中に、茫乎《ぼんやり》と突立つ。

河野の姿が、横ざまに飛んで、あたふた先へ立って扉《ドア》を開いて控えたのと、擦違《すれちが》いに、お妙は衝《つい》と抜けて、顔に当てた袖を落した。

雨を帯びたる海棠《かいどう》に、廊下の埃《ほこり》は鎮《しず》まって、正午過《ひるすぎ》の早や蔭《かげ》になったが、打向いたる式台の、戸外《おもて》は麗《うららか》な日なのである。

ト押重《おっかさな》って、木《こ》の実の生《な》った状《さま》に顔を並べて、斉《ひと》しくお妙を見送った、四ツの髯《ひげ》の粘り加減は蛞蝓《なめくじ》の這うにこそ。

真砂町の家へ帰ると、玄関には書生が居て、送迎《おくりむか》いの手数を掛けるから、いつも素通りにして、横の木戸をトンと押して、水口《みずぐち》から庭へ廻って、縁側へ飛上るのが例で。

さしむき今日あたりは、飛石を踏んだまま、母様《かあさん》御飯、と遣《や》って、何ですね、唯今《ただいま》も言わないで、と躾《たしな》められそうな処《ところ》。

そうではなかった。

例《いつ》の通りで、庭へ入ると、母様《かあさん》は風邪が長引いたので、もう大概は快いが、未《ま》だ些《ちっ》と寒気がする肩つきで、寝着《ねまき》の上に、縞《しま》の羽織を羽織って、珍らしい櫛巻《くしまき》で、面窶《おもやつ》れがした上に、色が抜けるほど白くなって、品の可《い》いのが媚《なま》めかしい。

寝床の上に端然《きちん》と坐って、膝《ひざ》へ掻巻《かいまき》の襟をかけて、その日の新聞を読む——半面が柔かに蒲団《ふとん》に敷いて居る。

これを見ると、どうしたか、お妙は飛石に突据《つきす》えられたように成って、立留まった。

美しい袂の影が、座敷へ通《かよ》って、母様《かあさん》は心着《こころづ》いて、

「遅かったね。」

「ええ、お友達と作文の相談をして居たの。」

優しくも教頭のために、腹案があったと見えて、淀《よど》みなく返事をしながら、何となく力なさそうに、靴を脱ぎかける処へ、玄関から次の茶の間へ、急いで来た跫音《あしおと》で、襖《ふすま》の外から、書生の声、

「お嬢さんですか、今日の新聞に、切抜きをなすったのは。」

紫

五十二

お茶漬さらさら、大好な鯵《あじ》の新切《しんぎれ》で御飯が済むと、硯《すずり》を一枚、房楊枝《ふさようじ》を持添えて、袴《はかま》を取ったばかり、くびれるほど固く巻いた扱帯《しごき》に手拭《てぬぐい》を挟んで、金盥《かなだらい》をがらん、と提げて、黒塗に萌葱《もえぎ》の綿天《めんてん》の緒の立った、歯の曲った、女中の台所穿《ばき》を、雪の素足に突掛《つっか》けたが、靴足袋を脱いだままの裾短《すそみじか》なのを些《ちっと》も介意《かま》わず、水口《みずぐち》から木戸を出て、日の光を浴びた状《さま》は、踊舞台《おどりぶたい》の潮汲《しおくみ》に似て非なりで、藤間《ふじま》が新案の（羊飼《ひつじかい》。）と云う姿。

お妙は玄関傍《わき》、生垣の前の井戸へ出て、乾いては居たが辷《すべ》りのある井戸流《ながし》へ危気《あぶなげ》も無くその曲った下駄で乗った。女中も居るが、母様《かあさん》の躾《しつけ》が可《い》いから、もう十二の時分から膚《はだ》についたものだけは、人手には掛けさせないので、此処《ここ》へは馴染で、水心があって、つい去年あたりまで、土用中は、遠慮なしにからからと汲《く》み上げて、釣瓶《つるべ》へ唇を押附《おッつ》けるので、井筒の紅梅は葉になっても、時々花片《はなびら》が浮ぶのであった。直に桃色の襷《たすき》を出して、袂を投げて潜《くぐ》らした、惜気《おしげ》の無い二の腕あたり、柳の絮《わた》の散ると見えて、井戸縄が走ったと思うと、金盥へ入れた硯の上へ颯《さっ》とかかる、水が紫に、墨が散った。宿墨《しゅくぼく》を洗う気で、楊枝の房を、小指を刎ねて挘《むし》りはじめたが、何を焦《じ》れたか、ぐいと引断《ひっちぎ》るように邪険である。

ト構内《かまえうち》の長屋の前へ、通勤《つとめ》に出る外《ほか》、余り着て来た事の無い、珍らしい背広の扮装《いでたち》、何だか衣兜《かくし》を膨らまして、その上暑中でも持ったのを見懸けぬ、蝙蝠傘《こうもりがさ》さえ携えて、早瀬が前後《あとさき》を眴《みまわ》しながら、悄然《しょうぜん》として入って来たが、梅の許《もと》なるお妙を見る……

「おお、」

と恍しい、懐《なつか》しげな声をかけて、

「お嬢さん。」

お妙はそれまで気がつかなかった。呼《よば》れて、手を留《とめ》て主税を見たが、水を汲んだ名残《なごり》か、顔の色がほんのりと、物いわぬ目は、露や、玉や、凡《およ》そ声なく言《こと》なき世のそれ等《ら》の、美しいものより美しく、歌よりも心が籠《こも》った。

「又、水いたずらをして居るんですね。」

と顔を視《なが》めて元気らしく、呵々《からから》と笑うと、柔い瞳《ひとみ》が睨《にら》むように動き止まって、

「金魚じゃなくってよ。硯を洗うの。」

「ああ、成程。」

と始めて金盥を覗込《のぞきこ》んで俯向《うつむ》いた時、人知れず目をしばたたいたが、然《さ》あらぬ体《てい》で、

「御清書ですかい。」

「否《いいえ》、あの、絵なの。あの、上手な。明後日《あさって》学校へ持って行くのを、これから描くんだわ。」

「御手本は何です、姉様《あねさま》の顔ですか。」

「嘘《うそ》よ、そんなものじゃ無いわ。ああ、」

と莞爾《にっこり》して、独りで頷いて、

「もっと可《い》いもの、杜若《かきつばた》に八橋《やつはし》よ。」

「から衣きつつ馴《な》れにし、と云うんですね。」

と云いかけて愁然たり。

お妙は何の気もつかない、派手な面色《おももち》して、

「まあ、何時《いつ》覚えて、一寸《ちょいと》、感心だわねえ。」

「可哀相《かわいそう》に。」

と苦笑いをすると、お妙は真顔で、

「だって、主税さん、先年《いっか》私の誕生日に、お酒に酔って唄《うた》ったじゃありませんか。貴下《あなた》

は、浅くとも清き流れの方よ。真個《ほんと》の歌は柄に無いの。」

とつけつけ云う。

「いや、恐入りましたよ。(ト一寸額に手を当てて、)先生は?」と更《あらた》めて聞くと、心ありげに頷いて、

「居てよ、二階に。」(おいでなさいな。)を色で云って、朧《ろう》たく生垣から、二階を振仰ぐ。

主税は忽《たちま》ち思いついたように、

「お嬢さん、」と云うや否《いな》や、蝙蝠《こうもり》傘を投出す如く、井の柱へ押倒《おったお》して、勢猛《いきおいもう》に、上衣《うわぎ》を片腕から脱ぎかけて、

「久しぶりで、私が洗って差上げましょう。」と、脱いだ上衣を、井戸側へ突込むほど引掛けたと思うと、お妙がものを云う間《ひま》も無かった。手を早や金盥に突込んで、

「貴娘、その房楊枝を。——浅くとも清き流れだ。」

五十三

「あら、乱暴ねえ。一寸《ちょいと》、まだ釣瓶から雫《しずく》がするのに、こんな処へ脱ぐんだもの。」

と躾《たしな》めるように云って、お妙は上衣を引《ひっ》取《と》って、露《あらわ》に白い小腕《こがいな》で、羽二重で結《ゆわ》えたよ

うに、胸へ、薄色を抱いたのである。

「貴娘《あなた》は、先生のように癇性《かんしょう》で、寒《かん》の中《うち》も、井戸端へ持出して、ざあざあ水を使うんだから、こうやって洗うのにも心持は可《い》いけれども、その代り手を墨だらけにするんです。爪の間へ染《し》みた日にゃ、一寸《ちょいと》じゃ取れないんですからね。」

「厭《いや》ねえ、恩に被《き》せて。誰も頼みはしないんだわ。」

「恩に被せるんじゃありません。爪紅《つまべに》と云って、貴娘、紅をさしたような美い手の先を台なしになさるから、だから云うんです。矢張《やっぱり》私が居た時分のように、お玄関の書生さんにしてお貰《もら》いなさいよ。

ああ、これは、」

と片頰笑《かたほえ》みして、

「余り上等な墨ではありませんな。」

「可《い》いわ！　どうせ安いんだわ。もう私がするから可《よ》くってよ。」

「手が墨だらけになりますと云うのに。貴娘そんな邪険な事を云って、私の手がお身代《みがわり》に立って居る処じゃありませんか。」

「それでもね、こうやってお召物を持って居る手も、随分、随分（と力を入れて、微笑《ほほえ》んで）迷惑してよ。」

「相変らずだ。（と独言《ひとりごと》のように云って）ですが、何ですね、近頃は、大層御勉強でございますね。」

「どうしてね？　主税さん。」

「だって、明後日《あさって》お持ちなさろうと云う絵を、もう今日から御手廻しじゃありませんか。」

「ああ日曜ですね。」

「翌日《あした》は日曜だもの、遊ばなくっちゃ、」

と雫を払った、硯は顔も映りそう。熟《じっ》と見て振仰いで、

「その、衣兜《かくし》にあります、その半紙を取って下さい。」

「主税さん。」

「はあ、」

「ほほほほ、」と唯笑《ただわら》う。

「何が、可笑《おか》しいんです。え、顔に墨が刎《は》ねましたか。」

「否《いいえ》、ほほほほ。」

「何ですてば、」

「あのね、」

「はあ。」

「もしかすると……」

「ええ、ええ。」

「ほほほ、翌日《あした》又日曜ね、貴郎《あなた》の許《とこ》へ遊びに行ってよ。」

水に映った主税の色は、颯《さっ》と薄墨の暗くなった。あわれ、仔細《しさい》あって、飯田町の家はもう無かったのである。

「入らっしゃいましとも。」

と勢込《いきおいこ》んで、思入《おもいい》った語気で答えた。

「あの、庭の白百合はもう咲いたの、」

「…………」

「この間行った時、未《ま》だ蕾《つぼみ》が堅かったから、早く咲くように、おまじないに、私、フッフッとふくらまして来たけれど、」

と云う口許《くちもと》こそふくらなりけれ。主税の背《せな》は、搾木《しめぎ》にかけて細ったのである。

ト見て、お妙が言おうとする時、からりと開《あ》いた格子《こうし》の音、玄関の書生がぬっと出た。心づけても言うことを肯《き》かぬ、羽織の紐《ひも》を結ばずに長くさげて、大跨《おおまた》に歩行《ある》いて来て、

「早瀬さん、先生が、」

二階の廊下は目の上の、先生はもう御存じ。

「は、唯今、」

と姿は見えぬ、二階へ返事をするようにして、硯を手に据え、急いで立つと、上衣を開いて、背後《うしろ》へ廻って、足駄穿《は》いたが対丈《ついたけ》に、肩を抱くように着せかける。

「やあ、これは、これはどうも。」

と骨も砕くる背に被《かつ》いで、戦《わなな》くばかり身を揉《も》むと、

「意地が悪いわ、突張《つっぱ》るんだもの。あら、憎らしいわねえ。」

と身動《みじろ》きに眉《まゆ》を顰《ひそ》めて——長屋の窓からお饒舌《しゃべ》りの嬶々《かかあ》の顔が出て居るのも、路地口の野良猫が、のっそり居るのも、書生が無念そうにその羽織の紐をくるくると廻すのも——一向《いっこう》気にもかけず、平気で着せて、襟を圧《おさ》えて、爪立《つまだ》って、

「厭な、どうして、こんなに雲脂《ふけ》が生《で》きて？」

五十四

主税が大急ぎで、ト引挟《ひっぱさ》まるようになって、格子戸を潜《くぐ》った時、手をぶらりと下げて見送ったお妙が、無邪気な忍笑《しのびわらい》。

「まあ、粗匆《そそっ》かしいこと。」

寔《まこと》に硯を持って入って、そのかわり蝙蝠《こうもり》傘と、その柄《え》に引掛けた中折帽《なかおれ》を忘れた。

後《あと》へ立淀んで、此方《こなた》を視《なが》めた書生が、お妙のその笑顔を見ると、崩れるほどにニヤリ

としたが、例の羽織の紐を輪形《わなり》に捽《ふ》って、格子を叩《たた》きながら、のそりと入った。

誰も居なくなると、お妙はその二重瞼《ふたかわめ》をふっくりとするまで、もう、(その速力を以《もっ》てすれば。)主税が上ったらしい二階を見上げて、横歩行《よこある》きに、井の柱へ手をかけて、伸上《のびあが》るようにして居た。やがて、柱に背《せな》をつけて、くるりと向をかえて凭《もた》れると、学校から帰ったなりの袂《たもと》を取って、振《ふり》をはらりと手許《てもと》を返して、睫毛《まつげ》の濃くなるまで熟《じっ》と見て、袷《あわせ》と唐縮緬《めりんす》友染《ゆうぜん》の長襦袢《ながじゅばん》のかさなる袖を、ちゅうちゅうたこかいなと算《かぞ》えるばかりに、丁寧に引分けて、深いほど手首を入れたは、内心人目を忍んだつもりであるが、この所作《しょさ》で余計に目に着く。

但《ただ》し遣方《やりかた》が仇気《あどけ》ないから、未だ覗いて居る件《くだん》の長屋窓の女房《かみさん》の目では、おやおや細螺《きしゃご》か、鞠《まり》か、もしそれ堅豆《かたまめ》だ、と思った、が、そうで無い。

引出したのは、細長い小さな紙で、字のかいたもの、はて、怪しからんが、心配には及ばぬ——新聞の切抜であった。

然《さ》ればこそ、学校の応接室でも、頻《しきり》に袂を気にしたので、これに、主税——対坂田の百有余円を掏《す》った……掏摸《すり》に関した記事が、細《こまか》に一段ばかり有ることは言うまでもない。

お妙は、今朝学校へ出掛けに、女中《おんな》が味噌汁《おみおつけ》を装《も》って来る間《ま》に、膳《ぜん》の傍へ転んだようになって、例に因《よ》って三の面の早読《はやよみ》と云うのをすると、(独語学者の掏摸。)と云う、幾分か挑撥的の標題《みだし》で、主税のその事が出て居たので、持ちかえて、見直したり、引張ったり、畳んだり、太《いた》く気を揉んだ様子だったが、ツンと怒った顔をしたと思うと、お盆を差出した女中《おんな》と入違いに、洋燈《ランプ》棚へついと起って、剪刀《はさみ》を袖の下に秘《かく》して来て、四辺《あたり》を眗《みまわ》して、ずぶりと入れると、昔取った千代紙なり、めっきり裁縫《しごと》は上達なり、見事な手際《てぎわ》でチョキチョキチョキ。

母様《かあさん》は病気を勤めて、二階へ先生を起しに行って、貴郎《あなた》、貴郎と云う折柄。書生は玄関どたんばたん。女中《おんな》は丁《ちょう》ど、台所の何かの湯気に隠れたから、爾時《そのとき》は誰も知らなかったが、知れずに済みそうな事でもなし、又これだけを切取っても、主税の迷惑は隠されぬ、内《うち》へだって、新聞は他《ほか》に二三種も来るのだけれども、そんな事は不関焉《おかまいなし》。で、教頭の説くを待たずして、お妙は一切を知って居たので、話を聞いて驚くより、無念の涙が早かったのである。

と書生は又、内々《ないない》はがき便《だより》見たようなものへ、投書をする道楽があって、今日当り出そうな処と、床の中から手ぐすねを引いたが、寝坊だから、奥へ先繰《せんぐり》に成ったのを、あとで飛附いて見ると、恰《あたか》もその裏へ、目的物が出る筈《はず》の、三の面が一小間《こま》切抜いてあるので、落胆《がっかり》したが、いや、この悪戯《いたずら》、嬢的《じょうてき》に極《きわま》ったり、と怨恨《うらみ》骨髄に徹して、いつもより帰宅《かえり》の遅いのを、玄関の障子から睨《ね》め透《すか》して待構えて、木戸を入ったのを追っかけて詰問《きつもん》に及んだので、爾時《そのとき》のお妙の返事と云うのが、ああ、私よ。と済《すま》したものだった。

それを又ひとりで此処《ここ》で見直しつつ、半ば過ぎると、目を外《そ》らして、多時思入《しばらくおもいい》った風であったが、ばさばさと引裂《ひっさ》いて、くるりと丸めてハタと向う見ずに投《ほう》り出すと、もう一ツの柱の許《もと》に、その蝙蝠傘《こうもり》に掛けてある、主税の中折帽《なかおれ》へ留まったので、

「憎らしい。」と顔を赤めて、刎ね飛ばして、帽子《ハット》を取って、袖で、ばたばたと埃《ほこり》を払った。

書生が、すっ飛んで、格子を出て、何処《どこ》へ急ぐのか、お妙の前を通りかけて、

「えへへへ。」

爾時《そのとき》お妙は、主税の蝙蝠傘《こうもり》を引抱《ひっかか》えて、

「何処へ行くの。」

「車屋へ大急ぎでございます。」

「あら、父上《とうさん》はお出掛け。」

「否《いいえ》、車を持たせて、アバ大人《たいじん》を呼びますので、ははは。」

はなむけ

五十五

媒妁人《なこうど》は宵《よい》の口、燈火《ともしび》を中に、酒井とさしむかいの坂田礼之進。

「唯今は御使で、特《こと》にお車をお遣わしで恐縮でごわります。実はな、一寸《ちよと》私用で外出をいたし居りましたが、俗にかの、虫が知らせるとか申すような儀で、何か、心急ぎ、帰宅いたしまするとヽ門口《かどぐち》に車がごわりまして、来客《らいかく》かと存じましたれば、いや、」と額《ひたい》を撫《な》でて笑うのに前歯が露出《あらわ》。

「はははは、即《すなわ》ち御持せのお車、早速間に合いました。実は好都合と云って宜《よろ》しいので、これと申すも、偏《ひとえ》に御縁のごわりまする兆《しるし》でごわりまするな、はあ、」

酒井も珍らしく威儀を正して、

「お呼立《よびた》て申して失礼ですが、家内が病気で居ますんで、」と手を伸して、巻莨《まきたばこ》をぐっ、と抜く。

「時に、如何《いかが》でごわりまするな、御令室御病気は。御勝れ遊ばさん事は、先達《せんだつ》ての折も伺いましてごわりましてな。河野でも承り及んで、英吉君の母なども大きにお案じ申して居ります。どう云う御容体《ごようだい》でいらっしゃりまするか、私もその、甚だ心配を仕《つかまつ》りまするので、はあ、」

「別に心配なんじゃありません。肺病でも癩病《らいびょう》でも無いんですから。」

と先生警抜なことを云って、俯向《うつむ》きざまに、灰を払ったが、左手《ゆんで》を袖口へ搔込《かいこ》んで胸を張って煙を吸った。礼之進は、畏《かしこま》ったズボンの膝《ひざ》を、張肱《はりひじ》の両手で二つ叩いて、スーと云ったばかりで、斜めに酒井の顔を見込むと、

「たかだか風邪のこじれです。」

「その風邪が万病の原《もと》じゃ、と誰でも申すことでごわりまするが、事実《まったく》でな。何分御注意なさらんと成りません。」

と妙に白けた顔が、燈火《ともしび》に赤く見えて、

「では、さように御病中でごわりましては、御縁女《ごえんじょ》の事に就きまして、御令室と未《ま》だ御相談下さります間《ま》もごわりませんので？」

と重々しく素引《そび》きかけると、酒井は事も無げな口吻《くちぶり》。

「いや、相談は為《し》ましたよ。」

「ははあ、御相談下さりましたか。それは、」と頤《あご》を揉んで、スーと云って、

「御令室の思召《おぼしめし》は如何《いかが》でごわりましょうか。実はな、僭《か》ような事は、打明けて申せば、貴下《あなた》より御令室の御意向が主でごわりまするで、その御言葉一ッが、如何の極《きわ》まりまする処で、推着けがましゅうごわりますが、英吉君の母も、この御返事……と申しまするより、寧《むし》ろ黄道吉日をば待ちまして、唯今以て、東京《こちら》に逗留《とうりゅう》いたして居りまする次第で。はあ。御令室の御言葉一ッで、」

と、意気込んで、スーと忙《せわ》しく啜《すす》って、

「何か、私までも、それを承りまするに就いて、このな、胸が轟《とどろ》くでごわりまするが、」

と熟《じっ》と見据えると、酒井は半ば目を閉じながら、

「他《ほか》ならぬ先生の御口添《おくちぞえ》じゃあるし、伺った通りで、河野さんの方も申分の無い御家で、す。実際、願ってもない良縁で、固《もと》よりかれこれ異存のある筈はありませんが、但不束《ただふつつか》な娘ですから、」

「否《いや》、否、」

と頭を掉《ふ》って、大《おおき》に発奮《はず》み、

「飛《とん》だ事でごわります、怪しかりませんな、河野英吉夫人を、不束《ふつつか》などと御意《ぎょい》なされまするると、親御の貴下《あなた》のお口でも、坂田礼之進聞棄《ききす》てに相成りません、はははは。で、御

承諾下さりますかな。」

「家内は大喜びで是非とも願いたいと言いますよ。」

時に襖《ふすま》に密《そ》と当った、柔《やわらか》な衣《きぬ》の気勢《けはい》があった——それは次の座敷からで——先生の二階は、八畳と六畳二室《ふたま》で、その八畳の方が書斎であるが、爰《ここ》に坂田と相対したのは、壇から上口《あがりぐち》の六畳の方。

礼之進は又額に手を当て、

「いや、何とも。私大願成就仕りましたような心持で。お庇《かげ》を持ちまして、痘痕《あばた》が栄えるでごわります。は、はは、」

道学先生が、自からその醜を唱うるは、例として話の纏《まと》まった時に限るのであった。

五十六

望んでも得難き良縁で異存なし、とあれば、この縁談はもう纏ったものと、今までの経験に因って、道学者は爾《し》か心得るのに、酒井がその気《き》骨稜々《こつりようりよう》たる姿に似ず、悠然《ゆうぜん》と構えて、煙草《たばこ》の煙を長々と続ける工合が、どうも未だ話の切目では無さそうで、これから一物《いちもつ》あるらしい、底の方の擽《くすぐ》ったさに、礼之進は、日《ひ》一日《いちにち》歩行《あるき》廻る、ほとぼりの冷めやらぬ、靴足袋の裏が何となく生熱《なまあつ》い。

坐った膝をもじもじさして、

「ええ、御令室が御快諾下されましたと成りまするると、貴下《あなた》の思召は。」

些《ちつ》とも猶予《ため》らわずに、

「私に言句《もんく》のあろう筈はありません。」

「はあ、成程、」と乗かかったが、未だ荷が済まぬ。これで決着しなければ成らぬ訳だが……

「しまするると、御当人、妙子様でごわりまするが。」

「娘は小児《こども》です。箸《はし》を持って、婿《むこ》をはさんで、アンとお開《あ》き、と哺《く》めて遣《や》るような縁談ですから、否《いや》も応もあったもんじゃありません。」

と小刻《こきざみ》に灰を落したが、直ぐに又煙草にする。

道学先生、堪りかねて、手を握り、膝を揺って、

「では、御両親はじめ、御縁女にも、御得心下されましたれば、直ぐ結納《ゆいのう》と申すような御相談は如何なものでごわりましょうか。善は急げでごわりまするで。」と講義の外の格言を提出した。

「先生、其処《そこ》ですよ。」と灰吹《はいふき》に、ずいと突込《つっこ》む。

「成程、就きまして、何か、別儀が。」

「大有り。(と調子が砕けて)私どもは願う処の御縁であるし、妙にもかれこれは申さ

せません。無論ですね、お前、河野さんの嫁に成るんだ。はい、と云うに間違いはありませんが、他《ほか》にもう一人貴下からお話し下すって、承知をさせて頂きたいものがあるんです。どうでしょう、その者へ御相談下さるわけに参りましょうか。」

「お易《やす》い事で。何でごわりまするか、孰方《どちら》ぞ、御親類ででもおあんなさりまするならば、直ぐにこの足で駈《かけ》着けましても宜しゅう存じまするで。ええ、御姓名、御住所は何とおっしゃる？」

「住居《すまい》は飯田町ですが、」

と云う時、先生の肩がやや聳《そび》えた。

「早瀬ですよ。」

「御門生。」と、吃驚《びつくり》する。

「掏摸《すり》一件の男です。」と意味ありげに打微笑《うちほほえ》む。

礼之進、苦り切った顔色《がんしょく》で、

「へへい、それは又、どう云う次第でごわりまするか、唯《ただ》御門生と承りましたが、何ぞ深しき理由でもおありなさりますと云う……」

「理由も何にもありません。早瀬は妙に惚《ほ》れて居ます。」と澄まして云った、酒井俊蔵は世に聞えたる文学士である。

道学者はアッと痘痕、目を円《つぶら》かにして口をつぐむ。

「実の親より、当人より、ぞッこん惚れてる奴の意向に従った方が一番間違が無くって宜しい。早瀬がこの縁談を結構だ、と申せば、直ぐに妙を差上げますよ。面倒は入らん。先生が立処《たちどころ》に手を曳《ひ》いて、河野へ連れてお出《い》でなすって構いません。早瀬が不可《いけな》い、と云えば、断然お断りをするまでです。」

黙っては居られない。

「しまする と、その、」

と少し顔の色も変えて、

「御門生は、妙子様に……」と、あとは他人でも聊《いささ》か言いかねて憚《はばか》ったのを、……酒井は平然として、

「惚れて居ますともさ。同一《ひとつ》家に我儘《わがまま》を言合って一所に育って、それで惚れなければどうかして居るんです。尤《もっと》もその惚方《ほれかた》——愛——はですな、兄妹のようか、従兄妹《いとこ》のようか、それとも師弟のようか、主従のようか、小説のようか、伝奇のようか、其処は分りませんが、惚れて居るにゃ違いないのですから、私は、親、伯父、叔母、諸親類、友達、失礼だが、御媒酌人《おなこうど》、そんなものの口に聞いたり、意見に従ったりするよりは、一も二もない、早手廻《はやでまわ》しに、娘の縁談は、惚れてる男に任せるんです。如何でしょう、先生、至極妙策じゃありませんか。それともまた酒飲みの料簡《りょうけん》でしょうか。」

と串戯《じょうだん》のように云って、一寸口切《くぎ》ったが、道学者の呆《あき》れて口が利《き》けないのに、押被《おっかぶ》せ

て、

「薩張《さつぱり》とそうして下さい。」

五十七

「貴下《あなた》、ええ、お言葉ではごわりまするが、スー」と頬の窪《くぼ》むばかりに吸って、礼之進、ねつねつ、……

「さようしたしまするいたしまするを、御門生早瀬子《し》が令嬢を愛すると申して、万一結婚をいたしたいと云うような場合に於きましては……でごわりまする……その辺は如何《いかが》お許らいなされまする思召でごわりまするな。」

「勝手にさせます。」と先生言下に答えた。

これに又少なからず怯《おびや》かされて、

「しまする云うと、貴下は自由結婚を御賛成で。」

「否《いや》、」

「はあ、如何《いか》様《よう》な御趣意に相成りまするか。」

「私は許嫁《いいなずけ》の方ですよ。」と酒井は笑う。

「許嫁？　では、早瀬子と、令嬢とは、許嫁でお在《いで》なされますので。」

「決してそんな事はありません。許嫁は、私と私の家内とです。で、二人ともそれに賛成……ですか。同意だったから、夫婦に成りましたよ。妙の方はどんな料簡だか、更らに私には分りません。早瀬とくッついて、それが自由結婚なら、自由結婚、誰かと駈落をすれば、それは駈落結婚」と澄ましたものである。

「へへ、御串戯《ごじょうだん》で。御議論が些《ち》と矯激《きょうげき》でごわりましょう！」

「先生、人の娘を、嫁に呉れい、と云う方が却《かえ》って矯激ですな、考えて見ると。けれども、習慣だから些《ちっ》とも誰も怪まんのです。

　貴下から縁談の申込みがある。娘には、惚れてる奴が居ますから、その料簡次第で御話を取極《とりき》める、と云うに、不思議はありますまい。唐突《だしぬけ》に嫁入《よめ》らせると、そのぞっこんであった男が、いや、失望だわ、懊悩《おうのう》だわ、煩悶《はんもん》だわ、辷《すべ》った、転んだ、と兎《と》角《かく》世の中が面倒臭くって不可《いか》んのです。」

「で、ごわりまするが、この縁談が破れまするると、早瀬子はそれで宜《よろ》しいとして、英吉君の方が、それこそ同じように、失望、懊悩、煩悶いたしましょうで、……その辺も御勘考下さりまするように。」

「大丈夫、」

　と話は済んだように莞爾《にっこり》して、

「昔から媒酌人《なこうど》附《づき》の縁談が纏まらなかった為に、死ぬの、活《い》きるの、と云った例《ためし》はありません。騒動の起るのは、媒酌人《なこうど》なしの内証《ないしょ》の奴に極ったものです。」

「はあ、」

と云って、道学者は口を開いて、茫然《ぼうぜん》として酒井の顔を見て居たが、

「しかし、貴下《あなた》、聞く処に拠《よ》りまするると、早瀬子は、何か、芸妓風情《げいしゃふぜい》を、内へ入れて居ると申すでごわりまするが。」

「さよう、芸妓を入れて居て、自分で不都合だと思ったら、妙には指もさしますまい。直ちに河野へ嫁入《よめ》らせる事に同意をしましょう。それとも内心、妙をどうかしたいと云うなら、妙と夫婦に成る前に、芸妓《げいしゃ》と二人で、世帯の稽古《けいこ》をして居るんでしょう。孰方《どちら》とも彼奴《あいつ》の返事をお聞き下さい。或は、自分、妙を欲しいではないが、他《ほか》なら知らず河野へは嫁《や》っちゃ不可《いか》ん、と云えば、私もお断《ことわり》だ。どの道、妙に惚れてる奴だから、その真実愛して居るものの云うことは、娘に取っては、神仏《かみほとけ》の御託宣《おつげ》と同一《おんなじ》です。」

形勢恁《か》くの如くんば、掏摸《すり》の事など言い出したら、尚《な》おこの上の事の破れ、と礼之進行詰って真赤に成り、

「是非がごわりませぬ。兎も角、早瀬子を説きまして、更《あらた》めて御承諾を願おうでごわりまする。が、困りましたな。ええ、先刻も飯田町の、あの早瀬子の居らるる路地を、私通りがかりに覗きまするると、何か、魚屋体《てい》のものが、指図をいたして、荷物を片着け居りまする最中《さいちゅう》。何処へ引越される、と聞きましたら、(引越すんじゃない、夜遁《よに》げだ

い。）と怒鳴ります仕誼《しぎ》で。一向その行先も分りませんが。」

先生哄然《こうぜん》として、

「ははは、事実ですよ。掏摸《すり》の手伝いをしたとかで、馬鹿野郎、東京には居られなくなって、遁げたんです。もう此方《こちら》へも暇乞《いとまごい》に来ましたが、故郷の静岡へ引込む、と云って居ましたから、河野さんの本宅と同郷でしょう。御相談なさるには便宜かも知れません。……御随意に、――お引取を。」

ああ、媒酌人《なこうど》には何が成る。黄色い手巾《ハンケチ》を忘れて、礼之進の帰るのを、自分で玄関へ送出して、引返して、二階へ上った、酒井が次のその八畳の書斎を開けると、其処には、主税が、膳の前に手を支《つ》いて、畏《かしこま》って落涙しつつ居たのである。夫人も傍に。

先生はつかつかと上座に直って、

「謹《きん》、酌をして遣れ。早瀬、今のはお前へ餞別《せんべつ》だ。」

五十八

主税は心も闇《やみ》だったろう、覚束《おぼつか》なげな足取で、階子壇《はしごだん》をみしみしと下りて来て、尤も、先生と夫人が居らるる、八畳の書斎から、一室《ひとま》越し袋の口を開いたような明《あかり》は射《さ》すが、下は長六畳で、直ぐ其処が玄関の、書生の机も暗かった。

さすがは酒井が注意して——早瀬へ贐《はなむけ》にする為だった——道学者との談話を洩聞《もれき》かせまいため、先んじて、今夜はそれとなく余所《よそ》へ出して置いたので。羽織の紐《ひも》は、結んだかどうか、未《ま》だ帰らぬ。

酔っては居ないが、蹌踉《よろよろ》と、壁へ手をつくばかりにして、壇を下《お》り切ると、主税は真暗な穴へ落ちた思《おもい》がして、がっくりと成って、諸膝《もろひざ》を支《つ》こうとしたが、先生は兎も角、其処まで送り出そうとした夫人を、平《ひら》に、と推着《おしつ》けるように辞退して来たものを、此処《ここ》で躊躇《ちゅうちょ》して居る内に、座を立たれては恐多《おそれおお》い、と心を引立《ひった》てた腰を、突飛ばす如《ごと》く、大跨《おおまた》に出合頭《であいがしら》。

颯《さつ》と開いた襖《ふすま》とともに、唐縮緬《めりんす》友染の不断帯、格子《こうし》の銘仙の羽織を着て、何時《いつ》か、縁日で見たような、三ツ四ツ年紀《とし》の長《た》けた姿。円い透硝子《すきガラス》の笠のかかった、背の高い竹台の洋燈《ランプ》を、杖《つえ》に支《つ》く形に持って、母様《かあさん》の居室《いま》から、衝《つ》と立ちざまの容子《ようす》であった。

お妙の顔を一目見ると、主税は物をも言わないで、そのまま其処へ、膝を折って、畳に突伏《つっぷ》すが如く会釈《えしゃく》をすると、お妙も、黙って差置いた洋燈の台擦《だいず》れに、肩を細うして指の尖《さき》を揃《そろ》えて坐る、袂《たもと》が畳にさらりと敷く音。

こんな慇懃《いんぎん》な挨拶《あいさつ》をしたのは、二人とも二人には最初《はじめて》で。玄関の障子に殆《ほとん》ど裾《すそ》の附着《くッつ》く処《ところ》で、向い合って、こうして、さて別れるのである。

と主税が、胸を斜めにして、片手を膝へ上げた時、お妙のリボンは、何の色か、真白な蝶《ちょう》のよう、燈火《ともしび》のうつろう影に、黒髪を離れてゆらゆらと揺《ゆら》めいた。

「もう帰るの？」

と先へ声を懸けられて、纔《わずか》に顔を上げてお妙を見たが、この時の俤《おもかげ》は、主税が世を終るまで、忘れまじきものであった。

机に向った横坐りに、やや乱れたか衣紋《えもん》を気にして、手で一寸《ちょい》々《ちょい》と搔合《かきあ》わせるのが、何やら薄寒《うすらさむ》そうで風采《とりなり》も沈んだのに、唇が真黒だったは、杜若《かきつばた》を描く墨の、紫の雫《しずく》を含んだのであろう、艶《えん》に媚《なま》めかしく、且《か》つ寂しく、翌日《あす》の朝は結う筈《はず》の後《おく》れ毛さえ、眉《まゆ》を掠《かす》めてはらはらと、白き牡丹《ぼたん》の花片《はなびら》に心の影のたたずまえる。

「お嬢さん。」

「…………」

「御機嫌宜《よ》う。」

「貴下《あなた》も。」と唯一言《ただひとこと》、無量の情《なさけ》が籠《こも》ったのである。

靴を穿《は》いて格子を出るのを、お妙は洋燈《ラムプ》を背《せな》にして、框《かまち》の障子に摑《つか》まって、熟《じっ》と覗くように見送りながら、

「さようなら。」

と勢《いきおい》よく云ったが、快く別れを告げたのでは無く、学校の帰りに、何処《どこ》かで朋達《ともだち》と別れる時のように、恁《かか》る折にはこう云うものと、規則で口へ出たのらしい。

格子の外にちらちらした、主税の姿が、まるで見えなく成ったと思うと、お妙は拗《す》ねた状《さま》に顔だけを障子で隠して、そのつかまった縁《ふち》を、するする二三度、烈《はげ》しく掌《たなそこ》で擦《こす》ったが、背《せな》を捻《よ》って、切《せつ》なそうに身を曲げて、遠い所のように、つい襖の彼方《あなた》の茶の間を覗くと、長火鉢の傍《わき》の釣洋燈《つりラムプ》の下に、ものの本にも実際にも、約束通りの女中《おさん》の有様。

一寸《ちょいと》、風邪を引くよ、と先刻《さっき》から、隣座敷の机に凭《よ》っかかって絵を描きながら、低声《こごえ》で気をつけたその大揺れの船が、この時、最早《もは》や見事な難船。

お妙はその状《さま》を見定めると、何を穿いたか自分も知らずに、スッと格子を開けるが疾《はや》いか、身動《みじろ》ぎに端《はし》が解けた、しどけない扱帯《しごき》の紅《くれない》。

五十九

「厭《いや》よ、主税さん、地方《いなか》へ行っては。」

とお妙の手は、井戸端の梅に縋《すが》ったが、声は早瀬をせき留める。

「…………」

「厭だわ、私、地方《いなか》へなんぞ行って了っては。」

主税は四辺《あたり》を見たのであろう、闇の青葉に帽《ぼう》子が動いた。

「直《じ》き帰って来るんですからね、心配しないで下さいよ。」

「だって、直《じき》だって、一月《ひとつき》や二月《ふたつき》で帰って来やしないんでしょう。」

「そりゃ、家を畳んで参るんですもの。二三年は引込みます積りです。」

「厭ねえ、二三年。……月に一度ぐらいは遊びに行った日曜さえ、私、待遠しかったんだもの。そんな、二年だの、三年だの、厭だわ、私。」

お妙は格子戸を出るまでは、低い声では仔細《しさい》らしく人目を忍んだようだけれども、こうなると敢《あえ》て人聞きを憚《はばか》る如き、低い声では、無かったのが、爰《ここ》で急に密《ひっそ》りして、

「あの、貴下《あなた》、父様《とうさん》に叱《しか》られて、内証の……奥さん、」

「ええ！」

「その方《かた》と別れたから、それで悲《かなし》くなって地方《いなか》へ行って了うのじゃないの、ええ、じゃなくって？」

「…………」

「それならねえ、辛抱なさいよ。母様《かあさん》が、その方もお可哀相《かわいそう》だから、可《い》い折に、父様《とうさん》にそう云って、一所にして上げるって云ってるんですよ。私がね、(お酌さん。)をして、沢山お酒を飲まして、そうして、その時に頼めば可《い》いのよ、父様《とうさん》が肯《き》いて呉れますよ。」

「……罰《ばち》、罰の当った事をおっしゃる！　私は涙が溢《こぼ》れます、勿体《もったい》ない。そりゃもう、先生の御意見で夢が覚《さめ》ましたから、生れ代りましたように、魂を入替《いれか》えて、これから修

行と思いましたに、人は怨《うら》みません。自分の越度《おちど》だけれど、掏摸《すり》と、どうしたの、こうしたの、と云う汚名を被《き》ては、人中《ひとなか》へは出られません。

先生は、かれこれ面倒だったら、又玄関へ来て居れ、置いて遣《や》ろう、とおっしゃって下さいますけれども、先生のお手許《てもと》に居ては、尚《な》お掏摸の名が世間に騒《さわ》がしくなるばかりです。

卑怯《ひきょう》なようですけれど、それよりは当分地方《いなか》へ引込んで、人の噂《うわさ》も七十五日と云うのを、果敢《はか》ないながら、頼みにします方が、万全の策だ、と思いますから、私は、一日旅行してさえ、新橋、上野の停車場《ステイション》に着くと拝みたいほど嬉《うれ》しくなります、そんな懐《なつか》しい東京ですが、しばらく分れねばなりません。」

「厭だわ、私、厭、行っちゃ。」

言《ことば》が途絶えると、音がした、釣瓶《つるべ》の雫が落ちたのである。

差俯向《さしうつむ》くと、仄《ほの》かにお妙の足が白い。

「静岡へ参って落着いて、都合が出来ますと、どんな茅屋《あばらや》の軒へでも、それこそ花だけは綺麗に飾って、歓迎《ウエルカム》をしますから、貴娘《あなた》、暑中休暇には、海水浴に入《いら》しって下さい。

江尻も興津《おきつ》も直き其処《そこ》だし、未だ知りませんが、久能山《くのうざん》だの、龍華寺《りゅうげじ》だの、名所があって、清見寺《せいけんじ》も、三保の松原も近いんですから、」

富士の山と申す、天までとどく山を御目にかけますまで、主税は姫を賺《すか》して云った。

「厭だわ、そんな事よりか、私、来年卒業すると、もうあんな学校や教頭なんか用は無いんだから、そうすると、主税さんの許《とこ》へ、毎日朝から行って、教頭なんかに見せつけて遣るのにねえ。口惜《くや》しいわ、攫徒《すり》の仲間だの、巾着切《きんちゃくきり》の同類だのって、貴郎《あなた》の事をそう云うのよ。而《そ》して、口を利《き》いちゃ不可《いけな》いって、学校の名誉に障るって云うのよ。可《よ》うござんす、帰途《かえり》に直ぐに、早瀬さんへ行《い》っていッつけて遣るって、言おうかと思ったけれど、行状点を減《ひ》かれるから。そうすると、お友達に負るから、見っともないから、黙って居たけれど、私、泣いたの。主税さん。卒業したら、その日から（私も掏摸かい、見て頂戴。）と、貴下《あなた》の二階に居て讐《かたき》を取って遣《やり》たかったに、残念だわねえ。」

と擦寄って、

「地方《いなか》へ行かない工夫はないの？」と忘れたように、肩に凭《もた》れて、胸へ縋ったお妙の手を、上へ頂くが如くに取って、主税は思わず、唇を指環《ゆびわ》に接《つ》けた。

「忘れません。私は死んでも鬼に成って。」

君の影身に附添わん、と青葉をさらさらと鳴らしたのである。

巣立の鷹《たか》

六十

「おっと、此処《ここ》、此処、飯田町の先生、此方《こっち》だ、此方だ、ははは。」

十二時近い新橋停車場《ステイション》の、まばらな、陰気な構内も、冴返《さえかえ》る高調子で、主税を呼懸けたのは、め組の惣助。

手荷物はすっかり、このいさみが預って、先へ来て待合わせたものと見える。大な支那革鞄《かばん》を横倒しにして、えいこらさと腰を懸けた。重荷に小附《こづけ》の折革鞄《ポオトフォリオ》、慾張って挟んだ書物の、背のクロオスの文字が、伯林《ベルリン》の、星の光は恁《か》くぞとて、きらきら異彩を放つのを、瓢箪《ひょうたん》式に膝《ひざ》に引着け、あの右角《みぎかど》の、三等待合の入口を、叱られぬだけに塞《ふさ》いで、樹下石上の身の構え、電燈の花見る面色《つらつき》、九分九厘に飲酒《おみつ》たり矣《い》。

あれでは、我慢が仕切れまい、真砂町《まさごちょう》の井筒の許《もと》で、青葉落ち、枝裂けて、お嬢と分れて来る途中、何処で飲んだか、主税も陶然たるもので、かっと二等待合室を、入口から帽子を突込んで覗《のぞ》く処を、め組は渠《かれ》の所謂《いわゆる》（此方《こっち》。）から呼んだので。これが一言《ひとこと》でブーンと響くほど聞えたのであるから、その大音や思う可《べ》し。

「やあ、待たせたなあ。」

主税も、こうなると元気なものなり。

ドッコイショ、と荷物は置棄てに立って来て、

「待たせたぜ、先生、私《わっし》あ九時から来て居た。」

「退屈したろう、気の毒だったい。」

「うんや、何、」

とニヤリとして、半纏《はんてん》の腹を開けると、腹掛へ斜《はす》っかいに、正宗の四合罎《しごうびん》、ト内証で見せて、

「これだ、訳やねえ、退屈をするもんか。時々喇叭《らっぱ》を極《き》めちゃあね、」

と向顱巻《むこうはちまき》の首を掉《ふ》って、

「切符の売下口《うりさげぐち》を見物でさ。ははは、別嬪《べっぴん》さんの、お前《めえ》さん、手ばかりが、彼処《あすこ》で、真白にこうちらつく工合は、何の事《こた》あねえ、さしがねで蝶々を使うか、活動写真の花火と云うもんだ、見物《みもの》だね。難有《ありがて》え。ははは。」

「馬鹿だな、何だと思う、お役人だよ、怪しからん。」

と苦笑いをして躾《たしな》めながら、

「家《うち》はすっかり片附いたかい、大変だったろう。」

「戦《いくさ》だ、まるで戦だね。だが、何だ、帳場の親方も来りゃ、挽子《ひきこ》も手伝って、燈《あかり》の点《つ》く前《めえ》にゃ縁の下の洋燈《ラムプ》の破《こわ》れまで掃出《はきだ》した。何をどうして可いんだか、お前《めえ》さん、皆な根こそぎ敲《たた》き売れ、と云うけれど、そうは行かねえやね。蔦ちゃんが、手を突込んだ糠味《ぬかみ》噌《そ》なんざ、打棄《うっちゃ》るのは惜いから、車屋の嬶々《かかあ》に遣りさ。お仏壇は、蔦ちゃんが人手にゃ渡さねえ、と云うから、私《わっし》は引背負《ひっしょ》って、一度内《うち》へ帰《けえ》ったがね、何だって、お前《めえ》さん、女人禁制で、蔦ちゃんに、采《さい》を掉《ふら》せねえで、城を明渡すんだから、煩《むつ》かしいや。長火鉢の引出しから、紙にくるんだ、お前《めえ》さん、仕つけ糸の、抜屑《ぬきくず》を丹念に引丸《ひんまる》めたのが出たのにゃ、お源坊が泣出した。こんなに御新《ごしん》造さんが気をつけて為《な》すったお世帯だのにッて、へん、遣ってやあがら。

ええ、飲みましたとも。鉄砲巻は山に積むし、近所の肴屋《さかなや》から、鰹《かつお》はござってら、鮪《まぐろ》の活《いき》の可《い》いやつを目利《めきき》して、一土手《ひとどて》提げて来て、私《わっし》が切味《きれあじ》をお目にかけたね。素敵な切味、一分《いちぶ》だめしだ。転がすと、一《ぴん》が出ようと云う奴を親指でなめずりながら、酒は鉢前《はちめえ》で、焚火《たきび》で煮燗《にがん》だ。

さあ、飲めってえ、と、三人で遣りかけましたが、景気づいたから手明きの挽子どもを在りったけ呼《よん》で来た。薄暗い台所を覗く奴あ、音羽《おとわ》から来る八百屋だって。此方《こっち》へ上れ。豆腐イもお馴染《なじみ》だろう。彼奴背負引《あいつしょぴ》け。やあ、酒屋の小僧か、き様喇叭節《さまラッパぶし》を唄え。面白え、と成った処へ、近所の挨拶を済《すま》して、帰《けえ》って来た、お源坊がお前《めえ》さん、一枚《いちめえ》着換えて、お化粧《つくり》をして居たろうじゃありませんか。蚤取眼《のみとりまなこ》で小切《こぎれ》を探して、さっさと出てでも行く事か。御奉公のおなごりに、皆さんお酌、と来たから、難有《ありがて》え、大日如来《だいにちにょらい》、己《おら》が車に乗せて遣る、いや、私《わっし》が、と戦《いくさ》だね。

戦と云やあ、音羽の八百屋は講釈の真似《まね》を遣った、親方が浪花節だ。ああ、これがお世帯をお持ちなさいますお祝いだったら、とお源坊が涙ぐんだしおらしさに。お前《め》さん、有象無象《うぞうむぞう》が声を納めて、しんみりとしたろうじゃねえか。戦だね、泣くやら、はははははは、笑うやら、はははは。」

六十一

「其処でお前《め》さん、何だって、世帯をお仕舞《しめ》えなさるんだか、金銭ずくなら、此方等《こちとら》が無尽をしたって、此家《ここ》の御夫婦に夜遁《よに》げなんぞ為《さ》せるんじゃねえ、と一番《いっち》しみったれた服装《なり》をして、銭の無さそうな豆腐屋が言わあ。よくしたもんだね。銭金《ぜにかね》ずくなら、め組がついてる、と鉄砲巻の皿を真中へ突出した、と思いねえ。義理には叶《かな》わねえ、御新造《ごしんぞ》の方は、先生が子飼から世話に成った、真砂町さんと云う、大先生が不承知だ。聞きねえ。師匠と親は無理なものと思え、とお祖師様《そしさま》が云ったとよ。無理でも通さにゃならねえ処を、一々御尤《ごもっとも》なんだから、一言《いちごん》もなしに、御新造も身を退《ひ》いたんだ。あんなにお睦《むつま》じかった、へへへ、」

「おい、可《い》い加減にしないかい。」

「可いやね、お前《めえ》さん、遠慮をするにゃ当らねえ、酒屋の御用も、挽子連も皆知ってらな。」

「なお、悪いぜ。」

「まあ、忍《ま》けときねえな。それを、お前《めえ》、大先生に叱られたって、柔順《すなお》に別れ話にしただが、何だ、それで家を畳むんじゃねえ。若い掏摸《すり》が遣損《やッそく》なって、人中《ひとなか》で面《つら》を打《ぶ》たれながら、お助け、と瞬《まばた》きするから、其処ア男だ。諾来《よしき》た、と頼まれて、紙入を隠して遣ったのが暴露《ばれ》たんで、掏摸の同類だ、とか何とか云って、旦那《だんな》方の交際《つきええ》が面倒臭く成ったから、引払《ひっぱら》って駈落《かけおち》だとね。話は間違ったかも知れねえけれど、何だってお前《めえ》さん頼まれて退《ひ》かねえ、と云やあ威勢が可いから、そう云って、さあ、おい、皆《みんな》、一番《いちばん》しゃん、と占める処だが、旦那が学者なんだから、万歳、と遣れ。いよう旦那万歳、と云うと御新造万歳、大先生万歳で、次手《ついで》にお源ちゃん万歳——までは可《よ》かったがね、へへへ、かかり合だ、その掏摸も祝って遣れ。可《よ》かろう、」

と乗気に成って、め組の惣助、停車場《ステイシヨン》で手真似が交って、

「掏摸万歳――と遣ったが、(すりばんだい。)と聞えましょう。近火《きんか》のようだね。火事は何処だ、と木遣《きやり》で騒いで、巾着切万歳！　と祝い直す処へ、八百屋と豆腐屋の荷の番をしながら、人だかりの中へ立って見てござった差配様《おおやさん》が、お前《めえ》さん、苦笑いの顔をひょっこり。これこれ、火の用心だけは頼むよ、と云うと、手廻しの可《い》い事は、車屋のかみさんが、あとへもう一度払《はたき》を掛けて、縁側を拭《ふ》き直そう、と云う腹で、番手桶《ばんておけ》に水を汲《く》んで控えて居て、どうぞ御安心下さいましッさ。

私《わっし》は、お仏壇と、それから、蔦ちゃんが庭の百合《ゆり》の花を惜《おし》がったから、莟《つぼみ》を交ぜて五六本ぶらさげて、お源坊と、車屋の女房《かみさん》とで、縁の雨戸を繰《く》るのを見ながら、梅坊主の由良之助《ゆらのすけ》、と云う思入《おもいれ》で、城を明渡して来ましたがね。

世の中にゃ、飛《とん》だ唐変木も在ったもんで、未《ま》だがらくたを片附けてる最中でさ、だんぶくろ袋《ぶくろ》を穿《は》きあがった、」

と云いかけて、主税の扮装《いでたち》を、じろり。

「へへへ、今夜はお前《め》さんも着《や》ってるけれど。まあ、可《い》いや。で何だ、痘痕《あばた》の、お前《め》さん、然《しか》も大面《おおづら》の奴が、ぬうと、あの路地を入って来やあがって、空《あ》いたか、空いったか、と云やあがる。それが先生、あいたかった、と目に涙でも何でもねえ。家は空いたか、

と云うんでさ。近頃流行《はや》るけれど、ありゃ不躾《ぶしつけ》だね。お前《め》さん、人の引越しの中へ飛込んで、値なんか聞くのは。たとい、何だ、二ツがけ大きな内へ越すんだって、お飯粒《まんまつぶ》を撒《ま》いて遣った、雀ッ子にだって残懐《なごり》は惜《おし》いや、蔦ちゃんなんか、馴染《なじみ》に成って、酸漿《ほおずき》を鳴らすと鳴く、流元《ながしもと》の蛙《けえろ》はどうしたろうッて鬱《ふさ》ぐじゃねえか。」

「止《よ》せよ、そんな事。」

と主税は帽子の前を下げる。

「まあさ、そんな中へ来やあがって、お剰《まけ》に、空くのを待って居た、と云う口吻《くちぶり》で、その上横柄《おうへい》だ。

誰の癪《しゃく》に障《さわ》るのも同一《おんなじ》だ、と見えて、可笑《おかし》ゅうがしたぜ。車屋の挽子がね、お前《め》さん、え、え、ええッて、人の悪いッたら、聾《つんぼ》の真似をして、痘痕の極印を打った、其奴《そいつ》の鼻《はな》頭《づら》へ横のめりに耳を突かけたと思いねえ。奴もむか腹が立った、と見えて、空いた家《うち》か、と喚《わめ》いたから、私《わっし》ア階子段《はしごだん》の下に、蔦ちゃんが香を隠して置いたらしい白粉入《おしろいいれ》を引出しながら、空家《あきや》だい！　と怒鳴った。吃驚《びっくり》しやがって、早瀬は、と聞くから、夜遁げをしたよ、と威《おど》かすと、へへへ旦那、」

め組は極めて小さい声で、

「私《わっし》ア高利貸だ、と思ったから……」

話も事にこそよれ、勿体《もったい》ない、道学の先生を……高利貸。

六十二

些《ち》と黙ったか、と思うと、め組はきょろきょろ四辺《あたり》を見ながら、帰天斎《きてんさい》が扱うように、敏捷《すばや》く四合罎から倒《さかさま》にがぶりと飲って、呼吸《いき》も吐《つ》かず、

「それからね、人を馬鹿にしやあがった、その痘痕めい、差配《おおや》は何処《どこ》だと聞きやあがる。差配様《おおやさん》か、差配様は此家《ここ》の主人《あるじ》が駈落《かけおち》をしたから、後を追っかけて留守だ、と言ったら、苦った顔色《がんしょく》をしやがって、家賃は幾干《いくら》か知らんが、前《ぜん》にから、空いたら貸りたい、と思うて居ったんじゃ、と云うだろうじゃねえか。お前《め》さん、我慢なるめえじゃねえかね。こう、可《い》い加減にしねえかい。柳橋の蔦吉さんが、情人《いろ》と世帯を持った家《うち》だ、汝達《てめえたち》の手に渡すもんか。め組の惣助と云う魚河岸の大問屋《おおどいや》が、別荘にするってよ、五百両敷金が済んでるんだ。帰《けえ》れ、と喚くと、驚いて出て行ったっけ、ははは、どうだね、気に入ったろう、先生。」

「悪戯《いたずら》をするじゃないか。」

「だって、お前《め》さん、言種《いいぐさ》が言種な上に、図体が気に食わねえや。しらふの時だったから、未だまあそれで済んだがね。掏摸万歳の時《ころ》で御覧《ごろう》じろ、えて吉《きち》、存命は覚束《おぼつか》ねえ。」

と図に乗って饒舌《しゃべ》るのを、おかしそうに聞惚《ききと》れて、夜の潮《しお》の、充《み》ち満ちた構内に澪標《みおつくし》

の如く千鳥脚《ちどりあし》を押据えて憚《はば》からぬ高話《たかばなし》、人もなげな振舞い、小面憎《こづらにく》かったものであろう、夢中に成った渠等《かれら》の傍で、駅員が一名、密《そっ》と寄って、中にもめ組の横腹の辺《あたり》で唐突《だしぬけ》にがんからん、がんからん、がんからん。

「ひゃあ、」と据眼《すえまなこ》に呼吸《いき》を引いて、たじたじと退《すさ》ると、駅員は冷々然として衝《つ》と去って、入口へ向いて、がらんがらん。

主税も驚いて、

「切符だ、切符だ。」

と思わず口へ出して、慌《あわ》てて行くのを、

「おっと、おっと、先生、切符なら心得てら。」

「もう買っといたか、それは豪《えら》い。」

惣助これには答えないで、

「ええ、驚いたい、串戯《じょうだん》じゃねえ、二合半《こなから》が処フイにした。さあ、まあ、お乗んなせえ。」

荷物を引立《ひった》てて来て、二人で改札口を出た。その半纏着《はんてんぎ》と、薄色背広の押並んだ対照は妙であったが、乗客《のりて》は唯《ただ》この二人の影のちらちらと分れて映るばかり、十四五人には過ぎないのであった。

め組が、中ほどから、急にあたふたと駈出して、二等室を一ツ覗《のぞ》き越しにも一つ出て、ひょいと、飛込むと、早や主税が近寄る時は、荷物を入れて外へ出た。

「此処《ここ》が可《い》いや、先生。」

「何だ、青切符か。」

「知れた事だね。」

「大束《おおたば》を言うな、駈落の身分じゃないか。幾干《いくら》だっけ。」

と横へ反身《そりみ》に衣兜《かくし》を探ると、め組はどんぶりを、ざックと叩《たた》き、

「心得てら。」

「お前に達引《たてひ》かして堪《たま》るものか。」

「ううむ、」と真面目《まじめ》で、頭《かぶり》を掉《ふ》って、

「不残《のこらず》叩き売った道具のお銭《あし》が、ずッしりあるんだ。お前さん《め》が、蔦ちゃんに遣れって云うのを、未だ預って居るんだから、遠慮はねえ、ははは、」

「それじゃ遠慮しますまいよ。」

と乗込んだ時、他《ほか》に二人。よくも見ないで、窓へ立って、主税は乗出すようにして妙なことを云った。それは――め組の口から漏らした、河野の母親が以前、通じたと云う――馬丁貞造《べっとうていぞう》の事に就いてであった。

「何分頼むよ。」

「むむ、可《い》いって事に。」

主税は笑って、

「その事じゃない。馬丁の居処《いどころ》さ。己も捜すが、お前の方も。」

「……分った。」

と後退《あとじさ》って、向うざまに齀巻《はちまき》を占め直した。手をそのまま、花火の如《ごと》く上へ開いて、

「いよ、万歳！」

傍《かたわら》へ来た駅員に、突《つん》のめるように、お辞儀をして、

「真平《まっぴら》御免ねえ、ははははは。」

主税は窓から立直る時、向うの隅、婀娜《あだ》な櫛巻《くしまき》の後姿を見た。ドンと硝子戸《ガラスど》をおろしたトタンに、斜めに振返ったのはお蔦である。

はっと思うと、お蔦は知らぬ顔をして、またくるりと背《うしろ》を向いた。

汽車出《い》でぬ。

後篇

貴婦人

一

その翌日、神戸行きの急行列車が、函根《はこね》の隧道《トンネル》を出切る時分、食堂の中に椅子《いす》を占めて、卓子《テイブル》は別であるが、一人《にん》外国の客と、流暢《りゅうちょう》に独逸《ドイツ》語を交えて、自在に談話しつつある青年の旅客があった。

此方《こなた》の卓子《テイブル》に、我が同胞の爾《しか》く巧みに外国語を操るのを、嬉《うれ》しそうに、且《か》つ頼母《たのも》しそうに、熟《じっ》と見ながら、時々思出したように、隣の椅子の上に愛らしく乗《のっ》かかった、かすりで揃《そろい》の、袷《あわせ》と筒袖《つつそで》の羽織を着せた、四ツばかりの男の児《こ》に、極めて上手な、肉叉《フォーク》と小刀《ナイフ》の扱い振《ぶり》で、肉《チキン》を切って皿へ取分けて遣《や》る、盛装した貴婦人があった。

見渡す青葉、今日しとしと、窓の緑に降りかかる雨の中を、雲は白鷺《しらさぎ》の飛ぶ如《ごと》く、ちらちらと来ては山の腹を後《しりえ》に走る。

函嶺を絞る点滴《したたり》に、自然浴《おのずからゆあみ》した貴婦人の膚《はだ》は、滑かに玉を刻んだように見えた。真白なリボンに、黒髪の艶《つや》は、金蒔絵《きんまきえ》の櫛《くし》の光を沈めて、愈《いよいよ》漆の如く、藤紫《ふじむらさき》のぼかしに牡丹《ぼたん》の花、蕊《しべ》に金入の半襟、栗梅《くりうめ》の紋お召の袷、薄色の褄《つま》を襲《かさ》ねて、幽《かす》かに紅《べに》の入った黒地友染の下襲《したがさ》ね、折からの雨に涼しく見える、柳の腰を、十三の糸で結んだかと黒繻子《くろじゅす》の丸帯に金泥《きんでい》でするすると引いた琴の絃《いと》、添えた模様の琴柱《ことじ》の一枚《ひとつ》が、膨《ふっ》くりと乳房を包んだ胸を圧《おさ》えて、時計の金鎖を留めて居る。羽織は薄い小豆色《あずきいろ》の縮緬《ちりめん》に……一寸《ちょいと》分りかねたが……五ツ紋、小刀《ナイフ》持つ手の動くに連れて、指環《ゆびわ》の球《たま》の、幾つか連《つらな》ってキラキラ人の眼《まなこ》を射るのは、水晶の珠数《じゅず》を爪繰《つまぐ》るに似て、非《あら》ず、浮世は今を盛《さかり》の色。艶麗《あでやか》な女俳優《おんなやくしゃ》が、子役を連れて居るような。年齢《とし》は、されば、その児の母親とすれば、少くとも四五であるが、姉とすれば、九でも二十《はたち》でも差支えはない。

婦人は、頻《しき》りに、その独語に巧妙な同胞の、鼻筋の通った、細表《ほそおもて》の、色の浅黒い、眉《まゆ》のやや迫った男の、少々《わかわか》しい口許《くちもと》と、心の透通るような眼光《まなざし》を見て、ともすれば我を忘れるばかりに成るので、小児《こども》は手が空いたが、もう腹は出来たり、退屈らしく皿の中へ、指でくるくると環を描《か》いた。それも、詰らなそうに、円い目で、貴婦人の顔を視《なが》めて、同一《おなじ》ように其方《そなた》を向いたが、一向珍らしくない日本の兄《あにい》より、これは外国の小父さんの方が面白いから、あどけなく見入って傾く。

その、不思議そうに瞳《ひとみ》をくるくると遣った様子は、余程《よっぽど》可愛《かわい》くって、隅の窓を三角に取って彳《たたず》んだボオイさえ、莞爾《にっこり》した程であるから、当の外国人は髯《ひげ》をもじゃもじゃと破顔して、丁《ちょう》ど食後の林檎《りんご》を剝《む》きかけて居た処《ところ》、小刀《ナイフ》を目八分に取って、皮をひょいと雷干《かみなりぼし》に、菓物《くだもの》を差上げて何か口早に云うと、青年が振返って、身を捻《ね》じざまに、直ぐ近かった、小児《こども》の乗っかった椅子へ手をかけて、

「坊ちゃん、入らっしゃい。好いものを上げますとさ。」とその言《ことば》を通じたが、無理な乗出しようをして逆に向いたから、つかまった腕に力が入ったので、椅子が斜めに、貴婦人の方へ横に成ると、それを嬉しそうに、臆面《おくめん》なく、

「アハアハ、」と小児が笑う。

青年は、好事《ものずき》にも、故《わざ》と自分の腰をずらして、今度は危気《あぶなげ》なしに両手をかけて、揺籠《ゆりかご》のようにぐらぐらと遣ると、

「アハハ、」と愈嬉しがる。

御機嫌を見計らって、

「さあ、お来《いで》なさい、お来なさい。」

貴婦人の底意なく頷《うなず》いたのを見て、小さな靴を思う様上下《さまうえした》に刎《は》ねて、外国人の前へ行くと、小刀《ナイフ》と林檎と一緒に放して差置くや否《いな》や、にょいと手を伸ばして、小児を抱えて、スポンと床から捩取《もぎと》ったように、目よりも高く差上げて、覚束《おぼつか》ない口で、

「万歳――」

ボオイが愛想に、ハタハタと手を叩《たた》いた。客は時に食堂に、この一組ばかりであった。

二

「今のは独逸人でございますか。」

外客《がいかく》の、食堂を出たあとで、貴婦人は青年に尋ねたのである。会話の英語《イングリッシュ》でないのを、既に承知して居たので、その方の素養のあることが知れる。

青年は椅子をぐるりと廻して、

「僕もそうかと思いましたが、違います、伊太利人《イタリイ》だそうです。」

「はあ、伊太利の、商人ですか。」

「否《いえ》、どうも学者のようです。しかし此方《こっち》が学者でありませんから、科学上の談話《はなし》は出来ませんでしたが、様子が、何だか理学者らしゅうございます。」

「理学者、そうでございますか。」

小児《こども》の肩に手を懸けて、

「これの父親《ちち》も、些《ちと》ばかりその端《はし》くれを、致しますのでございますよ。」

さては理学士か何ぞである。

貴婦人はこう云った時、やや得意気に見えた。

「さぞおもしろい、お話しがございましたでしょうね。」

雪踏《せった》をずらす音がして、柔かな肱《ひじ》を、唐草の浮模様ある、卓子《テイブル》の蔽《おおい》に曲げて、身を入れて聞かれたので、青年は何故《なぜ》か、困った顔をして、

「どう仕《つかま》りまして、そうおっしゃられては恐縮しましたな、僕のは、でたらめの理学者ですよ。ええ」

と一寸《ちょいと》天窓《あたま》を掻《か》いて、

「林檎を食べた処から、先祖のニウトン先生を思い出して、其処《そこ》で理学者と遣ったんです。ははは、実際はその何だか些《ちっ》とも分りません。」

「まあ。お人《ひと》の悪い。貴郎《あなた》は、」

と莞爾《にっこり》した流眄《ながしめ》の媚《なまめ》かしさ。熟《じっ》と見られて、青年は目を外らしたが、今は仕切の外に控えた、ボオイと硝子越《ガラスごし》に顔の合ったのを、手招きして、

「珈琲《コオヒイ》を。」

「ああ、此方《こちら》へも。」

と貴婦人も註文しながら、

「ですが、大層お話が持てましたじゃありませんか。彼地《あちら》の文学のお話でもございましたんですか。」

「どういたしまして、」

と青年は愈弱って、

「人を見て法を説けは、外国人も心得て居るんでしょう。僕の柄じゃ、そんな貴女《あなた》、高尚な話を仕かけッこはありませんが、妙なことを云って居ましたよ。はあ、来年の事を云って居ました。西洋じゃ、別に鬼も笑わないと見えましてね。」

「来年の、どんな事でございます。」

「何ですって、今年は一度国へ帰って来年出直して来る、と申すことです。(日蝕があるからそれを見に又出懸ける、東洋じゃ殆《ほとん》ど皆既蝕だ。)と云いましたが、未《ま》だ日本には、その風説《うわさ》がないようでございますね。

有っても一向心懸のございません僕なんざ、年の暮に、大神宮から暦の廻りますまでは、つい気がつかないで了《しま》います。尤《もっと》も東洋とだけで、支那だか、朝鮮だか、それとも、北海道か、九州か、何処《どこ》で観《み》ようと云うのだか、それを聞き懸《かけ》た処へ、貴女が食堂へ入ってお出《いで》なさいましたもんですから、(呀《や》、これは日蝕処《どころ》じゃない。)と云いましたよ。」

「じゃ、あとは、私をおなぶんなすったんでございましょうねえ。」

「御串戯《ごじょうだん》おっしゃっては不可《いけ》ません。」

「それでは、どんなお話でございましたの。」

「実は、どう云う御婦人だ、と聞かれまして……」

「はあ、」

「何ですよ、貴女、腹をお立てなすっちゃ困りますが、ええ、」

と俯向《うつむ》いて、低声《こごえ》になり、

「女俳優《おんなやくしゃ》だ、と申しました。」

「まあ、」と清《すず》しい目を睜《みは》って、屹《きっ》と睨《にら》むが如くにしたが、口に微笑が含まれて、苦しくはない様子。

「沢山《たんと》、そんなことを云ってお冷かしなさいまし。私はもう下りますから、」

「何方《どちら》で、」

と遠慮らしく聞くと、貴婦人は小児《こども》の事も忘れたように、調子が冴《さ》えて、

「静岡――ですからその先は御勝手におなぶり遊ばせ、室《へや》が違いましても、私の乗って居ります内は殺生でございますわ。」

「御心配はございません。僕も静岡で下りるんです。」

「お湯《ぶう》。」

と小児が云う時、一所に手にした、珈琲は未だ熱い。

三

「静岡は何方《どちら》へお越しなさいます。」

貴婦人が嬉しそうにして尋ねると、青年は稍《やや》元気を失った体《てい》に見えて、

「何処と云って当《あて》なしなんです。当分、旅籠屋《はたごや》へ厄介に成りますつもりで。」

もしそれならば、土地の様子が聞きたそうに、

「貴女、静岡は御住居《おすまい》でございますか、それとも一寸御旅行でございますか。」

「東京から稼ぎに出ますんですと、未だ取柄《とりえ》はございますが、まるで田舎俳優《やくしゃ》ですから お恥しゅう存じます。田舎も貴下《あなた》、草深《くさぶか》と云って、名も情《なさけ》ないじゃありませんか。場末の小屋がけ芝居に、お飯炊《まんまたき》の世話場ばかり勤めます、おやまですわ。」

と菫色《すみれいろ》の手巾《ハンケチ》で、口許を蔽うて笑ったが、前髪に隠れない、俯向いた眉の美しさよ。

青年は少時《しばらく》黙って、うっかり巻莨《まきたばこ》を取出しながら、

「何とも恐縮。決して悪気《わるぎ》があったんじゃありません。貴女ぐらいな女優があったら、我国の名誉だと思って、対手《あいて》が外国人だから、否《いえ》、真個《まったく》そのつもりで言ったんですが、真《まこと》に失礼。」

と真面目に謝罪《あやま》って、

「失礼次手《ついで》に、又お詫《わび》をします気で伺いますが、貴女もし静岡で、河野さん、と云うのをご存じではございませんか。」

「河野……あの、」

深く頷き、

「はい、」

「あら、河野は私どもですわ。」

と無意識に小児《こども》の手を取って、卓子《テイブル》から伸上《のびあが》るようにして、胸を起こした、帯の模様の琴の糸、揺《ゆる》ぐが如く気を籠《こ》めて、

「而《そ》して、貴下《あなた》は。」

「英吉君には御懇親に預ります、早瀬主税《ちから》と云うものです。」

と青年は衝《つ》と椅子を離れて立ったのである。

「まあ、早瀬さん、道理こそ。貴下は、お人が悪いわよ。」と、何も知った目に莞爾《にっこり》する。

主税は驚いた顔で、

「ええ、人が悪うございますって？　その女俳優《おんなやくしゃ》、と言いました事なんですかい。」

「否《いいえ》、家《うち》が気に入らない、と仰有《おっしゃ》って、酒井さんのお嬢さんを、貴下、英吉に許しちゃ下さらないんですもの、ほほほ。」

「…………」

「兄はもう失望して、蒼《あお》くなって居りますよ。早瀬さん、初めまして、」と此方《こなた》も立って、手巾《ハンケチ》を持ったまま、この時更《あらた》めて、略式の会釈《えしやく》あり。

「私は英さんの妹でございます。」

「ああ、おうわさで存じて居ります。島山さんの令夫人《おくさん》でいらっしゃいますか。……これはどうも。」

静岡県……某《なにがし》……校長、島山理学士の夫人菅子《すがこ》、英吉が嘗《かつ》て、脱兎《だつと》の如し、と評した美人《たおやめ》はこれであったか。

足一度《ひとたび》静岡の地を踏んで、それを知らない者のない、浅間《せんげん》の森の咲耶《さくや》姫《ひめ》に対した、草深の此花《このはな》や、実《げ》にこそ、と頷かるる。河野一族随一の艶《えん》。その一門の富貴栄華は、一《いつ》にこの夫人に因《よ》って代表さるると称して可《い》い。

夫の理学士は、多年西洋に留学して、身は顕職にありながら純然たる学者肌で、無慾、恬淡《てんたん》、衣食ともに一向気にしない、無趣味と云うよりも無造作な、腹が空けば食べるので、寒ければ着るのであるから、唯《ただ》その分量の多からんことを欲するのみ。煮たのでも、焼いたのでも、酢でも構わず。兵児帯《へこおび》でも、ズボンでも、羽織に紐《ひも》が無くっても、更に差支えのない人物、人に逢《あ》っても挨拶《あいさつ》ばかりで、容易に口も利《き》かないくらい。その短《たん》を補うに、令夫人があって存する数《すう》か、菅子は極めて交際上手の、派手好《ずき》で、話好で、遊びずきで、御馳走ずきで、世話ずきであるから、玄関に引きも切れない来客の名札は、新聞記者も、学生も、下役《したやく》も、呉服屋も、絵師も、役者も、宗教家も、……悉《ことごと》く夫人の手に受取られて、偏《ひとえ》にその指環の宝玉の光によって、名を輝かし得ると聞く。

四

五円包んで恵むのもあれば、ビイルを飲ませて帰すのもあり、連れて出て、見物をさせるのもあるし、音楽会へ行く約束をするのもあれば、慈善市《バザア》の相談をするのもある。飽かず、倦《う》まず、撓《たゆ》まないで、客に接して、何《い》ずれもをして随喜渇仰《かつごう》せしむる妙を得て居て、加うるにその目が又古今の能弁であることは、爰《ここ》に一目見て主税も知った。

聞くが如《ごと》くんば、理学士が少なからぬ年俸は、過半菅子のために消費されても、自から求むる処《ところ》のない夫は、些《すこし》の苦痛も感じないで、その為《な》すがままに任せる上に、英吉も云った通り、実家《さと》から附属の化粧料があるから、天の為せる麗質に、紅粉《こうふん》の装《よそおい》を以《もっ》てして、小遣が自由に成る。然《しか》も御衣《おんぞ》勝《がち》の着瘦《きやせ》はしたが、玉の膚《はだえ》豊かにして、汗は紅《くれない》の露と成ろう、宜《むべ》なる哉《かな》、楊家《ようか》の女《じょ》、牛込南町に於ける河野家の学問所、桐楊《とうよう》塾の楊の字は、菅子あって、択《えら》ばれたものかも知れぬ。で、某女学院出の才媛《さいえん》である。

当時、女学校の廊下を、紅色《べにいろ》の緒のたった、襲裏《かさねうら》の上穿草履《うわばきぞうり》で、ばたばたと鳴らしたもので、それが全校に行われて一時物議《ひとしきり》を起した。近頃静岡の流行は、衣裳《いしよう》も髪飾《かみかざり》もこの夫人と、もう一人、——土地随一の豪家で、安倍川の袂《たもと》に、大巌山《おおいわやま》の峰を蔽う、千歳の柳とともに、鶴屋と聞えた財産家が、去年東京の然《さ》る華族から娶《めと》り得たと云う——新夫人の二人が、二つ巴《ともえ》の、巴川に渦を巻いて、お濠《ほり》の水の溢《あふ》るる勢《いきおい》。

「些《ちつ》とも存じませんで、失礼を。貴女、英吉君とは、些《ちつ》とも似てお出《いで》なさらないから勿論《もちろん》気が着こう筈《はず》がありませんが。」

主税のこの挨拶は、真《まこと》に如才の無いもので。熟々《つくづく》視れば何処かに俤《おもかげ》が似通って、水晶と陶器《せと》とにしろ、目の大きい処などは、かれこれ同一《そつくり》であるけれども、英吉に似た、と云って嬉《うれ》しがるような婦人《おんな》はないから、聊《いささ》かも似ない事にした。その段は大出来だったが、時に衣兜《かくし》から燐寸《マッチ》を出して、鼻の先で吸つけて、ふっと煙を吐いたが早いか、矢の如く飛んで来たボオイは、小火《ぼや》を見附けたほどの騒ぎ方で、

「煙草《たばこ》は不可《いか》んですな。」

「いや、これは。」主税は狼狽《うろた》えて、くるりと廻って、そそくさ扉《と》を開いて、隣の休憩室の唾壺《だこ》へ突込んで、喫みさしを揉消《もみけ》して、太《いた》く恐縮の体《てい》で引返すと、そのボオイを手許《もと》へ呼んで、夫人は莞爾々々《にこにこ》笑いながら低声《こごえ》で何か命じて居る。但《ただ》しその笑い方は、他人の失策を嘲《あざ》けったのではなく、親類の不出来《ふでか》しを面白がったように見える。

「すっかり面目を失いました。僕は、この汽車の食堂は、生れてから最初《はじめて》だ。」

と、半ば、独言《ひとりごと》を云う。折から四五人どやどやと客が入った。それ等《ら》には目もくれず、

「ほほほ、日本式ではないんだわねえ、貴下《あなた》、お気には入りますまい。」

「どういたしまして、大恥辱。」

「旅馴《な》れないのは、却《かえ》って江戸子《えどッこ》の名誉なんですわ。」

ボオイが剰銭《つり》を持って来て、夫人の手に渡すのを見て、大照れの主税は、口をつけたばかりの珈琲もそのまま、立ったなりの腰も掛けずに、

「此処《ここ》へも勘定。」

傍へ来て腰を屈《かが》めて、慇懃《いんぎん》に小さな声で、

「御一所に頂戴いたしました、は、」

「飛んでもない、貴女、」

と今度は主税が火の附くように慌《あわただ》しく急《あせ》って云うのを、夫人は済まして、紙入を帯の間へ、キラリと黄金《きん》の鎖が動いて、

「旅馴れた田舎稼ぎの……」

(女俳優《おんなやくしゃ》)と云いそうだったが、客が居たので、

「女形《おやま》にお任せなさいまし。」

とすらりと立った丈《たけ》高う、半面を颯《さつ》と彩《いろど》る、樺色《かばいろ》の窓掛に、色彩羅馬《ローマ》の女神の如く、愛神《キュピット》の手を片手で曳《ひ》いて、主税の肩と擦違《すれちが》い、

「さあ、此方《こっち》へ入らしって、沢山《たんと》お煙草を召上れ。」

と見返りもしないで先に立って、件《くだん》の休憩室へ導いた。背《うしろ》に立って、一寸小首を傾けたが、腕組をした、肩が聳《そび》えて、主税は大跨《おおまた》に後《あと》に続いた。

窓の外は、裾野《すその》の紫雲英《げんげ》、高嶺《たかね》の雪、富士皓《しろ》く、雨紫也《なり》。

五

聞けば、夫人は一週間ばかり以前から上京して、南町の桐楊塾に逗留《とうりゆう》して居たとの事。桜も過ぎたり、菖蒲《あやめ》の節句と云うでもなし、遊びではなかったので。用は、この小児《こども》の二年姉《ふたつ》が、眼病——寧《むし》ろ目が見えぬと云うほどの容態で、随分実家《さと》の医院に於ても、治療に詮議《せんぎ》を尽したが、その効《かい》なく、一生の不幸に成りそうな。断念《あきらめ》のために、折から夫《おっと》理学士は、公用で九州地方へ旅行中。恰《あたか》も母親は、兄の英吉の事に就いて、牛込に行って居る、かれこれ便宜だから、大学の眼科で診断を受けさせる為に出向いた、今日がその帰途《かえり》だと云う。

固《もと》よりその女の児に取って、実家《さと》の祖父《おじい》さんは、当時の蘭医（昔取った杵《きね》づかですわ、と軽い口をその時交えて）であるし、病院の院長は、義理の伯父さんだし、注意を等《とう》閑《かん》にしようわけはないので、はじめにも二月《ふたつきみ》三月《つき》、然るべき東京の専門医にもかかったけれども、どうしても治らないから、三年前に既に思切《おもいき》って、盲目《めくら》の娘、(可哀相《かわいそう》だわねえ、と客観的の口吻《くちぶり》だったが゠) 今更大学へ行ったって、所詮効《かい》のない事は知れ切って居るけれど、……要するにそれは口実にしたんですわ、と一寸《ちょいと》堅い語《ことば》が交った。夫が又、随分自分には我儘《わがまま》をさせるのに、東京へ出すのは、何故《なぜ》か虫が嫌うかして許さないから、是非行きたいと喧嘩《けんか》も出来ず。雑《ざっ》と二年越、上野の花も隅田の月も見ないで居ると、京都へ染めに遣《や》った羽織の色も、何だか、艶《つや》がなくって、我ながらくすんで見えるのが情ない。

まあ、御覧なさい、と云う折から窓を覗《のぞ》いた。

この富士山だって、東京の人がまるっ切《きり》知らないと、こんなに名高くはなりますまい。自分は田舎で埋木《うもれぎ》のような心地《こころもち》で心細くって成らない処。夫が旅行で多日《しばらく》留守、この時こそと思っても、あとを預って居る主婦《あるじ》なら猶《なお》の事、実家《さと》の手前も、旅をかけては出憎いから、其処《そこ》で、盲目《めくら》の娘をかこつけに、籠《かご》を抜けた。親鳥も、とりめにでもならなければ可《い》い、小児《こども》の罰が当りましょう、と言って、夫人は快活に吻々《ほほ》と笑う。

この談話は、主税が立続けに巻煙草を燻《くゆ》らす間に、食堂と客室とに挟まった、その幅《はば》狭《ざま》な休憩室に、差向いで為《さ》れたので。

椅子《いす》と椅子と間が真《まこと》に短いから、袖《そで》と袖と、むかい合って接するほどで、裳《もすそ》は長く足袋に落ちても、腰の高い、雪踏《せった》の尖《さき》は爪立《つまだ》つばかり。汽車の動揺《どよ》みに留南奇《とめき》が散って、友染の花の乱るるのを、夫人は幾度《いくたび》も引かされ、引かされするのであった。

主税はその盲目の娘《こ》と云うのを見た。それは、食堂から此処へ入ると、突然《いきなり》客室の戸を開けようとして男の児が硝子扉《ガラスど》に手をかけた時であった。——銀杏返《いちょうがえ》しに結った、三十四五の、実直らしい、小綺麗《こぎれい》な年増《としま》が、丁《ちょう》ど腰掛けの端《はし》に居て、直ぐに其処から、扉《と》を開けて、小児《こども》を迎え入れたので、さては乳母よ、と見ると、もう一人、被布《ひふ》を着た女の子の、キチンと坐って、この陽気に、袖口へ手を引込めて、首を萎《すく》めて、ぐったりして、その年増の膝《ひざ》に凭《よ》りかかって居たのがあって、病気らしい、と思ったのが、即《すなわ》ち話の、目の病《わる》い娘《こ》なのであった。

乳母の目からは、奥に引込んで、夫人の姿は見えないが、自分は居ながら、硝子越に彼方《むこう》から見透《みえす》くのを、主税は何か憚《はば》かって、一寸々々《ちょいちょい》気にしては目遣いをしたようだったが、その風を見ても分る、優しい、深切《しんせつ》らしい乳母は、太《いた》くお主《しゅう》の盲目《めしい》なのに同情したために、自然《おのず》から気が映って成ったらしく、女の児《こ》と同《おな》じように目を瞑《ねむ》って、男の児に何かものを言いかけるにも、尚《な》お深く差俯向《さしうつむ》いて、聊も室《しつ》の外を窺《うかが》う気色《けしき》は無かったのである。

恁《か》くて彼一句、これ一句、遠慮なく、やがて静岡に着くまで続けられた。汽車には太く倦《うん》じた体《てい》で、夫人は腕《かいな》を仰向けに窓に投げて、がっくり鬢《びん》を枕《まくら》する如く、果《はて》は腰帯の弛《ゆる》んだのさえ、引繕《ひきつくろ》う元気も無くなって見えたが、鈴のような目に活々《いきいき》と、白い手首に瞳《ひとみ》大きく、主税の顔を瞻《みまも》って、物打語るに疲れなかった。

草《くさ》深《ぶか》辺《あたり》

六

県庁、警察署、師範、中学、新聞社、丸の内をさして朝毎《ごと》に出勤するその道その道の紳士の、最も遅刻する人物ももう出払って、——初夜の九時十時のように、朝の九時十時頃も、一時《ひとしきり》は魔の所有《もの》に寂寞《ひっそり》する、草深町《くさぶかまち》は静岡の侍小路《さむらいこうじ》を、カラカラと挽《ひ》いて通る、一台、艶《つや》やかな幌《ほろ》に、夜上《よあが》りの澄渡った富士を透かして、燃立つばかりの鳥毛の蹴込《けこ》み、友染の背当《せなかあ》てした、高台細骨《たかだいほそぼね》の車があった。

あの、音《ね》の冴《さ》えた、軽い車の軋《きし》る響きは……例のがお出掛けに違いない。昨日東京から帰った筈《はず》。それ、衣更《ころもが》えの姿を見よ、と小橋の上で留《とま》るやら、旦那《だんな》を送り出して引込《ひっこん》だばかりの奥から、わざわざ駈出《かけだ》すやら、刎釣瓶《はねつるべ》の手を休めるやら、女連《おんなづれ》が上も下も斉《ひと》しく見る目を聳《そばだ》てたが、車は確に、軒に藤棚《ふじだな》があって下を田水が流れる、火の番小屋と相角《あいかど》の、辻《つじ》の帳場で、近頃塗替えて、島山の令夫人《おくがた》に乗初《のりぞ》めをして頂く、と十日ばかり取って置きの逸物《いちもつ》に違いないが——風呂敷《ふろしき》包み一つ乗らない、空車《からぐるま》を挽いて、車夫は被《かぶり》物《もの》なしに駈けるのであった。

　ものの半時《はんとき》ばかり経《た》つと、同じ腕車《くるま》は、通《とおり》の方から勢《いきおい》よく茶畑を走って、草深《くさぶか》の町へ曳込んで来た。時に車上に居たものを、折から行違った土地の豆腐屋、八百屋、（のりはどうですね——）と売って通る女房《かみさん》などは、若竹座へ乗込んだ俳優《やくしゃ》だ、と思ったし、旦那が留守の、座敷から縁越《えんごし》に伸上ったり、玄関の衝立《ついたて》の蔭《かげ》に成って差覗いた奥様連《れん》は、千鳥座で金色夜叉を演《す》ると云う新俳優の、あれは貫一に扮《な》る誰かだ、と立騒いだ。

　主税が又此地《こっち》へ来ると、些《ち》とおかしいほど男ぶりが立勝《たちまさ》って、薙放《なぎはな》しの頭髪《かみ》も洗ったように水々しく、色もより白くすっきりあく抜けがしたは、水道の余波《なごり》は争われぬ。土地の透明な光線には、（埃《ほこり》だらけな洋服を着換えた。）酒井先生の垢附《あかつき》を拝領ものらしい、黒羽二重二ツ巴《ともえ》の紋着《もんつき》の羽織の中古《ちゅうぶる》なのさえ、艶があって折目が凜《り》々しい。久留米《くるめ》か、薩摩《さつま》か、紺絣《こんがすり》の単衣《ひとえもの》、これだけは新しいから今年出来たので、卯《う》の花が咲くとともに、お蔦《つた》が心懸けたものであろう。

渠《かれ》は昨夜、呉服町の大東館に宿って、今朝は夫人に迎えられて、草深さして来たのでる。

仰いで、浅間《せんげん》の森の流るるを見、俯して、濠《ほり》の水の走るを見た。忽《たちま》ち一朶《いちだ》紅《くれない》の雲あり、夢の如《ごと》く眼《まなこ》を遮《さえぎ》る。合歓《ねむ》の花ぞ、と心着いて、流《ながれ》の音を耳にする時、車はがらりと石橋に乗懸って、黒の大構《おおがまえ》の門に楫《かじ》が下りた。

「此処かい。」とひらりと出る。

「へい、」

と門内へ駈け込んで、取附《とッつき》の格子戸《こうしど》をがらがらと開けて、車夫は横ざまに身を開いて、浅黄裏《あさぎうら》を屈《かが》めて待つ。

冠木門《かぶきもん》は、旧式のままで敷木があるから、横附けに玄関まで曳込むわけには行かない。男の児が先へ立って駈出して来る事だろう、と思いながら、主税が帽《ぼうし》を脱いで、雨あがりの松の傍《わき》を、緑の露に袖擦りながら、格子を潜《くぐ》って、土間へ入ると、天井には駕籠《かご》でも釣ってありそうな、昔ながらの大玄関。

唯《と》見ると、正面に一段高い、式台、片隅の板戸を一枚開けて、後の縁《えん》から射《さ》す明りに、黒髪だけ際立《きわだ》ったが、向った土間の薄暗さ、衣《きぬ》の色朦朧《もうろう》と、俤《おもかげ》白き立姿、夫人は待兼ねた体《てい》に見える。

会釈《えしゃく》もさせず、口も利《き》かさず、見迎えの莞爾《にっこり》して、

「まあ、遅かったわねえ。ああ御苦労よ。」

一寸車夫《ちよいとわかいしゆ》に声を懸けたが、

「さぞ寝坊していらっしゃるだろうと思ったの。さあ、此方《こちら》へ。さあ、」

口早に促されて、急いで上る、主税は明い外から入って、一倍暗い式台に、高足を踏んで、ドンと板戸に打附《ぶつつか》るのも、菅子は心づかぬまで、いそいそして。

「此方へ、さあ、ずッと此処から、ほほほ、市川菅女《いちかわすがじよ》、部屋の方へ。」

と直ぐに縁づたいで、はらはらと、素足で捌《さば》く裳《もすそ》の音。

七

市川菅女……と耳には為《し》たが、玄関の片隅切って、縁へ駈込むほどの慌《あわただ》しさ、主税は足早に続く咄嗟《とつさ》で、何の意味か分らなかったが、その縁の中ほどで、はじめて昨日汽車の中で、夫人を女俳優《やくしや》だと、外人に揶揄《やゆ》一番した、ああ、祟《たたり》だ、と気が付いた。

気が付いて、莞爾《かんじ》とした時、渠の眼《まなこ》は口許《くちもと》に似ず鋭かった。

丁《ちよう》どその横が十畳で、客室《きやくま》らしい造《つくり》だけれども、夫人はもう其処を縁づたいに通越して、次の（菅女部屋）から、

「ずッと入らっしゃいよ。」と声を懸ける。

主税が猶予《ためら》うと、

「あら、座敷を覗いちゃ不可《いけ》ません、未《ま》だ散らかって居るんですから、」
と笑う。これは、と思うと、縁の突当り正面の大姿見に、渠の全身、飛白《かすり》の紺も鮮麗《あざやか》に、部屋へ入って居る夫人が、何処《どこ》から見透《みすか》したろうと驚いたその目の色まで、歴然《ありあり》と映って居る。

姿見の前に、長椅子《ソオファ》一脚、広縁だから、十分に余裕《ゆとり》がある。戸袋と向合った壁に、棚を釣って、香水、香油、白粉《おしろい》の類《たぐい》、花瓶まじりに、ブラッシ、櫛《くし》などを並べて、洋式の化粧の間《ま》と見えるが、要するに、開き戸の押入を抜いて、造作を直して、壁を塗替えたものらしい。

薄萌葱《うすもえぎ》の窓掛を、件《くだん》の長椅子と雨戸の間《あい》へ引掛けて、幕が明いたように、絞った裙《すそ》が靡《なび》いて居る。車で見た合歓の花は、恰《あたか》もこの庭の、黒塀の外になって、用水はその下を、門前の石橋続きに折曲って流るるので、惜いかな、庭は唯《ただ》二本《ふたもと》三本《みもと》を植棄てた、長方形の空地に過ぎぬが、そのかわり富士は一目《ひとめ》。

地を坤軸《こんじく》から掘覆《ほりかえ》して、将棊倒《しょうぎだおし》に凭《よ》せかけたような、あらゆる峰を麓《ふもと》に抱《いだ》いて、折からの蒼空《あおぞら》に、雪なす袖を飜《ひるがえ》して、軽くその薄紅《うすくれない》の合歓の花に乗って居た。

「結構な御《お》住居《すまい》でございますな。」

此処で、つい通りな、然《しか》も適切なことを云って、部屋へ入ると、長火鉢の向うに坐った、飾を挿《さ》さぬ、S巻《まき》の濡色《ぬれいろ》が滴《したた》るばかり。お納戸《なんど》の絹セルに、ざっくり、山繭縮緬《やままゆちりめん》の縞《しま》の羽織を引掛けて、帯の弛《ゆる》い、無造作な居住居《いずまい》は、直ぐに立膝にも成り兼ねないよう。横に飾った箪笥《たんす》の前なる、鏡台の鏡の裏へ、その玉の頸《うなじ》に、後毛《おくれげ》のはらはらとあるのが通《かよ》って、新《あら》たに薄化粧した美しさが背中まで透通る。白粉の香は座蒲《ざぶ》団《とん》にも籠《こも》ったか、主税が坐ると馥郁《ふくいく》たり。

「こんな処《ところ》へお通し申すんですから、まあ、堅くるしい御挨拶《あいさつ》はお止《よ》しなさいよ。一寸《ちょいと》昨夜《ゆうべ》は旅籠屋《はたごや》で、一人で寂しかったでしょう。」

と火箸《ひばし》を圧《おさ》えたそうな白い手が、銅壺《どうこ》の湯気を除《よ》けて、ちらちらして、

「昨夜にも、お迎いに上げましょうと思ったけれど、一度、寂しい思をさして置かないと、他国へ来て、友達の難有《ありがた》さが分らないんですもの。これからも粗末にして不実をすると不可《いけ》ないから……」

と莞爾《にっこり》笑って、瞥《ちらり》と見て、

「それにもう内が台なしですからね、私が一週間も居なかった日にゃ、門前雀羅《もんぜんじゃくら》を張るんだわ。手紙一ツ来ないんですもの。今朝起抜けから、自分で払《はたき》を持つやら、掃出すやら、大騒ぎ。未《ま》だ些《ちっ》とも片附ないんですけれど、貴下《あなた》も詰らなかろうし、私も早く逢《あ》いたいから、可《い》い加減にして、直ぐに車を持たせて、大急ぎ、と云って遣《や》ったんですがね。あの、地方《いなか》の車だって疾《はや》いでしょう。それでも何よ、未だか、未だか、と立って見たり坐って見たり、何にも手につかないで、御覧なさい、身化粧《みじまい》をしたまんま、鏡台を始

末する方角もないじゃありませんか。とうとう玄関の処へ立切《たちぎ》りに待って居たの。何処を通って来《い》らしって？」

返事も聞かないで、ボンボン時計を打仰ぐに、象牙《ぞうげ》のような咽喉《のど》を仰向け、胸を反らした、片手を畳へ。

「まあ、未だ一時間にも成らないのね。半日ばかり待ってたようよ。途中で何処を見て来ました。大東館の直《じ》き此方《こっち》の大きな山葵《わさび》の看板を見ましたか、郵便局は。あの右の手の広小路の正面に、煉瓦《れんが》の建物があったでしょう。県庁よ。お城の中だわ。ああ、そう、早瀬さん、沢山《たんと》喫《あが》って頂戴、お煙草《たばこ》。露西亜《ロシヤ》巻だって、貰《もら》ったんだけれど、島山（夫を云う）は些《ちっ》とも喫《の》みませんから……」

八

それから名物だ、と云って扇屋の饅頭《まんじゅう》を出して、茶を焙《ほう》じる手つきはなよやかだったが、鉄瓶のは未だ沸《たぎ》らぬ、と銅壺から湯を掬《く》む柄杓《ひしゃく》の柄《え》が、へし折れて、短く成って居たのみか、二度ばかり土瓶にうつして、もう一杯、どぶりと突込《つっこ》む。他愛《たわい》なく、抜けて柄に成って了《しま》ったので、

「まあ、」と飛んだ顔をして、斜めに取って見透《みすか》した風情《ふぜい》は、この夫人《ひと》の艶《えん》なるだけ、

中指《なかざし》の鼈甲《べっこう》の斑《ふ》を、日影に透かした趣《おもむき》だったが、

「仕様がないわね。」と笑って、その柄を投《ほう》り出した様子は、世帯の事には余り心を用いない、学生生活の俤が残った。

主税が、小児衆《こども》は、と尋ねると、二人とも乳母《ばあや》が連れて、土産ものなんぞ持って、東京から帰った報知旁々《しらせかたがた》、朝早くから出向いたとある。

「河野の父さんの方も、内々《ないない》小児をだしに使って、東京へ遊びに行った事を知って居るんですから、言句《もんく》は言わないまでも、苦い顔をして、髯《ひげ》の中から一睨《にら》み睨むに違いはないんですもの、難有《ありがた》くないわ。母様《かあさん》は自分の方へ、娘が慕って行ったんですから御機嫌が可《い》いでしょう、もう暫《ちっ》と経《た》つと帰って来ます。それまでは、私、実家《さと》へは顔を出さないつもりで、当分風邪をひいた分《ぶん》よ。」

と火鉢の縁《ふち》に肱《ひじ》をついて、男の顔を視《なが》めながら、魂の抜け出したような仇気《あどけ》ないことを云う。

「そりゃ、悪いでしょう。」

と主税が却《かえ》って心配らしく、

「彼方《むこう》から、誰方《どなた》かお来《いで》なさりゃしませんか。貴女がお帰りだ、と知れましたら。」

「来るもんですか。義兄《にいさん》（医学士——姉婿《あねむこ》を云う）は忙しいし、また些《ちっ》とでも姉さんを出さないのよ。大《おお》でれでれなんですから。父さんはね、それにね、頃日《このごろ》は、家族主義の

事に就いて、些《ちつ》と纏《まと》まった著述をするんだって、母屋《おもや》に閉籠《とじこも》って、時々は、何よ、一日蔵の中に入り切《はいきり》の事があってよ。蔵には書物が一杯ですから。父さんはね、医者なんですけれど、もと個人、人一人《ひと》二人の病を治すより、国の病を治したい、と云う大な希望《のぞみ》の人ですからね。過年《いつか》、あの、家族主義と個人主義とが新聞で騒ぎましたね。あの時も、父様《とうさん》は、東京の叔父さんだの、坂田（道学者）さんに応援して、火の出るように、敵と戦ったんだわ。

惜い事に、兄さん（英吉）も奔走してくれたんですけれど、可《い》い機関がなくって、ほんの教育雑誌のようなものに掲《の》ったものですから、論文も、名も出ないで了って、残念だからって、一生懸命に遣ってますの。確か、貴下《あなた》の先生の酒井さんは、その時の、あの敵方の大立ものじゃなくって？」

と不意に質問の矢が来たので、些《ち》と、狼狽《まご》ついたようだったが、

「どうでしたか、もう忘れましたよ。」と気《け》もなく答える。

別に狙《ねら》ったので無いらしく、

「でも、何でしょう、貴下は、矢張《やっぱり》、個人主義でお出《いで》なさるんでしょう。」

「僕は饅頭主義で、番茶主義です。」

と、何故《なぜ》か気競《きお》って云って、片手で饅頭を色気なくむしゃりと遣って、息も吐《つ》かずに、番茶を呷《あお》る。

「あれ、嘘《うそ》ばっかり。貴下は柳橋《やなぎばし》主義の癖に、」

夫人は薄笑いの目をぱっちりと、睫毛《まつげ》を裂いたように黒目勝なので睨むようにした。

「一寸《ちょいと》、吃驚《びっくり》して。……そら、ご覧なさい、未だ驚かして上げる事があるわ。」

と振返りざまに背後《うしろ》向きに肩を捻《ね》じて、茶棚の上へ手を遣った、活溌《かっぱつ》な身動《みじろ》きに、下《した》交《がい》の褄《つま》が辷《すべ》った。

そのまま横坐りに見得《みえ》もなく、長火鉢の横から肩を斜めに身を寄せて、翳《かざ》すが如く開いて見せたは……

「呀《や》！　読本《とくほん》を買いましたね。」

「先生、これは何て云うの？」

「冷評《ひやか》しては不可《いけ》ませんな、商売道具を。」

「否《いいえ》、真面目《まじめ》に、貴下がこの静岡で、独逸語の塾を開くと云うから、早いでしょう、もう買って来たの。いの一番のお弟子入よ。一寸《ちょいと》、リイダアと云うのを、独逸では……」

「レエゼウッフ（読本）――月謝が出ますぜ。」

「レエゼウッフ。」

九

「あの何？」

　と真《まこと》に打解けたものいいで、

「精々勉強したら、名高い、ギョウテの（ファウスト）だとか、シルレルの（ウィルヘルム、テル）……でしたっけかね、それなんぞ、何年ぐらいで読めるように成るんでしょう。」

「直《じ》き読めます、」

　と読本を受取って、片手で大摑《おおづか》みに引開けながら、

「僕ぐらいにはと云う、但書《ただしがき》が入りますけれど。」

「だって……」

「否《いいえ》、出来ます。」

「あら、真個《ほんと》に……」

「尤《もっと》も月謝次第ですな。」

「ああだもの、」

　と衝《つ》と身を退《の》いて、叱《しか》るが如《ごと》く、

「何故そうだろう。ちゃんと御馳走は存じて居りますよ。」

　茶棚の傍《わき》の襖《ふすま》を開けて、つんつるてんな着物を着た、二百八十間の橋向う、鞠子《まりこ》辺《あたり》の産らしい、十六七の婢《おさん》どんが、

「ふアい、奥様。」と訛《なま》って云う。聞いただけで、伶悧《りこう》な菅子は、もうその用を悟ったらしい。

「誰か来たの？」

「ひゃあ。」

「あら、厭《いや》な。一寸《ちょいと》、当分は留守とおいいと云ったじゃないの？」

「アニ、はい、で、ござりますけんど、お客様で、ござんしねえで、あれさ、もの、呉服町の手代衆《しゅ》でござりますだ。」

「ああ、谷屋《たにや》のかい、じゃ構わないよ、此方《こちら》へ、」

と云いかけて、主税を見向いて、

「かくまって有る人だから……ほほほほ、其方《そっち》へ行きましょうよ。」

衣紋《えもん》を直したと思うと、はらりと気早に立って、踞《つくば》った婢《おんな》の髪を、袂《たもと》で払って、もう居ない。

トきょとんとした顔をして、婢は跡も閉めないで、のっそり引込む。

はて心得ぬ、これだけの構《かまえ》に、乳母の他《ほか》にあの女中ばかりであろうか。主人は九州へ旅行中で、夫人が七日《なぬか》ばかりの留守を、彼だけでは覚束《おぼつか》ない。第一、多勢の客の出入に、茶の給仕さえ鞠子はあやしい、と早瀬は四辺《あたり》を眴《みまわ》したが――後《あと》で知れた――留守中は、実家《さと》の抱車夫《かかえしゃふ》が夜宿《とま》りに来て、昼はその女房が来て居たので。昼飯の時に分ったのでは、客へ馳走は、残らず電話で料理屋から取寄せる……尤も、珍客と云うのであったかも知れぬ。

そんな事はどうでも可《い》いが、不思議なもので、早瀬と、夫人との間に、頻《しきり》に往来《ゆきき》があったその頃しばらくの間は、この家に養われて中学へ通って居る書生の、美濃安八《みのあはち》の男が、夫人が上京したあと直ぐに、故郷の親が病気と云うので帰って居た——これが居ると、たとい日中《ひなか》は学校へ出ても、別に仔細《しさい》は無かったろうに。

さて、夫人は、谷屋の手代と云うのを、隣室《となり》のその十畳へ通したらしい、何か話声がして居る内、

「早瀬さん——」

主税は、夫人が此室《ここ》を出て、大廻りに行った通りに、声も大廻りに遠い処に聞き取って、静にその跡を辿《たど》りつつ返事が遅いと、

「早瀬さん、」

と近く又呼ぶ。今しがた、(かくまって有る人だ)と串戯《じょうだん》を云ったものを。

「何です、何です。」

「室数《まかず》は幾つばかりあれば可《よ》くって？」

余り唐突《だしぬけ》で解し兼ねる。

「貴下《あなた》のお借りなさろうと云うお家《うち》よ。一寸《ちょいと》、」

「ええ、そうですね。」

「おほほ、話しが遠いわ。此方《こっち》へ来《い》らっしゃいよ。おほほほ、縁側から、縁側から。」

夫人がした通りに、茶棚の傍《わき》の襖口へ行きかけた主税は、(萱女部屋)の中を、トぐるりと廻って、苦笑《にがわらい》をしながら縁へ出ると、これは！　三足《みあし》と隔てない次の座敷。開けた障子に背《せな》を凭《も》たせて、立膝《たてひざ》の褄は深いが、円く肥えた肱も露《あらわ》に夫人は頬を支えて居た。

「朝から戸迷《とまど》いをなすっては、泊ったら貴下、どうして、」

と振向いた顔の、花の色は、合歓の影。

「へへへへ」

と、向うに控えたのは、呉服屋の手代なり。鬱金《うこん》木綿の風呂敷に、浴衣《ゆかた》地が堆《うずたか》い。

二人連《づれ》

十

午後《ひるすぎ》、宮《みや》ケ崎町《さきまち》の方から、ツンツンと彼方此方《あちこち》の二階で綿を打つ音を、時ならぬ砧《きぬた》の合方《あいかた》にして、浅間《せんげん》の社《やしろ》の南口《みなみぐち》、裏門にかかった、島山夫人、早瀬の二人は、花道へ出たようである。

門際《もんぎわ》の流に臨むと、頃日《このごろ》の雨で、用水が水嵩《みずかさ》増して溢《あふ》るるばかり道へ波を打って、然《しか》も濁らず、蒼《あお》く飜《ひるが》えって龍の躍るが如く、茂《しげり》の下《もと》を流るるさえあるに、大空から賤機山《しずはたやま》の蔭《かげ》がさすので、橋を渡る時、夫人は洋傘《かさ》をすぼめた。

只《と》見ると黒髪に変りはないが、脊がすらりとして、帯腰の靡《なび》くように見えたのは、羽織なしの一枚給《あわせ》と云う扮装《でたち》の所為《せい》で、又着替えて居た——この方が、姿も佳《よ》く、能《よ》く似合う。但し媚《なまめか》しさは少なくなって、幾干《いくら》か気韻が高く見えるが、それだけに品《ひん》が可《い》い。

セルで足袋を穿《は》いては、軍人の奥方めく、素足では待合から出たようだ、と云って邸《やしき》を出掛けに着換えたが、膚《はだ》に、緋《ひ》の紋縮緬《もんちりめん》の長襦袢《ながじゅばん》。

二人《ふたり》の児《こ》の母親で、その燃立つようなのは、兎《と》もすると同《おな》じ軍人好みに成りたがるが、垢抜《あかぬ》けのした、意気の壮《さかん》な、色の白いのが着ると、汗ばんだ木瓜《ぼけ》の花のように生暖《なまあたた》かなものではなく、雪の下もみじで凜《りん》とする。

部屋で、先刻《さっき》これを着た時も、乳を圧《おさ》えて密《そっ》と袖《そで》を潜《くぐ》らすような、男に気を兼ねたものではなかった。露《あらわ》にその長襦袢に水紅色《ときいろ》の紐《ひも》をぐるぐると巻いた形《なり》で、牡丹《ぼたん》の花から抜出たように縁の姿見《すがたみ》の前に立って、

(市川菅女。)と莞爾々々《にこにこ》笑って、澄まして袷を掻取《かいと》って、襟を合わせて、ト背向《うしろむ》きに頸《うなじ》を捻《ね》じて、衣紋つきを映した時、早瀬が縁のその棚から、ブラッシを取って、ごし痒《かゆ》そうに天窓《あたま》を引掻《ひっか》いて居たのを見ると、

「そんな邪険な撫着《なでつ》けようがあるもんですか、私が分けて上げますからお待ちなさい。」

と云うのを、聞かない振《ふり》でさっさと引込もうとしたので、

「あれ、お待ちなさい」と、下〆《したじめ》をしたばかりで、衝《つ》と寄って、ブラッシを引奪《ひったく》ると、窓掛をさらさらと引いて、端近《はしぢか》で、綺麗に分けて遣《や》って、前へ廻って覗《のぞ》き込むように瞳《ひとみ》をためて顔を見た。

胸の血汐《ちしお》の通うのが、波打って、風に戦《そよ》いで見ゆるばかり、撓《たゆ》まぬ膚《はだえ》の未開紅、この意気なれば二十六でも、紅《くれない》の色は褪《あ》せぬ。

境内《けいだい》の桜の樹蔭《こかげ》に、静々、夫人の裳《もすそ》が留まると、早瀬が傍《かたわら》から向うを見て、

「茶店があります、一休みして参りましょう。」

「彼処《あすこ》へですか。」

「お誂《あつら》え通り、皺《しわ》くちゃな赤毛布《あかげっと》が敷いてあって、水々しい婆《ばあ》さんが居ますね、お茶を

飲んで行きましょうよ。」

と謹んで色には出ぬが、午飯《ひる》に一銚子《ちょうし》賜ったそうで、早瀬は怪《け》しからず可《い》い機嫌。

「咽喉《のど》が渇いて？」

「ひりつくようです。」

「では……」

茶店の婆さんと云うのが、式《かた》の如く古ぼけて、ごほん、と咳《せ》くのが聞えるから、夫人は余り気が進まぬらしかったが、二三人子守女《もりっこ》に、きょろきょろ見られながら、ずッと入る。

「お掛けなさいまし。お日和《ひより》でございます。よう御参詣《さんけい》なさりました。」

夫人が彳《たたず》んで居て掛けないのを見て、早瀬は懐中《ふところ》から切立《きりたて》の手拭《てぬぐい》を出して、はたはたと毛布《けっと》を払って、

「さあ、どうぞ、」

笑って云うと、夫人は婆さんを背後《うしろ》にして、悠々《ゆうゆう》と腰を下ろして、

「江戸児《えどっこ》は心得たものね。」

「人を馬鹿にしていらっしゃる。」

と、さしむかいの夫人の衣紋はずれに、店先を覗いて、

「やあ、甘酒がある……」

十一

「お止《よ》しなさいよ。先刻《さっき》もあんなものを食《あが》ってさ、お腹《なか》を悪くしますから。」

と低声《こごえ》でたしなめるように云った、(先刻のあんなもの)は——鮪《まぐろ》の茶漬で——慶喜《けいき》公の邸あとだと云う、可懐《なつか》しいお茶屋から、故《わざ》と取寄せた午飯《ひる》の馳走の中に、刺身は江戸には限るまい、と特別に夫人が膳《ぜん》につけたのを、やがてお茶漬で掻込《かっこ》んだのを見て、その時は太く嬉《いたうれ》しがった。

得《え》てこれを嗜《たしな》むもの、河野の一門に一人も無し、で、夫人も口惜《くやし》いが不可《いけな》いそうである。

「此処《ここ》で甘酒を飲まなくっては、鳩にして豆、」

と云うと、婆さんが早耳で、

「はい、盆に一杯五厘宛《ずつ》でございます。」

「私は鳩と遊びましょう。貴下《あなた》は甘酒でも冷酒でも御勝手に召食《めしあが》れ。」

と前の床几《しょうぎ》に並べたのを、さらりと撒《ま》くと、颯《さっ》と音して、揃《そろ》いも揃って雉子鳩《きじばと》が、神代《かみよ》に島の湧《わ》いたように、むらむらと寄せて来るので、又一盆、もう一盆、夫人は立上って更に一盆。

「一杯、二杯、三杯、四杯、五杯！」

早瀬はその数を算《かぞ》えながら、

「ああ、僕は唯《たっ》た一杯だ。婆さん甘酒を早く、」

「はいはい、あれ、まあ、御覧じまし、鳩の喜びますこと、沢山《たんと》奥様に頂いて、クウクウかい喃《のう》、おおおお。」

と合点々々、ほたほた笑《えみ》をこぼしながら甘酒を釜《かま》から汲《く》む。

見る見るうち、輝く玄潮《くろしお》の退《ひ》いたか、と鳩は掃いたように空へ散って、咄嗟《とっさ》に寂寞《せきばく》とした日当りの地の上へ、ぼんやりと影がさして、よぼよぼ、蠢《うごめ》いて出た者がある。

鼻の下は然《さ》までtogether でないが、ものの切尖《きっさき》に痩《や》せた頤《おとがい》から、耳の根へかけて胡麻《ごま》塩髯《しおひげ》が栗の毬《いが》のように、すくすく、頬肉《ほおじし》がっくりと落ち、小鼻が出て、窪《くぼ》んだ目が赤味走って、額の皺は小さな天窓《あたま》を揉込《もみこ》んだごとく刻んで深い。色蒼く垢じみて、筋で繋《つな》いだばかりげっそり肩の痩せた手に、これだけは脚より太い、しっかりした、竹の杖《つえ》を支《つ》いたが、然《さ》まで容子《ようす》の賤《いや》しくない落魄《おちぶれ》らしい、五十近《ぢか》の男の……肺病とは一目で分る……襟垢がぴかぴかした、閉糸《とじいと》の断《き》れた、寝《ね》ン寝子《ねこ》を今時分。

藁《わら》草履を引摺《ひきず》って、勢《いきおい》の無さは埃《ほこり》も得立《えた》てず、地の底に滅入《めりこ》込むようにして、正面から辿って来て、此処へ休もうとしたらしかったが、目ももう疎《うと》くて、近寄るまで、心着《こころづ》かなんだろう。其処《そこ》に貴婦人があるのを見ると、出かかった足を内へ折曲げ、杖で留めて、眩《まばゆ》そうに細めた目に、あわれや、笑《えみ》を湛《たた》えて、婆さんの顔をじろりと見た。

「おお、貞《てい》さんか。」

と耳立つほど、名を若く呼んだトタンに、早瀬は屹《きっ》となって鋭く見た。

が、夫人は顔を背けたから何にも知らない。

「主《ぬし》あ、どうさしった、久しく見えなんだ。」

と云うさえ、下地《したじ》はあるらしい婆さんの方が、見たばかりでもう、ごほごほ。

「方《かた》なしじゃ、」

思いの他《ほか》、声だけは確《たしか》であったが、悪寒《おかん》がするか、いじけた小児《こども》がいやいやをすると同一《おなじ》に、縮《すく》めた首を破れた寝ン寝子の襟に擦《こす》って、

「埒《らち》明かんで、久しい風邪でな、稼業《かぎよう》は出来ず、段々弱るばっかりじゃ。芭蕉《ばしよう》の葉を煎《せん》じて飲むと、熱が除《と》れると云うので、」

と肩を怒らしたは、咳こうとしたらしいが、その力も無いか、口に手を当てて俯向《うつむ》いた。

「何より利《き》くそうなが、主《ぬし》あ飲《のま》しったか。」

「然《さ》ればじゃ、方々様《ほうぼうさま》へ御願い申して頂いて来ては、飲んだにも、飲んだにも、大な芭蕉を葉ごとまるで飲んだくらいじゃけれど、少しも……」

とがっくり首を掉《ふ》って、

「験《けん》が見えぬじゃて。」

験《しるし》なきにはあらずかし、御身《おんみ》の骸《むくろ》は疾《と》く消えて、賤機山に根もあらぬ、裂けし芭蕉の幻のみ、果敢《はか》なく其処に立てるならずや。

ごほごほと頷《うなず》き頷き、咳入りつつ、婆さんが持って来た甘酒を、早瀬が取ろうとするのを、取らせまいと、無言で、はたと手で払った。この時、夫人は手巾《ハンケチ》で口を圧えながら、甘酒の茶碗《ちゃわん》を、衝《つ》と傍《わき》へ奪ったのである。

十二

「芭蕉の葉煎じたを立続けて飲ましって、効験《ききめ》の無い事はあるまいが、疾《はや》く快《よ》うなろうと思いなさる慾で、焦《あせ》らっしゃるに因《よ》って尚《なお》ようない、気長に養生さっしゃるが何より薬じゃ。喃《なあ》、主《ぬし》、気の持ちように依《よ》るぞいの。」

と婆さんは渠《かれ》を慰めるような、自分も勢《せい》の無いような事を云う。

病人は、苦を訴うるほどの元気も持たぬ風で、目で頷き、肩で息をし、息をして、

「この頃は病気《やまい》と張合う勇《いさみ》もないで、どうなとしてくれ、もう投身《なげみ》じゃ。人に由っては大蒜《にんにく》が可《え》え、と云うだがな。大蒜は肺の薬に成るげじゃけれども、私はこう見えても癆《ろう》咳《がい》とは思わん、風邪のこじれじゃに因って、熱さえ除れれば、と矢張《やっぱり》芭蕉じゃ。」

愚痴のあわれや、繰返して、杖に縋《すが》った手を置替え、

「煎じて飲むはまだるこいで、早や、根からかぶりつきたいように思うがい。」

と切《せつ》なそうに顔を獅嚙《しか》める。

「焦らっしゃる事よ、苛《じ》れてはようない、ようないぞの。まあ、休んでござらんか、よ。主《ぬし》あ何《ど》んなにか大儀じゃろうのう。」

「些《ちつ》と休まいて貰《もら》いたいがの、」

菅子と早瀬の居るのを見て、遠慮らしく、もじもじして、

「腰を下ろすと能う立てぬで、久しぶりで出た次手《ついで》じゃ、やっと其処等を見て、帰りに寄るわい。見霽《みはらし》へ上《あが》る、この男坂の百四段も、見たばかりで、もうもう慄然《ぞっ》とする慄然《ぞっ》とする、」

と重そうな頭《かぶり》を掉《ふ》って、顔を横向きに杖を上げると、尖がぶるぶる震う。

此方《こなた》に腰掛けたまま、胸を伸して、早瀬が、何か云おうとした、（構わず休らえ、）と声を懸けそうだったが、夫人が、卜見て、指を弾《はじ》いて禁《と》めたので黙った。

「そんなら帰りに寄りなされ、気をつけて行かっしゃいよ。」

物は言わず、睡《ねむ》るが如《ごと》く頷くと、足で足を押動かし、寝ン寝子広き芭蕉の影は、葉がくれに破れて失《う》せた。やがてこの世に、その杖ばかり残るであろう。その杖は、野墓《のばか》に立てても、蜻蛉《とんぼ》も留まるまい。病人の居たあとしばらくは、餌《えさ》を飼っても、鳩の寄りそ

うな景色は無かった。

「お婆さん、」

と早瀬が調子高《だか》に呼んだ。

さすがに滅入《めい》って居た婆さんも、この若い、威勢の可《い》い声に、蘇生《よみがえ》ったように成って、

「へい、」

「今の、風説《うわさ》ならもう止しっこ。私は見たばかりで胸が痛いのよ。」

と、威《おど》しては可《い》けそうもないので、片手で拝むようにして、夫人は厭々《いやいや》をした。

「否《いえ》、一ツ心当りは無いか、家《うち》を聞いて見ようと思うんです。見物より、その方が肝心ですもの。」

「ああ、そうね。」

「何処《どこ》か、貸家はあるまいか。」

「へい、無い事もござりませぬが、旦那様方の住まっしゃりますような邸《やしき》は、この居まわりにはござりませぬ。鷹匠町《たかじょうまち》辺をお聞きなさりましたか、どうでござります。」

「その鷹匠町辺にこそ、御邸ばかりで、僕等の住めそうな家はないのだ。」

「どんなのがお望みでござりまするやら、」

「廉《やす》いのが可《い》い、何でも廉いのが可いんだよ。」

「早瀬さん。」と、夫人が見っともないと圧《おさ》えて云う。

「長屋で可いのよ、長屋々々。」

と構わず、遣るので、又目で叱《しか》る。

「へへへ、お幾干《いくら》ばかりなのをお捜しなされまするやら。」

心当りがあるか、ごほりと咳きつつ、甘酒の釜の蔭《かげ》を膝行《いざ》って出る。

「静岡じゃ、お米は一升幾干だい。」

「ええ。」

「厭よ、後生。」

と婆さんを避《よ》けかたがた、立構えで、夫人が肩を擦寄せると、早瀬は後へ開いて、夫人の肩越に婆さんを見て、

「それとも一円に幾干だね、それから聞いて屋賃の処《ところ》を。」

「もう、私は、」と堪《たま》りかねたか、早瀬の膝《ひざ》をハタと打つと、赤らめた顔を手巾で半ば蔽《おお》いながら、茶店を境内へ衝《つっ》と出る。

十三

何処も変らず、風呂敷包を馬に引掛けた草鞋穿《わらじばき》の親仁《おやじ》だの、日和下駄《ひよりげた》で尻端折《しりばしょ》り、高帽《たかぼう》と云う壮佼《あにい》などが、四五人境内をぶらぶらして、何を見るやら、孰《ど》れも仰向いてばか

り通る。

石段の下あたりで、緑に包まれた夫人の姿は、色も一際鮮麗《ひときわあざやか》で、青葉越《ごし》に緋鯉《ひごい》の躍る池の水に、影も映りそうに彳《たたず》んだが、手巾《ハンケチ》を振って、促がして、茶店から引張り寄せた早瀬に、

「可《い》い加減になさいよ、極《きま》りが悪いじゃありませんか。」

「はい、お忘れもの。」

と澄ました顔で、洋傘《ひがさ》を持って来た柄《え》の方を返して出すと、夫人は手巾を持換えて、そうでない方の手に取ったが……不思議にこの男のは汗ばんで居なかった。誰のも、こう云う際は、持ったあとがしっとり、中には、じめじめとするのさえある。……

夫人は、一寸俯目《ちょいとふしめ》に成って、軽《かろ》くその洋傘《ひがさ》を支《つ》いて、

「能《よ》く気がついてねえ。（小さな声で、）――大儀《たいぎ》、」

「はッ、主税御供《おんとも》仕《つかまつ》りまする上からは、御道中聊《いささ》かたりとも御懸念《けねん》はござりませぬ。」

「静岡は暢気《のんき》でしょう、ほほほほほ。」

「三等米なら六升台で、暮しも楽な処ですって、婆さんが言いましたっけ。」

「あら又、厭ねえ、貴下《あなた》は。後生ですからその（お米は幾干《いくら》だい、）と云うのだけは堪《か》忍《に》して頂戴な。もう私は極りが悪くって、同行は恐れるわ。」

「ええ、そうおっしゃれば、貴女《あなた》もどうぞその手巾で、こう、お招きに成るのだけは止《よ》

して下さい。余りと云えば紋切形《もんきりがた》だ。」

「どうせね、柳橋のようなわけには……」

「否《いいえ》、今も、子守女《もりっこ》めらが、貴女が手巾をお掉《ふ》りなさるのを見て、……はははは、」

「何ですって、」

「はははははは。」

と事も無げに笑いながら、

「(男と女と豆煎《まめいり》、一盆五厘だよ。)ッて、飛んでもない、わッと囃《はや》して遁《に》げましたぜ。」

ツンと横を向く、脊が屹と高く成った。引《ひっ》かなぐって、その手巾をはたと地《つち》に擲《なげう》つや否《いな》や、裳《もすそ》を蹴《けっ》て、前途《むこう》へつかつか。

爾時《そのとき》義経少しも騒がず、落ちた菫色《すみれいろ》の絹に風が戦《そよ》いで、鳩の羽燈《はばつ》と薫《かお》るのを、悠々《ゆうゆう》と拾い取って、ぐっと袂《たもと》に突込んだ、手をそのまま、袖《そで》引合わせ、腕組みした時、色が変って、人知れず俯向《うつむ》いたが、直ぐに大跨《おおまた》に夫人の後について、社《やしろ》の廻廊を曲った所で追《おッ》着《つ》いた。

「夫人《おくさん》。」

「………」

「貴女腹をお立てなすったんですか、困りましたな。知らぬ他国へ参りまして、今貴女に見棄てられては、東西も分りませんで、途方に暮れます。どうぞ、御機嫌をお直し下さい、夫人《おくさん》、」

「…………」

「英吉君の御妹御、菅子さん、」

「…………」

「島山夫人……河野令嬢……不可《いけな》い、不可い。」

と口の裡《うち》で云って、歩行《ある》き歩行《ある》き、

「真個《ほんとう》に機嫌を直して、貴女、御世話下さい、慭《なまじっ》か、貴女にお便り申したために、今更独《ひとり》じゃ心細くってどうすることも出来ません。もう決して貴女の前で、米の直《ね》は申しますまい。その代り、貴女もどうぞ貴族的でない、僕が住《すま》れそうな、実際、相談の出来そうな長屋式のをお心掛けなすって下さい。実はその御様子じゃ、二十円以内の家は念頭にお置きなさらないように見受けたものですから、聊さか諷《ふう》する処あるつもりで、」

何時《いつ》の間にか、有名な随神門《ずいしんもん》も知らず知らず通越した、北口を表門へ出て了《しま》った。社は山に向い、直ぐ畠で、却《かえ》って裏門が町続きに成って居るが、出口に家が並んで居るから、その前を通る時、主税も黙った。

夫人は固《もと》より口を開かぬ。

やがて茶畑を折曲って、小家まばらな、場末の町へ、未《ま》だツンとした態度でずんずん入る。

大巌山《おおいわやま》の町の上に、小さな溝があるばかり、障子の破《やぶれ》から人顔も見えないので、その時ずッと寄って、

「ものを云って下さいよ。」

「…………」

「夫人《おくさん》、」

「…………」

十四

少時《しばらく》――主税もう口を利《き》こうとは思わない様子に成って、別に苦にする顔色《かおつき》でもないが、腕を拱《こまぬ》いた態《なり》で、夫人の一足《ひとあし》後れに跟《つ》いて行く。

裏町の中程に懸ると、両側の家は、孰《ど》れも火が消えたように寂寞《ひっそり》して、空屋かと思えば、蜘蛛《くも》の巣を引くような糸車の音が何家《どこ》とも無く戸外《おもて》へ漏れる。路傍《みちばた》に石の古井筒《ふるいづつ》があるが、欠目《かけめ》に青苔《あおごけ》の生えた、それにも濡色《ぬれいろ》はなく、ばさばさ燥《はしや》いで、流《ながし》も乾《から》びて居る。其処等《そこいら》何軒かして日に幾度、と数えるほどは米を磨《と》ぐものも無いのであろう。時々陰に籠《こも》って、しっこしの無い、咳《せき》の声の聞えるのが、墓の中から、未だ生きて居ると唸《うめ》くよう。はずれ掛けた羽目に、咳止飴《せきどめあめ》と黒く書いた広告《びら》の、それを売る店の名の、風に取ら

れて読めないのも、何となく世に便りがない。

振返って、来た方を見れば、町の入口を、真暗な隧道《トンネル》に樹立《こだち》が塞《ふさ》いで、炎のように光線《ひざし》が透《す》く。その上から、日のかげった大巌山が、其処は人の落ちた谷底ぞ、と聳《そび》え立って峰から哄《どっ》と吹き下した。

かつ散る紅《くれない》、靡《なび》いたのは、夫人の褄《つま》と軒の鯛《たい》で、鯛は恵比寿《えびす》が引抱《ひっかか》えた処の絵を、色は褪《あ》せたが紺暖簾《こんのれん》に染めて掛けた、一軒（御染物処《おんそめものどころ》）があったのである。下に、荷車の片輪はずれた廂《ひさし》から突出《つきだ》した物干棹《ものほしざお》に、薄汚れた紅の切《もみきれ》が忘れてある。

のが、塵芥《ごみ》で埋《うま》った溝へ、引傾いて落込んだ――これを境にして軒隣りは、中にも見すぼらしい破屋《あばらや》で、煤《すす》のふさふさと下った真黒な潜戸《くぐりど》の上の壁に、何の禁厭《まじない》やら、上に春野山《はるのさん》、と書いて、口の裂けた白黒まだらの狗《いぬ》の、前脚を立てた姿が、雨浸《あめじみ》に浮び出《い》でて朦朧《もうろう》とお札《ふだ》の中に顕《あらわ》れて活《い》けるが如し。それでも鬼が来て覗《のぞ》くか、楽書《らくがき》で捏《でっ》ちたような雨戸の、節穴の下に柊《ひいらぎ》の枝が落ちて居た……鬼も屈《かが》まねばなるまい、最《いと》ど低い屋根が崩れかかって、一目《ひとめ》見ても空家である――又どうして住まれよう――お札も恁《かか》る家に在っては、軒を伝って狗の通るように見えて物凄《ものすご》い。

フト立留まって、この茅家《あばらや》を視《なが》めた夫人が、何と思ったか、主税と入違いに小戻りして、洋傘《ひがさ》を袖の下へ横《よこた》えると、惜げもなく、髪で、件《くだん》の暖簾を分けて、隣の紺屋の店前《みせさき》へ顔を入れた。

「御免なさいよ、御隣家《おとなり》の屋《いえ》を借りたいんですが、」

「何でございますと、」

と、頓興《とんきよう》な女房の声がする。

「家賃は幾干《いくら》でしょうか。」

「ああ、貞造さんの家《うち》の事かね。」

余り思切った夫人の挙動《ふるまい》に、呆気《あつけ》に取られて茫然《ぼうぜん》とした主税は、（貞造。）の名に鋭く耳をそばだてた。

「空家ではござりませぬが。」

「そう、空家じゃないの、失礼。」

と肩の暖簾をはずして出たが、

「大照《おおて》れ、大照れ、」

と言って、莞爾《につこり》して、

「早瀬さん、」

「………」

「人のことを、貴族的だなんのって、いざ、と成りゃ私だって、このくらいな事はして上げるわ。この家《うち》じゃ、貴下だって、借りたいと言って聞かれないでしょう。一寸《ちよいと》、これでも家の世話が私にゃ出来なくって？」

さすがに夫人もこれは離れ業《わざ》であったと見え、目のふちが颯《さつ》と成って、胸で呼吸《いき》をはずませる。

その燃ゆるような顔を凝《じっ》と見て、ややあって、

「驚きました。」

「驚いたでしょう、可《い》い気味、」

と嬉《うれ》しそうに、勝誇った色が見えたが、歩行《ある》き出そうとして、その茅家《あばらや》をもう一目。

「しかし極《きまり》が悪かってよ。」

「何とも申しようはありません。当座の御礼のしるし迄《まで》に……」と先刻《さっき》拾って置いた菫色の手巾を出すと、黙って頷《うなず》いたばかりで、取るような、取らぬような、歩行《ある》きながら肩が並ぶ。袖が擦合《すれお》うたまま、夫人が未だ取られぬのを、離すと落ちるし、そうかと云って、手はかけて居るから……引込めもならず……提げて居ると……手巾が隔てに成った袖が触れそうだったので、二人が斉《ひと》しく左右を見た。両側の伏屋《ふせや》の、ああ、どの軒にも怪しいお札の狗が……

貸《かし》小《こ》袖《そで》

十五

今来た郵便は、夫人の許《もと》へ、主人《あるじ》の島山理学士から、帰宅を知らせて来たのだろう……と何となくそう云う気がしつつ――三四日日和《ひより》が続いて、夜に成ってもう暑いから――長火鉢を避《よ》けた食卓の角の処《ところ》に、さすがに未《ま》だ端然《きちん》と坐って、例の(菅女部屋。)で、主税は独酌にして、ビイル。

塀の前を、用水が流るるために、波打つばかり、窓掛に合歓《ねむ》の花の影こそ揺れ揺れ通え、差覗《さしのぞ》く人目は届かぬから、縁の雨戸は開けたままで、心置《おき》なく飲めるのを、あれだけの酒好《さけずき》が、何為《なぜ》か、夫人の居ない時は、硝子杯《コップ》へ注《つ》ける口も苦そうに、差置いて、どうやら鬱《ふさ》ぐらしい。

襖《ふすま》が開いた、と思うと、羽織なしの引掛帯《ひっかけおび》、結び目が摺《ず》って、横に成って、くつろいだ衣紋《えもん》の、胸から、柔かにふっくりと高い、真白な線を、読みかけた玉章《たまずさ》で斜めに仕切って、衽下《おくみさが》りにその繰伸《くりのば》した手紙の片端を、北斎が描いた蹴出《けだし》の如《ごと》く、ぶるぶるとぶら下げながら出た処は、そんじょ其者《それしゃ》の風《ふう》がある。

「漸《や》っと寝かしつけたわ。」

と崩るるように、ばったり坐って

「上の児《こ》は、もう原《もと》っから乳母《ばあや》が好いんだし、坊も、久しく私と寝ようなんぞと云わなかったんだけれども、貴下《あなた》にかかりっ切《きり》で構いつけないし、留守にばっかりしたもんだから、先刻《さっき》のあの取ッ着かれようを御覧なさい。」

と手紙を見い見い忙《せわ》しそうに云う。如何《いか》にも此処《ここ》で膳《ぜん》を出したはじめには、小児《こども》が二人とも母様《かあさん》にこびりついて、坊やなんざ、武者振つく勢《いきおい》。目の見えない娘《こ》は、寂《さみ》しそうに坐った切《きり》で、頻《しき》りに、夫人の膝《ひざ》から帯をかけて両手で撫《な》でるし、坊やは肩から負われかかって、背ける顔へ頰を押着《おっ》け、躱《かわ》す顔の耳許へかじりつくばかりの甘え方。見るまにぱらぱらに鬢《びん》が乱れて、面影も瘦《や》せたように、口のあたりまで振かかるのを掻《か》い払うその白やかな手が、空《くう》を摑《つか》んで悶《もだ》えるようで、(乳母《ばあや》来ておくれ。)と云った声が悲鳴のように聞えた。乳母が、(まあ、何でございます、嬢ちゃまも、坊っちゃまも、お客様の前で、と主税の方を向いたばかりで、何時《いつ》も嬢さまかぶれの、眠ったような俯目《ふしめ》の、顔を見ようとしないので、元気なく微笑《ほほえ》みながら、娘の児の手を曳《ひ》くと、厭々《いやいや》それは離れたが、坊やが何と云っても肯《き》かなくって、果《はて》は泣出して乱暴するので、時の間《ま》も座を惜しそうな夫人が、しばらくして、寝かしつけに行ったのである。

其処《そこ》へ、すらすらと読果てた。手紙を巻戻しながら顔を振上げると、乱れたままの後れ毛を、煩《うる》さそうに掻上げて、

「ついぞ思出しもしなかった、乳なんか飲まれて、散々膏《さんざあぶら》を絞られたわ。」

と急いで衣紋を繕って、

「さあ、お酌をしましょう。」

瓶を上げると、重矣《おもい》。

「まあ、些《ちっ》とも召喫《めしあが》らないのね。お酌がなくっては不可《いけな》いの、一寸贅沢《ちょいとぜいたく》だわ。ほほほほ、家《うち》も極《き》まったし、一人で世帯を持った時どうするのよ。」

「沢山頂きました、こんなに御厄介に成っては、実に済みません……もう、徐々《そろそろ》失礼しましょう。」

と恐しく真面目《まじめ》に云う。

「否《いいえ》、返さない。この間から、お泊んなさいお泊んなさいと云っても、貴下《あなた》が悪いと云うし、私も遠慮したけれど、可《い》いわ、もう泊っても。今ね、御覧なさい、牛込に居る母《かあ》

様《さん》から手紙が来て、早瀬さんが静岡へお出《いで》なすって、幸いお知己《ちかづき》に成ったのなら、精一杯御馳走をなさい、と云って来たの。嬉しいわ、私。

あのね、実はこれは返事なんです。汽車の中でお目にかかった事から、都合があって此方《こちら》で塾をお開きなさるに就いて、些《ちつ》とも土地の様子を御存じゃない、と云うから、私がお世話をしてなんて、其処はね、可《い》いように手紙を出したの、その返事、」

と掌《てのひら》に巻き据えた手紙の上を、軽く一つ丁《とん》と拍《う》って、

「母様《かあさん》が可《い》い、と云ったら、天下晴れたものなんだわ。緩《ゆっく》り召食《めしあが》れ。而《そ》して、是非今夜は泊るんですよ。そのつもりで風呂も沸してありますから、お入《はい》んなさい、寝しなにしますか、それとも颯《さつ》と流してから喫《あが》りますか。どちらでも、もう沸いてるわ。そして、泊るんですよ。可《よ》くって、」

念を入れて、やがて諾《うん》と云わせて、

「ああ、昨日《きのう》も一昨日《おととい》も、合歓の花の下へ来ては、晩方寂《さみ》しそうに帰ったわねえ。」

十六

さて湯へ入る時、はじめて理学士の書斎を通った。が、机の上は乱雑で、其処に据えた座蒲団《ざぶとん》も無かった、早瀬に敷かせて居るのがそれらしい。

机には、広げたままの新聞も幅をすれば、小児《こども》の玩弄物《おもちゃ》も乗って、大きな書棚の上には、世帯道具が置いてある。

湯は、だだっ広い、薄暗い台所の板敷《いたじき》を抜けて、土間へ出て、庇間《ひあわい》を一跨《ひとまた》ぎ、据風呂をこの空地《くうち》から焚《た》くので、雨の降る日は難儀そうな。

其処に踞《しゃが》んで居た、例のつんつるてん鞠子《まりこ》の婢《おさん》が、湯加減を聞いたが上塩梅《じょうあんばい》。

どっぷり沈んで、遠くで雨戸を繰《く》る響、台所《だいどこ》をぱたぱた二三度行交《ゆきか》いする音を聞きながら、やがて洗い果てて又浴びたが、湯の設計《こしらえ》は、この邸《やしき》に似ず古びて居た。

小燈《こともし》の朦々《もうもう》と包まれた湯気の中から、突然《いきなり》褌《ふんどし》のなりで、下駄がけで出ると、颯《と》と風の通る庇間に月が見えた。廂《ひさし》はずれに覗《のぞ》いただけで、影さす程にはあらねども、只見れば尊き光かな、裸身《はだみ》に颯と白銀《しろがね》を鎧《よろ》ったように二《に》の腕あたり蒼《あお》ずんだ。

思わず打仰いで、

「おお、お妙さん。」

「お蔦《つた》！」

俯向《うつむ》いた肩がふるえて、

蹌踉《よろめ》いたように母屋《おもや》の羽目に凭《もた》れた時、

「早瀬さん、」と、つい台所に、派手やかな夫人の声で、

「貴下《あなた》、上ったら、これにお着換えなさいよ。爰《ここ》に置いときますから、」

「憚《はばか》り、」

と我に返って、上って見ると、薄べりを敷いた上に、浴衣《ゆかた》がある。琉球紬《つむぎ》の書生羽織が添えてあったが、それには及ばぬから浴衣だけ取って手を通すと、裄短《ゆきみじか》に腕が出て着《き》心《ごころ》の変な事は、引上げても、引上げても、裾《すそ》が摺《ず》るのを、引縮めて部屋へ戻ると……道理こそ婦物《おんなもの》。中形模様の媚《なまめ》かしいのに、藍《あい》の香《か》が芬《ぷん》とする。突立《つッた》って見て居ると、夫人は中腰に膝を支《つ》いて、鉄瓶を掛けながら、

「似合ったでしょう、過日《いつか》谷屋が持って来て、貴下が見立てて下すったのを、直ぐ仕立てさしたのよ。島山のは未だ縫えないし、あるのは古いから、我慢して寝衣《ねまき》に着て頂戴。」

「むざむざ新らしいのを。」

と主税は袖を引張る。

「否《いいえ》、私、今着て見たの、お初《はつ》ではありません。御遠慮なく、でも、お気味が悪くはなくって。一寸《ちょいと》着たから、」

「気味が悪い、」

「……………」

「もんですか。勿体《もったい》至極もござらん。」

と極《きま》ったが、何か未だ物足りない。

「帯ですか。」

「さよう、」

「これを上げましょう。」

とすっと立って、上緊《うわじめ》をずるりと手繰《たぐ》った、麻の葉絞《しぼり》の絹縮《きぬちぢみ》。

「…………」

目を見合せ、

「可《い》いわ、」

とはたと畳に落して、

「私も一風呂入って来ましょう。今の内に。」

主税はあとで座敷を出て、縁側を、十畳の客室《きやくま》の前から、玄関の横手あたりまで、行ったり来たり、やや跫音《あしおと》のするまで歩行《ある》いた。

婢《おさん》が来て、ぬいと立って、

「夫人《おくさま》が言いましけえ、お涼みなさりますなら雨戸を開けるでござります。」

「否《いや》、宜《よろ》しい。」

「はいい。」と念入りに返事する。

「何時《いつ》も何時頃にお休みだい。」

と親しげに問いかけながら、口不重宝《ぶちようほう》な返事は待たずに、長火鉢の傍《わき》へ、つかつかと帰って、紙入の中をざっくりと掴んだ。

疾《はや》い事、もう紙に両個《ふたつ》。

「一個《ひとつ》は乳母《ばあや》さんに、お前さんから、夫人《おくさん》に云わんのだよ。」

十七

寝たのはかれこれ一時。

膳は片附いて、火鉢の火の白いのが果敢《はか》ないほど、夜も更《ふ》けて、寂《しん》と寒くなったが、話に実が入ったのと、もう寝よう、もう寝ようで炭も継がず。それでも火の気《け》が便りだから、横坐りに、褄《つま》を引合せて肩で押して、灰の中へ露《あら》わな肱《ひじ》も落ちるまで、火鉢の縁《ふち》に凭れかかって、小豆ほどな火を拾う。……湯上りの上、昼間歩行《ある》き廻った疲れが出た萱子は、髪も衣紋も、帯も姿も萎《な》えたようで、顔だけは、ほんのりした――麦酒《ビイル》は苦くて嫌い、と葡萄酒《ぶどうしゅ》を硝子杯《コップ》に二ツばかりの――酔《えい》さえ醒《さ》めず、黒目は大きく睫毛《まつげ》が開いて、艶《つや》やかに湿《うるお》って、唇の紅《くれない》が濡《ぬ》れ輝く。手足は冷えたろうと思うまで、頭《かしら》に気が籠《こも》った様子で、相互《たがい》の話を留《や》めないのを、余り晩《おそ》くなっては、又御家来衆《しゅ》が、変にでも思うと不可《いけ》ませんから、とそれこそ、人に聞えたら変に思われそうな事を、早瀬が云って、それでも夫人の未《ま》だ話し飽かないのを、幾度《いくたび》促しても肯入《ききい》れなかったが……火鉢で隔てて、柔かく乗出して居た肩の、衣《きぬ》の裏がするりと辷《すべ》った時、薄寒そうに、がっくりと頷《うなず》くと見ると、早急《さっきゅう》にフイと立つ……。

膝に搦《から》んだ裳《もすそ》が落ちて、蹌踉《よろ》めく袖が、はらりと、茶棚の傍《わき》の襖《ふすま》に当った。肩を引いて、胸を反らして、おっくらしく、身体《からだ》で開けるようにして、次室《つぎ》へ入る。

板廊下を一つ隔てて、其処に四畳半があるのに、床《とこ》が敷いてあって、小児《こども》が二人背中合せに枕して、真中に透いた処がある。乳母が両方を向いて寝かし附けたらしいが、熟《よ》く寝入って居て、乳母は居なかった。

ト其処を通り越して、見えなく成った切《きり》、襖も閉めないで置きながら、夫人は頃刻《しばらく》経っても来なかった。

早瀬は灰に突込んだ堆《うずたか》い巻莨《まきたばこ》の吸殻を視《なが》めながら、ああ、喫《の》んだと思い、ああ、饒舌《しゃべ》ったと考える。

その話、と云うのが、予《かね》て約束の、あの、ギョウテの（エルテル）を直訳的にと云う註文《ちゅうもん》で、伝え聞くかの大詩聖は、或時シルレルと葡萄の杯《さかずき》を合せて、予等《われら》が詩、年を経《ふ》るに従いて愈《いよいよ》貴からむことこの酒の如くならん、と誓ったそうだわね、と硝子杯《コップ》を火に翳《かざ》してその血汐《ちしお》の如き紅《くれない》を眉《まゆ》に宿して、大した学者でしょう、などと夫人、得意であったが、お酌が柳橋のでなくっては、と云う機掛《きっかけ》から、エルテルは後日《ごにち》にして、まあ、題も（ハヤセ）と云うのを是非聞かして下さい、酒井さんの御意見で、お別れなすった事は、東京で兄にも聞きましたが、恋人はどうなさいました。厭だわ、聞かさなくっちゃ、と強いられた。

　早瀬は悉《くわ》しく懺悔《ざんげ》するが如く語ったが、都合上、爰《ここ》では要を摘んで置く。……

　義理から別離話《わかればなし》に成ると、お蔦は、しかし二度芸者《つとめ》をする気は無いから、幸いめ組の惣助《そうすけ》の女房は、島田が名人の女髪結。柳橋は廻り場で、自分も結って貰《もら》って懇意だし、め組とは又ああ云う中《なか》で、打明話が出来るから、一層《いっそ》その弟子に成って髪結で身を立てる。商売をひいてからは、いつも独りで束ねるが、銀杏返《いちょうがえ》しなら不自由はなし、雛妓《おしゃく》の桃割《ももわれ》ぐらいは慰みに結って遣《や》って、お世辞にも誉められた覚えがある。出来ないことはありますまい、親もなし、兄弟もなし、行く処と云えば元の柳橋の主人の内、それよりは肴屋《さかなや》へ内弟子に入って当分梳手《すきて》を手伝いましょう。……何も心まかせ、とそれに極《き》まった。この事は、酒井先生も御承知で、内証で飯田町の二階で、直々《じきじき》に、お蔦に逢《あ》って下すって、その志の殊勝なのに、つくづく頷いて、手ずから、小遣など、いろいろ心着《こころづけ》があった、と云う。

　それ切《ぎり》、顔も見ないで、静岡へ引込むつもりだったが、め組の惣助の計らいで、不意に汽車の中で逢って、横浜まで送る、と云うのであった。ところが終列車で、浜が留まりだったから、旅籠《はたご》も人目を憚って、場末の野毛《のげ》の目立たない内へ一晩泊った。

(そんな時は)

と酔って居た夫人が口を挟んで、顔を見て笑ったので、しばらくして、
（背中合わせで、別々に。）
翌日、平沼《ひらぬま》から急行列車に乗り込んで、而《そう》して夫人《あなた》に逢ったんだと。……

うつらうつら

十八

中途で談話《はなし》に引入れられて鬱《ふさ》ぐくらい、同情もしたが、芸者なんか、真個《ほんとう》にお止《よ》しなさいよ、と夫人が云う。主税は、当初《はじめ》から酔わなきゃ話せないで陶然として居たが、然《さ》りながら夫人、日本広しと雖《いえど》も、私にお飯《まんま》を炊《た》いてくれた婦《おんな》は、お蔦の他《ほか》ありません。母親の顔も知らないから、噫《ああ》、と喟然《きぜん》として天井を仰いで歎《たん》ずるのを見て、誰が赤い顔をしてまで、貸家を聞いて上げました、と流眄《しりめ》にかけて、ツンとした時、失礼ながら、家

で命は繋《つな》げません、貴女《あなた》は御飯が炊けますまい。明日は炊くわ。米を煮るのだ、と笑って、それからそれへ花は咲いたのだったが、しかし、気の毒だ、可哀相《かわいそう》に、と憐愍《あわれみ》はしたけれども、徹頭徹尾（芸者はおよしなさい。）……この後たとい酒井さんのお許可《ゆるし》が出ても、私が不承知よ。で、さてもう、夜が更《ふ》けたのである。

出て来ない――夫人はどうしたろう。

がたがた音がした台所も、遠く成るまで寂寞《ひっそり》して、耳馴《な》れたれば今更めけど、戸外《おもて》は数万《すまん》の蛙《かわず》の声。蛙、蛙、蛙、蛙、蛙と書いた文字に、一ツ一ツ音があって、天地《あめつち》に響くが如く、はた古戦場を記した文に、尽《ことごと》く調《しらべ》があって、章と句と斉《ひと》しく声を放って鳴くが如く、何となく雲が出て、白く移り行くに従うて、動揺《どよみ》を造って、国が暗くなる気勢《けはい》がする。

時に湯気の蒸した風呂と、庇合《ひあわい》の月を思うと、一生の道中記に、荒れた駅路《うまやじ》の夜の孤《ひとり》旅《たび》が思出される。

渠《かれ》は愁然として額を圧《おさ》えた。

「どうぞお休み下さりまし。」

と例の俯向《うつむ》いた陰気な風《ふう》で、敷居越《しきいごし》に乳母が手を支《つ》いた。

「いろいろお使い立てます。」

と直ぐにずッと立って、

「何方《どちら》ですか。」

「其処《そこ》から、お座敷へどうぞ……あの、先刻は又、」と頭《つむり》を下げた。

寝床はその、十畳の真中に敷いてあった。

枕許《まくらもと》に水指《みずさし》と、硝子杯《コップ》を伏せて盆がある。煙草盆《たばこ》を並べて、もう一つ、黒塗金蒔絵《きんまきえ》の小さな棚を飾って、毛糸で編んだ紫陽花《あじさい》の青い花に、玉《ぎよく》の丸火屋《まるぼや》の残燈《ありあけ》を包んで載せて、中の棚に香包《こうづつみ》を斜めに、古銅の香合が置いてあって、下の台へ鼻紙を。重しの代りに、女持《おんなもち》の金時計が、底澄んで、キラキラ星のように輝いて居た。

じろりと視《なが》めて、莞爾《にっこり》して、蒲団《ふとん》に乗ると、腰が沈む。天鵝絨《びろうど》の括枕《くくりまくら》を横へ取って、足を伸して裾《すそ》にかさねた、黄縞《きじま》の郡内《ぐんない》に、桃色の絹の肩当てした搔巻《かいまき》を引き寄せる、手が辷って、ひやりと軽くかかった裏の羽二重が燃ゆるよう。

トタンに次の書斎で、するすると帯を解く音がしたので、未だ横に成らなかった主税は、搔巻の襟に両肱を支いた。

乳母が何か云ったようだったが、それは聞えないで、派手な夫人の声して、

「ああ、このまま寝ようよ。どうせ台なしなんだから。」

と云ったと思うと、隔ての襖《ふすま》の左右より、中ほどがスーと開《あ》いたが、此方《こなた》の十畳の京間は広し、向うの灯《あかり》も暗いから、裳《もすそ》はかくれて、乳《ち》の上の扱帯《しごき》が見えた。

「お休みなさい。」

「失礼。」

と云う。襖を閉めて肩を引いた。が、幻の花環《はなわ》一つ、黒髪のありし辺《あたり》、宙に残って、消えずに俤《おもかげ》に立つ。

主税は仰向けに倒れたが、枕はしないで、両手を廻して、緊乎《しっか》と後脳を抱いた。目はハッキリと睜《みひら》いて、失せやらぬその幻を視《なが》めて居た。時過ぎる、時過ぎる、その時の過ぎる間《ま》に、乳母が長火鉢の処《ところ》の、洋燈《ランプ》を消したのが知れて、しっこは、しっこは、と小児《こども》に云うのが聞えたが、やがて静まって、時過ぎた。

早瀬は起上って、棚の残燈《ありあけ》を取って、縁へ出た。次の書斎を抜けると又北向きの縁で、その突当りに、便所《かわや》があるのだが、夫人が寝たから、大廻りに玄関へ出て、鞠子の婢《おさん》の寝た裙を通って、板戸を開けて、台所の片隅の扉《ひらき》から出て、小用を達《た》して、手を洗って、手拭《てぬぐい》を持つと、夫人が湯で使ったのを掛けたらしい、冷く手に触って、ほんのり白粉《おしろい》の香《におい》がする。

十九

寝室《ねま》へ戻って、何か思切ったような意気込で、早瀬は勢《いきおい》よく枕して目を閉じたが、枕許の香《こう》は、包を開けても見ず、手拭の移香《うつりが》でもない。活々《いきいき》した、何の花か、その薫《かおり》の影はないが、透通って、きらきら、露を揺《ゆす》って、幽《かすか》な波を描いて恋を囁《ささや》くかと思われる一種微妙な匂《におい》が有って、搔巻の袖を辿《たど》って来て、和《やわら》かに面《おもて》を撫《な》でる。

それを搔払う如《ごと》く、目の上を両手で無慚《むざん》に引擦《ひっこす》ると、ものの音は潑《はっ》と枕に遁《に》げて、縁側の障子の隅へ、音も無く潜んだらしかったが、又……有りもしない風を伝って、引返《ひっかえ》して、今度は軽く胸に乗る。

寝返りを打てば、袖の煽《あおり》にふっと払われて、やがて次の間と隔ての、襖の際《きわ》に籠《こも》った気勢《けはい》、原《もと》の花片《はなびら》に香が戻って、匂は一処《ひとところ》に集ったか、薫が一汐《ひとしお》高く成った。

快い、然《さ》りながら、強い刺戟《しげき》を感じて、早瀬が寝られぬ目を開けると、先刻《さっき》（お休みなさい。）を云った時、菅子が其処へ長襦袢《ながじゅばん》の模様を残した、襖の中途の、人の丈の肩あたりに、幻の花環は、色が薄らいで、花も白澄んだけれども、未《ま》だ歴々《ありあり》と瞳《ひとみ》に映る。

枕に手を支き、むっくり起きると、恰《あたか》もその花環の下、襖の合せ目の処に、残燈《ありあけ》の隈《くま》かと見えて、薄紫《うすむらさき》に畳を染めて、例の菫色《すみれいろ》の手巾《ハンケチ》が、寂然《せきぜん》として落ちたのに心着《こころづ》いた。

薫はさてはそれからと、見る見る、心ゆくばかりに思うと、萌黄《もえぎ》に敷いた畳の上に、一簇《ひとむれ》の菫が咲競《さききそ》ったように成って、朦朧《もうろう》とした花環の中に、就中《なかんずく》輪の大きい、目に立つ花の花片《はなびら》が、ひらひらと動くや否《いな》や、立処《たちどころ》に羽にかわって、蝶々《ちょうちょう》に化けて、瞳の黒い女の顔が、その同《おなじ》一処に、ちらちらする。

早瀬は、甘い、香《かんば》しい、暖かな、とろりとした、春の野に横《よこた》わる心地で、枕を逆に、搔巻の上へ寝巻の腹《はら》ん這《ばい》に成って、蒲団の裙に乗出しながら、頰杖《ほおづえ》を支いて、恍惚《うっとり》した状《さま》にその菫を見ている内、上にたたずむ蝶々と斉《ひと》しく、花の匂が懐《なつか》しくなったと見える。徐《やお》ら、手を伸して紫の影を引くと、手巾はそのまま手に取れた。……が菫には根が有って、襖の合せ目を離れない。

不思議に思って、蝶々がする風情《ふぜい》に、手で羽の如く手巾を揺動《ゆりうご》かすと、一寸《いっすん》ばかり襖が……開《あ》……い……た。

只《と》見ると、手巾の片端に、紅《くれない》の幻影《まぼろし》が一条《ひとすじ》、柔かに結ばれて、夫人の閨《ねや》に、するすると繫って居たのであった。

菫が咲いて蝶の舞う、人の世の春の悘《かか》る折から、こんな処には、何時でもこの一条が落ちて居る、名づけて縁《えにし》の糸と云う。禁断の智慧《ちえ》の果実《このみ》と斉しく、今も神の試みで、棄てて手に取らぬ者は神の児《こ》となるし、取って繫ぐものは悪魔の眷属《けんぞく》となり、畜生の浅猿《あさま》しさとなる。これを夢みれば蝶となり、慕えば花となり、解けば美しき霞《かすみ》と成り、結べば恐しき蛇と成る。

如何《いか》に、この時。

隔ての襖が、より多く開いた。見る見る朱き蛇《くちなわ》は、その燃ゆる色に黄金の鱗《うろこ》の紋《しぼり》を立てて、菫の花を搔潜《かいくぐ》った尾に、主税の手首を巻きながら、頭《かしら》に婦人の乳《ち》の下を紅《くれない》見せて噛《か》んで居た。

颯《さつ》と花環が消えると、横に枕した夫人の黒髪、後向きに、搔巻の襟を出た肩の辺が露《あらわ》に見えた。残燈《ありあけ》はその枕許にも差置いてあったが、どちらの明《あかり》でも、繋いだものの中《なか》は断たれず。……

ぶるぶる震うと、夫人はふいと衾《ふすま》を出て、胸を圧えて、熟《じっ》と見据えた目に、閨の内を眗《みまわ》して、惘《ぼう》としたようで、未だ覚めやらぬ夢に、菫咲く春の野を徜徉《さまよ》う如く、裳《もすそ》も畳に漾《ただよ》ったが、稍《やや》あって、はじめてその怪《あやし》い扱帯《しごき》の我を纏《まと》えるに心着いたか、あ、と忍び音《ね》に、魘《うな》された、目の美しい蝶の顔は、俯向けに菫の中へ落ちた。

思いやり

二十

妙子は同伴《つれ》も無しに唯《ただ》一人、学校がえりの態《なり》で、八丁堀の只《と》ある路地へ入って来た。

通うその学校は、麹町《こうじまち》辺であるが、何処《どこ》をどう廻ったのか、真砂町《まさごちょう》の嬢さんがこの辺へ来るのは、旅行をするようなもので、野山を越えて遥々《はるばる》と……近所で温習《なら》って居る三味線も、旅の衣はすずかけの、旅の衣はすずかけの。

目で聞く如くぱっちりと、その黒目勝なのを睜《みは》ったお妙は、鶯《うぐいす》の声を見る時と同一《おんなじ》な可愛《かわい》い顔で、路地に立って眴《みま》わしながら、橘《たちばな》に井げたの紋、堀の内講中《こうじゅう》のお札を並べた、上原《かんばら》と姓だけの門札《かどふだ》を視《なが》めて、単衣《ひとえ》の襟を一寸《ちょいと》合わせて、すっとその格子戸《こうしど》へ寄って、横に立って、洋傘《ひがさ》を支《つ》いたが、声を懸けようとしたらしく、斜めに覗《のぞ》き込んだ顔を赤らめて、黙って俯向《うつむ》いて俯目《ふしめ》に成った。口許《くちもと》より睫毛《まつげ》が長く、日にさした影は小さく軒下に隠れた。

コトコトとその洋傘《ひがさ》で、爪先《つまさき》の土を叩《たた》いて居たが、

「御免なさい。」

と漸々《ようよう》云う、控え目だったけれども、朗《ほがらか》に清《すず》しい、框《かまち》の障子越にずッと透《とお》る。

中から能《よ》く似た、稍《やや》落着いた静《しずか》な声で、

「はあ、誰方《どなた》?」

お妙は自分から調子が低く、今のは聞えない分《ぶん》に極《き》めて居たのを、すぐの返事は、些《ち》と不意討と云う風で、吃驚《びっくり》して顔を上げる。

「誰方《どなた》、」

「あの……髪結さんの内は此方《こっち》でしょうか。」

「はい、此方《こちら》でございますが。」と座を立った気勢《けはい》に連れて、もの云う調子が婀娜《あだ》に成る。

と真正面に内を透かして、格子戸に目を押附《おッつ》ける。

「何ぞ御用。」

と幾干《いくら》か透いて居た障子をすらりと開ける。粋《いき》で、品の佳《い》い、しっとりした縞《しま》お召《めし》に、黒繻子《くろじゅす》の丸帯した御新造《ごしんぞ》風《ふう》の円髷《まるまげ》は、見違えるように質素《じみ》だけれども、みどりの黒髪たぐいなき、柳橋の小芳《こよし》であった。

立身《たちみ》で、框から外を見たが、こんな門《かど》にも最明寺《さいみょうじ》、思いも寄らぬ令嬢風に、急いで支《つき》膝《ひざ》に成って、

「生憎《あいにく》出掛けて居りませんが、貴嬢《あなた》、何方様《どちらさま》でいらっしゃいますか。帰りましたら、直《す》ぐ上《あが》りますように申しましょう。」

瞳も離さないで視《なが》めたお妙が、後馳《おくれば》せに会釈《えしゃく》して、

「そう、でも、あの、誰方《どなた》かおいででしょう。内へ来て貰《もら》うんじゃないの。私が結って欲しいのよ。どうせ、こんなのですから、」

と指でも圧《おさ》えず、惜気《おしげ》なく束髪の鬢《びん》を掉《ふ》って、

「お師匠さんで無くっても可《い》いんです、お弟子さんがお在《いで》なら、一寸《ちょいと》結んで下さいな。」

縋《すが》って頼むように仇《あど》なく云って、しっかり格子に掴《つか》まって、差覗《さしのぞ》きながら、

「小母さんでも可《い》いわ。」

我を（小母さん）にして髪を結って、と云われたので、我ながら忘れたように、心から美しい笑顔に成って、

「貴嬢、まあ、どちらから。あの、御近所でいらっしゃいますか。」

「否《いいえ》、遠いのよ。」

「お遠うございますか。」

「本郷だわ。」

「ええ、」

「私ねえ、本郷のねえ、酒井と云うの。」

「お嬢様、まあ、」と土間に一足《ひとあし》おろしさまに、小芳は、急いで框から開ける手が、戸に掴まったお妙の指を、中から圧えたのも気が附かぬか、駒下駄《こまげた》の先を、逆《さかさ》に半分踏まえて、片褄蹴出《かたづまけだ》しのみだれさえ、忘れたように瞻《みまも》って、

「お妙様。」

「小母さんは、早瀬さんの……あの……お蔦さん？」

二十一

「入らっしゃいまし、」

と小芳が太《いた》く更《あらた》まって、三指《みつゆび》を突いた時、お妙は窮屈そうに六畳の上座《じょうざ》へ直されて居たのである。

「貴嬢《あなた》、まあ、どうしてこんな処へ、唯《たっ》た御一人なんですか。途中で何かございませんでしたか、お暑かったでしょうのに。唯今手拭を絞って差上げます。」

と一斉《いっとき》に云いかけられて、袖《そで》で胸を煽《あお》いで居た手を留めて、

「暑いんじゃないの、私極《きまり》が悪いから、それで以《もっ》て、あの、」

と袂《たもと》を顔に当てて、鈴のような目ばかり出して、

「小母さんが、お蔦さん？」と低声《こごえ》で又聞いた。

「あれ、どうしましょう。余り思懸《おもいが》けない方がお見えなさいましたもんですから、私は狼狽《とっち》て了《しま》ってさ、ほほほ、いうことも前後《あとさき》に成るんですもの、まあ、御免なさいまし。私は……じゃありません。その……何でございますよ、お蔦さんが煩《わず》らって寝て居りますので、見舞に来たんでございます。」

「ええ、御病気。」と憂慮《きづかわ》しげに打傾く。

「はあ、久しい間、」

「沢山《たんと》、悪くって？」

「否《いいえ》、そんなでも無いようですけれど、臥《ふせ》って居りますから、お髪《ぐし》はあげられませんでしょう。ですが、御緩《ごゆっ》くり、まあ、なさいまし。この頃では、お増《ます》さんも気に掛けて、早く帰って参りますから、真個《ほんとう》に……お嬢さん、」

と擦寄《すりよ》って、うっかりと見惚《みと》れて居る。

上框《あがりぐち》が三畳で、直ぐ次が此の六畳。前の縁《えん》が折曲った処に、もう一室《ひとま》、障子は真中で開いて居たが、閉った蔭《かげ》に、床があれば有るらしい。

向うは余所《よそ》の蔵で行詰ったが、所謂《いわゆる》猫の額ほどは庭も在って、青いものも少しは見える。小綺麗さは、酔《のん》だくれには過ぎたりと雖《いえど》も、お増と云う女房の腕で、畳も蒼《あお》い。上原《かんばら》とあった門札《かどふだ》こそ、世を忍ぶ仮の名でも何でもない、即《すなわ》ちこれめ・組の住居《すまい》、実は女髪結お増の家と云って然《しか》るべきであろう。

惣助の得意先は、皆、渠《かれ》を称して恩田《おんでん》百姓と呼ぶ。註に不及《およばず》、作取《つくりど》りの唯儲《もう》け、商売《あきない》で儲けるだけは、飲むも可《よ》し、打《ぶ》つも可し、買うも可しだが、何がさてそれで済もうか。儲けを飲んで、資本《もとで》で買って、それから女房の衣服《きもの》で打《ぶ》つ。

それお株がはじまった、と見ると、女房はがちがちがちと在りたけの身上《しんしょう》へ錠をおろして、鍵《かぎ》を昼夜帯へ突込《つっこ》んで、当分商売《あきない》は為《さ》せません、と仕事に出る、トかますの煙草《たばこ》入に湯銭も無い。おなまめだんぶつ、座敷牢《ざしきろう》だ、と火鉢の前に縮《すく》まって、下《さ》げ煙管《ぎせる》の投首《なげくび》が、或時悪心増長して、鉄瓶を引外《ひっぱ》ずし、沸立《にた》った湯を流《ながし》へあけて、溝の湯気の消えぬ間に、笊蕎麦《ざるそば》で一杯《いち》を極《き》めた。

当時《そのとき》女房に勘当されたが、漸《やっ》とよりが戻って以来、金目《かなめ》な物は重箱まで残らず出入先《でいりさき》へ預けたから、家には似ない調度の疎末《そまつ》さ。何処を見てもがらんとして、間狭《ませま》な内には結句薩張《さっぱり》して可《よ》さそうなが、お妙は目を外らす壁張りの絵も無いので、連《しきり》に袂を爪繰《つまぐ》って、

「可《い》いのよ、小母さん、髪結さんの許《とこ》だから、極りが悪いからそう云って来たけれど、髪なんぞ結《い》わなくったって構わなくってよ。些とも私、結いたくはないの。」

と投出したように云って、

「早瀬さんの、あの、主税さんの奥さんに、私、お目にかかれなくって？」

「姉さん、」

ト、障子の内から。

「あい、」と小芳が立構《たちかま》えで、縁へ振向いて其方《そなた》を見込むと、

「私、其処《そこ》へ行っても可《い》いかい？」

小芳が急いで縁づたいで、障子を向うへ押しながら、膝《ひざ》を敷居越に枕許《まくらもと》。

枕についた肩細く、半ば掻巻《かいまき》を藻脱《もぬ》けた姿の、空蟬《うつせみ》のあわれな胸を、痩《や》せた手でしっ

かりと、浴衣《ゆかた》に襲《かさ》ねた寝衣《ねまき》の襟の、はだかったのを切なそうに掴みながら、銀杏返《いちょうがえ》しの鬢の崩れを、引結《ひきゆわ》えた頭《かしら》重げに、透通るように色の白い、鼻筋の通った顔を、がっくりと肩につけて、吻《ほっ》と今呼吸《いき》をしたのはお蔦である。

二十二

お蔦は急に起上った身体《からだ》のあがきで、寝床に添った押入の暗い方へ顔の向いたを、此方《こなた》へ見返すさえ術《じゅつ》なそうであった。

枕から透《す》く、その細う捩《よ》れた背《せな》へ、小芳が、密《そっ》と手を入れて、上へ抱起《だきおこ》すようにして、

「切《せつ》なくはないかい、お蔦さん、起きられるかい、お前さん、無理をしては不可《いけな》いよ。」

「ああ、難有《ありがと》う、」

と漸々《ようよう》起直って、鬮巻《はちまき》を取ると、あわれなほど振りかかる後れ毛を掻上げながら、

「何だか、骨が抜けたようで可笑《おかし》いわ。気障《きざ》だねえ、ぐったりして。」

と蓮葉《はすは》に云って、口惜《くや》しそうに力のない膝を緊《し》め合わせる。

お妙はもう六畳の縁へ立って来て、障子に掴まって覗いて居たが、

「寝ていらっしゃいよ、よう、そうしてお在《いで》なさいよ。私が其処へ行ってよ。」

とそれまで遠慮したらしかったが、さあと成ると、飜然《ひらり》と縁を切って走込《はしりこ》むばかりの

勢《いきおい》――小芳の方が、一目《ひとめ》先《さき》へ御見《ごけん》の済んだ馴染《なじみ》だけ、この方が便りになったか、薄くお太鼓に結んだ黒繻子のその帯へ、擦着《すりつ》くように坐って、袖のわきから顔だけ出して、はじめて逢《あ》ったお蔦の顔を、瞬《またたき》もしないで凝《じっ》と視《なが》める。

肩を落して、お蔦が蒲団の外へ出ようとするのを、

「よう、そうしていらっしゃいなね。そんなにして、私は困るわ。」

「はじめまして、」

と余り白くて、血の通るのは覚束《おぼつか》ない頸《うなじ》を下げて、手を支《つ》きつつ、

「失礼でございますから、」

「よう、私困るのよ。寝て居て下さらなくっては。小母さん、そう云って下さいな。」

と気を揉《も》んで、我を忘れて、小芳の背中を丁々《とんとん》と叩いて、取次げ、と急《あせ》って云う。

その優しさが身に浸みたか、お蔦の手を緊乎《しっかり》握った、小芳の指も震えつつ、

「お蔦さん、可《い》いから寝てお在《いで》な、お嬢さんがあんなに云って下さるからさ。」

「否《いいえ》、そんなじゃありません。切なければ直きに寝ますよ。お嬢さん、難有《ありがと》う存じます。貴嬢《あなた》、よくおいで下さいましたのね。」

「而《そ》して、よく家《うち》が知れましたわね。この辺へは、滅多においでなさいましたことはござんせんでしょうにねえ。」

小芳は又今更感心したように熟々《つくづく》云った。

「はあ、分らなくってね。私、方々で聞いて極《きま》りが悪かったわ。探すのさえ煩《むず》かしいんですもの。何だか、あの、小母さんたちは、一寸《ちょいと》は、あの、逢って下さらなかろうと思って、私、心配ッたら無かってよ。」

「私たちが……」

「何為《なぜ》でございますえ。」

と両方へ身を開いて、お妙を真中にして左右から、珍らしそうに顔を見ると、俯向《うつむ》きながら打微笑《ほほえ》み、

「だって私は、些《ちっ》ともお金子《かね》が無いんですもの。お茶屋へ行って、呼ばなくっては逢えないのじゃありませんか。」

お蔦がハッと吐息《といき》をつくと、小芳は故《わざ》と笑いながら、

「怪我にもそんな事があるもんですか。それに、お蔦さんも、もう堅気です。私が、何も……あの、尤《もっと》も、私に逢おうとおっしゃって下すったのではござんせんが、」

と何為か、怨《うら》めしそうな、然も優《やさし》い目で瞻《みまも》って、

「私は何も、そんな者じゃありませんのに。」

「厭《いや》よ、小母さん、私両方とも写真で見て知って居てよ。」

と仇気《あどけ》なく、小芳の肩へ手を掛けて、前髪を推込むばかり、額をつけて顔を隠した。

二人目と目を見合せて、

「極《きまり》が悪い、お蔦さん。」

「姉さん、私は恥かしい。」

「もう……」

「ああ、」

思わず一所に同音に云った。

「写真なんか撮るまいよ。」――と。

二十三

お妙は時に、小芳の背後《うしろ》で、内証で袂を覗《のぞ》いて居たが、細い紙に包んだものを出して気兼ねそうに、

「小母さん、あの、お蔦さんが煩《わず》らっていらっしゃる事は、私は知らなかったんですから、お見舞じゃないの、あのね、あの、お土産に、私、極りが悪いわ。何にも有りませんから、毛糸で何か編んで上げようと思ったのよ。だけれども何が可《い》いか、些《ちっ》とも分らないでしょう。粋《いき》な芸者衆だから、ハイカラなものは不可《いけな》いでしょう。靴足袋も、手袋も、銀貨入も、そんなものじゃ仕方が無いから、これをね、私、極《きま》りが悪いけれども持って来ました。小母さんから上げて頂戴。」

「お喜びなさいよ、お嬢さんが、」

「まあ、」

と嬉《うれ》しそうに頂くのを、小芳は見い見い、蒲団へ膝を乗懸けて、

「何を下すったい、」

「開けて見ても可《い》いかね。」

「早く拝見おしなねえ。」

「あら！　見ちゃ可厭《いや》よ、酷《ひど》いわ、小母さんは。」

と背中へ推着《おッつ》いて、唯《たっ》た今まで味方に頼んだのを、もう目の敵《かたき》にして、小突く。

お蔦は病気で気も弱って、

「遠慮しましょうかね、」と柔順《おとな》しく膝の上へ大事に置く。

「真個《ほんとう》に、お蔦さんは羨《うらや》しいわね。」

とさも羨しそうに小芳が云うと、お妙はフト打仰向《うちあおむ》いて、目を大きくして何か考えるようだったが、もう一つの袂から緋天鵝絨《ひびろうど》の小さな蝦蟇口《がまぐち》を可愛らしく引出して、

「小母さん、これを上げましょう。怒っちゃ可厭《いや》よ。沢山《たんと》あると可いけれど、大な銀貨(五十銭)が三個《みッつ》だけだわ。

先《せん》の紙入の時は、お紙幣《さつ》が……そうねえ……あの、四円ばかりあったのに、この間落してねえ。」

と驚いたような顔をして、

「どうしようかと思ったの。だから些《ちっ》とばかしだけれど、小母さん怒らないで取っとい
て下さいな。」

小芳が吃驚《びっくり》したらしい顔を、お蔦は振上げた目で屹《きっ》と見て、

「ああ、先生のお嬢さん。……とも……角も……頂戴おしよ、姉さん、」

「お礼を申上げます。」

と作法正しく、手を支《つ》いたが、柳の髪の品の佳《よ》さ。頭《つむり》も得《え》上げず、声が曇って、

「どうぞ、此金《これ》で、苦界《くがい》が抜けられますように。」

爾時《そのとき》お蔦も、いもと仮名書の包みを開けて、元気よく発奮《はず》んだ調子で、

「おお、半襟を……姉さん、江戸紫の。」

「主税さんが好な色よ。」

と喜ばれたのを嬉しげに、はじめて膝を横にずらして、蒲団《ふとん》にお妙が袖をかけた。

「姉さん、」

と、お蔦は俯向いた小芳を起して、膝突合わせて居直ったが、頰を薄蒼《うすあお》う染《そむ》るまでそ
の半襟を咽喉《のど》に当てて、頤《おとがい》深く熟《じっ》と圧《おさ》えた、浴衣に映る紫栄《は》えて、血を吐く胸の美し
さよ。

「私が死んだら、姉さん、経帷子《きょうかたびら》も何にも要らない、お嬢さんに頂いた、この半襟を掛

けさしておくれよ、頼んだよ。」

と云う下から、桔梗《ききよう》を走る露に似て、玉か、はらはらと襟を走る。

「ええ、お前さん、そんな、まあ、拗《す》ねたような事をお言いでない。お嬢さんのお志、私、私なんざ、今頂いた御祝儀を資本《もとで》にして、銀行を建てるんです。而《そ》して借金を返してね、綺麗に芸者を止《よ》すんだよ。」

と串戯《じようだん》らしく言いながら、果敢《はか》ないお蔦の姿につけ、情《なさけ》にもろく崩折《くずお》れつつ、お妙を中に面《おもて》を背けて、紛らす煙草《たばこ》の煙も無かった。

小芳の心中、兎《と》も角《かく》も、お蔦の頼み少ない風情《ふぜい》は、お妙にも見て取られて、睫毛《まつげ》を幽《かすか》に振わしつつ、

「お医者には懸って居るの。」

「否《いいえ》、私もその意見をして居た処《ところ》でござんすよ。お医者様にも碌《ろく》に診て貰《もら》わないで、薬も嫌いで飲まないんですもの、貴女からもそう云って遣《や》って下さいましな。」

と、はじめて煙草盆から一服吸って、小芳はお妙の声を聞くのを、楽しそうに待つ顔《かお》色《つき》。

お取《とり》膳《ぜん》

二十四

爾時《そのとき》お妙の言《ことば》と云うのが、余り案外であったのから、小芳は慌《あわただ》しく銀の小さな吸口を払《はた》いて煙管《きせる》を棄てたのである。

「お医者もお薬も、私だって大嫌いだわ。」

と至って真面目《まじめ》で、

「まずいものを内服《のま》せて、而《そ》してお菓子を食べては悪いの、林檎《りんご》を食べては不可《いけな》いの、と種々《いろん》なことを云うんですもの。

そんな事よりねえ、面白いことをしてお遊びなさいよ。」

小芳が（まあ。）と云う体《てい》で呆《あき》れると、お蔦は寂しそうな笑《えみ》を見せて、

「お嬢さん、その貴嬢《あなた》、面白いことが無いんですもの。」と勢《せい》のない呼吸《いき》をする。

「主税《ちから》さんに逢《あ》えば可《い》いでしょう。」

「え、」

「貴女《あなた》、逢いたいでしょう。」

二人が黙って瞻《みま》もっても、お妙は目《め》まじろぎもしないで、

「私だって逢いたくってよ。静岡へ行ってから、全く一年に成るんですもの、随分だと思うわ、手紙も寄越さないんですもの。私は、余りだと思ってよ。

絵のお清書をする時、硯《すずり》を洗ってくれて、而《そ》してその晩別れたのは、丁《ちょう》ど今月じゃありませんか。その時の杜若《かきつばた》なんざ、もう私、嬰児《あかんぼ》が描いたように思うんですよ。随分しばらくなんですもの、私だって逢いたいわ。」

と見る見る瞳《ひとみ》にうるみを持ったが、活々《いきいき》した顔は撓《たゆ》まず、声も凜々《りんりん》と冴《さ》えた。

「それですから、貴女も逢いたかろうと思ってねえ。実は私相談に来たの、最《もっ》と早くから、来よう、来ようと思ったんだけれど、極《きまり》が悪いしねえ、それに私見たようなものには逢って下さらないでしょうと思って、学校の帰りに幾度《いくたび》も九段まで来て止したの。

それでも、あの、築地から来るお友達に、この辺の事を聞いて置いて、九段から、電車に乗るのは分ったの。だけどもねえ、一度万世橋《めがね》で降りて了《しま》って、来られなくなった事があるのよ。

そのお友達と一所に来ると、新富座《しんとみざ》の処まで教えて上げましょうッて云うんだけれど、学校で又何か言われると悪いから、今日も同《おなじ》電車に乗らないように、招魂社の中にしばらく居たら、男の書生さんが傍へ来て附着《くッつ》いて歩行《ある》くんですもの、私、斬《き》られるかと思って可恐《こわ》かったわ、ねえ、お臀《しり》の肉《み》が薬に成ると云うんでしょう、ですもの、危いわ。もう一生懸命に此処《ここ》へ来て、まあ、可《よ》かった、と思ってよ。

あのね、あの、」

と蓐《とこ》の綴糸《とじいと》を引張って、

「貴女も主税さんも、父さんに叱《しか》られてそれでこうして居るんだって、可哀相《かわいそう》だわ。私なら黙っちゃ居ないわ、我儘《わがまま》を云って遣るわ。だって、自分だって、母様《かあさん》が不可《いけ》ないと云うお酒を飲んで仕様が無いんですもの。自分も悪いのよ。

貴女叱られたら、おあやまんなさいよ。而《そ》してね、父さんはね、私や母様《かあさん》の云う事は、それは、憎らしくってよ、些《ちっ》とも肯《き》かないけれど、人が来て頼むとねえ、何でも(厭《いや》だ。)とは言わないで、一々引受けるの。私ちゃんと伝授を知って居るから、それを知らせて上げたいの、貴女が御病気で来られないんなら、小母さん、」

と隔てなく、小芳の膝《ひざ》に手を置いて、

「小母さんでも可《よ》うござんす。構わないで家《うち》へ入らっしゃいよ。玄関の書生さんは婦《おんな》のお客様をじろじろ見るから極《きまり》が悪かったら遠慮は無いわ、ずんずん庭の方から来《い》らっしやい。

私がね、直ぐに二階へ連れてって、上げるわ。そうするとねえ、母様《かあさん》がお酒を出すでしょう。私がお酌をして酔わせてよ。アハア八笑って、ブンと響くような大な声を出したら、而《そ》したらもう可《い》いわ。

是非、主税さんを呼んで下さい。電報で——電報と云って頂戴、可《よ》くって。不可《いけな》いとか何とか、父《とう》さんがそう云ったら、膝をつかまえて離さないの。而して、お蔦さんが寂《さみ》しがって、こんなに煩《わず》らっていらっしゃると云って御覧なさい。あんなに可恐《こわ》らしくっても、あわれな話だと直《じ》きに泣くんですもの、屹《きっ》と承知するわ。

そのかわり、主税さんが帰って来たら、日曜に遊びに行くから、そうしたらば、あの……」

と蓐《とこ》の端につかまって、お蔦の顔を覗くようにして、

「貴女も、私を可厭《いや》がらないで、一所に遊んで頂戴よ。前《ぜん》に飯田町に行きたくっても、貴女が隠れるから、どんなに遠慮だったか知れないわ。」

もう二人とも泣いて居たが、お蔦は、はッと面《おもて》を伏せた。

二十五

涙を払って、お蔦が、

「姉さん、私は浮世に未練が出た。又生命《いのち》が惜しくなったよ。皆さんに心配を懸けないで、今日からお医師《いしゃ》にも懸りましょう、薬も服《の》むよ。お嬢さん、もう早瀬さんには逢えなくっても、貴女がお達者でいらっしゃいます内は、死にたくはなくなりました。」

と身を切《せ》めて、わなわな震える。

「寒気がするのねえ、さあ、お寝なさいよ、私が掛けて上げましょう。」

搔巻《かいまき》の襟へ惜気《おしげ》もなく、お妙が袖《そで》も手も入れて引くのを見て、

「ああ、勿体《もったい》ない。そんなに被成《なす》っては不可《いけ》ません。皆《みんな》がそうじゃ無いって言いますけれど、私は色のついた痰《たん》を吐きますから、大切なお身体《からだ》に、もしか、感染《うつり》でもすると成りません。」

「可《い》いわ！」

覚悟した顔の色の、颯《さっ》と桃色なが心細い。

「可《い》いわではござんせん。あれ、而《そ》して寒気なんぞしませんよ、もう私は熱くって汗が

出るようなんです、それから、姉さん、」

と小芳を見て、

「何ぞ……」

と云うと、黙って頷《うなず》く。

「来たらね、こんな処でなく、彼方《あっち》へ行って、お前さん、お嬢さんと。」

「今日は私に任かせておくれ。」

「否《いいえ》、」

「不可《いけ》ないよ、私がするんだよ。」

「お嬢さん、ああですもの。見舞に来て、一寸《ちょっと》、病人を苛《いじ》めるものがあって、」

「無理ばっかり云う人だよ、私に理由《わけ》があるんだから。」

「理由は私にだって有りますよ。あの、過般《いっか》もお前さんに話したろう。早瀬さんと分れて、こう成る時、煙草《たばこ》を買え、とおっしゃって、先生の下すった、それはね、折目のつかない十円紙幣《さつ》が三枚。勿体ないから、死んだらお葬式《とむらい》に使って欲しくって、お仏壇の抽斗《ひきだし》へ紙に包んでしまってある、それを今日使いたいのよ。お嬢さんに差上げて、而《そ》して私も食べたいから、」

と唯《ただ》言うのさえ病人だけ、遺言のように果敢《はか》なく聞えた。

「ああ、そんならそうおしな。どれ、大急ぎで、いいつけよう。」

「戸外《おもて》は暑かろうねえ。」

「何の、お蔦さん。お嬢さんに上げるんだもの、無理にも洋傘《こうもり》をさすものか。」

「角の小間物屋で電話をお借りよ。」

「ああ、知ってるよ。余りあらくない中《ちゅう》くらいな処が好《よ》かろうねえ。」

「私はヤケに大串《おおぐし》が可いけれど、お嬢さんは、」

「此処で皆《みんな》一所に食べるんでなくっちゃ、厭。」

「お相伴しますとも、お取膳《とりぜん》とやらで、」

と小芳が嬉《うれ》しそうに云う。

「じゃ、私も大きいの。」

「感心、」

とお蔦が莞爾《にっこり》。

「驚きましたねえ。」

と立つ。

「御飯も一所よ。」

「あいよ、」

と框《かまち》を下りる時、褄《つま》を取りそうにして、振向いた目のふちが腫《はれ》ぼったく、小芳は胸を抱いて、格子《こうし》をがらがら。

「お嬢さん。」

とお蔦が懐《なつか》しそうに、

「もともと、そう云う約束で別れたんですけれど、私の方へも丸一年……些《ちつ》とも便《たより》がないんですよ。

人が教えてくれましてね、新聞を見ると、すっかり土地の様子が知れるッて言いますから、去年の七月から静岡の民友新聞と云うのを取りましてね、朝起きると直ぐ覗《のぞ》いて、もう見落しはしなかろうか、と隙《ひま》さえあれば、広告まで読みますんですが、些《ちつ》とも早瀬さんの事を書いてあったことはありませんから、どうしてお在《い》でだか分りません。

この頃じゃ落胆《がつかり》して、勢《せい》も張合《はりあい》も無いんですけれども、もしやにひかされては見て居ます。

唯《たつ》た一度、早瀬さんのことを書いてあったのがござんしてね、切抜いて紙入《かみいれ》の中へ入れてありますから、今、お目に掛けますよ。」

二十六

お蔦は蓐《しとね》に居直って、押入の戸を右に開ける、と上も下も仏壇で、一ッは当家の。自分でお蔦が守《もり》をするのは同居だけに下に在る。それも何となくものあわれだけれども、後姿が褄の萎《な》えた、かよわい状《さま》は、物語にでもあるような。直ぐにその裳《もすそ》から、仏壇の中へ消えそうに腰が細く、撫肩《なでがた》がしおれて、影が薄い。

紙入の中は、しばらく指の尖《さき》で掻探《かきさが》さねば成らなかったほど、可哀相に大切《だいじ》に蔵《しま》って、小さく、整然《きちん》と畳んで、浜町の清正公《せいしょうこう》の出世開運のお札と一所にしてあった、その新聞の切抜を出す、とお妙は早や隔心《へだてごころ》も無く、十年の馴染のように、横ざまに蓐《とこ》に凭《もた》れながら、頸《うなじ》を伸して、待構えて、

「一寸《ちょいと》、どんなことが書いてあって。又掏賊《すり》を助けたりなんか、不可《いけ》ないことをしたのじゃないの。急いで聞かして頂戴な。」

「否《いいえ》、まあ、貴女がお読みなさいまし。」

「拝見な。」

と寝転ぶようにして、頬杖《ほおづえ》ついて、畳の上で読むのを見ながら、抜きかけた、仏壇の抽斗を覗くと、其処に仰向けにしてある主税の写真を密《そっ》と見て、ほろりとしながら、カタリと閉めた。懐中《ふところ》へ、その酒井先生恩賜《おんし》の紙幣《さつ》の紙包を取って、仏壇の中に落ちた線香立ての灰を、フッフッと吹いて、手で撫でる。

戸外《おもて》を金魚売が通った。

「何でしょう。この小使《こづかい》は、又可訝《おかし》なものじゃないの、」

とお妙が顔を赤うして云う。新聞に書いたのは（AB横町《アアベエよこちょう》。）と云う標題《みだし》で、西の草深

のはずれ、浅間《せんげん》に寄った、もう郡部に成ろうとする唯《と》ある小路を、近頃渾名《あだな》してAB横町と称《とな》える。既に阿部郡《ごおり》であるのだから語呂が合い過ぎるけれども、これは独語学者早瀬主税氏が、爰《ここ》に私塾を開いて、朝からその声の絶間のない処から、学生が戯《たわむれ》に爾《し》か名づけたのが、一般に拡《ひろ》まって、豆腐屋までがAB横町と呼んで、土地の名物である。名物と云えば、も一《ひと》ツその早瀬塾の若いもので、これが煮焼《にたき》、拭掃除、万端世話をするのであるが、通例なら学僕と云う処、粋《いなせ》な兄哥《あにい》で、鼻唄《うた》を唱えばと云っても学問をするのでない。以前早瀬氏が東京で或学校に講師だった、其処で知己《ちかづき》の小使が、便《たよ》って来たものだそうだが、俳優《やくしゃ》の声色《こわいろ》が上手で落語も行《や》る。時々（入らっしゃい、）と怒鳴って、下足に札を通して通学生を驚かす、飛《とん》だ愛敬《あいきょう》もので、小使さん、小使さんと、有名な島山夫人をはじめ、近頃流行のように成って、独逸《ドイツ》語をその横町に学ぶ貴婦人連が、大分御贔屓《ごひいき》である、と云う雑報の意味であった。

小芳が、おお暑い、と云いつつ、いそいそと帰って来た。話にその小使の事も交って、何であろうと三人が風説《うわさ》とりどりの中へ、へい、お待遠様、と来たのが竹葉《ちくよう》。

小芳が火を起すと、気取気《きどりげ》の無いお嬢さん、台所へ土瓶を提げて出る。お蔦も勢《いきおい》に連れて蹌踉《よろよろ》起きて出て、自慢の番茶の焙《ほう》じ加減で、三人睦《むつまじ》くお取膳。

お妙が奈良漬にほうと成った、顔がほてると洗ったので、小芳が刷毛《はけ》を持って、颯とお化粧《つくり》を直すと、お蔦がぐい、と櫛《くし》を拭《ふ》いて一歯入れる。

苦労人《くろうと》が二人がかりで、妙子は品《ひん》のいい処へ粋《いき》に成って、又あるまじき美麗《あでやか》さを、飽かず視《なが》めて、小芳が幾度も恍惚《うっとり》気抜けのするようなのを、ああ、先生に瓜《うり》二つ、御尤《ごもっと》もな次第だけれども、余り手放しで口惜《くやし》いから、あとでいじめて遣ろう、とお蔦が思い設けたが、……ああ、然《さ》りとては……


いずれ両親には内証なんだから、と（おいしかってよ。）を見得もなく門口でまで云って、遅くならない内、お妙は八ツ下りに帰った。路地の角まで見送って、ややあって引返した小芳が、ばたばたと駈込んで、半狂乱に、犇《ひし》と、お蔦に縋《すが》りついて、

「我慢が出来ない、我慢が出来ない。我慢が出来ない。あんな可愛《かわい》いお嬢さんにお育てなすったお手柄は、真砂町《まさごちょう》の夫人《おくさん》だけれど、産《う》……産んだのは私だよ。私の子だよ、お蔦さん、身体へ袖が触る度《たんび》に、胸がうずいて成らなんだ、御覧よ、乳のはったこと。」

と、手を引入れて引緊《ひきし》めて、わっとばかりに声を立てると、思わず熟《じっ》と抱き合って、

「あれ、確乎《しっかり》おし、小芳さん、癪《しゃく》が起ると不可《いけな》いよ。私たちは何の因果で、」

芸者なんぞに成ったとて、色も諸分《しょわけ》も知抜いた、いずれ名取の婦《おんな》ども、処女《むすめ》のように泣いたのである。

小待合

二十七

「こうこう、姉《あね》え、姉え、目を開《あ》いて口を利《き》きねえ。尤《もっと》も、かっと開いた処《ところ》で、富士も筑波も見えるかどうだか、覚束《おぼつか》ねえ目だけれどよ。はははは、いくら江戸《えど》前《めえ》の肴屋《さかなや》だって、玄関から怒鳴り込む奴《やつ》があるかい。お客だぜ。お客様だぜ。おい、お前《めえ》の方で惣菜《そうざい》は要らなくっても、己《おら》が方で座敷が要るんだ。何を！　座敷が無《ね》え、古風な事を言うな、芸者の霜枯《しもがれ》じゃあるめえし。」

と盤台《はんだい》をどさりと横づけに、澄まして天秤《てんびん》を立てかける。微酔《ほろえい》のめ組の惣助。商売《あきない》の帰途《かえり》に又ぐれた――これだから女房が、内には鉄瓶さえ置かないのである。

立迎えた小待合の女中は、坐りもやらず中腰でうろうろして、

「全くお生憎《あいにく》なんですよ。」

と入口を塞《ふさ》いだ前へ、平気で、ずんと腰を下ろして、

「見ねえ、身もんでえをする度《たんび》に、どんぶりが鳴らあ。腹の虫が泣くんじゃねえ、金子《かね》の音だ。びくびくするねえ。お望みとありゃ、千両束《たば》で足の埃《ほこり》を払《はた》いて通るぜ。」

とあげ膝《ひざ》で、ボコポン靴をずぶりと脱いで、装塩《もりじお》の此方《こなた》へボカン。

声が高いのでもう一人、奥からばたばたと女中が出て来て、推重《おっかさ》なると、力を得たらしく以前の女中が、

「真個《ほんとう》にお前さん、お座敷が無いのですよ。」

「看板を下ろせ、」

と喚《わめ》いて、

「座敷がなくば押入へ案内しねえ、天井だって用は足りらい。やあ、御新規お一人様あ、」

と尻上《しりあが》りに云って、外道面《げどうづら》の口を尖《とが》らす、相好塩吹《そうごうしおふき》の面の如《ごと》し。

「其方《そっち》の姉《あねえ》は話せそうだな。うんや、矢張りお座敷ござなく面《づら》だ。変な面《つら》だ。ははは、トおっしゃる方が、余《あんま》り変でもねえ面でもねえ。」

行詰った鼻の下へ、握拳《にぎりこぶし》を捻込《ねじこ》むように引擦《ひっこす》って、

「憚《はばか》んながらこう見えても、余所行《よそゆ》きの情婦《いろ》があるぜ。待合《まちええ》へ来て見繕いで拵《こしれ》えるよう

な、べらぼうな長生《ながいき》をするもんかい。

おう、八丁堀のめの字が来たが、の、の、承知か、承知か、と電話を掛けねえ。柳橋の小芳さん許《とこ》だ。柏屋の綱次と云う美しいのが、忽然《こつぜん》として顕《あらわ》れらあ。

どうだ、驚いたか。銀行の頭取が肴屋に化けて来たのよ。いよ、御趣向！」

と変な手つき、にゅうと女中の鼻頭《はなさき》へ突出して、

「それとも半纏着《はんてんぎ》は看板に障《さわ》るから上げねえ、とでも吐《ぬ》かして見ろ。河岸《かし》から鯨を背負《しょ》って来て、汝《てめえ》ン許《とこ》で泳がせるぞ、浜町界隈《かいわい》洪水だ。地震より恐怖《おっかね》え、屋体骨《やていぼね》は浮上るぜ。」

女中二人が目配せして、

「とも角お上んなさいまし、」

「どうにか致しますから。」

「何だ、どうにかする。格子《こうし》で馴染《なじみ》を引くような、気障《きざ》な事を言やあがる。だが心底は見届けたよ。いや、御案内引。」

と黄声《きなこえ》を発して、どさり、と廊下の壁に打附《ぶっつか》りながら、

「何処《どこ》だ、何処《こ》だ、さあ、持って来い、座敷を。」

で、突立って大手を拡げる。

「どうぞ此方《こちら》へ、」

と廊下で別れて、一人が折曲って二階へ上る後から、どしどし乱入。只《と》ある六畳へのめずり込むと、蒲団も待たず、半股引《はんももひき》の薄汚れたので大胡坐《おおあぐら》。

「御酒《ごしゅ》をあがりますか。」

「何升お燗《かん》をしますか、と聞きねえ。仕入れてあるんじゃ追《おッ》つくめえ。」

女中が苦笑いして立とうとすると、長々と手を伸ばして、据眼《すえまなこ》で首を振って、チョ、舌鼓を打って、

「待ちな待ちな。太夫《たゆう》前芸《まえげい》と仕《つかま》って、一ツ滝の水を走らせる、」

とふいに立って、

「鷲尾《わしお》の三郎案内致せ。鵯越《ひよどりごえ》の逆落《さかおと》しと遣《や》れ。裏階子《うらばしご》から便所だ、便所だ。」

何処《どっか》かの夜講で聞いたそうな。

二十八

手水鉢《ちょうずばち》の処へめ組はのっそり。里心のついた振られ客のような腰附で、中庭越に下座敷をきょろきょろと眴《みまわ》したが、何処へ何んと見当附けたか、案内も待たず、元の二階へも戻らないで、唯《と》ある一室《ひとま》へのっそりと入って、襖際《ふすまぎわ》へ、どさりと又胡坐に成る。

女中が慌《あわただ》しく駈込んで、

「まあ、何処へ入らっしゃるんですか。」

と、たしなめるように云うと、

「此処《ここ》にいらっしゃら。ははは、心配するな。」

「困りますよ。隣のお座敷には、お客様が有るじゃありませんか。」

「構わねえ、一向《いっこう》構わねえ。」

「此方《こちら》がお構いなさいませんでも、彼方様《あちらさま》で。」

「可《い》いじゃねえか、お互《たげえ》だ。こんな処へ来て何も、向う様だって遠慮はねえ。大家様の隠居殿の葬礼《とむらい》に立っとってよ、町内が質屋で打附《ぶっつか》ったようなものだ。一ツ穴の狐だい。己《おら》あ又、猫のさかるような高い処は厭《いや》だからよ、勘当された息子じゃねえが、二階で寝ると魘《うな》されらあ。身分相当割床《わりどこ》と遣るんだ。棟割《むなわり》に住んでるから、壁隣の賑《にぎや》かなのが頼もしいや。」

「不可《いけ》ませんよ、そんなことをお言いなすっちゃ、選好《えりこの》んでこのお座敷へ入らっしゃらないだって、幾らでも空《あ》いてるじゃありませんか。」

「空いてる！　こう、唯《たっ》た今座敷はねえ、お生憎だと云ったじゃねえか。気障は言わねえ、気障な事は云わねえから、黙って早く燗《つ》けて来ねえよ。」

いいがかりに止むを得ず、厭な顔して、

「じゃ、御酒《ごしゅ》を上るだけになすって下さいよ、お肴？」

「肴は己が盤台にあら。竹の皮に包んでな、斑鮭《ぶちじやけ》の鎌ン処《とこ》があるから、其奴《そいつ》を焼いて持って来ねえ。蔦ちゃんが好《すき》だったんだが、この節じゃ何にも食わねえや、折角残して帰《けえ》っても今日も食うめえ。」

と独言《ひとりごと》に成って、ぐったりして、

「媽々《かかあ》に遣るんじゃ張合《はりええ》が無え。焼いて来ねえ、焼いて来ねえ。」

女中は、気違かと危《あやぶ》んで、怪訝《けげん》な顔をしたが、試みに、

「而《そ》して綱次さんを掛けるんですか。」

「うんや、今度は此方《こっち》がお生憎だ。些《ちっ》とも馴染でも情婦《いろ》でもねえ、口説きように困っちゃ出来ねえ事もあるめえと思うのよ。尤も惚れてるにゃ惚れてるんだ。待ちねえ、隣の室《へや》で口説いてら、然も二人がかりだ。」

「一寸、」

と留めて姉さんは興さめ顔。

「此方《こっち》は一人だ、今に来たら、お前《めえ》も手伝って口説いて呉んねえ。何だ、何だ、(と聞く耳立てて)純潔な愛だ。けつのあいたあ何だい。」

と、襖にどしんと顔《つら》を当てて、

「蟻《あり》の戸渡《とわたり》で居やあがらあ、べらぼうめ。」

「やかましい!」

隣の室《へや》から堪りかねたか叱咤《しった》した。

「地声だ！」

「あれ、」

と女中が留めようとする手も届かず、ばたりめ組が襖を開けると、何時《いつ》の間に用意をしたか、取って捨てた手拭《てぬぐい》の中から腹掛《はらがけ》を出た出刃庖丁《ぼうちょう》。

「この毛唐人めら、汝《うぬ》、どうするか見やあがれ。」

あッと云って、真前《まっさき》に縁へ遁《に》げた洋服は——河野英吉。続いて駈出そうとする照陽女学校の教頭、宮畑閑耕《みやばたかんこう》の胸づくし、釦《ぼたん》が引《ひっ》ちぎれて辷《すべ》った手で、背後《うしろ》から抱込んだ。

「そ、其処《そこ》に泣いていらっしゃるなア大先生の嬢様でがしょう。飯田町の路地で拝んで、一度だが忘れねえ、此奴等《こいつら》がこの地獄宿へ引張込《ひっぱりこ》んだのを見懸けたから、ちびりちびり遣りながら、癡《こけ》の色ばなしを冷かしといて、ゆっくり撲《なぐ》ろうと思ったが、勿体《もったい》なくッて我慢ならねえ。酒井さんのお嬢さん、私《わっし》がこうやって居る処を、此処へ来て、此《こ》ン唐人打挫《ぶっくじ》いてお遣んなせえ、お打《ぶ》ちなせえ、お打ちなせえ。

どうして又こんな処へ、……何、八丁堀へおいでなすって。ええ、お帰んなさる電車で逢《あ》ったら、一人で遠歩きが怪しいから、教師の役目で検《しら》べるッて、……沙汰《さた》の限りだ。むむ、此奴《こいつ》等、活《い》かして置くんじゃねえけれど、娑婆《しゃば》の違った獣《けだもの》だ、盆に来て礼を云え。」

と突飛ばすと、閑耕の窗《のめ》った身体《からだ》が、縁側で、はあはあ夢中になって体操のような手つきで居た英吉に倒れかかって、脚が搦《から》んで漾《ただよ》う処へ、チャブ台の鉢を取って、ばらり天窓《あたま》から豆を浴びせた。惣助呵々《からから》と笑って、大音に、

「鬼は外、鬼は外――」

道子

二十九

夫の所好《このみ》で白粉《おしろい》は濃いが、色は淡い。淡しとて、容色《きりよう》の劣る意味ではない。秋の花は春のと違って、艶《えん》を競い、美を誇る心が無いから、日向《ひなた》より蔭《かげ》に、昼より夜、日よりも月に風情《ふぜい》があって、あわれが深く、趣が浅いのである。

河野病院長医学士の内室、河野家の総領娘、道子の俤《おもかげ》はそれであった。

どの姉妹《きょうだい》も活々して、派手に花やかで、日の光に輝いて居る中に、独り慎ましやかで、しとやかで、露を待ち、月にあこがるる、芙蓉《ふよう》は丈《たけ》のびても物寂しく、さした紅《べに》も、偏《ひと》えに身躾《みだしなみ》らしく、装《よそお》った衣《きぬ》も、鈴虫の宿らしい。

何時も引籠勝《ひっこもりがち》で、色も香も夫ばかり慰むのであったが、今日は寺町の若竹座で、某《なにがし》孤児院に寄附の演劇があって、それに附属して、市の貴婦人連が、張出しの天幕《テント》を臨時の運動場にしつらえて、慈善市《バザア》を開く。謂《い》うまでもなく草深の妹は先陣承りの飛将軍。其処でこの会の殆《ほとん》ど参謀長とも謂《いっ》つべき本宅の大切な母親が、生憎《あいにく》病気で、さしたる事では無いが、推してそう云う場所へ出て、気配り心扱いをするのは、甚だ予後のために宜《よろ》しからず、と医家《いか》だけに深く注意した処から、自分で進んだ次第では無く、道子が出席することに成った。――六月下旬の事なりけり。

朝涼《あさすず》の内に支度が出来て、そよそよと風が渡る、袖がひたひたと腕《かいな》に靡《なび》いて、引緊《ひきしま》った白の衣《え》紋着《もんつき》。車を彩《いろど》る青葉の緑、鼈甲《べっこう》の中指《なかざし》に影が透《す》く艶《つや》やかな円髷《まるまげ》で、誰にも似ない瓜核顔《うりざねがお》、気高く颯《さっ》と乗出した処は、きりりとして、然《しか》も優しく、媚《なまめ》かず温柔《おっとり》して、河野一族第一の品《ひん》。

嗜《たしなみ》も気風もこれであるから、院長の夫人よりも、大店向《おおだなむき》の後《ご》新姐《しんぞ》らしい。はたそれ途中一土手田畝道《たんぼみち》へかかって、青田越《あおたごし》に富士の山に対した景色は、慈善市《バザア》へ出掛ける貴女《レディ》とよりは、浅間《せんげん》の社《やしろ》へ御代参の御守殿と云う風があった。

車は病院所在地の横田の方から、この田畝を越して、城の裏通りを走ったが、突《つッ》かけ若竹座へ行くのではなく、やがて西草深へ挽込《ひきこ》んで、榎棒《かじぼう》は島山の門の、例の石橋の際《きわ》に着く。

姉夫人は、余り馴れない会場へ一人で行くのが頼りないので、菅子を誘いに来たのであったが、静かな内へ通って見ると、妹は影も見えず、小児達《こども》も、乳母《ばあや》も書生も居ないで、長火鉢の前に主人《あるじ》の理学士が唯《ただ》一人、下宿屋に居て寝坊をした時のようにな詰らなそうな顔をして、膳に向って新聞を読んで居た。火鉢に味噌汁の鍋が掛って、未《ま》だそれが煮立たぬから、こうして待って居るのである。

気軽なら一番威《ひとつおど》かしても見よう処、姉夫人は少し腰を屈《かが》めて、縁から差覗《さしのぞ》いた、眉《まゆ》の柔《やわらか》な笑顔を、綺麗に、小さく畳んだ手巾《ハンケチ》で半ば隠しながら、

「お一人。」

「やあ、誰かと思った。」

と髯《ひげ》のべったりした口許《くちもと》に笑《わらい》は見せたが、御承知の為人《ひととなり》で、どうとも謂わぬ。

姉夫人は、矢張り半分《なかば》隠れたまま、

「滝ちゃんや、透《とおる》さんは。」

「母様《かあさん》が出掛けるんで、跡を追うですから、乳母《ばあや》が連れて、日曜だから山田（玄関の書生の名）もついて遊びです。平時《いつも》だとお宅へ上るんだけれど、今日の慈善会には、御都

合で貴女も出掛けると云うから、珍らしくは無いが、又浅間《せんげん》へ行って、豆か麩《ふ》を食わしとるですかな。」

「ではもう萓子さんは参りましたね。」

「先刻《さっき》出たです。」

何為《なぜ》待っててくれないのだろう、と云う顔色《かおつき》もしないで、

「ああ、もっと早く来れば可《よ》うござんした。一所に行って欲しかったし、それに四五日お来《み》えなさらないから、滝ちゃんや透さんの顔も見たくって、」

と優しく云って本意《ほい》なさそう。一門の中に、この人ばかり、一人《いちにん》も小児を持たぬ。

三十

姉夫人の、その本意無げな様子を見て、理学士は、ああ、気の毒だと思うと、この人物だけに一層《いっそ》口重《くちおも》に成って、言訳もしなければ慰めもせずに、希代《きたい》にニヤリとして黙って了《しま》う。

と直ぐ出掛けようか、どうしようと、気抜のした姿うら寂《さみ》しく、姉夫人も言《ことば》なく、手を掛けて居た柱を背《せな》に向直って、黒塀越に、雲切れがしたように合歓《ねむ》の散った、日曜の朝の青田を見遣った時、ぶつぶつ騒《さわが》しい鍋の音。

只《と》見ると、むらむらと湯気が立って、理学士が蓋《ふた》を取った、が余程腹《よつぽどおなか》が空いたと見えて、

「失礼します。」と碗《わん》を手にする。

「お待ちなさいまし、煮詰りはしませんか。」

と肉色の絽《ろ》の長襦袢《ながじゆばん》で、絽縮緬《ちりめん》の褄《つま》摺る音ない、するすると長火鉢の前へ行って、科《しな》よく覗いて見て、

「まあ、辛うござんすよ、これじゃ、」

と銅壺《どうこ》の湯を注《さ》して、杓文字《しやもじ》で一つ軽く圧《おさ》えて、

「お装《つ》け申しましょう、」と艶麗《あでやか》に云う。

「恐縮ですな。」

と碗を出して、理学士は、道子が、毛一筋も乱れない円髷の艶も溢《こぼ》さず、白粉の濃い襟を据えて、端然とした白襟、薄お納戸《なんど》のその紗綾形《さやがた》小紋の紋着で、味噌汁《おつけ》を装う白々とした手を、感に堪えて見て居たが、

「玉手《ぎよくしゆ》を労しますな。」

と一代の世辞を云って、嬉《うれ》しそうに笑って、

「御馳走（とチュウと吸って）これは旨《うま》い。」

「人様《ひとさま》のもので義理をして。ほほほ、お土産も持って参りません。」

その挨拶《あいさつ》もせずに、理学士は箸《はし》もつけないで、ごッくごッく。

「非常においしいです。僕は味噌汁と云うものは、塩が辛くなきゃ湯を飲むような味の無いものだとばかり思うたです。今、貴女、干杓《ひしゃく》に二杯入れたですね。あれは汁を旨く喰わせる禁厭《まじない》ですかね。」

「はい、お禁厭《まじない》でございます。」

と云った目のふちに、蕾《つぼみ》のような微笑《ほほえみ》を含んで居たから。

「は、は、は、串戯《じょうだん》でしょう。」

「萱子さんに聞いて御覧なさいまし。」

「そう云えば貴女、もうお出掛けなさらなければなりますまいで。」

「は、私は些《ちっ》とも急ぎませんけれど、今日は名代《みょうだい》を兼ねて居りますから、疾《はや》く参ってお手伝いをいたしませんと、又萱子さんに叱言《こごと》を言われると不可《いけ》ません——もうそれでは、若竹座へ参って居ります時分でしょうね。」

「うんえ、」

頰ばった飯に籠《こも》って、変な声。

「道寄《みちより》をしたですよ。貴女これからおいでなさるなら、早瀬の許《とこ》へお出《い》でなさい、彼処《あすこ》に居ましょうで。」

「しますと、あの方《かた》も御一所なんですか。」

「一所じゃないんです。早瀬があゝ言う依怙地《いこじ》もんですで。半分馬鹿にして居て、孤児院の義捐《ぎえん》なんざ賛成せんです。今日は会へも出んと云うそうで。それを是非説破して引《ひっ》張出《ぱりだ》すんだと云いましたから、今頃は盛《さかん》に長紅舌《ちょうこうぜつ》を弄《ろう》して居るでしょう、は、はは、」

と調子高《だか》に笑って、厭《いや》な顔をして、

「行って見て下さらんか。貴女、」

「はい、」

と何為《なぜ》か俯向《うつむ》いたが、姉夫人はそのまましとやかに別れの会釈《えしやく》。

「又逢違《あいちが》いになりませんように、それでは御飯を召食《めしあが》りかけた処を、失礼ですが、」

「いや、もう済んだです。」

その日は珍らしく理学士が玄関まで送って出た。

絹足袋の、静《しずか》な畳ざわりには、客の来たのを心着《こころづ》かなかった鞠子の婢《おさん》も、旦那様の踏みしだいて出る跫音《あしおと》に、ひょっこり台所から顔を見せる。

「今日は、」

と少し打傾いて、姉夫人が、物優しく声をかける。

「ひやあ、」と打魂消《うったまげ》て棒立に成ったのは、出入《ではい》りをする、貴婦人の、自分にこんな様子をしてくれるのは、ついぞ有った験《ためし》が無いので。

車夫が門外から飛込んで来て駒下駄《こまげた》を直す。

「AB《アアベエ》横町でしたかね。彼処《あすこ》へ廻りますから、」
「へい、へい、ペロペロの先生の。」と心得たるものである。

三十一

早瀬は、妹が連れて父の住居《すまい》へも来れば病院へも二三度来て知って居るが、新聞にまで書いた、塾の（小使）と云う壮佼《わかいもの》はどんなであろう。男世帯だと云うし、他《ほか》に人は居ないそうであるから、取次には屹《きっ》とその（小使）が出るに違いない、と籠勝《こもりがち》な道子は面白いものを見もし聞もしするような、物珍らしい、楽しみな、時めくような心持《こころもち》もして、早や大巌山《おおいわやま》が幌《ほろ》に近い、西草深《にしくさぶか》のはずれの町、前途《さき》は直ぐに阿部の安東《あんとう》村に成る——近来評判のAB横町へ入ると、前庭に古びた黒塀を廻《めぐ》らした、平屋の行詰った、それでも一軒立ちの門構《もんがまえ》、低く傾いたのに、独語教授、と看板だけ新しい。

車を待たせて、立附《たてつ》けの悪い門をあければ、女の足でも五歩《いつあし》は無い、直き正面の格子《こうし》戸《ど》から物静かに音ずれたが、あの調子なれば、話声は早や聞えそうなもの、と思う妹の声も響かず、可訝《おかし》な顔をして出て来ようと思ったその（小使）でもなしに、車夫の所謂《いわゆる》ぺろぺろの先生、早瀬主税、左の袖口《そでぐち》の綻《ほころ》びた広袖《どてら》のような絣《かすり》の単衣《ひとえ》でひょいと出て、顔を見ると、これは、とばかり笑み迎えて、さあ、此方《こちら》へ、と云うのが、座敷へ引返す途中に成るまで、気疾《きばや》に引込んで了ったので、左右《とこう》の暇《いとま》も無く、姉夫人は鶴が山路に蹈《ふみ》迷《まよ》ったような形で、机だの、卓子《テイブル》だの、算を乱した中を拾って通った。

菅子さんは、と先《ま》ず問うと、未《ま》だ見えぬ。が、孰《いず》れお立寄りに相違ない。今にも威勢の可《い》い駒下駄の音が聞えましょう。格子がからりと鳴ると、立処《たちどころ》にこの部屋へお姿が露《あらわ》れますからお休みなさりながらお待ちなさい、と机の傍《わき》に坐り込んで、煙草《たばこ》を喫《の》もうとして、打棄《うっちゃ》って、フイと立って蒲団《ふとん》を持出すやら、開放《あけはな》しましょう、と障子を押開《おっぴら》いたかと思うと、此方《こっち》の庭がもう些《ちっ》とあると宜《よろ》しいのですが、と云うやら。散らかって居りまして、と床《とこ》の間の新聞を投《ほう》り出すやら。火鉢を押出して突附けるかとすれば、何だ、熱いのに、と急いで又摺《ずら》すやら。何故《なぜ》か見苦しいほど慌《あわただ》し気《げ》で、蜘蛛《くも》の囲《す》をかけるように煩《うるさ》く夫人の居まわりを立ちつ居つ。間《あいだ》には口を続けて、能《よ》く入らっしゃいました、ようこそおいで、思いがけない、不思議な御方《おかた》が、不思議だ、不思議だ、と絶《たえ》ず饒舌《しゃべ》ったのである。

「まあ、まあ、どうぞ、どうぞ、」

とその中に落着いた夫人もつい、口早に成って、顔を振上げながら、些《ち》と胸を反らして、片手で煙を払うような振《ふり》をした。

早瀬はその時、机の前の我が座を離れて、夫人の背後《うしろ》に突立って居たので、上下に顔を見合わせた。余り騒がれたためか、内気な夫人の顔《かんばせ》は、瞼《まぶた》に色を染めたのである。

と、早瀬は人間が変ったほど、落着いて座に返って、徐《おもむろ》に巻莨《まきたばこ》を取って、まだ吸いつけないで、ぴたりと片手を膝《ひざ》に支《つ》いた、肩が聳《そび》えた。

「夫人《おくさん》、貴女はこれから慈善市へ入らしって、貧者《びんぼうにん》のためにお働きなさるんですねえ。」

と沈んで云う。

顔を見詰められたので、睫毛《まつげ》を伏せて、

「はい、ですが私は唯《ただ》お手伝いでございます。」

「お願いがございます。」

と訇《のめ》るが如く、主税がはたと両手を支いた。

余り意外な事の体《てい》に、答うる術《すべ》なく、黙って流眄《ながしめ》に見て居たが、果しなく頭《こうべ》も擡《もた》げず、突いた手に畳を摑《つか》んだ憂慮《きづかわ》しさに、棄ても置かれぬ気に成って、

「貴下《あなた》、まあ、更《あらた》まって何でございますの。」

とは云ったが、思入《おもいい》った人の体《てい》に、気味悪くもなって、遁腰《にげごし》の膝を浮かせる。

「失礼な事を云うようですが、今日の催《もよおし》はじめ、貴女方のなさいます慈善は、博《ひろ》くまんべんなく情《なさけ》をお懸けに成りますので、旱《ひでり》に雨を降らせると同様の手段。萎《な》えしぼんだ草《くさ》樹《き》も、その恵《めぐみ》に依《よ》って、蘇生《いきかえ》るのでありますが、然《しか》しそれは、広大無辺な自然の力でなくっては出来ない事で、人間業じゃ、なかなか焼石へ如露《じよろ》で振懸けるぐらいに過ぎますまい。」

三十二

「広く行渉《ゆきわた》るばかりを望んで、途中で群消《むらぎ》えに成るような情を掛けずに、その恵の露を湛《たた》えて、唯一つのものの根に灌《そそ》いで、名もない草の一葉《ひとは》だけも、蒼々《あおあお》と活かして頂きたい。

大勢寄ってなさる仕事を、貴女方、各々《めいめい》御一人宛《ずつ》で、専門に、完全に、一人を救って下さるわけには参りませんか。力が余れば二人です、三人です、五人ですな。余所《よそ》の子供の世話を焼く隙《ひま》に、自分の児《こ》に風邪《ひ》を感かせないように、外国の奴隷《どれい》に同情をする心で、御自分お使いに成る女中を劬《いたわ》って遣って欲しいんですが、これじゃ大摑みのお話です、何もそれを彼此《かれこれ》申上げるわけでは無いのです。

ところが、差当り、今目の前に、貴女の一雫《ひとしずく》の涙を頂かないと、死んでも死に切れない、あわれな者があるんです。

この事に就きましては、私は夜の目も合わないほど心を苦めまして。」

と漸々《ようよう》少し落着いて、

「前《ぜん》から、貴女の御憐愍《ごれんみん》を願おうと思って居たんですけれど、島山さんのと違って、貴女には軽々《かろがろ》しくお目に懸る事も出来ませんし、そうかと云って、打棄《うっちゃ》って置けば、取返しの成りません一大事、どうしようかと存じて居りました処へ、実《まこと》に何とも思いがけない、不思議な御光来《おいで》で、殊《こと》にそれが慈善会に入らっしゃる途中などは、神仏の引合わせと申しても宜しいのです。

どうぞ、その、遍《あまね》く御施《おほどこ》しに成ろうと云う如露の水を一雫、一滴で可《よ》うございます、私の方へお配分《すそわけ》なすってくださるわけには参りませんか。

御存じの風来者でありますけれども、早瀬が一生の恩に被《き》ます。」

と拳《こぶし》を握り緊《し》めて云うのを、半ば驚き、半ば呆《あき》れ、且《か》つ恐れて聞いて居たようだった。

重かった夫人の眉《まゆ》が、ここに至ると微笑《ほほえみ》に開けて、深切《しんせつ》に、しかし嗜《たしな》めるような優しい調子で、

「お金子《かね》が御《お》入用《いりよう》なんでございますか。」

と胸へ、しなやかに手を当てたは、次第に依っては、直《すぐ》にも帯の間へ辷《すべ》って、懐紙《ふところがみ》の間から華奢《きゃしゃ》な(嚢物《ふくろもの》)の動作《こなし》である。道子は屢々《しばしば》妹の口から風説《うわさ》されて、その暮向《くらしむき》を知って居た。

ト早瀬の声に力が入って、

「金子《かね》にも何にも、私が、自分の事ではありません。」

「まあ、失礼な事を云って、」

と襟を合わせて面《おもて》を染め、

「どうしましょう私は。では貴下の事ではございませんので。」

「ええ、勿論《もちろん》、救って頂きたい者は他《ほか》にあるんです。」

「どうぞ、あの、それは島山のに御相談下さいまし。私も又出来ますことなら、蔭《かげ》で——お手伝いいたしましょうけれど、河野（医学士）が、喧《やかま》しゅうございますから。」

……差俯向《さしうつむ》いて物寂しゅう、

「私が自分では、どうも計らい兼ねますの。それには不調法でもございますし……何も、妹の方が馴《な》れて居りますから。」

「否《いや》、貴女で無くては不可《いか》んのです。ですから途方に暮れます。その者は、それにもう死にかかった病人で、翌日《あす》も待たないと云う容体なんです。

六十近い老人で、孫子は固《もと》より、親類《みより》らしい者もない、全然《まるつきり》やもめで、実際形影相弔《あいとむら》うと云うその影も、破蒲団《やぶれぶとん》の中へ消えて、骨と皮ばかりの、その皮も貴女、褥摺《とこず》れに摺切れて居るじゃありませんか。

日の光も見えない目を開いて、それで唯一目、唯一目、貴女、夫人《おくさん》の顔が見たいと云います。」

「ええ、」

「御介抱にも及びません、手を取って頂くにも及びません、言《ことば》をお交わし下さるにも及びません、申すまでもない、金銭の御心配は決して無いので。真暗《まつくら》な地獄の底から一目貴女を拝むのを、仏とも、天人とも、山の端《は》の月の光とも思って、一生の思出に、莞爾《にっこり》したいと云うのですから、お聞届け下さると、実に貴女は人間以上の大善根をなさいます。夫人《おくさん》、大慈大悲の御心持で、この願いをお叶え下さるわけには参りませんか、十分間とは申しません。」

と、じりじりと寄ると、姉夫人、思わず膝を進めつつ、

「何処《どこ》の、どんな人でございますの。」

「直《じ》きこの安東村に居るんです。貞造と申して、以前御宅の馬丁《べっとう》をしたもので、……夫《おく》人《さん》、貴女の、実の……御父上《おとうさん》……」

三十三

「その……手紙を御覧なさいましたら、もうお疑《うたがい》はありますまい。それは貴女の御父上《おとうさん》、英臣《ひでおみ》さんが、御出征中、貴女の母様《おっかさん》が御宅の馬丁貞造と……」

早瀬は一寸言《ちょいとことば》を切って……夫人がその時、わななきつつ持つ手を落して、膝の上に飜然《ひらり》と一葉《ひとは》、半紙に書いた女文字。その玉章《たまずさ》の中には、恐ろしい毒薬が塗籠《ぬりこ》んででもあったように、真蒼《まつさお》に成って、白襟にあわれ口紅の色も薄れて、頤《おとがい》深く差入れた、俤《おもかげ》を屹と視《み》て、

「……などと言う言《ことば》だけも、貴女方のお耳へ入れられる筈《はず》のものじゃありません、けれども、差迫った場合ですから、繕って申上げる暇《いとま》もありません。で、そのために貴女がおできなすったんで、まだお腹にいらっしゃる間には、貴女の母様《おっかさん》が水にもしようか、と云う考えから、土地に居ては、何かにつけて人目があると、以前、母様をお育て申した乳母が美濃《みの》安八《あはち》の者で、——唯今島山さんの玄関に居る書生は孫だそうです。其処《そこ》へ始末を為《し》に行ってお在《いで》なすった間に、貞造へお遣わしなすったお手紙なんです。

馬丁はして居たが、貞造は然るべき碌《ろく》を食《は》んだ旧藩の御馬廻《おうままわり》の悴《せがれ》で、若気の至りじゃあるし、附合うものが附合うものですから、御主人の奥様《おくさん》と出来たのを、嬉《うれ》しい紛れ、鼻で指をさして、つい酒の上じゃ惚気《のろけ》を云った事もあるそうですが、根が悪人ではないのですから、児をなくすと云う恐《おそろし》い相談に震い上って、その位なら、御身分をお棄てなすって、一所に遁げておくんなさい。お肯入《ききい》れ無く、思切った業《わざ》をなさりゃ、表向きに坐込む、と変った言種《いいぐさ》を為《し》たために、奥さんも思案に余って、気を揉《も》んで居なすった処へ、思いの外《ほか》用事が早く片附いて、英臣さんが凱旋《がいせん》でしょう。腹帯には些《ちっ》と間が在ったもんだから、それなりに日が経《た》って、貴女は九月児《ここのつきご》でお在《いで》なさる。……そうで無いと、世間じゃ、ああ、よくお育ちなすった、河野さんは、お家が医者だから。……そうで無いと、大抵九月児は育たんものだと申します。又旧弊な連中は、戦争で人が多く死んだから、生れるのが早い、と云ったそうです。

名誉に、とお思いなすったか、それとも最初《はじめて》の御出産で、お喜びの余りか、英臣さんは現に貴女の御父上《おとうさん》だ。

貞造は、無事に健かに産れた児の顔を一目見ると、安心をして、貴女の七夜の御祝いに酔ったのがお残懐《なごり》で、お暇《ひま》を頂いて、お邸《やしき》を出たんです。

朝晩お顔を見て居ちゃ、又どんな不了簡が起るまいものでも無い、と云う遠慮と、それに肺病の出る身体《からだ》、若い内から僂麻質《レウマチス》があったそうで。旁々《かたがた》お邸を出ると成ると、力《ちから》業《わざ》は出来ず、そうかと云って、その時分は未《ま》だ達者だった。阿母《おふくろ》を一人養わなければ成らないもんですから、奥さんが手切《てぎれ》なり心着《こころづけ》なり下すった幾干《いくら》かの金子《かね》を資本《もとで》にして、初めは浅間《せんげん》の額堂裏へ、大弓場《だいきゅうば》を出したそうです。

幸い商売が的に当って、どうにか食って行かれる見込みのついた処で、女房を持ったんですがね。いや、罰《ばち》は覿面《てきめん》だ。境内へ多時《しばらく》かかって居た、見世物師と密通《くッつ》いて、有金《ありがね》を攫《さら》って遁げたんです。然も貴女、女房が孕《はら》んで居たと云うじゃありませんか。」

「まあ、」

と、夫人は我知らず嘆息した。

「忌々《いまいま》しい、と其処で大弓の株を売って、今度は安東村の空地を安く借りて、馬場を拵《こさ》えて、貸馬を行《や》ったんですな。

貴女、それこそ乳母日傘《おんば》で、お浅間へ参詣《さんけい》に行らしった帰り途《みち》、円い竹の埒《らち》に掴って、御覧なすった事もありましょう。道々お摘みなすった皷草《たんぽぽ》なんぞ、馬に投げて遣ったりなさいましたのを、貞造が知って居ます。

阿母《おふくろ》が死んだあとで、段々馬場も寂れて、一斉《いっとき》に二頭《にひき》斃死《おち》た馬を売って、自暴酒《やけざけ》を飲んだのが、もう飲仕舞《のみじまい》で。米も買えなくなる、粥《かゆ》も薄くなる。漸《やっ》と馬小屋へ根太《ねだ》を打附《ぶっ》けたので雨露を凌《しの》いで、今も其処に居るんですが、馬場のあとは紺屋の物干に成ったんです。……」

三十四

「私は不思議な縁で、去年静岡へ参って……然もその翌日でした。島山さんのと、浅間を通った時、茶店へ休んで、その貞造に逢《あ》ったんです。それからこう云う秘密な事を打明けられるまで、懇意に成って、唯今《ただいま》の処じゃ、是非貴女のお耳へ入れなくっては成りませんほど、老人危篤《きとく》なのでございます。

私でさえ、これは一《ひと》っ番貴女に願って、逢って遣って頂きたいと思いましたから、今迄《いままで》幾度《いくたび》か病人に勧めても見ましたけれども、否々《いやいや》、何にも御存じない貴女に、こう云う事をお聞かせ申すのは、足を取って地獄へ引落すようなもの。あとじゃ月も日も、貴女のお目には暗くなろう。お最惜《いとし》い、と貞造が頭《かぶり》を掉《ふ》ります。

道理《もっとも》だと控えました。尤《もっと》も私も及ばずながら医師《いしゃ》の世話もしたんです、薬も飲ませました。名高い医学士でお在《いで》なさるから一ツ河野さんの病院へ入院してはどうか、余所《よそ》ながらお道さんのお顔を見られようから、と云いましたが、以っての外《ほか》だ、と肯きません。

清い者です。

人の悪い奴で御覧なさい、対手《あいて》が貴女の母様《おっかさん》で、そのお手紙が一通ありゃ、貞造は一生涯《しょうがい》朝から刺身で飲めるんですぜ。

又些《ちっ》とでも強請《ねだ》りがましい了見があったり、一銭たりとも御心配を掛けるような考《かんがえ》があるんなら、私は誓って口は利《き》かんのです。

そうじゃ無い！　唯一目拝みたいと云う、それさえ我慢をし抜いた、それもです……老人自分じゃ、未だ治らないとは思って居なかったからなので。煎じて飲むのがまだるッこし、薬鍋《くすりなべ》の世話をするものも無いから、薬だと云う芭蕉《ばしょう》の葉を、青いまんまで噛《かじ》ったと言います――

その元気だから、どうかこうか薬が利いて、一度なんざ、私と一所に安倍川へ行って餅を食べて茶を喫《の》んで帰った事もあったんですが、それがいいめを見せたんで、先頃《さきごろ》から又どッと褥《とこ》に着いて、今は断念《あきら》めた処から、貴女を見たい、一目逢いたいと、現《うつつ》に言うように成ったんです。

容態が容態ですから、どうぞ息のある内にと心配をして居たんですが、人に相談の出来る事じゃなし、御宅へ参ってお話をしようにも、こりゃ貴女と対向《さしむか》いでなくっては出来ますまい。

失礼だけれども、御主人の医学士は、非常に貴女を愛して在《い》らっしゃるために、恐ろしく嫉妬《しっと》深い、と島山さんのに、聞きました。

殆《ほとん》ど当惑して居た処へ、今日のおいでは実に不思議と云っても可《い》い。一言《ひとこと》（父よ。）とおっしゃって、とそれまでも望むんじゃ無いのです。弥陀《みだ》の白光《びゃっこう》とも思って、貴女を一目と、云うのですから、逢ってさえ下されば、それこそ、あの、屋中《うちじゅう》真黒に下った煤《すす》も、藤の花に咲かわって、その紫の雲の中に、貴女のお顔を見る嬉《うれ》しさはどんなでしょう。

そうなれば、不幸極まる、あわれな、情ない老人が、却《かえ》って百万人の中に一人も得られない幸福なものと成って、明かに端麗な天人を見ることを得て、極楽往生を遂げるんです、――夫人《おくさん》。」

と云った主税の声が、夫人の肩から総身へ浸渡《しみわた》るようであった。

「貞造は、貴女の実《うみ》の父親で、又或意味から申すと、貴女の生命《いのち》の恩人ですよ。」

「は……い。」

「会は混雑しましょう。若竹座は大変な人でしょう。それに夜も更《ふ》けると申しますから、人目を紛らすのに仔細《しさい》ありません。得難い機会です。私がお供をして、一寸《ちよつと》見舞に参るわけにはまいりませんか。」

と片手に燐寸《マッチ》を持ったと思うと、片手が衝《つ》と伸びて猶予《ため》らわず夫人の膝《ひざ》から、古手紙を、ト引取って、

「一度お話した上は、たとい貴女が御不承知でも、もうこんなものは、」

と𤏋《ぱっ》と火を摺《す》ると、ひらひらと燃え上って、蒼《あお》くなって消えた。が、靡《なび》きかかる煙の中に、夫人の顔がちらちらと動いて、何となく、誘われて膝も揺《ゆ》ら揺ら。

居坐《いずまい》を直して、更《あらた》まって、

「お連れ下さいまし、どうぞ。」

がらがらと格子《こうし》の開く音。それ、言わぬことか。早や座に見えた菅子の姿。眩《まばゆ》いばかりの装《よそお》いで、坐りもやらず、

「まあ、姉さん！」

私語《さざめごと》

三十五

「もう遅いわ、姉さん、早く行らっしゃらないでは、何をして居るの。」

　と菅子は立ったままで急込《せきこ》んで云う。戸外《おもて》の暑さか、駈込んだ所為《せい》か、赫《かっ》と逆上《のぼ》せた顔の色。胸打騒げる姉夫人、道子が却って物静かに、

「先刻《さっき》から待って居たんですよ。」

「待って居たって、私は方々に用があるんだもの、早々《さっさ》と行って下さらないじゃ、」

「何ですねえ、邪険な、和女《あなた》を待って居たんですよ。来がけに草深へも寄ったのよ。一緒に連れて行って欲しいと思って。――さあ、それでは行きましょうね。」

「私は用があるわ。」

「寄道をするんですか。」

「じゃ……無いけども、これから、この早瀬さんと一《ひと》議論して、何でも慈善会へ引張り出すんですから手間が取れてよ。」

と未だ坐りもせぬ。

主税は腕組をしながら、

「ははは、まあ、貴女も、お聞きなさい、お菅さんの議論と云うのを。いくら僕を説いたって、何にもなりゃしないんですから。」

「承わって参りましょうか。」

と姉夫人が立ちかけた膝を又据えて、何となく残惜《のこりおし》そうな風が見えると、

「早く行らっしゃらなくっちゃ……私は可《い》いけれども、姉さん、貴女は兄さん（医学士）がやかましいんだもの、面倒よ。」

と見下《みおろ》す顔を、斜めに振仰いだ、蒼白い姉の顔に、血が上《のぼ》って、屹《きっ》と成ったが、寂しく笑って、

「ああ、そうね、私は前《さき》に参りましょう。会場の様子は分らないけれど、別にまごつくような事はありますまいから。」

とおとなしく云って、端然《きちん》と会釈《えしやく》して、

「お邪魔をいたしましてございます。」と一寸《ちよいと》早瀬の目を見たが——双方で瞬きした。

「まあ、御一所が宜《よろ》しいじゃありませんか。お菅さんもそうなさい。」

「否《いいえ》、そうしては居られません、もっと、」

と声に力が籠《こも》って、

「種々《いろいろ》お話を伺いとう存じますけれども……」

「私《わたし》も、直《じき》だわ。」

「待って居ます。」

と優しい物越《ものごし》、悄々《しおしお》と出る後姿。主税は玄関へ見送って、身を蔽《おおい》にして、密《そっ》とその袂《たもと》の端《はし》を圧《おさ》えた。

「さようなら！」

勢よく引返すと、早や門の外を轣轆《れきろく》として車が行く。

「暑い、暑い、どうも大変に暑いのね。」

菅子はもう其処に、袖を軽く坐って居たが、露の汗の悩ましげに、朱鷺色縮緬《ときいろちりめん》の上〆《うわじめ》の端《はし》を寛《ゆる》めた、辺《あたり》は昼顔の盛りのようで、明い部屋に白々地《あからさま》な、衣《きぬ》ばかりが冷《すず》しい蔭《かげ》。

「久振だわね。」

「久振じゃ無いじゃありませんか。今の言種《いいぐさ》は何です、ありゃ。……姉さんにお気の毒で、傍《そば》で聞いて居られやしない。」

「だって事実だもの。病院に入切《はいりきり》で居ながら、何時《いつ》の何時《なんどき》には、姉さんが誰と話をしたッて事、不残《のこらず》旦那様御存じなの、もう思召《おぼしめし》ったら無いんですからね。

それでも大事にして置かないと、院長は家中《うちじゅう》の稼ぎ人《にん》で、すっかり経済を引受けてるんだわ。お庇様《かげさま》で一番末の妹の九ツに成るのさえ、早や、ちゃんと嫁入支度が出来てるのよ。

道楽一ツするんじゃなし、唯、姉さんを楽みにして働いて居るんですからね。些《ちっ》とでも怒らしちゃ大変なのだから、貴下《あなた》も気をつけて下さらなくっちゃ困るわ。」

「何を云ってるんです、面白くもない。」

「今の様子ッたら何です、厭《いや》に御懇《ごねんごろ》ね。而《そ》して肩を持つことね。油断もすきも成りはしない。」

「可《い》い加減になさい。串戯《じょうだん》も、」

「だって姉さんが、どんな事があればッたって、男と対向《さしむか》いで五分間と居る人じゃないのよ。貴下《あなた》は口前《くちまえ》が巧《うま》くって、調子が可《い》いから、だから坐り込んで居るんじゃありませんか。真個《ほんとう》に厭よ。貴下浮気なんぞしちゃ、もう、沢山だわ。」

「まるでこりゃ、人情本の口絵のようだ。何です、対向《さしむか》った、この体裁は。」

三十六

しめやかな声で、夫人が——

「貴下……どうするのよ。」

「…………」

「私がこれほど願っても、未《ま》だ妙子さんを兄さん（英吉）には許してくれないの。今までにもどんなに頼んだか知れないのに、それじゃ貴下、余《あん》りじゃありませんか。

去年から口説《くどき》通しなんだわ。貴下がはじめて、静岡《こちら》へ来て、私と知己《ちかづき》に成ったと云うのを聞いて、（精一杯御待遇《おもてなし》をなさい。）ッて東京から母さんが手紙でそう云って寄越したのも、酒井さんとの縁談を、貴下に調えて頂きたければこそだもの。

母さんだって、どのくらい心配して居るか知れないんだわ。今まで、ついぞ有った験《ためし》は無い。此方《こちら》から結婚を申込んで刎《は》ねられるなんて、そんな事——河野家の不名誉よ、恥辱ッたらありませんものね。

兄さんも、どんなにか妙子さんを好いて居ると見えて、一体が遊蕩《あそび》過ぎる処《ところ》へ、今度の事じゃ失望して、自棄《やけ》気味《ぎみ》らしいのよ、遣《や》り方が。自分で自分を酒で殺しちゃ、厭じゃありませんか、まあ、」

と一際低声《ひときわこごえ》で、

「一寸《ちょいと》、如何《いか》な事《こッ》でも小待合へなんぞ倒込《たおれこ》むんですって。監督《おめつけ》の叔父さんから内々注意があるんだから、もう疾《と》くに兄さんへは家でお金子《かね》を送らない事にして、独立で遣れッて名義だけれども、その実、勘当同様なの。

この頃じゃ北町(桐楊塾《とうようじゅく》)へも寄り着かないんですって。だって何処《どこ》に転がって居たって、皆お金子《かね》が要るんでしょう。何処から出て？　いずれ借りるんだわ。また河野の家の事を知って居て、高利で貸すものがあるんだから困っ了《ちま》う。千と千五百と纏《まとま》ったお金子《かね》で、母様《かあさん》が整理を着けたのも二度よ。洋行させる費用に、と云って積立ててあった兄さんの分は、疾《と》うの昔無くなって、三度目の時には皆私たち妹の分にまで、手がついたんじゃありませんか。

妙子さんの話がはじまってからは、丁《ちょう》ど私も北町へ行って居て知って居るけれど、それは、気の毒なほど神妙に成ったのに。……

もともと気の小さい、懐《ふところ》育ちのお坊ちゃんなんだから、遊蕩《あそび》も駄々で可《よ》かったんだけれど、それだけに又自棄《やけ》に成っちゃ乱暴さが堪《たま》らないんだもの。

病院の義兄《にいさん》は養子だし、大勢の兄弟中《なか》に、漸《やっ》と学位の取れた、かけ替えのない人を、そんなにして了《しま》っちゃ、それは家でも真個《ほんとう》に困るのよ。

早瀬さん、貴下の心一つで、話が纏まるんじゃありませんか。私が頼むんだから助けると思って肯《き》いて頂戴、ねえ、……それじゃ、余り《あんま》貴下薄情よ。」

「ですから、ですから。」

と圧えるように口を入れて、

「決して厭だとは言いません。厭だとは言いやしない。これからでも飛んで行って、先生に話をして結納を持って帰りましょう。」

事もなげに打笑って、

「それじゃ反対《あべこべ》だった。結納《ゆいのう》は此方《こちら》から持って行くんでしたっけ。」

「そのかわり又、（あの安東村の紺屋の隣家《となり》の乞食《こじき》小屋で結婚式を挙げろ）ッて言うんでしょう。貴下は何故《なぜ》そう依怙地《いこじ》に、さもしいお米の価《ね》を気にするようなことを言うんだろう。

真個《ほんとう》に串戯《じょうだん》では無いわ！　一家の浮沈と云ったような場合ですからね。私もどんなに苦労だか知れないんだもの。御覧なさい、痩《や》せたでしょう。この頃じゃ、此方《こちら》に、どんな事でもあるように、島山（理学士）を見ると、もうね、身体《からだ》が萎《すく》むような事があるわ。土間へ駈下りて靴の紐《ひも》を解いたり結んだりして遣ってるじゃありませんか。跪《ひざまず》いて、夫の足に接吻《キッス》をする位のものよ。誰が為《さ》せるの、早瀬さん。――貴下の意地ひとつじゃありませんか。

些《ちっ》とは察して、肯いてくれたって、満更罰《まんざら》は当るまいと、私思うんですがね。」

机に凭《もた》れて、長く成って笑いながら聞いて居た主税が、屹と居直って、

「じゃ貴女は、御自分に面じて、お妙さんを嫁に欲《ほし》いと言うんですか。」

「まあ……そうよ。」

「そう、それでは色仕掛になすったんだね。」

三十七

「怒ったの、貴下、怒っちゃ厭よ、私。貴下は真個《ほんとう》にこの節じゃ、どうして、そんなに気が強く成ったんだろうねえ。」

「貴女が水臭い事を言うからさ。」

「何方《どっち》が水臭いんだか分りはしない。私はまさか、夜内《よる》を出るわけには行かず、お稽古《けいこ》に来たって、大勢入込《いれご》みなんだもの。ゆっくりお話をする間《ま》も無いじゃありませんか。過日《いつか》何と言いました。あの合歓《ねむ》の花が記念だから、夜中に彼処《あすこ》へ忍んで行く——虫の音や、蛙《かわず》の声を聞きながら用水越に立って居て、貴女があの黒塀の中から、こう、扱帯《しごき》か何ぞで、姿を見せて下すったら、どんなだろう。花がちらちらするか、闇《やみ》か、蛍か、月か、明星か。世の中がどんな時に、そんな夢が見られましょう——なんて串戯《じょうだん》云うから、洗濯をするに可《い》いの、瓜《うり》が冷せて面白いのッて、島山にそう云って、到頭彼処《あすこ》の、

板塀を切抜いて水門を拵《こしら》えさせたんだわ。

頭痛がしてならないから、十畳の真中へ一人で寝て見たいの、なんのッて、都合をするのに、貴下は、素通りさえしないじゃありませんか。」

「演劇《しばい》のようだ。」

と低声《こごえ》で笑うと、

「理想実行よ。」と笑顔で言う。

「どうして渡るんです。」

「まさか橋をかける言種《いいぐさ》は、貴下、無いもの。」

「だから、渡られますまい。」

「合歓の樹の枝は低くってよ。摑《つかま》って、お渡んなさいなね。」

「河童《かっぱ》じゃあるまいし、」

「ほほほほ、」

と今度は夫人の方が笑い出したが。

「何《な》にしろ、貴下は不実よ。」

「何が不実です。」

「どうかして下さいな。」

——更《あらたま》って——

「妙子さんを。」

「ですから色仕掛けか、と云うんです。」

「あんな恐《こわ》い顔をして、(と莞爾《にっこり》して。)真個《ほんとう》はね、私……自ら欺《あざ》むいて居るんだわ。家のために、自分の名誉を犠牲にして、貴下から妙子さんを、兄さんの嫁に貰《もら》おう、とそう思って此方《こちら》へ往来《ゆきき》をして居るの。

で無くって、どうして島山の顔や、母様《かあさん》の顔が見て居られます。第一、乳母《ばあや》にだって面《かお》を見られるようよ。それにね、何為《なぜ》か、誰よりも目の見えない娘が一番恐いわ。母さん、と云って、あの、見えない目で見られると、悚然《ぞっと》してよ。私は元気で居るけれど、何だか、そのために生身《なまみ》を削られるようで瘠《や》せるのよ。可哀相《かわいそう》だ、と思ったら、貴下、妙子さんを下さいな。それが何より私の安心になるんです。……それにね、他《ほか》の人は、でも無いけれど、母様《かあさん》がね、それはね、実に注意深いんですから、何だか、そうねえ、春の歌留多会時分から、有りもしない事でもありそうに疑って居るようなの。もしかしたら、貴下私の身体《からだ》はどうなると思って？　ですから妙子さんさえ下されば、有形にも無形にも立派な言訳に成るんだわ。ひょっとすると、母様《かあさん》の方でも、妙子さんの為にするのだ、と思って居るのかも知れなくってよ。顔さえ見りゃ、(私がどうかして早瀬さんに承知させます。)と、母様《かあさん》が口を利《き》かない先にそう言って置くから。よう、後生だから早瀬さん。」

言い言い、縋《すが》るように言う。

「詰らん言《こと》を。先生のお嬢さんを言訳に使って可《い》いもんですか。」

「そうすると、私もう、母さんの顔が見られなくなるかも知れませんよ。」

「僕だって活《い》きて二度と、先生の顔が見られないように……」と思わず拳《こぶし》を握ったのを、我を引緊《ひきし》められた如《ごと》くに、夫人は思い取って、しみじみ、

「じゃ、私の、私の身体はどうなって？」

「訳は無い、島山から離縁されて、」

「そんな事が、出来るもんですか。」

「出来ないもんですか。当前《あたりまえ》だ、」

と自若として言うと、呆《あき》れたように、又……莞爾《にっこり》、

「貴下はどうしてそうだろう。」

三十八

「どうもこうもありはしません、それが当前じゃありませんか。義、周の粟《あわ》を食《くら》わずとさえ云うんだ。貴女、」

と主税は澄まして言い懸けたが、常《ただ》ならぬ夫人の目の色に口を噤《つぐ》んだ。菅子は息急《いきぜわ》し

い胸を圧《おさ》えるのか、乳《ち》の上へ手を置いて、

「何だって、そりゃ余《あん》りだわ、早瀬さん、」

と、ツンとする。

「不都合ですとも！　島山さんが喜ばないのに、こうして節々おいでなさるんです。それで居て、家庭の平和が保てよう法は無い。実はこうこうだ、と打明けて、御主人の意見にお任せなさい。私も又卑怯《ひきよう》な覚悟じゃありません。事実明かに、その人の好まない自分の許《とこ》へ令夫人《おくがた》をお寄せ申すんだから、謹んで島山さんの思わくに服するんだ。だから貴女もそうなさい。懊悩《おうのう》も煩悶《はんもん》も有ったもんか。世の中には国家の大法を犯し、大不埒《だいふらち》を働いて置いて、知らん顔で口を拭《ふ》いて澄まして居ようなどと言う人があるが、間違って居ます。」

夫人はこれを戯《たわむれ》のように聞いて、早瀬の言《ことば》を露も真《まこと》とは思わぬ様子で、

「戯談《じようだん》おっしゃいよ！　嘘《うそ》にも、そんな事を云って、事が起ったら子供たちはどうするの？」

と皆まで言わせず、事も無げに答えた。

「無論、島山さんの心まかせで、一所に連れて出ろと、言われりゃ連れて出る。置いて行けとなら、置いて……」

「暢気《のんき》で怒る事も出来はしない。身に染《し》みて下さいな、ね……」

「何が暢気だろう、このくらい暢気で無い事はない。小使と私と二人口でさえ、今の月謝の収入じゃ苦しい処へ、貴女方親子を背負《しょ》い込むんだ。静岡は六升代でも痩腕にゃ堪《こた》えまさ。」

余《あまり》の事と、夫人は凝《じっ》と瞻《みまも》って、

「私がこんなに苦労をするのに、真個《ほんと》に貴下は不実だわ。」

「いざと云う時、貴女を棄てて逐電《ちくてん》でもすりゃ不実でしょう。胴を据えて、覚悟を極めて、飽《あく》まで島山さんが疑って、重ねて四ツにするんなら、先へ真二《まっぷた》ツに成ろうと云うのに、何が不実です。私は実は何にも知らんが、夫人《おくさん》が御勝手に遊びにおいでなさるんだなんて言いはしない。」

「そう云って了っては、一も二も無いけれど。」

「又、一も二も無いんですから、」

「だって世の中は、そう貴下の云うようには参りませんもの。」

「成らんのじゃない、成る、が、勝手に為《せ》んのだ。恋愛は自由です、けれども、こんな世の中じゃ罪に成る事がある。盗賊《どろぼう》は自由かも知れん、勿論《もちろん》罪に成る。人殺《ひとごろし》、放火《つけび》、凡《すべ》て自由かも知れんが、罪に成ります。既にその罪を犯した上は、相当の罰を受けるのが亦《また》当前じゃありませんか。愚図々々塗秘《ぬりかく》そうとするから、卑怯未練な、吝《けち》な、了見が起って、他《ひと》と不都合しながら亭主の飯を食ってるような、猫の恋に成るのがある。しみったれてるじゃありませんか。度胸を据えて、首の座へお直んなさい。私《わたし》なんざ疾《と》くに——先生……には面《おもて》は合わされない、お蔦……の顔も見ないものと思って居る。この上は、どんなことだって恐れはしません。

それに貴女は、島山さんに不快を感じさせながら、未《ま》だ矢張《やっぱり》、夫には貞女で、子には慈悲ある母親で、親には孝女で、社会の淑女で、世の亀《き》鑑《かん》とも成るべき徳を備えた貴婦人顔をしようとするから、痩せもし、苦労もするんです。

浮気をする、貞女、孝女、慈母、淑女、そんな者があるものか。」

「じゃ……私を、」

と擦寄《すりよ》って、

「不埒と言わないばッかりね。」

さすがに顔の色をかえて屹《きっ》と睨《にら》むと、頷《うなず》いて、

「同時に私《わたし》だって、」

と笑って言う。

その肩を突《つっ》いて、

「まあ、仕ようの無い我儘《わがまま》だよ。」

三十九

「貴下は始めからそうなんだわ。……道学者の坂田（アバ大人《たいじん》）さんが兄さんの媒口《なこうどぐち》を利《き》くのが癪《しゃく》に障《さわ》るからって、（攫徒《すり》の手つだいをして、参謀本部も諭旨免官に成りました。攫徒は、その時の事を恩にして、警察では、知らない間《ま》に袂《たもと》へ入れて置いて逆捩《さかねじ》を食わしたように云ってくれたけれど、その実《じつ》は、知って居て攫徒の手から紙入を受取って遣《や》ったんだ。それで宜《よろ》しくばお稽古《けいこ》にお出《い》でなさい、早瀬主税は攫徒の補助をした東京の食詰者《くいつめもの》です。）とこの塾を開く時、千鳥座か何処《どこ》かで公衆に演説をする、と云った人だもの――私が留めたから止《よ》したけれど……」

早瀬の胸のあたりに、背向《うしろむ》きになって、投げ出した棲《つま》を、熟《じっ》と見ながら、

「私、どうしたら、そんな乱暴な人を友だちにしたんだか。」

と自から怪むが如く独言《ひとりご》つと、

「不都合な方《かた》と知りながら、貴女と附合ってる私《わたし》と同一《おんなじ》でしょう。」

「だって私は、貴下のために悪いようにと為《し》た事は一つも無いのに、貴下の方じゃ、私の身の立たないように、立たないようにと言うじゃありませんか。早瀬さんへ行くのが

悪いんなら（どうでも為《し》て下さい、御心まかせ。）何のって、そんな事が、譬《たと》えにも島山に言われるもんですか。

島山の方は、それで離縁に成るとして、そうしたら、貴下、第一河野の家名はどう成ると思うのよ。末代まで、汚点《しみ》がついて、系図が汚れるじゃありませんか。」

「既に云々《うんぬん》が有るんじゃありませんか。それを秘《かく》そうとするんじゃありませんか。卑怯だと云うんです。」

「そんな事を云って、何故《なぜ》、貴下は、」

少し起返《おきかえ》って、尚背向《なおうしろむ》きに、

「貴下に些《ちっ》とも悪意を持って居ない、こうして名誉も何も一所《いっしょ》に捧《ささ》げて居るような、」

と口惜《くや》しそうに、

「私を苦しめようとなさるんだろうねえ。」

「些《ちっ》とも苦しめやしませんよ。」

「それだって、乱暴な事を言ってさ、」

「貴女が困って居るものを、何も好き好んで表向《おもてむき》にしようと言うんじゃない。不実だの、無情だの、私の身体《からだ》はどうなるの、とお言いなさるから、貴女の身体は、疑《うたがい》の晴れくもりで――制裁を請けるんだ、と言うんです。貴女ばかり、と言ったら不実でしょう。男が諸共《もろとも》に、と云うのに、些《ちっ》とも無情な事はありますまい。どうです。」

と言う顔を斜めに視《み》て、

「ですから、そんな打破《ぶちこわ》しをしないでも、妙子さんさえ下さると、円満に納まるばかりか、私も、どんなにか気が易《やす》まって、良心の呵責《かしやく》を免れることが出来ますッて云うのにね。肯《き》きますまい！　それが無情だ、と云うんだわ。名誉も何も捧げて居る婦《おんな》の願いじゃありませんか、肯いてくれたって可《い》いんだわ。」

「(名誉も何も)とおっしゃるんだ。」

「ああ、そうよ。」と捩向《ねじむ》いて清《すず》しく目を睜《みひら》く。

「何為《なぜ》その上、家も河野もと言わんのです。名誉を別にした家がありますか。家を別にした河野がありますか。貴女はじめ家門の名誉と云う気障《きざ》な考えが有る内は、情合《じょうあい》は分りません。そう云うのが、夫より、実家《さと》の両親《ふたおや》が大事だったり、他《ひと》の娘の体格検査をしたりするのだ。お妙さんに指もささせるもんですか。お妙さんの相談をしようと云うんなら、先《ま》ず貴女から、名誉も家も打棄《うっちゃ》って、誰なりとも好いた男と一所に成ると云う実証をお挙げなさい。」

と意気込んで激しく云うと、今度は夫人が、気の無い、疲れたような、倦《うん》じた調子で、

「而《そ》して又(結婚式は、安東村の、あの、乞食小屋見たような茅屋《あばらや》で挙げろ)でしょう。貴下はまるッ切《きり》私たちと考えが反対だわ。何だか河野の家を滅ぼそうと云うような様子だもの、家に仇《あだ》する敵《かたき》だわ。どうして、そんな人を、私厭でないんだか、自分で自分の

気が知れなくッてよ。ああ、而して、もう、私、慈善市《バザア》へ行かなくッては。もう何でも可《い》いわ！　何でも可いわ。」

夫人と……別れたあとで、主税はカッと障子を開けて、しばらく天を仰いで居たが、

「ああ、今日はお妙さんの日だ。」と、呟《つぶや》いて仰向けに寝た——妙子の日とは——日曜を意味したのである。

宵《よい》　闇《やみ》

四十

同《おなじ》、日曜の夜の事で。

日が暮れると、早瀬は玄関へ出て、框《かまち》に腰を掛けて、土間の下駄を引掛けたなり、洋燈《ラムプ》を背後《うしろ》に、片手を突いて長く成って一人で居た。よくぞ男に生れたる、と云う陽気でも

無く、虫を聞く時節でも無く、家は古いが、壁から生えた芒《すすき》も無し、絵でないから、一筆描《が》きの月のあしらいも見えぬ。

ト忌々《いみいみ》しいと言えば忌々しい、上框《あがりがまち》に、灯を背中にして、恰《あたか》も門火《かどび》を焚《た》いて居るようなーーその薄あかりが、格子戸《こうしど》を透《すか》して、軒で一度暗くなって、中が絶えて、それから、ぼやけた輪を取って、朦朧《もうろう》と、雨曝《あまざれ》の木目《もくめ》の高い、門の扉《と》に映って、蝙蝠《こうもり》の影にもあらず、空を黒雲が行通うか何ぞのように、時々、むらむらと暗く成る……又明《あか》く成る。

目も放さず、早瀬がそれを凝《じっ》と視《なが》める内に、濁ったようなその燈影《ひかげ》が、二三度揺々《ゆらゆら》と動いて、やがて礫《つぶて》した波が、水の面《おも》に月輪を纏《まと》めた風情《ふぜい》に、白やかな婦《おんな》の顔が其処《そこ》を覗《のぞ》いた。

門の扉《と》が開くでも無しに……続いて雪のような衣紋《えもん》が出て、それと映合《うつりあ》ってくッきりと黒い鬢《びん》が、やがて薄お納戸《なんど》の肩のあたり、きらりと光って、帯の色の鮮麗《あざやか》に成ったのはーー道子であった。

門に立忍んで、密《そ》と扉《と》を開けて、横から様子を伺ったものである。

一目見ると、早瀬は、ずいと立って、格子を開けながら、手招ぎをする。と、立直って後姿に成って、ＡＢ《アアベエ》横町の左右を眴《みまわ》す趣であったが、うしろ向きに入って、がらがらと後《あと》を閉めると、三足ばかりを小刻みに急いで来て、人目の関には一重も多く、遮《さえぎ》るものが欲しそうに、又格子を立てた。

「能《よ》うこそ、」と莞爾《にっこり》して云う。

姉夫人は、口を、畳んだ手巾《ハンケチ》で圧《おさ》えたが、すッすッと息が忙《せわ》しく、

「誰方《どなた》も……」

「誰も。」

「小使さんは？」

ともう馴染《なじ》んだか尋ね得た。

「彼《あれ》は朝っから、貞造の方へ遣ってあります、目の離せません容態ですから。」

「何から何まで難有《ありがと》う存じます……一人の親を……済みませんですねえ。」

とその手巾が目に障る。

「済まないのは私こそ。でも能く会場が抜けられましたな。」

「はい、色艶《いろつや》が悪いから、控所の茶屋で憩《やす》むように、と皆さんが、そう言って下さいましたから、好い都合《つじまち》に、点燈頃《あかりのつきごろ》の混雑紛れに出ましたけれど、宅の車では悪うございますから、途中で辻待の車を雇いますと、気が着きませんでしたが、それが貴下、片々蠣目《かたかたかきめ》のようで、その可恐《こわ》らしい目で、時々振返っては、あの、幌《ほろ》の中を覗きましてね、私はどんなに気味が悪うござんしてしょう。漸《やっ》とこの横町の角で下りて、まあ、御門まで参りましたけれども、もしかお客様でも有っては悪いから、と少時《しばらく》立って居りましたの。」

「お心づかい、お察し申します。」

と頭《こうべ》を下げて、

「島山さんの、お菅さんには。」

「今しがた参りました。あんなに遅くまで――此方様《こちらさま》に。」

「否《いいえ》。」

「それでは道寄りをいたしましたのでございましょう。燈《あかり》の点《つ》きます少し前に見えましたっけ、大勢の中でございますから、遠くに姿を見ましたばかりで、別に言《ことば》も交わさないで、私は急いで出て参りましたので。」

「成程、いや、お茶も差上げませんで失礼ですが、手間が取れちゃ又お首尾が悪いと不《い》可《け》ません。直ぐに、これから、」

「どうぞそうなすって下さいまし、貴下、御苦労様でございますねえ。」

「御苦労処《どころ》じゃありません。さあ、お供いたしましょう。」

不図《ふと》心着いたように、

「お待ちなさいよ、夫人《おくさん》。」

四十一

早瀬は今更ながら、道子がその白襟の品《ひん》好く麗《うるわ》しい姿を視《なが》めて、

「宵暗《よいやみ》でも、貴女《あなた》のその態《なり》じゃ恐しく目に立って、どんな事で又その蠣目《かきめ》の車夫なんぞが見着けまいものでもありません。一寸《ちょいと》貴女手巾《ハンケチ》を。」

と慌《あわただ》しい折から手の触るも顧みず、奪うが如《ごと》く引取って、背後《うしろ》から夫人の肩を肩掛《ショオル》のように包むと、撫肩《なでがた》は愈々《いよいよ》細って、身を萎《すく》めたが尚見好《みよ》げな。

懐中《ふところ》から又手拭《てぬぐい》を出して、夫人に渡して、

「姉《あね》さん冠《かぶ》りと云うのになさい、田舎者が為《す》るように。」

「どうせ田舎者なんですもの。」

と打傾いて、髷《まげ》に一寸手を当てて、

「こうですか。」白地を被《かぶ》って俯向《うつむ》けば、黒髪こそは隠れたれ、包むに余る鬢の馥《か》の、雪に梅花を伏せたよう。

主税は横から右瞻《と み》左瞻《こうみ》て、

「不可《いけな》い、不可い、尚目立つ。貴女、失礼ですが、裾《すそ》を端折《はしょ》って、そう、不可《いか》んな。長襦袢《ながじゅばん》が突丈《ついたけ》じゃ、矢張《やっぱり》清元の出語《でがたり》がありそうだ。」

と口の裡《うち》に独言《つぶや》きつつ、

「お気味が悪くっても、胸へためて、ぐっと上げて、足袋との間を思い切って。ああ、おいたわしいな。」

「厭でございますね。」

「御免なさいよ。」

と言うが疾《はや》いか、早瀬の手は空を切って、体を踞《しゃが》んだと思うと、

「あれ、」

かっと成って、ふらふらと頭《つむり》重く倒れようとした——手を主税の肩に突いて、道子は纔《わず》かに支えたが、早瀬の掌《たなそこ》には逸早《いちはや》く壁の隅なる煤《すす》を摑《すく》って、これを夫人の脛《はぎ》に塗って、穂にあらわれて蔽《おお》われ果てぬ、尋常なその褄はずれを隠したのであった。

「もう、大丈夫、河野の令夫人《おくがた》とは見えやしない。」

と、框《かまち》の洋燈《ラムプ》を上から、フッ！

留南奇《とめき》を便《たより》に、身を寄せて、

「さあ、出掛けましょう。」

胸に当った夫人の肩は、誘わるるまで、震えて居た。

この横町から、安東村へは五町に足りない道だけれども、場末の賤《しず》が家《いえ》ばかり。時に雨もよいの夏雲の閉した空は、星あるよりも行方遥《はる》かに、たまさか漏るる燈《ひ》の影は、山路なる、孤家《ひとつや》のそれと疑わるる。

名門の女子深窓に養われて、傍に夫無くしては、濫《みだ》りに他と言葉さえ交えまじきが、今日朝からの心の裡、蓋《けだ》し察するに余《あま》りあり。

我は不義者の児《こ》なりと知り、父は然《しか》も危篤《きとく》の病者。逢《あ》うが別れの今世《こんじょう》に、臨終《いまわ》のなど

りを惜むため、華燭銀燈輝いて、見返る空に月の如き、若竹座を忍んで出た、慈善市《バザア》の光を思うにつけても、横町の後暗さは冥土《よみじ》にも増るのみか。裾端折り、頰被《ほおかぶり》して、男――とあられも無い姿。瞥《ちら》りとでも、人目に触れて、貴女は、と一言《ひとこと》聞くが最後よ、活《い》きては居られない大事の瀬戸。辛く乗切って行く先は……実《まこと》の親の死目である。道子が心はどんなであろう。

大巌山《おおいわやま》の幻が、闇《やみ》の気勢《けはい》に目を圧えて、用水の音凄《すさま》じく、地を揺《ゆ》る如く聞えた時、道子は俤《おもかげ》さえ、衣《きぬ》の色さえ、有るか無きかの声して、

「夢では無いのでしょうか知ら。宙を歩行《ある》きますようで、ふらふらして、倒れそうでなりません。早瀬さん、お袖につかまらして下さいまし。」

「堅乎《しっかり》と！　可《い》い塩梅《あんばい》に人通りもありませんから。」

人は無くて、軒を走る、怪しき狗《いぬ》が見えたであろう。紺屋の暖簾《のれん》の鯛の色は、燐火《おにび》となって燃えもせぬが、昔を知ればひづめの音して、馬の形も有りそうな、安東村へぞ着きにける。

四十二

道子は声も徜徉《さまよ》うように、

と透《すか》しながら早瀬が答えた。古井戸は地獄が開けた、大《おおい》なる口の如くに見えたのである。

「ああ、それは道端の井戸なんです。」

「真中に恐しい穴がございますよ。」

「何故《なぜ》、貴女？」

「此処《ここ》は野原でございますか。」

早瀬より、忍び足する夫人の駒下駄《こまげた》が、却《かえ》って戦《おのの》きに音高く、辿々《たどたど》しく四辺《あたり》に響いて、やがて真暗な軒下に導かれて、其処で留まった。が、心着いたら、心弱い婦《ひと》は、得堪えず倒れたであろう、恰《あたか》もその頸《うなじ》の上に、例の白黒斑《まだら》な狗が踞《うずくま》って居るのである。

音訪《おとな》う間も無く、どたんと畳を蹴《け》て立つ音して、戸を開けるのと、ついその框《かまち》に真赤な灯の、ほやの油煙に黒ずんだ小洋燈《ランプ》の見ゆるが同時で、ぬいと立ったは、眉の迫った、目の鋭い、細面《ほそおもて》の壮佼《わかもの》で、巾狭《はばぜま》な単衣《ひとえ》に三尺帯を尻下《しりさが》り、粋《いなせ》な奴《やっこ》を誰とかする、即《すなわ》ち塾の（小使）で、怪！　怪！　怪！　アバ大人を掏損《すりそ》これた、万太《まんた》と云う攫徒《すり》である。

はたと主税と面《おもて》を合わせて、

「兄哥《あにい》！」

「…………」

「不可《いけ》ねえぜ。」と仮色《こわいろ》のように云った。

「何だ——馬鹿、お連《つれ》がある。」

「やあ、先生、大変だ。」

「どう、大変。」

衝《つ》と入る。袂《たもと》に縋《すが》って、牲《にえ》の鳥の乱れ姿や、羽掻《はがい》を傷《いた》めた袖《そで》を悩んで、塒《ねぐら》のような戸を潜《くぐ》ると、跣足《はだし》で下りて、小使、カタリと後《あと》を鎖《さ》し、

「病人が冷く成ったい。」

「ええ、」

「今駈出そうてえ処でさ。」

「医者か。」

「お医者は直ぐに呼んで来たがね、もう不可《いけ》ねえッて、今しがた帰ったんで。私《わっし》あ、懵《ぼう》として坐って居ましたが、何でもこりゃ先生に来て貰《もら》わなくちゃ、仕様がないと、今漸《やっ》と気が附いて飛んで行こうと思った処で。」

「そんな法はない。死ぬなんて、」

と飛び込むと、坐ると同時《いっしょ》で、唯一室《ただひとま》だから其処《そこ》が褥《しとね》の、筵《むしろ》のような枕許《まくらもと》へ膝《ひざ》を落して、覗込んだが、慌しく居直って、三布蒲団《みのぶとん》を持上げて、骨の蒼《あお》いのがくッきり見える、病人の仰向けに寝た胸へ、手を当てて熟《じっ》としたが、

「奥さん、」

と静《しずか》に呼ぶ。

道子が、取ったばかりの手拭を、引摺《ひきず》るように膝にかけて、振《ふり》を繕う遑《いとま》もなく、押並んで跪《ひざまず》いた時、早瀬は退《すさ》って向き直って、

「線香なんぞ買って――それから、種々《いろいろ》要るものを。」

「へい、宜《よ》うがす。」

茫乎《ぼんやり》戸口に立って居た小使は、その跣足《はだし》のまま飛んで出た。

只《と》見れば、貞造の死骸《なきがら》の、恩愛に曳《ひ》かれて動くのが、筵に響いて身に染《し》みるように、

道子の膝は打震いつつ、幽《かすか》に唱名《しょうみょう》の声が漏れる。

「能《よ》く御覧なさいましよ。貴女《あなた》も見せてお上げなさいよ。ああ、暗くって、それでは顔が、」

手洋燈《てラムプ》を摺《ず》らして出したが、燈《あかり》が低く這《は》って届かないので、裏が紺屋の物干の、破欞《やぶれれん》子《じ》の下に汚れた飯櫃《めしびつ》があった、それへ載せて、早瀬が立って持出したのを、夫人が伸上るようにして、霑《うるみ》をもった目を見据え、現《うつつ》の面《おもて》で受取ったが、両方掛けた手の震えに、ぶるぶると動くと思うと、坂に成った蓋《ふた》を辷《すべ》って、啊呀《あなや》と云う間に、袖に俯向《うつむ》いて、火を吹きながら、畳に落ちて砕けたではないか！　天井が真紫に、筵が赫《かっ》と赤く成った。

この明《あかり》で、貞造の顔は、活《い》きて眼《まなこ》を開いたかと、蒼白《あおざめ》た鼻も見えたが、松明《たいまつ》のようにひらひらと燃え上る、夫人の裾の手拭を、炎ながら引摑《ひッつか》んで、土間へ叩《たた》き出した早瀬が、一大事の声を絞って、

「大変だ、帯に、」と一声。余りの事に茫《ぼう》となって、その時座を避けようとする、道子の帯の結目《むすびめ》を、引断《ひっき》れよ、と引いたので、横ざまに倒れた裳《もすそ》の煽《あお》り、乳《ち》のあたりから波打って、炎に燃えつと見えたのは、膚《はだえ》の雪に映る火を僅《わずか》に襦袢に隔てたのであった。トタンに早瀬は、身を投げて油の上をぐるぐると転げた。火はこれがために消えて、しばらくは黒白《あやめ》も分かず。阿部街道を戻り馬が、遥《はるか》に、ヒイインと嘶《いなな》く声。戸外《おもて》で、犬の吠《ほ》ゆる声。

「可恐《おッそろし》い真暗ですね。」

品々《しなじな》を整えて、道の暗さに、提灯《ちょうちん》を借りて帰って来た、小使が、のそりと入ると、薄色の紋着を、水のように畳に流して、夫人は其処に伏《ふし》沈んで、早瀬は窓をあけて、欞子に腰をかけて、吻《ほっ》として腕をさすって居た。——猛虎肉酔初醒時《もうこにくにえうてはじめてさむるとき》。揩磨苛痒風助威《かようをかいましてかぜいをたすく》。

廊下づたい

四十三

家の業《ぎよう》でも、気の弱い婦《おんな》であるから、外科室の方は身震いがすると云うので、是非なく行かぬ事に成って居るが、道子は、両親の注意——寧《むし》ろ命令で、午後十時前後、寝際《ねぎわ》には必ず一度ずつ、入院患者の病室を、遍《あまね》く見舞うのが勤めであった。

爾時《そのとき》は当番の看護婦が、交代に二人ずつ附添うので、唯（御気分は如何《いかが》ですか、お大事になさいまし）とだけだけれども、心優しき生来《うまれつき》の、自《おのず》から言外の情《じよう》が籠《こも》るため、病者は少なからぬ慰安を感じて、結句院長の廻診より、道子の端麗な、この姿を、待ち兼ねる者が多い。怪《け》しからぬのは、鼻風邪如《ごと》きで入院して、貴女のお手ずからお薬を、と唸《うな》ると云うが、まさかであろう。

で――この事たるや、夫の医学士、名は理順《りじゅん》と云う――院長は余り賛成はしないのだけれども、病人を慰めると云う仕事は、如何《いか》なる貴夫人がなすっても仔細《しさい》ない美徳であるし、両親も断《た》って希望也《なり》、不問に附して黙諾の体《てい》で居る。ト今夜もばたばたと、上草履の音に連れて、下階《した》の病室を済ました後《あと》、横田の田畝《たんぼ》を左に見て、右に停車場《ステイシヨン》を望んで、この向《むき》は天気が好《い》いと、雲に連なって海が見える、その二階へ、雪洞《ぼんぼり》を手にした、白衣《びやくえ》の看護婦を従えて、真中に院長夫人。雲を開いたように階子段《はしごだん》を上へ、髪が見えて、肩、帯が露《あらわ》れる。

質素《じみ》な浴衣《ゆかた》に昼夜帯を……尤《もっと》もお太鼓に結んで、紅鼻緒に白足袋であったが、冬の夜なぞは寝衣《ねまき》に着換えて、浅黄の扱帯《しごき》と云う事がある。そんな時は、寝白粉《ねおしろい》の香《か》も薫《かお》る、夫《それ》はまた異香薫《くん》ずるが如く、患者は御来迎《ごらいごう》、と称えて随喜渇仰。

また実際、夫人がその風采《とりなり》、その容色《きりよう》で、看護婦を率いた状《さま》は、常に天使の如く拝まれるのであったに、如何にやしけん、近い頃、殊《こと》に今夜あたり、色艶《いろつや》勝れず、円髷《まるまげ》も重そうに首垂《うなだ》れて、胸をせめて袖を襲《かさ》ねた状《さま》は、慎ましげに床し、とよりは、悄然《しようぜん》と細って、何か目に見えぬ縛《いましめ》の八重の縄で、風に靡《なび》く弱腰かけて、ぐるぐると巻かれたよう。従って、前後を擁した二体の白衣も、天にもし有らば美しき獄卒の、法廷の高く高き処《ところ》へ夫人を引立てて来たようである。

扉《ドア》を開放《あけはな》した室の、患者無しに行抜けの空は、右も左も、折から真白な月夜で、月の表《おもて》には富士の白妙、裏は紫、海ある気勢《けはい》。停車場《ステイシヨン》の屋根はきらきらと露が流れて輝く。

例に因《よ》って、室々《しつしつ》へ、雪洞《ぼんぼり》が入り、白衣が出で、夫人が後姿になり、看護婦が前に向き、ばたばたた、ばたばたたと規律正しい沈んだ音が長廊下に断えては続き、処々《ところどころ》月になり、又雪洞がぽっと明くなって、ややあって、遥かに暗い裏階子《うらばしご》へ消える筈《はず》のが、今夜は廊下の真中を、ト一列になって、水彩色《みずさいしき》の燈籠《とうろう》の絵の浮いて出たように、すらすら此方《こなた》へ引返《ひっかえ》して来て、中程よりもう些《ちっ》と表階子《おもてばしご》へ寄った――右隣が空いた、富士へ向いた病室の前へ来ると、夫人は立留って、白衣は左右に分れた。

順に見舞った中に、この一室だけは、行きがけに何為《なぜ》か残したもので。……只《と》見ると胡粉《ごふん》で書いた番号の札に並べて、早瀬主税と記してある。

道子は間《なか》に立って、徐《おもむろ》に左右を見返り、黙って目礼をして、殆《ほとん》ど無意識に、しなやかな手を伸ばすと、看護婦の一人が、雪洞を渡して、それは両手を、一人は片手を、膝のあたりまで下げて、ひらりと雪の一団《ひとかたまり》。

ずッと離れて廊下を戻る。

道子は扉《ドア》に吸込まれた、ト思うと、しめ切らないその扉《ドア》の透間《すきま》から、やや背屈《せかが》みをしたらしい、低い処へ横顔を見せて廊下を差覗《さしのぞ》くと、表階子の欄干《てすり》へ、雪洞を中にして、からみついたように成って、二人附着《くッつ》いて、此方《こなた》を見て居た白衣が、さらりと消えて、壇に沈む。

四十四

寝台《ねだい》に沈んだ病人の顔の色は、これが早瀬か、と思うほどである。

道子は雪洞を裾《すそ》に置いて、帯のあたりから胸を仄《ほの》かに、顔を暗く、寝台に添うて彳《たたず》んで、心《しん》を細めた洋燈《ラムプ》のあかりに、その灰のような面《おもて》を見たが、目は明かに開いて居た。

ト思うと、早瀬に顔を背けて、目を塞《ふさ》いだが、瞳《ひとみ》は動くか、烈《はげ》しく睫毛《まつげ》が震えたのである。

良《やや》あって、

「早瀬さん、私が分りますか。」

「…………」

「漸々《ようよう》今日のお昼頃から、あの、人顔《ひとがお》がお分りになるようにお成んなさいましたそうでございますね。」

「お庇様《かげさま》で。」

と確《たしか》に聞えた。が、腹でもの云う如くで、口は動かぬ。

「酷《ひど》いお熱だったんでございますのねえ。」

「看護婦に聞きました。ちょうど十日間ばかり、全《まる》ッ切人事不省で、驚きました。いつの間にか、もう、七月の中旬《なかば》だそうで。」と瞑《ねむ》ったままで云う。

「宅では、東京の妹たちが、皆《みんな》暑中休暇で帰って参りました。」

少し枕を動かして、

「英吉君も……ですか。」

「否《いいえ》、あの人だけは参りませんの。この頃じゃ家へ帰られないような義理に成って居りますから、気の毒ですよ。

ああ、そう申せば、」と優しく、枕許《まくらもと》の置棚を斜に見て、

「貴下は、まあ、さぞ東京へお帰りなさらなければ成らなかったんでございましょうに。生憎《あいにく》御病気で、真個《ほんとう》に間《ま》が悪うございましたわね。酒井様からの電報は御覧に成りましたの？」

「見ました、先刻はじめて、」

と調子が沈む。

「二通とも、」

「二通とも。」

「一通は唯（直ぐ帰れ。）ですが、二度目のには、ツタビョウキ（蔦病気）――予《かね》て妹から承って居りました。貴下の奥さんが御危篤《きとく》のように存じられます。御内《おうち》の小使さん、とそれに草深の妹とも相談しまして、お枕許で、失礼ですが、電報の封を解きまして、

私の名で、貴下がこのお熱の御様子で、残念ですが行らっしゃられない事を、お返事申して置きました。ですが、まあ、何と云う折が悪いのでございましょう。真個《ほんとう》にお察し申して居ります。」

「……病気が幸です。達者で居たって、どの面《つら》さげて、先生はじめ、顔が合《あわ》されますもんですか。」

「何為《なぜ》？　貴下、」

と、熟《じっ》と頤《おとがい》を据えて、俯向《うつむ》いて顔を見ると、早瀬は纔《わずか》に目を開《あ》いて、

「何為とは？」

「…………」

「第一、貴女に、見せられる顔じゃありません。」

と云う呼吸《いき》づかいが荒くなって、毛布《けっと》を乗出した、薄い胸の、露《あら》わな骨が動いた時、道子の肩はわなわなして、真白《ましろ》な手の戦《おのの》くのが、雪の乱るるようであった。

「安東村へおともをしたのは……夢ではないのでございますね。」

早瀬は差置かれた胸の手に、圧し殺されて、恰《あたか》も呼吸の留るが如く、その苦《くるしみ》を払わんとするように、痩細《やせほそ》った手で握って、幾度も口を動しつつ辛うじて答えた。

「夢ではありません、が、この世の事では無いのです。お、お道さん、毒を、毒を一思いに飲まして下さい。」

と魚《うお》の渇けるが如く悶《もだ》ゆる白歯《しらは》に、傾く鬢《びん》からこぼるるよと見えて、衝《つ》と一片《ひとひら》の花が触れた。

颯《さっ》となった顔を背けて、

「夢でなければ……どうしましょう！」

と道子は崩れたように膝《ひざ》を折って、寝台の端《はし》に顔を隠した。窓の月は、キラリと笄《こうがい》の艶に光って、雪燈《ぼんぼり》は仄かに玉の如き頸《うなじ》を照らした。

これより前《さき》、看護婦の姿が欄干から消えて、早瀬の病室の扉《と》が堅く鎖《とざ》されると同時に、裏階子《うらばしご》の上へ、ふと顕《あらわ》れた一人《にん》の婦《おんな》があって、堆《うずたか》い前髪にも隠れない、鋭い瞳は、屹《き》と長廊下を射るばかり。それが跫音《あしおと》を密《ひそ》めて来て、隣の空室《あきま》へ忍んだことを、断って置かねば成らぬ。こは道子等の母親である。

——同一事《おなじこと》が——同一事が……五晩六晩続いた。

四十五

妙なことが有るもので、夜毎《よごと》に、道子が早瀬の病室を出る時間の後れるほど、人こそ替れ、二人ずつの看護婦の、階子段の欄干を離れるのが遅く成った。

どうせ其処《そこ》に待って居て、一所に二階を下りるのでは無い——要するに、遠くから、早瀬の室を窺《うかが》う間が長く成ったのである、と言いかえれば言うのである。で、今夜も又、早瀬の病室の前で、道子に別れた二人の白衣が、多時宙《しばらく》にかかったようになって、欄干の処に居た。

広庭を一つ隔てた母屋《おもや》の方では、宵《よい》の口から、今度暑中休暇で帰省した、牛込桐楊塾《とうよう》の娘たちに、内の小児《こども》、甥《おい》だの、姪《めい》だのが一所に成った処へ、又小児同志の客があり、草深の一家《いっけ》も来、ヴァイオリンが聞える。洋琴《オルガン》が鳴る、唱歌を唄《うた》う――この人数《にんず》へ、もう一組。菅子の妹の辰子と云うのが、福井県の参事官へ去年《こぞ》の秋縁着いてもう児《こ》が出来た。その一組が当河野家へ来揃《きそろ》うと、この時だけは道子と共に、一族残らず、乳母小間使と子守を交ぜて、雑《ざっ》と五十人ばかりの人数で、両親《ふたおや》がついて、予てこれがために、清水港に、三保《みほ》に近く、田子の浦、久能山、江尻は固《もと》より、興津、清見寺などへ、ぶらりと散歩が出来ようと云う地を選んだ、宏大《こうだい》な別荘の設《もうけ》が有って、例年必ず其処へ避暑する。一門の栄華を見よ、と英臣《ひでおみ》大夫妻、得意の時で、昨年は英吉だけ欠けたが……今年も怪しい。そのかわり、新しく福井県の顕官が加わるのである……

さて母屋の方は、葉越《はごし》に映る燈《ともしび》にも景気づいて、小さいのが弄《もてあそ》ぶ花火の音、松の梢《こずえ》に富士より高く流星も上ったが、今は静に成った。

壇の下から音もなく、形の白い脊の高いものが、ぬいと廊下へ出た、と思うと、看護婦二人は驚いて退《すさ》った。

来たのは院長、医学士河野理順である。

ホワイト襯衣《シャツ》に、縞《しま》の粗《あら》い慢《ゆるやか》な筒服《ずぼん》、上靴を穿《は》いたが、ビイルを呷《あお》ったらしい。充血した顔の、額に顱割《はちわれ》のある、髯《ひげ》の薄い人物で、ギラリと輝く黄金縁《きんぶち》の目金越《めがねごし》に、看護婦等を睨《ね》め着けながら、

「君たちは……」

と云うた眼《まなこ》が、目金越に血走った。

「道子に附いて居るんじゃないか。」

「は、」と二人《にん》が頭《こうべ》を下げる。

「どうしたか。」

「は、早瀬さんの室を、お見舞に成ります時は、何時《いつ》も私どもはお附き申しませんでございます。」と爽《さわやか》な声で答えた。

「何為《なぜ》かい。」

「奥様がおっしゃいます。御本宅の英吉様の御朋友《ほうゆう》ですから、看護婦なぞを連れては豪《えら》そうに見えて、容体ぶるようで気恥かしいから、とおっしゃって、お連れなさいませんので、は……」と云う。

「何時もそうか。」

と尋ねた時、衣兜《かくし》に両手を突込んで、肩を揺《ゆす》った。

「はい、何時でも、」

「む、そうか。」と言い棄てに、荒らかに廊下を踏んだ。

「あれ、主人《あるじ》の跫音でございます。」

「院長ですか。」

道子は色を変えて、

「あれ、どうしましょう、此方《こちら》へ参りますよ。アレ、」

「院長が入院患者を見舞うのに、些《ちっ》とも不思議はありません。」と早瀬は寝ながら平然として云った。

目も尋常《ただ》ならず、おろおろして、

「両親も知りませんが、主人《あるじ》は酷い目に逢《あ》わせますのでございますよ。」としめ木にかけられた様に袖を絞って立窘《たちすく》むと、

「寝台《ねだい》の下へお隠れなさい。可《い》いから、」

とむっくと起きた、早瀬は毛布を蹶《けっと》飜《ひるがえ》して、夫人の裾を隠しながら、寝台に屹《きっ》と身構えたトタンに、

「院長さんが御廻診ですよう！」と看護婦の金切声が物凄《ものすご》く響いたのである。

理順は既に室《しつ》に迫って、あわや開けようとすると、何処《どこ》に居たか、忽然《こつぜん》として、母夫

人が立露《たちあらわ》れて、扉《ドア》に手を掛けた医学士の二の腕を、横ざまにグッと圧《おさ》えて……曰《いわ》く、

「院長。」

と、その得《え》も言われぬ顔を、例の鋭い目で、じろりと見て、

「どうぞ、此方《こちら》へ。否《いいえ》、是非。」

燃ゆるが如《ごと》き嫉妬《しっと》の腕《かいな》を、小脇《こわき》にしっかり抱込んだと思うと、早や裏階子《うらばしご》の方《かた》へ引いて退《の》いた。

蛍

四十六

「己《おれ》が分るか、分るか。おお酒井だ。分ったか、確乎《しっかり》しな。」

酒井俊蔵唯《ただ》一人、臨終《いまわ》のお蔦《つた》の枕元《まくらもと》に、親しく顔を差寄せた。次の間《ま》には……

「ああ、皆《みんな》居るとも、妙《たえ》も居るよ。大勢居るから気を丈夫に持て！　唯早瀬が見えん、残念だろう、己も残念だ。病気で入院をして居ると云うから、致方《いたしかた》が無い。断念《あきら》めなよ。」

と、黒髪ばかりは幾千代までも、早やその下に消えそうな、薄白んだ耳に口を寄せて、

「未来で会え、未来で会え。未来で会ったら一生懸命に縋着《すがりつ》いて居て離れるな。己のような邪魔者の入らないように用心しろ。屹度《きっと》離れるなよ。先生なんぞ持つな。己はこう云う事とは知らなんだ。お前より早瀬の方が可愛《かわい》いから、彼《あれ》に間違いの無いように、怪我の無いようにと思ったが、可哀相《かわいそう》な事をしたよ。

早瀬に過失《あやまち》をさすまいと思う己の目には、お前の影は彼奴《あいつ》に魔が魅《さ》して居るように見えたんだ。お前を悪魔だと思った、己は敵《かたき》だ。間《なか》をせいたって処女《きむすめ》じゃない。真《まこと》逢いたくば、どんなにしても逢えん事はない。世間体だ、一所に居てこそ不都合だが、内証《ないしょ》なら大目に見て遣《や》ろうと思ったものを、お前たちだけに義理がたく、死ぬまで我慢を為徹《しとお》したか。可哀相に。……今更卑怯《ひきょう》な事は謂《い》わない、己を怨《うら》め、酒井俊蔵を怨め、己を呪《のろ》えよ！

どうだ、自分で心を弱くして、迚《とて》も活きられない、死ぬなんぞと考えないで、もう一度石に喰ついても恢復《なお》って、生樹《なまき》を裂いた己へ面当《つらあて》に、早瀬と手を引いて復讐《しかえし》をして見せる元気は出せんか、意地は無いか。

もう不可《いけ》まい喃《なあ》。」

と、忘れたようなお蔦の手を膝へ取って、熟《じっ》と見て、

「瘠《や》せたよ。一昨日《おととい》見た時より又半分に成った。――これ、目を開《あ》きなよ、確乎《しっかり》しな、己だ、分ったか、ああ先生だよ。皆《みんな》居る、妙も来て居る。姉さん――小芳か、彼処《あすこ》に居るよ。

何為《なぜ》、お前は気を長くして、早瀬が己ほどの者に成るのを待たん、己でさえ芸者の情婦《いろ》は持余《もてあま》して居るんだ、世の中は面倒さな。

あの腰を突けばひょろつくような若い奴《やつ》が、お前を内へ入れて、それで身を立って行かれるものか。共倒れが不便だから、剣突《けんつく》を喰わしたんだが、可哀相に、両方とも国を隔って煩《わず》らって、胸一つ擦《さす》って貰《もら》えないのは、お前たち何の因果だ。

さぞ待って居るだろうな、早瀬の来るのを。彼《あれ》が来るから、と云って、お前、昨夜《ゆうべ》髪を結《い》ったそうだ。ああ、島田が好く出来た、己が見たよ。」

と云う時、次の室《ま》で泣音《なくね》がした。続いてすすり泣く声が聞えたが、その真先《まっさき》だったのは、お蔦のこれを結った、髪結のお増《ます》であった。芸妓《げいこ》島田は名誉の婦《おんな》が、如何《いか》に、丹精をぬきんでたろう。

上《あが》らぬ枕を取交《とりか》えた、括《くくり》蒲団に一《いち》が沈んで、後毛《おくれげ》の乱れさえ、一入《ひとしお》の可傷《いたまし》さに、お蔦は薄化粧さえして居るのである。

お蔦は恥じてか、見て欲かったか、肩を捻《ひね》って、髷《まげ》を真向きに、毛筋も透通《すきとお》るような頸《うなじ》を向けて、なだらかに掛けた小掻巻《こがいまき》の膝の辺《あたり》に、一波打つと、力を入れたらしく寝返りした。

四十七

「似合った、似合った、ああ、島田が佳《よ》く出来た。早瀬なんかに分るものか。顔を見せな、さあ。」

とじりりと膝を寄せて、爾時《そのとき》、颯《さつ》と薄桃色の瞼《まぶた》の霑《うる》んだ、冷たい顔が、夜の風に戦《そよ》ぐばかり、蓐《しとね》の隈《くま》に俤《おもかげ》立つのを、縁から明取《あかりと》りの月影に透かした酒井が、

「誰か来て蛍籠《ほたるかご》を外《はず》しな、厭《いや》な色だ。」

「へへい、」と頓興《とんきょう》な、ぼやけた声を出して、め組が継《つぎ》の当った千草色《ちぐさいろ》の半股引《はんももひき》で、縁側を膝立って来た――婦《おんな》たちは皆我を忘れて六畳に――中には抱合って泣いているのもあるので、惣助一人三畳の火鉢の傍《わき》に、割膝で畏《かしこま》って、歯を喰切《くいしば》った獅噛面《しがみづら》は、額に蠟《ろう》燭《そく》の流れぬばかり、絵にある燈台鬼と云う顔色《がんしょく》。時々病人の部屋が寂《しん》とする毎に、隣の女連《おんなれん》の中へ、四ツ這《ばい》に顔を出して、

（死んだか。）と聞いて、女房のお増に流眄《しりめ》にかけられ、

（未《ま》だか）と問うて、又睨《ね》めつけられ、苦笑いをしては引込んで控えたのが――大先生の前なり、やがて仏になる人の枕許《まくらもと》、謹しんで這って出て、ひょいと立上って蛍籠を外すと、居すくまった腰が据《すわ》らず、ひょろり、で、ドンと縁へ尻餅《しりもち》。魂が砕けたように、胸へ乱れて、颯《さつ》と光った、籠の蛍に、ハッと思う処《ところ》を、

「何ですね、お前さん、」

と鼻声になって居る女房《かみさん》に剣呑《けんのみ》を食って、慌《あわ》てて遁込《にげこ》む。

この物音に、お蔦は又ぱっちりと目を睜《みひら》いて、心細く、寂しげに、枕を酒井に擦寄《すりよ》せると……

「皆《みんな》居る、寂しくは無いよ。然しどうだい。早瀬が来たら、誰も次の室《ま》へ行って貰って、こうやって、二人ばかりで、言いたいことがあるだろう。致方《しかた》が無い断念《あきら》めな。断念めて――己を早瀬だと思え。世界に二人と無い夫だと思え。早瀬より豪い男だ。学問も出来る、名も高い、腕も有る、彼《あれ》よりは年も上だ。脊も高い、腹も確《たしか》だ、声も大《おおき》い、酒も強い、借金も多い、男振《おとこぶり》も彼《あれ》より増《まし》だ。女房もあり、情婦《いろ》もあり、娘も有る。地位も名誉も段違いの先生だ。酒井俊蔵を夫と思え、情夫《いろおとこ》と思え、早瀬主税《みだ》だと思って、言いたいことを言え、したいことをしろ、不足はあるまい。念仏も弥陀も何《なんに》も要らん、一心に男の名を称《とな》えるんだ。早瀬と称えて袖に縋れ、胸を抱け、お蔦。……早瀬が来た、此処《ここ》に居るよ。」

と云うと、縋りついて、膝に乗るのを、横抱きに頸を抱いた。

トつかまろうとする手に力なく、二三度探《さぐ》りはずしたが、震えながら緊乎《しつかり》と、酒井先生の襟を摑《つか》んで、

「咽喉《のど》が苦しい、ああ、呼吸《いき》が出来ない。素人《しろうと》らしいが、(と莞爾《につこり》して、)口移しに薬を飲まして……」

酒井は猶予《ため》らわず、水薬を口に含んだのである。

がっくりと咽喉を通ると、気が遠く成りそうに、仰向けに恍惚《うつとり》したが、

「早瀬さん。」

「お蔦。」

「早瀬さん……」

「むむ、」

「先《せ》、先生が逢っても可《い》いって、嬉《うれ》しいねえ！」

酒井は、はらはらと落涙した。

おとずれ

四十八

病室の寝台《ねだい》に、うつらうつらして居た早瀬は、フト目が覚めたが……昨夜あたりから、歩行《ある》いて厠《かわや》へ行かれるように成ったので、もう看護婦も付いて居らぬ。毎晩極《きま》ったように見舞ってくれた道子が、一昨日の夜の……あの時から、弗《ふッ》つり来ないし、一寝入りして覚めた今は、昼間、菅子に逢《あ》ったのも、世を隔てたようで心寂しい。室内を横伝い、未《ま》だ何か便り無さそうだから、寝台の縁《ふち》に手をかけて、腰を曲げるようにして出たが、扉《と》の外になると、もう自分でも足の確なのが分って、両側の其方此方《そちこち》に、白い金盥《かなだらい》に昇汞水《しょうこうすい》の薄桃色なのが、飛々の柱燈《はしらあかり》に見えるのを、気の毒らしく思うほど、気も爽然《さっぱり》して、通り過ぎた。

何処《どこ》も寝入って、寂《しん》として、この二三日めっきり暑さが増したので、中には扉《と》を明けたまま、看護婦が廊下へ雪のような裙《すそ》を出して、戸口に横わって眠ったのもあった。遠くで犬の吠《ほ》ゆる声はするが、幸い誰《ど》の呻吟声《うめきごえ》も聞えずに、更《ふ》けてかれこれ二時であろう。

厠は表階子《おもてばしご》の取附《とッつ》きにもあって、其処は燈《あかり》も明《あかる》いが、風は佳《よ》し、廊下は冷たし、歩行《ある》くのも物珍らしいので、早瀬は故《わざ》と、遠い方の、裏階子《うらばしご》の横手の薄暗い中へ入った。

ざぶり水を注《か》けながら、見るともなしに、小窓の格子《こうし》から田圃《たんぼ》を見ると、月は屋の棟《むね》に上《あが》ったろう、影は見えぬが青田の白さ。

風がそよそよと渡ると見れば、波のように葉末が分れて、田の水の透いたでもなく、ちらちらと光ったものがある。緩い、遅い、稲妻のように流れて、靄《もや》のかかった中に、土のひだが数えられる、大巌山の根を低く繞《めぐ》って消えたのは、何処かの電燈が閃《ひらめ》いて映ったようでもあるし、蛍が飛んだようにも思われる。

手水《ちょうず》と、その景色にぶるぶると冷くなって、直ぐに開けて出ようとする。戸の外へ、何か来て立って居て、それがために重いような気がして、思わず猶予《ためら》って、暗い中に、昼間被《き》かえた自分の浴衣《ゆかた》の白いのを、視《なが》めて悚然《ぞっ》として咳《せき》をしたが、口の裡《うち》で音には出ぬ。

「早瀬さん。」

「お蔦か」

と言った自分の声に、聞えた声よりも驚かされて、耳を傾けるや否《いな》や、赫《かっ》と成って我を忘れて、しゃにむに引開けようとした戸が、少しきしんで、ヒヤリと氷のような冷いものを手に摑んで、そのまま引開けると、裏階子が大な穴のように真黒なばかりで、別に何にも無い。

瓦《かわら》を嚙《か》むように棟近く、夜鴉《よがらす》が、かあ、と鳴いた。

鳴きながら、伝うて飛ぶのを、懵《ぼう》として仰ぎながら、導かれるようにふらふらと出ると、声の止《や》む時、壇階子《だんばしご》の横を廊下に出て居た。

只《と》見ると打向い遥《はる》か斜めなる、渠《かれ》が病室の、半開きにして来た扉《と》の前に、ちらりと見えた婦《おんな》の姿。——出たのか、入ったのか、直ぐに消えた。

ぱたぱたと、我ながら慌《あわただ》しく跫音《あしおと》立てて、一文字に駈《か》けつけたが、室の入口で、思わず釘附《くぎづけ》にされたように成った。

バサリと音して、一握《ひとにぎり》の綿が舞うように、むくむくと渦《うずま》くばかり、枕許の棚を殆《ほとん》ど転《ころが》って飛ぶのは、大きな、色の白い蛾《ひとりむし》で。

枕をかけて陰々とした、燈《ともしび》の間に、恰《あたか》も鞠《まり》のような影がさした。棚には、萱子が活《い》けて置いた、浅黄の天鵝絨《びろうど》に似た西洋花の大輪《おおりん》があったが、それではなしに——筋一ツ、元来の薬嫌《ぎらい》が、快いにつけて飲忘れた、一度ぶり残った呑《のみ》かけの——水薬《すいやく》の瓶に、ばさばさと当るのを、熟《じっ》と瞻《みつ》めて立つと、トントントンと壇を下りるような跫音がしたので、何処か、と見当も分らず振向いたのが表階子の方であった。その正面の壁に、一番明《あか》かった燈《ひ》が、アワヤ消えそうに成って居る。

爾時《そのとき》、蛾《ひとりむし》に向う如く、衝《つッ》と踏込む途端に、

「私ですよう引」と床《ゆか》に沈んで、足許《あしもと》の天井裏に、電話の糸を漏れたような、夢の覚際《さめぎわ》に耳に残ったような、胸へだけ伝わるような、お蔦の声が聞えたと思うと、蛾がハタと落ちた。

はじめて心付くと、厠の戸で冷く握って、今まで握緊《にぎりし》めて居た、左の拳《こぶし》に、細い尻尾《しっぽ》のひらひらと動くのは、一尾《ぴき》の守宮《やもり》である。

はっと開くと、雫《しずく》のように、ぽたりと床に落ちたが、足を踏張《ふんば》ったまま動きもせぬ。これに目も放さないで、手を伸ばして薬瓶を取ると、伸過ぎた身の発奮《はず》みに、蹌踉《よろ》けて、片膝《かたひざ》を支《つ》いたなり、口を開けて、垂々《たらたら》と濺《そそ》ぐと——水薬の色が光って、守宮の頭《かしら》を擡《もた》げて睨《にら》むが如《ごと》き目をかけて、滴《したた》るや否《いな》や、くるくると風車《かざぐるま》の如く烈《はげ》しく廻るのが、見る見る朱を流したように真赤になって、ぶるぶると足を縮めるのを、早瀬は瞳《ひとみ》を据えて屹《きっ》と視《み》た。

四十九

早瀬はその水薬《すいやく》の残余《のこり》を火影《ほかげ》に透かして、透明な液体の中に、芥子粒《けしつぶ》ほどの泡の、風の如くめぐる状《さま》に、莞爾《にっこり》して、

「面白い！」

と、投げる様に言棄てたが、恐気《おそれげ》も無く、一分時の前は炎の如く真紅《まっか》に狂ったのが、早や紫色に変って、床《ゆか》に氷ついて、飜《ひるがえ》った腹の青い守宮を摘《つま》んで、ぶらりと提げて、鼻紙を取って、薬瓶と一所に、八重にくるくると巻いて包んで、枕許《まくらもと》のその置戸棚の奥へ、着換《きがえ》の中へ突込んで、次手《ついで》に未だ、何か其処等《そこら》を探したのは、落ちた蛾を拾おうとするらしかったが、それは影も無い。

尚《なお》棚には、他に二つばかり処方の違った、今は用いぬ、同一《おなじ》薬瓶があった。その一個《ひとつ》を取って、ハタと叩《たた》きつけると、床に粉々に成るのを見向きもしないで、躍上るように勢込《いきおいこ》んで寝台に上って、無手《むず》と高胡坐《たかあぐら》を組んだと思うと、廊下の方を屹《きっ》と見て、

「馬鹿な奴等！　誰だと思う。」

と言うと斉《ひと》しく、仰向けに寝て、毛布《けっと》を胸へ。——鶏の声を聞きながら、大胆不敵な鼾《いびき》で、すやすやと寝たのである。

暁かけて、院長が一度、河野の母親大夫人が一度、前後して、この病室を差覗《さしのぞ》いて、人知れず……立去った。

早瀬が目を覚ますと、受持の看護婦が、

「薬は召上りましたか。瓶が落ちて破《わ》れて居りましたが。」

と注意をしたのは言うまでも無かった。

で、新《あたらし》い瓶がもう来て居たが、この分は平気で服した。

その日燈《あかり》の点《つ》く些《ち》と前に、早瀬は帯を緊直《しめなお》して、看護婦を呼んで、

「お世話に成りました。お庇様《かげさま》でどうやら助りました。もう退院をしまして宜《よろ》しいそうで、後《あと》の保養は、河野さんの皆さんが行らっしゃる、清水港の方へ来て為《し》てはどうか、と云って下さいますから、参ろうかと思います。何にしても一旦塾の方へ引取りますが、種々《いろいろ》用がありますから、人を遣《や》って、内の小使をお呼び下さい。それから、お呼立て申して済みませんが、少々お目に懸りたい事がございます。一寸《ちょっと》この室までお運びを願いたい、と河野さんに。……否《いや》、院長さんじゃありません、母屋《おもや》にいらっしゃる英臣《ひでおみ》さん。」

「はあ、大先生に……申し上げましょう。」

「どうぞ。ああ、もし、もし、」

と出掛けた白衣《びゃくえ》の、腰の肥《ふと》いのを呼留めて、

「御書見中ででもありましたら、御都合に因《よ》って、此方《こちら》から参りましても可《よ》うございますと。」

馴染《なじ》んで居るから、黙って頷《うなず》いて室を出て、表階子《おもてばしご》の方へ跫音がして、それ切忙《ぎりせわ》しい夕暮の蟬《せみ》の声。何処かの室で、新聞を朗読するのが聞えたが、ものの五分間経《た》ったのでは無かった。二階も未だ下り切るまいと思うのに、看護婦が、ばたばた忙しく引返して、発奮《はずみ》に突込むように顔を出して、

「お客様ですよ。」

「島山さんの？」

と言う、呼吸《いき》も引かず、早瀬は目を睜《みは》って茫然《ぼうぜん》とした。

昨夜《ゆうべ》の事の不思議より、今目前《まのあたり》の光景を、却《かえ》って夢かと思うよう、恍惚《うつとり》と成ったも道理。

看護婦の白衣にかさなって、紫の矢絣《やがすり》の、色の薄いが鮮麗《あざやか》に、朱緞子《しゅどんす》に銀と観世《かんぜ》水《みず》の稍《やや》幅細《はばぼそ》な帯を胸高に、緋鹿子《ひがのこ》の背負《しょい》上げして、ほんのり桜色に上気しながら、此方《こちら》を見入ったのは、お妙である！

「まあ！……」

ときょとんとして早瀬は只《ひた》と瞻《みつ》めた。

「主税さん。」

と、一年越《ごし》、十年《ととせ》も恋しく百年《ももとせ》も可懐《なつか》しい声をかけて、看護婦の傍《かたわら》をすっと抜けて真直《まっすぐ》に入ったが、

「もう快《よ》くって？」

と胸を斜めに、帯にさし込んだ塗骨《ぬりぼね》の扇子《おうぎ》も共に、差覗くようにした。

「お嬢さん……」とまだ惘《ぼう》として居る。

「しばらくね。」

と前《さき》へ言われて、はじめて吃驚《びっくり》した顔をして、

「先生は？」

「宜《よろ》しくッて、母さんも。」と、ちゃんと云う。

五十

寝台《ねだい》と椅子《いす》との狭い間、目前《めさき》にその燃ゆるような帯が輝いて居るので、辷《すべ》り下りようとする、それも成らず。蒼空《あおぞら》の星を仰ぐが如く、お妙の顔を見上げながら、

「どうして来たんです。誰と。貴女《あなた》。何時《いつ》。どの汽車で。」と、一呼吸《ひといき》に慌《あわただ》しい。

「今日の正午《おひる》の汽車で、今来たわ。惣助ッて肴屋《さかなや》さんが一所なの。」

「ええ、め組がお供で。どうして彼《あれ》を御存じですね。」

「お蔦さんの事よ。」

と言いかける、口の莟《つぼみ》が動いたと思うと、睫毛《まつげ》が濃くなって、ほろりとして、振返ると、未だ其処に、看護婦が立って居るので、慌《あわ》てて袂《たもと》を取って、揉込《もみこ》むように顔を隠すと、美しい眉《まゆ》のはずれから、振《ふり》が쐐って、朱鷺色《ときいろ》の絽の長襦袢《ながじゅばん》の袖《そで》が落ちる。

「今そんな事を聞いちゃ、厭《いや》！」

と突慳貪《つっけんどん》なように云った。勿《な》、問いそ其処に人あるに、涙得《え》堪えず、と言うのである。

看護婦は心得て、

「では、あの、お言託《ことづけ》は。」

「些《ち》と後《のち》にして頂きましょう。お嬢さん、而《そ》して、お伴をしました、め組の奴は？」

「停車場《ステイション》で荷物を取って来るの。半日なら大丈夫だって、氷につけてね、貴下《あなた》の好《すき》なお魚を持って来たのよ。病院なら直き分ります、早くいらっしゃいッて、車をそう云って、あの、私も早く来たかったから、先へ来たわ。皆《みんな》、そうやって思ってるのに、貴下は酷《ひど》いわ。手紙も寄越さないんですもの。お蔦さん……」

と又声が曇って、黙って差俯向《さしうつむ》いた主税を見て、

「あの、私《わたし》ねえ、いろいろ沢山話があるわ。入院していらっしゃる、と云うから、どんなに悪いんだろうと思ったら、起きて居られるのね。それだのに、まあ……お蔦さん……私……貴下に叱言《こごと》を言うこともあるけれど、大事な用があるから、それを済まして

から緩《ゆっく》りしましょうね。」

と甘えるように直ぐ変って、然《さ》も親しげに、

「小刀《ナイフ》はあって？」

余り唐突《だしぬけ》な問だったから、口も利《き》けないで……又目を睜《みは》る。

「では、さあ、私の元結《もとゆい》を切って頂戴。」

「元結を？　お嬢さんの。」

「ええ、私の髪の、」

と、主税が後へずらないとその膝に乗ったろう、色気も無く、寝台の端《はし》に、後向きに薄いお太鼓の腰をかけると、緋鹿子が又燃える。そのままお妙は俯向いて、玉の如き頸《うなじ》を差伸べ、

「お切んなさいよ、さあ、早くよ。父上《とうさん》も知って居てよ、可《い》いんだわ。」

と美しく流眄《ながしめ》に見返った時、危なく手がふるえて居た。小刀の尖《さき》が、夢の如く、元結を弾《はじ》くと、ゆらゆらと下った髪を、お妙が、はらりと掉《ふ》ったので、颯《さっ》と流れた薄雲の乱るる中から、弗《ふっ》と落ちた一握《ひとにぎり》の黒髪があって、主税の膝に掛ったのである。

早瀬は氷を浴びたように悚然《ぞっ》とした。

「お蔦さんに託《ことづか》ったの。あの、記念《かたみ》にね、貴下に上げて下さいッて、主税さん、」

と向う状《ざま》に、椅子の凭《かかり》に俯伏《うつぶ》せに成ると、抜いて持った簪《かんざし》の、花片《はなびら》が、リボンを打っ

て激しく揺れて、

「もうその他《ほか》には逢《あ》えないのよ。」

お蔦の記念《かたみ》の玉の緒は、右の手に燃ゆるが如く、ひやひやと練衣《ねりぎぬ》の氷れる如き、筒井《つつい》筒振分《づつふりわ》けて、丈にも余るお妙の髪に、左手《ゆんで》を密《そっ》と掛けながら、今はなかなかに胴据《どうすわ》って、

主税は、もの言う声も確《たし》かに、

「亡《な》くなったものの髪毛《かみのけ》なんぞ。……飛んでも無い。先生が可《い》い、とおっしゃいましたか、奥様が可い、とおっしゃったんですかい。こんなものをお頭《つむり》へ入れて。御出世前の大事なお身体じゃありませんか。あ、あ、鶴亀《つるかめ》々々」

と貴いものに触るように、静にその緑の艶《つや》を撫《な》でた。

「私、出世なんかしたか無いわ。髪結さんにでも何にでも成ってよ。」

と勇ましく起直って、

「父さんがね、主税さん、病気が治ったら東京へお帰んなさいッて、而《そう》して、あの、……お墓参《はかまいり》をしましょうね。」

日《にっ》蝕《しょく》

五十一

日盛りの田畝《たんぼ》道には、草の影も無く、人も見えぬ。村々では、朝から蔀《しとみ》を下ろして、羽目を塞《ふさ》いだのさえ少くない。田舎は律義で、日蝕は日の煩《わずら》いとて、その影には毒あり、光には魔あり、熱には病《やまい》ありと言伝える。然《さ》らぬだにその年は九分九厘、殆《ほとん》ど皆既蝕と云うのであった。

早朝《あさまだき》日の出の色の、どんよりとして居たのが、そのまま冴《さ》えもせず、曇りもせず。鶏卵色《たまごいろ》に濁りを帯びて、果し無き蒼空《あおぞら》に唯《ただ》一つ。別に他に輝ける日輪があって、恰《あたか》もその雛形《ひながた》の如く、灰色の野山の天に、寂寞《せきばく》として見えた——

風は終日《ひねもす》無かった。蒸々《むしむし》と悪気の籠《こも》った暑さは、其処《そこ》等《ら》の田舎屋を圧するようで、空気は大磐石に化したる如く、嬰子《みどりご》の泣音《なくね》も沈み、鶏の羽《は》さえ羽叩《はばた》くに懶《ものう》げで、庇間《ひあわい》にかけた階子《はしご》に留まって、熟《じっ》と中空《なかぞら》を仰ぐのさえ物ありそうな。透間《すきま》に射《さ》し入る日の光は、風に動かぬ粉にも似て、人々の袖に灰を置くよう、身動《みじろぎ》にも払われず、物蔭《ものかげ》にも消えず、細かに濃く引包《ひッつつ》まれたかの思《おもい》がして、手足も顔も同じ色の、蠟《ろう》にも石にも固るか、とばかり次第に息苦しい。

白昼凝って、尽《ことごと》く太陽の黄なるを包む、混沌《こんとん》たる雲の凝固《かたまり》とならんず光景《ありさま》。万有あわや死せんとす、と忌《いま》わしき使者《つかい》の早打、しっきりなく走るは鴉《からす》で。黒き礫《つぶて》の如く、灰色の天狗《てんぐ》の如く乱れ飛ぶ、とこれに驚かされたように成って、大波を打つのは海よ。その、山の根を畝《うね》り、岩に躍り、渚《なぎさ》に飜《かえ》って、沖を高く中空に動けるは、我ここに天地の間に充満《みちみち》たり、何物の怪しき影ぞ、円《まど》かなる太陽《ひ》の光を蔽《おお》うやとて、大紅玉《たいこうぎょく》の悩める面《おもて》を、拭《ぬぐ》い洗わんと、苛立《いらだ》ち、悶《もだ》え、憤《いきどお》れる状《さま》があったが、日の午《ご》に近き頃《ころおい》には、まさにその力尽き、骨萎《な》えて、又如何《いかん》ともする能《あた》わざる風情《ふぜい》して、この流動せる大偉人は、波を伏せ澌《しぶ》きを収めて、なよなよと拡《ひろ》げた蒼き綿のように成って、興津、江尻、清水をかけて、三保の岬、田子の浦、久能の浜に、音も立てず倒れたのである。

一分《ぶ》忽《たちま》ち欠け始めた、日の二時頃、何の落人《おちうど》か慌しき車の音。一町ばかりを絶えず続いて、轟々《ごろごろ》と田舎道を、清水港の方から久能山の方《かた》へ走らして通る、数《かず》八台。真前《まっさき》の車が河野大夫人富子で、次のが島山夫人菅子、続いたのが福井県参事官の新夫人辰子、これが三番目の妹で、その次に高島田に結ったのが、この夏然《さ》る工学士と又縁談のある四番の操子《みさこ》で、五ツ目の車が絹子と云う、三五の妙齢。六台目にお妙が居た。一所に東京へと云うのを……仔細《しさい》あって……早瀬が留めて、清水港の海水浴に誘ったのである。

お妙の次を道子が乗った。ドン尻に、め組の惣助、婦《おんな》ばかりの一群《ひとむれ》には花籠《はなかご》に熊蜂《くまばち》めくが、此奴《こいつ》大切なお嬢の傍《かたえ》を、決して離れる事ではない。

これは蓋《けだ》し一門の大統領、従五位勲三等河野英臣《ひでおみ》の発議《ほつぎ》に因《よ》て、景色の見物をかねて、久能山の頂《いただき》で日蝕の観測をしようとする催《もよおし》で。この人達には花見にも月見にも変りはないが、驚いて差覗いた百姓だちの目には、天宮に蝕の変あって、天人たちが遁《に》げるのだと思ったろう。

共に清水港の別荘に居る、各々《めいめい》の夫は、別に船をしつらえて、三保まわりに久能の浜へ漕ぎ寄せて、孰《いずれ》もその愛人の帰途《かえり》を迎えて、夜釣をしながら海上を戻る計画。

小児《こども》たち、幼稚《おさな》いのは、傅《もり》、乳母など、一群《ひとむれ》に、今日は別荘に残った次第。既に前にも言ったように、この発議は英臣で、真前《まつさき》に手を拍《う》って賛成したのは菅子で、余は異論なく喜んで同意したが、島山夫人は就中《なかんずく》得意であった。

と云うのは、去年汽車の中で、主税が伊太利人に聞いたと云うのを、夫人から話し伝えて、未《ま》だ何等の風説の無い時、東京の新聞へ、この日の現象を細かに論じて載せたのは理学士であったから。その名忽ち天下に伝えて、静岡では今度の日蝕を、(島山蝕)——とさえ称《とな》えたのである。

五十二

田を行く時、白鷺《しらさぎ》が驚いて立った。村を出る時、小店《こみせ》の庭の松葉《まつば》牡丹《ぼたん》に、ちらちら一行の影がさした。聯《つらな》る車は、薄日なれば母衣《ほろ》を払って、手に手にさしかざしたいろいろの日傘に、恰も五彩の絹を中空に吹き靡《なび》かした如く、死したる風も颯《さっ》と涼しく、美女《たおやめ》たちの面《おもて》を払って、久能の麓《ふもと》へ乗附けたが、途中では人一人、行脚《あんぎゃ》の僧にも逢《あ》わなかったのである。

蝕あり、変あり、兵あり、乱《みだれ》ある、魔に囲まれた今日の、日の城の黒雲を穿《うが》った抜穴の岩に、足がかりを刻んだ様な、久能の石段の下へ着くと、茶店は皆犇《ひしひし》々と真夜中の如く戸を鎖《とざ》して、蜻蛉《とんぼう》も飛ばず。白茶けた路《みち》ばかり、あかあかと月影を見るように、寂然《ひっそり》として居るのを見て、大夫人が、

「野蛮だね。」

と嘲笑《あざわら》って、車夫に指揮《さしず》して、一軒店を開けさして、少時《しばらく》休んで、支度が出来ると、帰りは船だから車は不残《のこらず》帰す事にして、さて大《おお》なる花束の糸を解いて、縦に石段に投げ

かけた七人の裾袂《すそたもと》、ひらひらと扇子を使うのが、宛然《さながら》蝶《ちよう》のひらめくに似て、め組を後押《あとおさ》えで、あの、石段にかかった。

が、河野の一族、頂《いただき》へ上ったら、思いがけない人を見よう。

これより前《さき》、相貌堂々として、何等か銅像の揺《ゆる》ぐが如《ごと》く、頤《おとがい》に髯《ひげ》長き一個の紳士の、握《にぎり》に銀《しろがね》の色の燦爛《さんらん》たる、太く逞《たくまし》き杖《ステッキ》を支《つ》いて、ナポレオン帽子の庇《ひさし》深く、額に暗き皺《しわ》を刻み、満面に燃《もゆ》るが如き怒気を含んで、頂の方を仰ぎながら、靴音を沈めて、石段を攀《よ》じて、松の梢《こずえ》に隠れたのがあった。

これなん、ここに正に、大夫人が為《な》せる如く、海を行く船の龍頭《りゅうとう》に在るべき、河野の統領英臣であったのである。

英臣が、この石段を、もう一階で、東照宮の本殿に成ろうとする、一場の見霽《みはらし》に上《のぼ》り着いて、海面《うなづら》が、高くその骨組の丈夫な双の肩に懸《かか》った時、音に聞えた勘助井戸《かんすけいど》を左に、右に千仭《せんじん》の絶壁の、豆腐を削ったような谷に望んで、幹には浦の苫屋《とまや》を透《すか》し、枝には白き渚《なぎさ》を掛け、緑に細波《さざなみ》の葉を揃《そろ》えた、物見の松をそれぞと見るや——松の許《もと》なる据置《すえおき》の腰掛に、長く成って、肱枕《ひじまくら》して、面《おもて》を半ば中折の帽子で隠して、羽織を畳んで、懐中《ふところ》に入れて、枕した頭《つむり》の傍《わき》に薬瓶かと思う、小さな包を置いて、悠々《ゆうゆう》と休んで居た一個《ひとり》の青年を見た。

と立向って、英臣が杖《ステッキ》を前につき出した時、日を遮《さえぎ》った帽子を払って、柔かに起直って、待構え顔に屹《き》と見迎えた。その青年を誰とかなす——病後の色白きが、清く瘠《や》せて、鶴の如き早瀬主税。

英臣は庇下《ひさしさが》りに、じろりと視《なが》めて、

「疾《はや》かった、のう。」と鷹揚《おうよう》に一ツ頤《あご》でしゃくる。

「御苦労様です。」

と、主税は仰ぐようにして云った。

「否《いや》、此処《ここ》で話そうと云うたのは私じゃで、君の方が病後大儀じゃったろう。しかし、こんな事を、好んで持上げたのは其方《そちら》じゃて、五分々々か、のう、ははは、」

と髯の中に、唇が薄く動いて、せせら笑う。

早瀬は軽く微笑《ほほえ》みながら、

「まあ、お掛けなさいまし。」

と腰掛けた傍《かたわら》を指で弾《はじ》いた。

「や、此処で可《え》え。話は直《じ》き分る。」と英臣は杖《ステッキ》を脇挟《わきばさ》んで、葉巻を銜《くわ》えた。

「早解《はやわか》りは結構です、其処で先日のお返事は？」

「どうか為《せ》い、と云うんじゃった、のう。もう一度云うて見い。」

「申しましょうかね。」

「うむ、」

と吸いつけた唾《つば》を吐く。

「此処で極《きめ》て下さいましょうか。過日《このあいだ》、病院で掛合いました時のように、久能山で返事しようじゃ困りますよ。此処は久能山なんですから。又と云っちゃ龍爪山《りゅうそうざん》へでも行かなきゃならない。そうすりゃ、宛然《まるで》天狗が寄合いをつけるようです。」

「余計な事を言わんで、簡単に申せ。」

と今の諧謔《かいぎゃく》に稍《やや》怒気を含んで、

「私《わし》が対手《あいて》じゃ、立処《たちどころ》に解決して遣る！」

「第一！」

と言った……主税の声は朗《ほがらか》であった。

「貴下《あなた》の奥さんを離縁なさい。」

隼《はやぶさ》

五十三

一言亡状《いちげんぼうじょう》を極めたにも係わらず、英臣は却《かえ》って物静《ものしずか》に聞いた。

「何為《なぜ》か。」

「馬丁《べっとう》貞造と不埒《ふらち》して、お道さんを産んだからです。」

強いて言《ことば》を落着けて、

「それから、」

「第二、お道さんを私に下さい。」

「何でじゃ？」

「私と、いい中《なか》です。」

とロの内で言った。

「むむ、」

「それから、」

「第三、お菅さんを、島山から引取ってお了《しま》いなさい。」

「何為な。」

「私と約束しました。」

「誰と？」

はたと目を怒《いか》らすと、早瀬は澄まして、

「私とさ。」

「応《うむ》、それから？」

「第四、病院をお潰《つぶ》しなさい。」

「何為かい。」

「医学士が毒を装《も》ります。」

「まだ有った、のう。」と、落着いて尋ねた。

「河野家の家庭は、かくの如く汚《けが》れ果てた。……最早や、忰《せがれ》の嫁を娶《と》るのに、他《ひと》の大切な娘の、身分系図などを検《しら》べるような、不埒な事はいたしますまい。又一門の繁栄を計るために、娘どもを餌《えさ》にして、婿《むこ》を釣りますまい。

就中《なかんずく》、独逸文学者酒井俊蔵先生の令嬢に対して、身の程も弁《わきま》えず、無礼を仕《つかま》りました申訳が無い、とお詫《わ》びなさい。

そうすりゃあ大概、河野家は支離滅裂、貴下の所謂《いわゆる》家族主義の滅亡さ。其処《そこ》で敗軍した大将だ。貴下は安東村の貞造の馬小屋へでも引込むんだ。雑《ざっ》と、まあこれだけさ。」

と帽子で、そよそよと胸を煽《あお》いだ。

時に蝕しつつある太陽を、弥《いや》が上に蔽《おお》い果さんずる修羅の叫喚《さけび》の物凄《ものすさまじ》く響くが如く、油蟬《あぶらぜみ》の声の山の根に染《し》み入る中に、英臣は荒らかな声して、

「発狂人！」

「ああ、狂人《きちがい》だ、が、他《ほか》の気違は出来ないことを云って狂うのに、この狂気《きちがい》は、出来る相談をして澄まして居るばかりなんだよ。」

舌もやや釣る、唇を蠢《うごめ》かしつつ、

「で、私《わし》がその請求を肯《き》かんけりゃ、汝《きさま》、どうすッとか言うんじゃのう。」と、太息《ふといき》を吐《つ》いたのである。

「この毒薬の瓶を以《も》って、些《ち》と古風な事だけれど、恐れながらと、遣《や》ろうと云うのだ。それでも大概、貴下の家は寂滅《じゃくめつ》でしょうぜ。」

英臣《かたり》は辛うじて罵《ののし》り得た。

「騙じゃのう、」

「騙ですとも。」

「強請《ゆすり》じゃが。汝《きさま》、」

「強請ですとも。」

「それで汝《きさま》人間か。」

「畜生でしょうか。」

「それでも独逸語の教師か。」

「否《いいえ》、」

「学者と言われようか。」

「どういたしまして。」

「酒井の門生か。」

「静岡へ来てからは、そんな者じゃありません。騙《かたり》です。」

「何、騙じゃ、」

「強請《ゆすり》です。畜生です。そして河野家の仇《あだ》なんです。」

「黙れ！」

と一喝、虎の如き唸《うなり》をなして、杖《ステッキ》を犇《ひし》と握って、

「無礼だ。黙れ、小僧。」

「何だ、小父さん。」

と云った。英臣は身心ともに燃ゆるが如き中にも、思わず掉下《ふりおろ》す得物を留めると、主税は正面へ顔を出して、呵々《からから》と笑って、

「おい、己《おれ》を、まあ、何だと思う。浅草田畝《あさくさたんぼ》に巣を持って、観音様へ羽を伸《の》すから、隼《はやぶさ》の力《りき》と綽名《あだな》アされた、掏摸《すり》だよ、巾着切《きんちゃくきり》だよ。ははは、これからその気で附合いねえ、こう、頼むぜ、小父さん。」

五十四

「己が十二の小僧の時よ。朝露の林を分けて、塒《ねぐら》を奥山《おくやま》へ出たと思いねえ。蛙《けえろ》の面《つら》へ打《ぶっ》かけるように、仕かけの噴水が、白粉《おしろい》の禿《は》げた霜げた姉さんの顔を半分に仕切って、洒《しゃ》亜《あ》と出て居ら。其処の釣堀に、四人連《づれ》、皆洋服で、未だ酔の醒《さ》めねえ顔も見えて、帽子は被《かぶ》っても大童《おおわらわ》と云う体《てい》だ。芳原《よしわら》げえりが、朝ッぱら鯉を釣って居るじゃねえか。

釣ってるのは鯉だけれど、何処《どこ》かの田畝《たんぼ》の鰌《どじょう》だろう。官員で、朝帰りで、洋服で、釣ってりゃ馬鹿だ、と天窓《あたま》から呑《の》んでかかって、中でも鮒《ふな》らしい奴の黄金鎖《きんぐさり》へ手を懸ける、と了った！　この腕を呻《うん》と握られたんだ。

摑《つか》えて打《ぶ》ちでもする事か、片手で澄まし込んで釣るじゃねえか。釣った奴を籠《かご》へ入れて、（小僧これを持って供をしろ。）ッて、一睨睨《ひとにらみ》まれた時は、生れて、はじめて縮《すく》んだ

のさ。

　こりゃ成程ちょろッかな（隼）の手でいかねえ。よく顔も見なかったのが此方《こっち》の越度《おちど》で、人品骨柄を見たって知れる――その頃は台湾の属官だったが、今じゃ同一所《おんなじとこ》の税関長、稲坂《いなさか》と云う法学士で、大鵬《たいほう》のような人物、ついて居た三人は下役だね。後《あと》で聞きゃ、或時も、結婚したての細君を連れて、芳原を冷かして、格子《こうし》で馴染《なじみ》の女に逢《あ》って、（一所《いっしょ》に登楼《あが》るぜ、）と手を引いて飛込んで、今夜は情女《いろおんな》と遊ぶんだから、お前は次の室《ま》で待ってるんだ、と名代《みょうだい》へ追い遣って、遊女《おいらん》と寝たと云う豪傑さね。

　それッ切《きり》、細君も妬《や》かないが、旦那も嫉気《じんすけ》少しもなし。

　何時《いつ》か三月《みつき》ばかり台湾を留守にして、若いその細君と女中と書生を残して置くと、何処の婦《おんな》も同一《おんなじ》だ。前《ぜん》から居る下役の嬶々《かかあ》ども、いずれ夫人とか、何子《なにこ》とか云う奴等が、女同士、長官の細君の、年紀《とし》の若いのを猜《そね》んだ奴さ。下女に鼻薬を飼って讒言《つげぐち》をさせたんだね。その法学士が内へ帰ると、（お帰んなさいまし、さて奥様はひょんな事。）と、書生と情交《わけ》があるように言いつける。とよくも聞かないで、――（出て行け。）――と怒鳴り附けた。

　誰に云ったと思います。細君じゃない、その下女にさ。

　どうです。のろかったり、妬過《やきす》ぎたり、凡人業《わざ》じゃねえような、河野さん、貴下のお婿様《さん》連《れん》にゃ、こう云うのは有りますまい。

己が摑ったのはその人だ。首を縮《すく》めて、鯉の入《へえ》った籠を下げて、（魚籃《ぎょらん》）の丁稚《でっち》と云う形で、ついて行くと、腹こなしだ、とぶらりぶらり、昼頃まで歩行《ある》いてさ、それから行ったのが真砂町《まさごちょう》の酒井先生の内だった。

学校のお留守だったが、親友だから、ずかずかと上って、小僧も二階へ通されたね。（奥さん、これにもお膳《ぜん》を下さい。）と掏摸《すり》にも、同一《おんなじ》ように、吸物膳。

女中の手には掛けないで、酒井さんの奥方ともあろう方が、未だ少《わか》かった——縮緬《ちりめん》のお羽織で、膳を据えて下すって、（遠慮をしないで召食《めしあが》れ。）と優しく言って下すった時にゃ、己《おら》あ始めて涙が出たのよ。

先生がお帰りなさると、四ツ膳の並んだ末に、可愛《かわい》い小僧が居るじゃねえか。（何だい。）と聞かれたので、法学士が大口開《あ》いて（掏摸だよ。）と言われたので、弗《ふッ》つり留《や》める気に成ったぜ、犬畜生だけ、情《なさけ》には脆《もろ》いのよ。

法学士が、（さあ、使賃《つかいちん》だ、祝儀だ。）と一円出して、（酒が飲めなきゃ飯を食ってもう帰れ、御苦労だった、今度ッからもっと上手に攫《や》れよ。）と言われて、畳に喰ついて泣いて居ると、（親がないんだわねえ。）と、勿体《もったい》ねえ、奥方の声がうるんだと思いねえ。（晩の飯を内で食って、翌日《あす》の飯を又内で食わないか、酒井の籠で飼って遣ろう、隼《はやぶさ》。）と、それから親鳥の声を真似《まね》て、今でも囀《さえず》る独逸語だ。

世の中にゃ河野さん、こんな猿を養って、育ててくれる人も有るのに、お前さん方は、まあ何と云う、べらぼうな料簡方《りようけんかた》だい。可愛い娘たちを玉に使って、月給高《だか》で、婿を選んで、一家《いつけ》の繁昌《はんじよう》とは何事だろう。たまたま人間に生《せい》を受けて、然《しか》も別嬪《べつぴん》に生れたものを、一生に唯一《たつた》度、生命《いのち》とはつりがえの、色も恋も知らせねえで、盲鳥《めくらどり》を占《し》めるように、野郎の懐《ふところ》へ捻込《ねじこ》んで、いや、貞女になれ、賢母になれ、良妻になれ、と云ったたって、手品の種を通わせやしめえし、そう、うまく行くものか。

見たが可《い》い、こう、己が腕が一寸《ちよいと》触ると、学校や、道学者が、新粉細工《しんこざいく》で拵《こしら》えた、貞女も賢母も良妻も、ばたばたと将棊《しようぎ》倒しだ。」

英臣の目は血走った。

五十五

「河野の家には限らねえ。凡《およ》そ世の中に、家の為に、女の児を親勝手に縁附けるほど惨《むご》たらしい事はねえ。お為《ため》ごかしに理窟《りくつ》を言って、動きの取れないように説得すりゃ、十六や七の何にも知らない、無垢《むく》な女《むすめ》が、頭《かぶり》一ッ掉《ふ》り得るものか。羞含《はにか》んで、ぼうと成って、俯向《うつむ》くので話が極《きま》って、赫《かつ》と逆上《のぼ》せた奴を車に乗せて、回生剤《きつけ》のような酒をのませる、此奴《こいつ》を三々九度と云うのよ。其処で寝て起《おき》りゃ人の女房だ。

うっかり他《ひと》と口でも利《き》きゃ、直ぐに何のかのと言われよう。それで二人が繫《つなが》って、光った態《なり》でもして歩行《ある》けば、親達は緋縅《ひおどし》の鎧《よろい》でも着たように汝《うぬ》が肩身をひけらかすんだね。娘が惚《ほ》れた男に添わせりゃ、譬《たと》い味噌《みそ》漉《こし》を提げたって、玉の冠を被ったよりは嬉《うれ》しがるのを知らねえのか。傍《はた》の目からは筵《むしろ》と見えても、当人には綾錦《あやにしき》だ。亭主は、おい、親のものじゃ無えんだよ。

己が言うのが嘘《うそ》だと思ったら、お道さんに聞いて見ねえ。病院長の奥様より、馬小屋へ入《へえ》っても、早瀬と世帯が持ちたいとよ。お菅さんにも聞いて見ねえ。」

「不埒《ふらち》な奴だ？」

と揺《ゆらめ》いた英臣の髯《ひげ》の色、口を開いて、黒煙《くろけむり》に似た。

「不埒は承知よ。不埒を承知でした事を、不埒と言ったって怯《び》くともしねえ。豪《えら》い、と讃《ほ》めりゃ吃驚《びっくり》するがね。

今更慌《あわ》てる事はないさ、はじめから知れて居ら。お前さんの許《とこ》のような家風で、婿を持たした娘たちと、情事《いろごと》をするくらい、下女を演劇《しばい》に連出すより、もっと容易《たやす》いのは通《とお》相場よ。

こう、もう威張ったって仕ようがねえ。恐怖《おっかな》くは無いと言えば、」

と微笑《ほほえ》みながら、

「そんな野暮な顔をしねえで、よく言うことを聞け、と云うに。——

おい、未だ驚く事があるぜ。もう一枝《ひとえだ》、河野の幹を栄《さかえ》さそうと、お前さんが頼みにして居る、四番目の娘だがね、つい、この間、暑中休暇で、東京から帰って来た、手入らずの嬢さんは、医学士にけがされたぜ。

己に毒薬を装《も》らせたし、ばれかかったお道さんの一件を、穏便にさせるために、大奥方の計らいで、院長に押附《おッつ》けたんだ。己と合棒の万太と云う、幼馴染の掏摸の夥間《なかま》が、丁《ちゃん》と材料《たね》を上げて居ら。

矢張《やっぱ》り家の為だろう。河野家の名誉のために、旧悪を知ってる上、お道さんと不都合した、早瀬と云う者を毒殺しようと、娘を一人傷物にしたんじゃないか。

其処《そこ》を言うのだ。児《こども》よりも家を大切がる残酷な親だと云うのは、よ。

何故《なぜ》手をついて懺悔《ざんげ》をしない。悪かった。これからは可愛い娘を決して名聞《みょうもん》のために使いますまい。家柄を鼻にかけて他《ひと》の娘に無礼も申掛《もうしか》けますまい、と恐入って了《しま》わないよ。

小児《こども》一人犠牲《にえ》にして、毒薬なんぞ装《も》らないでも、坊主になって謝んねえな。」

五十六

面《おもて》も触《ふ》らず言《ことば》を継ぎ、

「それに、お前さん何と云った。——この間も病院で、この掛合《かけあい》をする前に、念のために聞いた時だ。——

断《た》って英吉君の嫁に欲しいとお言いなさる、私《わっし》が先生のお妙さんは、実は柳橋の芸者の子だが、それでも差支えは無いのですかと、尋ねたら、お前さん、以《もっ》ての外な顔をして、いや、途方もない。そんな賤《いや》しい素性の者なら、譬え英吉がその為に、憧《こが》れ死《じに》をしようとも、己たち両親が承知をせん。家名に係わる、と云ったろう。

こう、お前《めえ》たちにゃ限らねえ。世間にゃそうした情無《なさけね》え了簡な奴ばかりだから、そんな奴等へ面当《つらあて》に、河野の一家《いっけ》を鎗玉《やりだま》に挙げたんだ。はじめから話にならねえ縁談だから可《い》いけれど、これが先生も承知の上、嬢さんも好いた男で、いざ、と云う時、そでねえ系図しらべをされて、芸者の子だと云うだけで、

破談にでもなった時の、先生御夫婦、お嬢さんの心持はどんなだろう。己《おい》らそれを思うから、人間並にゃ附合えねえ肩書つきの悪丁稚《あくでっち》を、一人前に育てた上、大切な嬢さんに惚れて居るなら添わして遣ろう、とおっしゃって下すった、先生御夫婦のお志。掏摸の野郎と顔をならべて、似而非《えせ》道学者の坂田なんぞを見返そうと云った江《え》戸児《どっこ》のお嬢さんに、一式《いっしき》の恩返し、二ツあっても上げたい命を、一ツ棄てるのは安価《やす》いものよ。

お前さんにゃ気の毒だ。さぞ御迷惑でございましょう。」

と丁寧に笑って言って、

「迷惑や気の毒を斟酌《しんしゃく》して巾着切が出来るものか。真人間でない者に、お前《めえ》、道理を説いたって、義理を言って聞かしたって、巡査《おまわり》ほどにも恐《こわ》くは無えから、言句《もんく》なしに往生するさ。軍《いくさ》に負けた、と思えば可《よ》かろう。

掏摸の指で突《つつ》いても、倒れるような石垣や、蟻《あり》で崩れる濠《ほり》を穿《ほ》って、河野の旗を立てて居たって、はじまらねえ話じゃねえか。

お前さん、さぞ口惜《くやし》かろう。打《ぶ》ちたくば打て、殺したくば殺しねえ、義理を知って死ぬような道理を知った己《おれ》じゃねえが、嬢さんに上げた生命《いのち》だから、その生命を棄てるので、お道さんや、お菅さんにも、言訳をするつもりだ。死んでも寂《さび》しい事はねえ、女房が先へ行って待って居ら。

お蔦と二人が、毒蛇に成って、可愛いお妙さんを守護する覚悟よ。見ろ、あの龍宮に在《あ》る珠《たま》は、悪龍が絡《まと》い繞《めぐ》って、その器《うつわ》に非《あら》ずして濫《みだ》りに近づく者があると、呪殺《のろいころ》すと云うじゃないか。

呪詛《のろ》われたんだ、呪詛われたんだ。お妙さんに指を差して、お前たちは呪詛われたんだ。」

と膝《ひざ》に手を置き、片面《はんおもて》を、怪しきものの走るが如《ごと》く颯《さ》と暗くなった海に向けて、蝕ある凄《すご》き日の光に、水底《みなそこ》のその悪龍の影に憧るる面色《おももち》した時、隼《はやぶさ》の力《りき》の容貌は、却《かえっ》て哲学者の如きものであった。

英臣は苔蒸《こけむ》せる石の動かざる如く緘黙《かんもく》した。

一声《ひとこえ》高らかに雉子《きじ》が啼《な》くと、山は暗くなった。

勘助井戸の星を覗《のぞ》こうと、末の娘が真先《まっさき》に飜然《ひらり》と上って、続いて一人々々、名ある麗人の霊の如く朦朧《もうろう》として露《あら》われた途端に、英臣は予《かね》てその心構えをしたらしい、矢庭《やにわ》に衣兜《かくし》から短銃《ピストル》を出して、衝《つ》と早瀬の胸を狙《ねら》った。あわやと抱き留めた惣助は刎倒《はねたお》されて転んだけれども、渠危《かれあやう》し、と一目《ひとめ》見て、道子と菅子が、身を蔽《おお》いに、背《せな》より、胸より、犇《ひし》と主税を庇《かば》ったので、英臣は、面《おもて》を背けて嘆息し、忽《たちま》ち狙《ねらい》を外《そ》らすや否《いな》や、大夫人を射て、倒して、硝薬の煙とともに、蝕する日の面《おもて》を仰ぎつつ、這《こ》の傲岸《ごうがん》なる統領は、自からその脳を貫いた。

抱合って、目を見交わして、姉妹《きょうだい》の美人《たおやめ》は、身を倒《さかさま》に崖《がけ》に投じた。あわれ、蔦に蔓《かずら》に留まった、道子と菅子が色ある残懐《なごり》は、滅びたる世の海の底に、珊瑚《さんご》の砕けしに異ならず。

折から沖を遥《はるか》に、光なき昼の星よと見えて、天に連《つらな》った一点の白帆は、二人の夫等の乗れる船にして、且《か》つ死骸《なきがら》の俤《おもかげ》に似たのを、妙子に隠して、主税は高く小手を翳《かざ》した。

その夜、清水港の旅店に於て、爺《じじい》は山へ柴刈《しばかり》に、と嬢さんを慰めつつ、そのすやすやと寐《ね》たのを見て、お蔦の黒髪を抱きながら、早瀬は潔《いさぎよ》く毒を仰いだのである。

早瀬の遺書は、酒井先生と、河野とに二通あった。

その文学士河野に宛《あ》てたは。――英吉君……島山夫人が、才と色とを以て、君の為に早瀬を擒《とりこ》にしようとしたのは事実である。又我自から、道子が温良優順の質に乗じて、謀《はか》って情を迎えたのも事実である。けれども、その孰《いずれ》の操《みさお》をも傷《きずつ》けぬ。双互に唯だ黙会したのに過ぎないから、乞《こ》う、両位の令妹のために、その淑徳を疑うことなかれ。特に君が母堂の馬丁《ばてい》と不徳の事の如きは、あり触れた野人の風説に過ぎなかった。――事実でないのを確めたに就いて、我が最初の目的の達しられないのに失望したが、幸か、不幸か、浅間《せんげん》の社頭で逢《あ》った病者の名が、偶然貞造と云うのに便《たよ》って、狂言して姉夫人を誘出《おびきだ》し得たのであった。従って、第四の令妹の事は固《もと》より、毒薬の根も葉もないのを、深夜蛾《ひとりむし》が燈《ともしび》に斃《お》ちたのを見て、思い着いて、我が同類の万太と謀《はか》って、渠《かれ》をして調えしめた毒薬を、我が手に薬の瓶に投じて、直ちに君の家厳《かげん》に迫った。

不義、毒殺、たとえば父子《てい》、夫妻、最親至愛の間に於ても、その実否《じっぴ》を正すべく、これを口にすべからざる底の条件を以て、咄嗟《とっさ》に雷《らい》発して、河野家の家庭を襲ったのである。私は掏賊《すり》だ、はじめから敵に対しては、機謀権略、反間苦肉、有ゆる辣手段《らっしゅだん》を弄《ろう》して差支えないと信じた。

要は唯《ただ》、君が家系門閥の誇《ほこり》の上に、一部の間隙《かんげき》を生ぜしめて、氏素性、慝《かく》の如き早瀬の前に幾分の譲歩をなさしめん希望に過ぎなかったに、思わざりき、久能山上の事あらんとは、我は偏《ひとえ》に、君の家厳《かげん》の、左右一顧の余裕のない、一時の激怒を惜むとともに、清冽一塵《せいれついちじん》の交るを許さぬ、峻厳《しゅんげん》なるその主義に深大なる敬意を表する。英吉君、能《あた》うべくは、我意を体《たい》して、より美く、より清き、第二の家庭を建設せよ。人生意気を感ぜずや――云々《うんぬん》の意を認《したた》めてあった。

門族の栄華の雲に蔽われて、自家の存在と、学者の独立とを忘れて居た英吉は、日蝕の日の、蝕の晴るると共に、嗟嘆《さたん》して主税に聞くべく、その頭脳は明《あきらか》に、その眼《まなこ》は輝いたのである。

早瀬は潔く云々以下、二十四行抹消。――前篇後篇を通じその意味にて御覧を願う。はじめ新聞に連載の時、この二十四行なし。後単行本出版に際し都合により、徒《と》を添えたるもの。或はおなじ単行本御所有の方々の、ここにお心つかいもあらんかとて。

解説

吉田精一

『婦系図《おんなけいず》』は、鏡花の全作中でも名高いもので、有数の長篇でもあれば力作でもある。

この作品は明治四十一年一月元旦《がんたん》から「やまと新聞」にのったのであるが、それは彼の親友だったドイツ文学者登張竹風《とばりちくふう》が、同新聞の記者となった手はじめとして、彼に執筆をたのんだからであった。竹風がこの旨《むね》を当時逗子《ずし》に住んでいた鏡花に伝えたのは暮もおしつまった十二月二十五日であった。

あと一週間では、とさすがの鏡花も眉《まゆ》をひそめて、「何か面白い材料はないかね」と尋ねたのに対し、竹風は「すりの話なら一つある」といって大体次のような話をしたという。

――私の親友に岩政憲三というのがある。

今は長崎の税関長だ。三高以来大学までずっと同窓だ。彼と私とは無二の友同士であるだけに、お互いに遠慮というものを通り越して、主人も客もあったものではない。憲三は上京するごとに、私が居ようと居まいと頓着《とんちゃく》なく、部下の三四名をひきつれ、私の家に上りこんで、家内に酒を命じて太平楽を並べるのが常であるが、昨年の春の一日、つとめ先の高師（当時竹風は東京高等師範学校教授であった）から帰宅してみると、岩政税関長の御入来だ。例の如《ごと》く杯盤狼藉《はいばんろうぜき》で、「やあ帰ったか、さあ、そこへ坐《すわ》れ」と客あしらいだ。その末席に年の頃十五六歳の少年がいる。やはりお膳《ぜん》を頂戴《ちょうだい》して、恥ずかしそうに坐ってい る。「あれは誰だい」「すりだ」。「何すり？」……きいて見ると昨夜久しぶりに吉原見物、酔いざましに今朝浅草をぶらつき、釣堀で太公望をきめこんでいると、こいつがポケットを狙《ねら》った。引つかんで、「ゆるしてくれ」というのを、「ゆるすことはならん、しばらく待って居ろ」と厳命して、鯉をつりあげ、「さあこれから、魚籠《びく》をもってお伴をせい」と、本郷迄《まで》同伴した。ただ帰すのもあわれと、奥さんにおたのみしてお膳を出して貰《もら》った、という次第。岩政は少年をからかいながら、杯を重ね、やがて十円札二枚出して、「お使い賃だ。商売も俺につかまるような下手糞《へたくそ》ではだめだ。これからはもっと上手になれよ」と帰したのであるが。……

これを聞いてしばらく考えた鏡花は、やがてこの小説の構想を立てたものらしく、執筆を承諾したという。（「文芸往来」、昭和二四年三月による）

この竹風の話（後篇五十四にそっくり出ている）が、鏡花の空想を刺激し、婦系図一篇のいとぐちをつくったことは否定できない。「主人公早瀬主税《ちから》実はすり隼《はやぶさ》の力《りき》」という一人二役的な、歌舞伎《かぶき》、乃至《ないし》草双紙的構想は、彼の好むものであった。しかも殆《ほとん》ど最後迄それを伏せて置き、所々に伏線を用意しつつ、大団円で尻《しり》をまくって正体を曝露《ばくろ》し、それによって全篇のけりをつけるという、大時代の演劇的な手法は、また彼が得意とするものでもあった。まさに奇想天外であり、スリル満点でもある。鏡花の大衆好きのするのもこの点であり、又高級の読者が時に顰蹙《ひんしゅく》を以《もっ》て迎え、彼を真の近代的作家とよぶのに躊躇《ちゅうちょ》を感じるのも、この点にあろう。

こうした戯作者《げさくしゃ》風の趣味や手法にたよってはいるが、この小説の中核をなす思想及び感情は、鏡花衷心のなげきといかりとよろこびにもとづくものである。鏡花は一面に於《おい》て至醇《しじゅん》な主観詩人であるが、その詩はしばしば卑俗な客観にたよって表現される。一般的にいって、この詩と卑俗のからみ合いの種類や程度によって、小説家の性格がわかれるのである。ところで『婦系図』に於ける客観的現実は、彼等夫婦が実際もった生活体験であった。早瀬主税は即《すなわ》ち鏡花自身、お蔦《つた》は妻すずであり、酒井俊蔵は師尾崎紅葉に外ならない。鏡花夫人はもと桃太郎という名で、神楽坂《かぐらざか》に褄《つま》をとった芸妓《げいぎ》であり、小説中にあるような経緯で同棲《どうせい》した。しかし師たる紅葉は、若い身空で芸者などを入れては家がもてまいと心配した結果、強いて二人の仲をさいたのである。

紅葉の日記三十六年四月十四日の条に、

（略）夜風葉を招き（略）相率て鏡花を訪う。暱《ママ》妓を家に入れしを知り、異見の為《ため》に趣く。彼秘して実を吐かず。怒り帰る。十時風葉又来る。右の件に付再《ふたたび》人を遣し、鏡花兄弟を枕頭《ちんとう》に招き折檻《せっかん》す。十二時頃放ち還《かえ》す。疲労甚しく怒罵《どば》の元気薄し。

とある。紅葉は宿痾《しゅくあ》の胃癌《いがん》がすでに相当進んでいたが、最愛の弟子の身の上を案じて、かようなふるまいに出ている。つづいて翌々日十六日の条に、

夜鏡花来る。相率て其《その》家に到り、明日家を去るといえる桃太郎に会い、小使十円を遣す。

とある。この紅葉の処置や心情が、小説化されてそっくりこの作中にとり入れられていることは、ここに説明する要があるまい。三十六年の秋、紅葉の死を見送った鏡花は再び相愛の夫人と同棲したが、長く籍は入れず、夫人は鏡花のことを「兄《にい》さん」とよんで「あなた」とはよばなかったという。紅葉の訓戒に対して義理を立て通したわけである。

今日から見れば、如何《いか》に弟子を愛すればといいながら、他人の内生活の奥の奥まで立入って干渉する小説中の酒井先生の態度は若干おぞましく、それに従って、愛人をすててまで師弟の道を立てる主税の行き方も批判の余地はあろう。或《あるい》は封建的と難ぜられるかも知れない。だが小説中の主税は師の折檻を感泣して甘受し、何等抗議がましい口吻《こうふん》を見せていない。かような意味でこの小説は鏡花自身の夫婦関係を骨子にした一種の自伝文学ではあるが、これを以て師紅葉に対する抗議の書とするのは当らない。少くとも終世師を神の如く絶対視した作者の主観を正しく解したものではない。

この師弟の情、夫婦の愛に作者のなげきとよろこびが託されているとすれば、作者のいかりは、世のつねの良俗のある種のもの、ことに婚姻をめぐるそれに向っている。鏡花は純情を基礎とした個人の自由意志による結びつきを主張する。即ち恋愛を絶対とし、讃美するのである。ここにこの世のもっとも純にして美なるものを見るのに反比例して、家を単位として行われる媒酌結婚、即ち自由な個人の意志によらない男女の関係に対しては、はげしい憤《ふん》怒《ぬ》を感じた。たとえば家の繁栄の為に個人の意志感情をかえりみない河野一家の政略結婚は、完膚《かんぷ》なき迄罵倒《ばとう》され、愛なくして嫁《とつ》いだ貴婦人達は一人のすり早瀬の為に、片っ端から自由にされる。「学校や道学者」のつくる形式道徳ほどもろいものはなく、道学者として権門に媚《こび》を売り、習俗を粉飾するにつとめる坂田アバ大人は軽侮と嘲笑《ちょうしょう》のまとになる。作者は狂わんばかりに彼等に怒号する。

可愛い娘たちを玉に使って、月給高《だか》で、婿を選んで、一家《いっけ》の繁昌《はんじょう》とは何事だろう。たまたま人間に生《せい》を受けて、然《しか》も別嬪《べっぴん》に生れたものを、一生に唯《たった》一度、生命《いのち》とはつりがえの、色も恋も知らせねえで、盲鳥《めくらどり》を占《し》めるように、野郎の懐《ふところ》へ捻込《ねじこ》んで、いや、貞女になれ、賢母になれ、良妻になれ、と云ったって、手品の種を通わせやしめえし、そう、うまく行くものか。

見たが可《い》い、こう、己が腕が一寸《ちょいと》触ると、学校や、道学者が、新粉細工《しんとざいく》で拵《こしら》えた、貞女も賢母も良妻も、ばたばたと将棊《しょうぎ》倒しだ。

河野の家には限らねえ。凡《およ》そ世の中に、家の為に、女の児を親勝手に縁附けるほど惨《むご》たらしい事はねえ。お為《ため》ごかしに理窟《りくつ》を言って、動きの取れないように説得すりゃ、十六や七の何にも知らない、無垢《むく》な女《むすめ》が、頭《かぶり》一ツ掉《ふ》り得るものか。羞含《はにか》んで、ぼうと成って、俯《うつ》向《む》くので話が極《きま》って、赫《かっ》と逆上《のぼ》せた奴を車に乗せて、回生剤《きつけ》のような酒をのませる、此奴《こいつ》を三々九度と云うのよ。其処で寝て起《おき》りゃ人の女房だ。

うっかり他《ひと》と口でも利《き》きゃ、直ぐに何のかのと言われよう。それで二人が繋《つなが》って、光った態《なり》でもして歩行《ある》けば、親達は緋縅《ひおどし》の鎧《よろい》でも着たように汝《うぬ》が肩身をひけらかすんだね。

娘が惚《ほ》れた男に添わせりゃ、譬《たと》い味噌漉《みそこし》を提げたって、玉の冠を被ったよりは嬉《うれ》しがるのを知らねえのか。傍《はた》の目からは筵《むしろ》と見えても、当人には綾錦《あやにしき》だ。亭主は、おい、親のものじゃ無えんだよ。(後篇五十四―五十五)

この所謂《いわゆる》良俗に対する反逆は、世のいとい、さげすむ狭斜の巷《ちまた》から、情の結びつきによって妻を選んだ鏡花が、身を以て実感し、体験したところであった。家柄もなく財産もない貧しい市井《しせい》人として、結婚に際してそれらのみが商量される習慣を、憤懣《ふんまん》の目でにらんだのである。そうしてこの時代に良家の子女が恋愛によって結婚をすることは先《ま》ずなく、大部分は媒酌結婚だったことから、彼は世の夫を無垢な処女を恥ずかしめるものとして嫌い、世上の妻には限りない同情を感じた。この作中の妙子と英吉、或は道子、菅子等の夫妻の関係に於いて、女性がすべて美しく或は艶《えん》に或は温良なのに反し、その夫たるものの或は愚に似、或は陰険に描かれているのはその為である。

これを偏倚《へんい》な趣味もしくは感情だといえばいえよう。だが然しそれは一面に於て半封建的な習俗或ブルジョアジイのモラルに、庶民の立場からの不満と批判をさしむけたという意義をもっている。富と権力をほこる河野一家に対して、精神的なものを物質以上のものとする思想一つにたよって、主税夫婦を衝突せしめたのが鏡花の意図であった。そうして主税もお蔦も遂に死によって亡《ほろ》びなければならなかった所に、この当時に於ける社会的な弱者のたどるべき運命があった。その段取りや結末に不自然があり、作為が目立っても、作者のモラルは一貫して、強烈である。

部分々々の妙に至っては説く余裕がない。鏡花独特のあざやかな印象描写は、随所に光っている。

（昭和二十六年十月、国文学者）

解説

四方田犬彦

鏡花といえば『婦系図』、『婦系図』といえば鏡花と、一般にいわれることが多い。にもかかわらずこの長編小説は、鏡花愛好家の間では論じられることが驚くほどに寡《すく》ない作品である。

谷崎潤一郎、日夏耿之介《ひなつこうのすけ》、三島由紀夫といった、鏡花のロマン主義的資質を賛美してやまない文学者たちは、まるで申し合わせたかのようにこの作品に対して沈黙を守った。アカデミズムの領域には鏡花研究家と呼ばれる人たちがいるが、その中心的立場にあった村松定孝や笠原伸夫にしても、もっぱら登場人物のモデル談義に明け暮れるばかりで、近代小説としてのこの作品の複雑な側面を分析するまでには至らなかった。一時流行した、いわゆる幻想文学派の論客たちにいたっては挙《こぞ》って無視というありさまで、お化けが出てこない小説は取り上げるに値しないというわけなのだろう。ここでも『婦系図』は置去りにされている。

『婦系図』が大作であるにもかかわらず蔑如《ないがしろ》にされてきたのには、理由がないわけではない。鏡花の作品の大方がそうであるように、この小説も本格的に物語が始動するまでにひどく助走が長く、いわゆる本筋が巻曲《うねり》を見せるのは中頃から後半にかけて、主人公の早瀬主税《ちから》が静岡の河野家に接近して、ピカレスクな活躍を始めるあたりからにすぎない。世にいう早瀬とお蔦《つた》の悲恋物語はどこまでも全体の導入部であって、主人公の後半の活躍を動機付けているプロットであるといえる。だがそれにしては導入部に重みがかかりすぎていて、後半がいささか尻《しり》すぼみな形で終っている。全体として構成に無理が生じている。

作者が結末を記すにあたって若干の迷いを感じていたことについても、簡単に言及しておきたい。この長編小説は一九〇七年一月一日から四月二十八日まで「やまと新聞」に連載され、評判を呼んだ。鏡花はときに三十三歳。これが春陽堂から単行本になるのが、前編が翌一九〇八年二月。後編は少し遅れて六月である。この若干のズレは、作者がモデル問題をめぐって危惧《きぐ》を抱いていたことを推測させる。単行本となった後編には早瀬の遺書なるものが（この文庫本でいうと）二十四行にわたって付け加えられていて、河野家をめぐる醜聞のいっさいは「野人の風説」にすぎず、河野家の「峻厳《しゅんげん》なるその主義に深大なる敬意を表する」という一文が記されていた（内田亨「『婦系図』のモデル」、『学士会会報』一九六六年十月号を参照）。興ざめこのうえない結末であるが、モデルとされた浜松の軍医一家との間で揉《も》めごとを起こしたくないという作者の配慮が、こうした註釈を選ばせたのであろう。

さすがに鏡花もこの遺書の蛇足ぶりは気になっていたらしく、一九一五年に春陽堂から刊行された全集版ではふたたびそれを削除している。今回の文庫版では四一三―一四頁《ページ》の部分がそれに相当している。わたしは読者に、初出時に戻って、この追補部分を無視して読了していただきたいと思う。その方が作品全体のメッセージを端的に理解できると信じるためである。この作者の卑屈なる配慮が『婦系図』の疵《きず》となっていることは否《いな》めないし、それは歴代の評者としてこの作品への言及を躊躇《ちゅうちょ》させてきたことと関係しているように思われる。

だが『婦系図』が研究家に疎《うと》んじられてきた最大の原因は、さらに別のところにある。というのもこの小説は単に明治文学の枠を外れて、演劇、映画、さらに歌謡のメディアにおいて、より大衆的な人気を一世紀にわたって博してきたのである。

後編の単行本が刊行された三か月後にあたる一九〇八年九月には、早くも東京の新富座《しんとみざ》で柳川春葉の脚色で舞台化され、以後も現在にいたるまで、新派劇最大の演目のひとつとして繰り返し上演されてきている。喜多村緑郎、花柳章太郎、水谷八重子といった女形、女優にとって、これは十八番《おはこ》というべき演目であった。映画化は一九三四年の松竹ものを嚆矢《こうし》とし、六〇年代の大映まで五本に及んでいる。田中絹代、山田五十鈴、山本富士子といった美女がお蔦を、長谷川一夫、鶴田浩二、市川雷蔵といった時代の二枚目が早瀬を演じてきた。『婦系図』が鏡花の代表作として人口に膾炙《かいしゃ》するようになったのは、もっぱらこうした舞台とスクリーンの影響によるところが大きい。とはいうもののこの一世紀に及ぶ大衆的な熱狂が逆にアカデミックな研究家を遠ざけてしまい、原作をめぐるいくつかの誤解とステレオタイプの認識の原因となったことも、事実である。以下に簡単に記しておきたい。

ステレオタイプの認識としてただちに思い当たるのは、この小説の主人公早瀬に作者の自伝的側面を見るあまりに、彼の師匠にあたる酒井俊蔵に、鏡花の文学的師であった尾崎紅葉の影だけを認めてよしとしてしまう態度である。なるほど酒井が早瀬の後見人となって、この掏摸《すり》の少年をドイツ語の学士に仕立てあげ、彼が参謀本部付きの翻訳官となるにあたっても力あったという筋立ては、硯友社《けんゆうしゃ》を率いる紅葉が鏡花の文学的デビュウにあたって添削指導を惜しまず、彼を出版社に斡旋《あっせん》したという文学史的事実を、強く想起させる。早瀬が酒井に感じる圧倒的な家父的権威にしても、多分に自伝的色彩を帯びている。だが酒井という人物は学者でありながら仁俠《にんきょう》にも深い理解を示し、自由恋愛主義の公憤を漏らすといった複雑な人格の持ち主であって、実に多くの人物の印象を総合して形成されている。のちに鏡花がハウプトマンの戯曲を翻訳するさいに協力した登張竹風《とばりちくふう》の回想によれば（「鏡花と人となり」『経済往来』一九四九年十二月号）、早瀬の酒井家での寄宿という物語の直接のヒントとなったのは、竹風の友人で元台湾で官吏を務めていた者が掏摸の少年を拾ってきたという実話であった。また英文学者としての竹風の雰囲気が、当然ここに流れ込んでも来ている。さらに当時、酒井家があったとされる本郷真砂町《まさごちょう》には少なからぬ大学教授が住んでいたが、畏怖《いふ》されるべき文学者としてなかんずく著名であったのは坪内逍遥であった。紅葉ひとりを酒井のモデルと見なしてしまうことは、この複雑で矛盾に満ちた人物を見誤ってしまうことになるだろう。

これにもまして『婦系図』の印象を決定付けているのは、あの湯島の白梅の場面である。

「月は晴れても心は暗黒《やみ》だ」とか「切れろの別れろのッて、そんな事は芸者の時に云ふものよ。……私にや死ねと云つて下さい」といった主人公たちの科白《せりふ》は、今日では原作を離れてみごとに独り歩きをしている感がある。もっとも原作に当たってみると、こうした科白がないどころか、早瀬がお蔦にむかって湯島の聖堂の庭で別れを告げるという場面そのものが存在していないことが判明する。原作では二七九頁以降に、酒井先生がわざわざ内緒でお蔦の元を訪問し、小遣いを与えたという一節はあっても、こうした劇的な告白は描かれていない。

越智治雄の研究（『鏡花と戯曲』砂子屋書房、一九八七年）によれば、湯島の場面は一九〇八年の最初の舞台化のときにはすでに存在していたらしい。もっともそれは今日のものとはずいぶん異なっていて、早瀬は眼前で犯行を働いた少年掏摸を諌《いさ》め、みずからの出自に念を寄せた後、おもむろにお蔦に大枚の手切金を渡すという設定になっていた。その後、鏡花ものが新派劇になるにあたって共作者ともいえる喜多村禄郎が、今日に続く定型を拵《こしら》え、それに準じて一九一四年の明治座公演に際して鏡花本人が「かきぬき」と称して科白を書き加えた。この部分は『湯島の境内』の題名で、現在岩波書店から刊行されている全集の第二十六巻に収録されている。

『湯島の境内』の一場はなるほどメロドラマ的想像力が充溢《じゅういつ》した、みごとな名場面であるといえる。歴代の新派俳優はこの場面を見せ場としてきたし、映画監督たちも夢幻的な美しさをいかに描き出すかという問題に腐心してきた。だがこの場面があまりに強調されすぎたおかげで、お蔦と早瀬の悲恋物語だけが大きくクローズアップされてしまい、中盤から後半にいたる河野家崩壊の悪魔的物語への眼差《まなざ》しが相対的に軽くなってしまったことは、作品全体を理解するうえで躓《つまず》きの石となった。『風流線』にも通じる悪漢小説的な魅力が、ともすれば忘れられがちとなってしまったのは、残念なことである。

モデル問題の詮索《せんさく》と湯島の名場面をひとまず取り去って、虚心にこの長編小説を読んでみよう。そこで問題となっているのが、悲恋物語でも自伝でもなく、実は出自をめぐる隠蔽《いんぺい》と暴露の物語であることが判明する。

まず題名となった「婦系図」とは、どういう意味だろうか。時代を通して女性たちが従わなければならなかった人生の宿命であるとか、そうした連なりのなかで浮かび上がってくる彼女たちの個々の像であると理解していては、まだまだ消極的な認識に留《とど》まっている。これは端的にいって、女性の出自をめぐる探求の物語であり、起源という観念そのものが近代社会のなかで偽善的に隠蔽され捏造《ねつぞう》されているという事態をめぐる、果敢な異議申し立ての物語である。少し具体的にいおう。

『婦系図』では、次々と登場する美形にして妙齢の女性たちの出自のことごとくが、（当時のブルジョワ的道徳に鑑《かんが》みるならば）卑賤《ひせん》にして下層であることが暴露される。文学士にして参謀本部の翻訳官である者の妻のお蔦は、実は芸妓《げいぎ》の出である。高名なる大学教授の一人娘で女学校に通う妙子は、実は芸妓を母として生まれている。妙子を嫁にと所望する静岡の軍医の家の長女道子は、実は馬丁を父親としている。出自の卑しさは何も女性に限ったことではない。こうした女性たちの間をめぐる主人公の早瀬主税もまた、文学士とは世を忍ぶ仮の姿、その実は隼《はやぶさ》の力《りき》という掏摸であり、配下の者を使っては河野家に取り入り、ブルジョワ家庭の崩壊を促進させる。『婦系図』は彼が河野家の滅亡を宣言し、静岡に日蝕が訪れるという黙示録的な光景で幕を閉じている。良識という名のブルジョワ的偽善を告発し、わが身の破滅を代償にそれと戦う青年というこの主人公の設定はきわめてロマン主義的なものであり、エミリー・ブロンテの『嵐が丘』に登場する、出自不詳のヒースクリフとともに、ルシファーを原型とした人物造型であるといえるだろう。

『婦系図』全編に流れているのは階級の問題であり、それが鏡花をして物語を執筆させる強い動機となった。新派と日本映画が、原作が本来的に携えていたピカレスクな要素を撓《たわ》め、悲恋物語の枠に押し込めてしまったことは、否定できない。だがそれが一方で二十世紀の日本におけるもっとも成功したメロドラマと化したことも事実である。わたしはいつか、このあたりの経緯について詳しく書くことになるだろう。

（二〇〇〇年五月、比較文化）

婦《おんな》系《けい》図《ず》

新潮文庫　い－6－2

平成十二年七月一日発行
令和三年二月二十日八刷

著者　泉《いずみ》鏡《きよう》花《か》

発行者　佐藤隆信

発行所　株式会社　新潮社

郵便番号　一六二―八七一一
東京都新宿区矢来町七一
電話　編集部(〇三)三二六六―五四四〇
　　　読者係(〇三)三二六六―五一一一
http://www.shinchosha.co.jp

価格はカバーに表示してあります。

乱丁・落丁本は、ご面倒ですが小社読者係宛ご送付ください。送料小社負担にてお取替えいたします。

印刷・大日本印刷株式会社　製本・加藤製本株式会社
Printed in Japan

ISBN978-4-10-105604-3　C0193